DIE BEFREIUNG VON RAVEN

Die Mountain Mercenaries, Buch 7

SUSAN STOKER

Besuchen Sie Susan im Netz!
www.stokeraces.com
facebook.com/authorsusanstoker
twitter.com/Susan_Stoker
bookbub.com/authors/susan-stoker
instagram.com/authorsusanstoker
Email: Susan@StokerAces.com

EBENFALLS VON SUSAN STOKER

Mountain Mercenaries:
Die Befreiung von Allye
Die Befreiung von Chloe
Die Befreiung von Morgan
Die Befreiung von Harlow
Die Befreiung von Everly
Die Befreiung von Zara
Die Befreiung von Raven

Das Bergungsteam vom Eagle Point
Ein Retter für Lilly
Ein Retter für Elsie (29, Juni)
Ein Retter für Bristol (15 Nov)
Ein Retter für Caryn
Ein Retter für Finley
Ein Retter für Heather
Ein Retter für Khloe

Ace Security Reihe:
Anspruch auf Grace

Anspruch auf Alexis
Anspruch auf Bailey
Anspruch auf Felicity
Anspruch auf Sarah

Die Delta Force Heroes:
Die Rettung von Rayne
Die Rettung von Emily
Die Rettung von Harley
Die Hochzeit von Emily
Die Rettung von Kassie
Die Rettung von Bryn
Die Rettung von Casey
Die Rettung von Wendy
Die Rettung von Sadie
Die Rettung von Mary
Die Rettung von Macie
Die Rettung von Annie

Delta Team Zwei
Ein Held für Gillian
Ein Held für Kinley
Ein Held für Aspen
Ein Held für Jayme (1 Mai 2022)
Ein Held für Riley (1 Juni)
Ein Held für Devyn
Ein Held für Ember
Ein Held für Sierra

SEALs of Protection:
Schutz für Caroline
Schutz für Alabama
Schutz für Fiona

Die Hochzeit von Caroline
Schutz für Summer
Schutz für Cheyenne
Schutz für Jessyka
Schutz für Julie
Schutz für Melody
Schutz für die Zukunft
Schutz für Kiera
Schutz für Alabamas Kinder
Schutz für Dakota

Die SEALs von Hawaii:

Die Suche nach Elodie
Die Suche nach Lexie
Die Suche nach Kenna
Die Suche nach Monica (10 Mai 2022)
Die Suche nach Carly (11 Oct)
Die Suche nach Ashlyn
Die Suche nach Jodelle

KAPITEL EINS

Dave »Rex« Justice konnte einfach nicht still sitzen. Er und die sechs Männer, mit denen er seit ein paar Jahren zusammenarbeitete, waren zusammen mit Zara Layne in einem Privatflugzeug auf dem Weg nach Lima, Peru.

Niemand hatte seit dem Einsteigen viel gesagt, wahrscheinlich standen sie noch alle unter Schock, seit sie erfahren hatten, dass der Mann, den sie als Barkeeper aus dem *The Pit* kannten, in Wirklichkeit der Anführer der Mountain Mercenaries war. Die Spannung im Flugzeug war so groß wie nie zuvor, und dabei war sein Team in der Vergangenheit definitiv schon in brenzligen Situationen gewesen. Dave wusste, dass er wahrscheinlich etwas sagen sollte, um die Stimmung aufzulockern, aber er konnte nur an eins denken. An seine Frau.

Er hatte sie nach zehn quälend langen Jahren endlich gefunden.

Nun, *er* hatte sie nicht gefunden. Eine Ironie des Schicksals, wenn man bedachte, wie viel Geld, Zeit und Mühe er für die Suche nach ihr aufgewendet hatte.

»Warum setzt du dich nicht, Dave«, schlug Gray ihm vor.

Dave beachtete ihn nicht. Er konnte sich nicht setzen. Er konnte nicht essen, konnte nicht schlafen. Die Tatsache, dass er seine Frau bald wiedersehen würde, sorgte dafür, dass er nichts anderes tun konnte, als aufgeregt in dem kurzen Gang auf und ab zu gehen.

Was, wenn sie während der wenigen Monate, die vergangen waren, seit Zara sie zuletzt gesehen hatte, wieder verschwunden war?

Was, wenn er so nahe dran gewesen war, sie zu finden, nur um sie wieder zu verlieren?

Der Gedanke war schrecklich und völlig inakzeptabel.

»Ich denke, es ist an der Zeit, dass du uns die ganze Geschichte über Rex und die Mountain Mercenaries erzählst«, sagte Black.

Dave drehte sich zu den Männern um, die er eigenhändig rekrutiert und angeheuert hatte, und seufzte. Black hatte recht, sie hatten eine Erklärung verdient. Bis jetzt hatte er zu sehr unter Druck gestanden, um mit mehr als einem Grunzen zu antworten, seit seine Männer sich geweigert hatten, ihn allein nach Peru fliegen zu lassen.

Er setzte sich auf einen der Ledersessel im Flugzeug und sah den Männern ins Gesicht, die er als Brüder betrachtete. Für sie jedoch war er einfach Dave, der Barkeeper. Sie hatten nicht geahnt, dass er der geheimnisvolle »Rex« war, ihr Kontaktmann und Chef. Er konnte sie im Auge und Ohr behalten, weil sie viel Zeit im *The Pit* verbrachten, der Kneipe, die ihm seit Jahren gehörte.

Seit sie jedoch alle Frauen gefunden hatten, die sie liebten und schätzten, verbrachten sie immer weniger Zeit in der Kneipe, und er wusste, dass die Dinge im Begriff waren, sich zu ändern.

Ja, sie hatten durchaus ein paar Antworten verdient. Aber nachdem Zara, Meats Verlobte, seine Raven auf einem

Bild erkannt hatte, das hinter dem Tresen an der Wand hing, hatte Dave an nichts anderes mehr denken können als daran, zu seiner Frau zu kommen.

Wieder seufzte er und fuhr sich mit der Hand durch sein dunkelbraunes Haar. Er wusste nicht genau, wo er anfangen sollte. Während der letzten zehn Jahre hatte er sich eine niederschmetternde Enttäuschung nach der anderen eingehandelt, was die Suche nach Raven betraf, und jetzt so nahe dran zu sein, sie tatsächlich zu finden, machte ihn buchstäblich verrückt.

»Wie ihr ja wisst, bin ich der Mann, den ihr früher als Rex kanntet«, begann er schließlich. Sein Südstaatenakzent war stärker ausgeprägt, wahrscheinlich, weil er während der letzten vierundzwanzig Stunden kaum mehr als zwei Stunden Schlaf bekommen hatte. Er war damit beschäftigt gewesen, einen Flug nach Peru zu organisieren und verschiedene Szenarien durchzuspielen, wie das Wiedersehen mit seiner lang verschollenen Frau ablaufen könnte.

»Nachdem meine Frau verschwunden war, tat die Polizei in Las Vegas, was sie konnte, um sie zu finden, aber ihre Zeit und ihre Möglichkeiten waren begrenzt. Und als ihr Fall nicht weiterverfolgt wurde, begann ich, so viel wie möglich über die Sexhandelsbranche zu lernen. Ich durchforstete das Internet und erfuhr schnell, wie verkommen die Menschheit sein kann. Bei der Suche nach meiner Frau stieß ich jedoch auf andere vermisste Frauen ... und Kinder. Aber ich hatte keine Möglichkeit, ihnen zu helfen. Ich konnte nichts weiter tun, als die Informationen an die Strafverfolgungsbehörden in ihren Heimatstädten weiterzugeben und zu hoffen, dass sie daraufhin tätig wurden. Das war frustrierend und schrecklich. Also begann ich, darüber nachzudenken, was wäre, wenn ...

Was, wenn ich eine Gruppe von Männern zusammenbekäme, die die Menschen, die ich durch meine Nachforschungen gefunden hatte, retten könnte? Was, wenn ich Ehefrauen, Schwestern und Kinder zu ihren Familien zurückbringen könnte? Ich weiß, was es *mir* bedeutet hätte, wenn jemand Raven gefunden und ihr geholfen hätte, nach Hause zurückzukehren. Durch meine Nachforschungen und meine unheimliche Fähigkeit, Menschen zu finden, hatte ich bereits einige gute Kontakte in der Regierung und zu einigen anderen sehr mächtigen Leuten geknüpft. Als sich herumsprach, was ich tat und wie erfolgreich ich Entführungsopfer aufspürte, bekam ich sogar ... Spenden. Ihr würdet nicht glauben, wie viel Geld man mir angeboten hat. Verwandte von Menschen, die wir gefunden haben, Organisationen, die sich für Vermisste und Misshandelte einsetzen, alle möglichen Leute und Gruppen waren bereit, Geld zu spenden, um die Sache zu unterstützen.

Als mir klar wurde, dass ich Leute brauchte, die tatsächlich nach den Leuten suchten, und dass es nicht ausreichte, die Leute nur über den Computer aufzuspüren, begann ich, mich nach Männern umzusehen, denen ich vertrauen konnte, um die hilflosen Opfer zu retten, die ich gefunden hatte. Ich habe jeden Einzelnen von euch recherchiert und euch aufgrund eurer militärischen Erfahrungen und eures Fachwissens in verschiedenen Bereichen ausgewählt.

Black, du bist der beste Vermittler, den ich je gesehen habe. Meat, du bist natürlich ein Genie im Umgang mit Computern. Ro, deine Fähigkeiten im Umgang mit Autos und Motoren sind unübertroffen. Gray, deine Fähigkeit, bei Missionen unsichtbar zu sein, ist legendär, und Ball, du fährst besser Auto als so ziemlich jeder andere auf diesem Planeten. Und Arrow ... du bist einfach ein knallharter Typ. Ich brauchte die Besten der Besten, und das wart ihr alle.«

»Du willst also, dass wir deine Frau finden?«, fragte Ro.

»Verdammt, Rex ... äh ... Dave, wir *wussten* bis vor etwa einem Jahr nicht einmal etwas von deiner Frau.«

Dave schüttelte den Kopf. »Ja und nein. Ich meine, wenn ich sie finden würde, wollte ich auf jeden Fall Männer, denen ich vertrauen konnte, sie zu holen, aber es war mehr als das.« Er schüttelte den Kopf. »Ich nehme an, ich muss noch einmal ganz von vorn anfangen.«

Sieben Augenpaare sahen Dave aufmerksam an, ohne ihn zu unterbrechen, was er zu schätzen wusste.

»Der Name meiner Frau ist Margaret. Ihre Familie nennt sie Mags. Ich fand das süß und fing an, sie Magpie – also Elster – zu nennen. Das schien aber nicht zu ihr zu passen, also habe ich mich schließlich für Raven – Rabe – entschieden. Mit ihren langen, schwarzen Haaren passte dieser Spitzname einfach besser. Wie dem auch sei, vor etwa zehn Jahren fuhren wir nach Las Vegas, um unseren fünfjährigen Hochzeitstag zu feiern. Wir waren verliebter denn je, und es war schon eine Weile her, dass wir uns eine Auszeit von unseren Jobs gegönnt hatten. Ich hatte diese Kneipe gekauft, kurz bevor wir uns kennenlernten, und hatte jahrelang gearbeitet, um sie zu einem Erfolg zu machen. Mir gefiel die Arbeit und ich *war* erfolgreich, also wollte ich meiner Frau etwas Besonderes schenken. Eine unvergessliche Reise.

Raven war Versicherungsvertreterin. Wir hatten ein ganz normales und langweiliges Leben, sodass uns ein einwöchiger Aufenthalt in Las Vegas aufregend und extravagant vorkam. An unserem vierten Abend dort beschlossen wir, statt in eine weitere Show zu gehen, einige der beliebten und berühmten Klubs auf dem Strip zu besuchen. Wir wussten beide, dass wir mit unseren Getränken vorsichtig sein und sie nicht aus den Augen lassen durften. Ich meine, ich bin Barkeeper – ich weiß alles über Vergewaltigungsdrogen. Wir waren vorsichtig, hatten aber auch eine Menge

Spaß. Wir haben getrunken und es genossen, Zeit miteinander zu verbringen.«

Dave hielt inne und holte tief Luft. Er hasste es, an diesen Abend zu denken, an den Schreck, den er empfunden hatte. Es gab so viele Dinge, von denen er sich wünschte, er hätte sie anders gemacht, und er hatte sich in all den Jahren selbst Vorwürfe dafür gemacht, weil er so sorglos mit der Sicherheit seiner Frau umgegangen war.

Er fuhr fort, denn er wusste, dass er es den Männern um ihn schuldig war.

»Es war so gegen zwei Uhr nachts und wir waren in einem Klub in einem der Casinos. Raven sagte, dass sie auf die Toilette müsse. Ich habe mir nichts dabei gedacht. Ich habe sie geküsst und ihr gesagt, ich würde uns eine Runde bestellen, während sie weg war. Sie hat sich noch umgedreht und mir eine Kusshand zugeworfen, bevor sie in einer Menschenmenge auf der anderen Seite der Theke in der Nähe der Toiletten verschwunden ist. Und seitdem habe ich sie nicht mehr gesehen.

Nach etwa zehn Minuten begann ich, mir Sorgen zu machen, da sie normalerweise nicht so lange braucht, also ging ich sie suchen. Es gab eine Schlange vor der Damentoilette, aber keine der Frauen dort hatte Raven gesehen. Ich ließ sogar eine von ihnen in der Toilette nachsehen, aber Raven war nicht da. Ich dachte, ich hätte sie einfach verpasst, und ging zurück zu unserem Tisch. Als sie nach ein paar Minuten nicht zurückkam, wusste ich nicht, was ich tun sollte. Ich rief sie auf dem Handy an, doch mein Anruf wurde direkt auf die Mailbox umgeleitet. Ich fragte mich, ob sie krank geworden und zurück in unser Hotelzimmer gegangen war.

Dummerweise verließ ich die Kneipe und ging den ganzen Weg zurück zu unserem Hotel, aber als ich dort ankam, war sie nicht im Zimmer. Da geriet ich in Panik. Ich hatte keine Ahnung, was ich tun sollte. Ich rief die Polizei an, aber die Beamten lachten nur und sagten, sie würde sicher bald wiederauftauchen. Ich wusste, dass etwas nicht stimmte, aber ich konnte niemanden dazu bringen, mir zu glauben. Wir waren schließlich in Las Vegas. Die Polizisten nahmen einfach an, Raven sei betrunken gewesen oder habe vielleicht sogar eine wilde Affäre mit jemandem, den sie kennengelernt hatte. Erst als zwei Tage verstrichen waren und sie nicht wiederaufgetaucht war, nahmen die Polizisten mich endlich ernst. Aber da war es schon zu spät. Viel zu spät, verdammt.«

Dave holte tief Luft und versuchte, seine Gefühle unter Kontrolle zu bringen.

»Hat die Polizei die Überwachungskameras überprüft?«, fragte Meat.

Dave nickte. »Ja. Als sie aus der Toilette kam, kam ein Mann auf sie zu und hat ihr seinen Arm um ihre Schultern gelegt. Er beugte sich zu ihr hinunter und sagte etwas zu ihr ... und sie ging aus dem Gang hinaus, durch die Menge hindurch und geradewegs zur Tür hinaus, in Richtung Casino. Sie rief nicht nach mir und versuchte auch nicht, irgendjemandem ein Zeichen zu geben.«

»Also hat er sie bedroht«, mutmaßte Gray.

»Ich vermute, er hat ihr gesagt, dass mir etwas zugestoßen ist oder dass mir etwas zustoßen *würde*, wenn sie sich wehrt oder Aufmerksamkeit auf sich zieht«, stimmte Dave zu. Seine Stimme wurde leiser. »Ich war deswegen eine ganze Weile stinksauer auf sie«, gab er zu. »Ich weiß, dass sie sich wahrscheinlich Sorgen gemacht hat und Angst hatte, aber sieh mich an.« Er breitete die Arme aus. »Ich bin nicht gerade der Typ, mit dem man sich anlegt.«

Dave wusste, dass er einschüchternd wirkte. Er war ein

großer Mann. Sehr groß. Sein Bizeps war riesig – er trainierte viel, auch damals schon, und war stolz darauf, so Furcht einflößend auszusehen, dass man sich zweimal überlegte, ob man sich mit ihm anlegen wollte. Der Bart, den er momentan trug, ließ ihn noch wilder aussehen. Aufgrund seiner enormen Größe, seiner Masse und seines Aussehens legten sich die Leute nicht oft mit ihm an. Seine Haut war von Natur aus dunkel, und obwohl er vor zehn Jahren noch nicht die große Narbe im Nacken gehabt hatte, hatte er sicher immer noch groß und einschüchternd gewirkt.

»Hatte die Polizei denn überhaupt keine Spuren?«, fragte Zara leise.

Meat hatte sich dagegen gesträubt, dass seine Verlobte mit nach Peru kam, vor allem, weil sie keine guten Erinnerungen an ihre Zeit dort hatte, aber sie war knallhart gewesen. Sie hatte argumentiert, dass sie fließend Spanisch spreche und sie sie brauchen würden, um mit den Bewohnern des Barrios zu kommunizieren, in dem sie Mags zuletzt gesehen hatte. Wenn Raven weitergezogen war, konnte Zara mit Leuten reden, die sie kannte, und hoffentlich herausfinden, wo sie hingegangen war. Dave war nicht begeistert davon, sie wieder in eine Situation zu bringen, die schmerzhafte Erinnerungen hervorrufen könnte, aber er war noch nie so nahe dran gewesen, seine Frau tatsächlich zu finden, und er würde jede Hilfe nutzen, die er bekommen konnte, wenn er dadurch Raven retten konnte.

Im Laufe der Jahre hatten ihm verschiedene Polizeibeamte, Detectives und Privatdetektive geraten, aufzugeben und sein Leben zu leben, da seine Frau höchstwahrscheinlich schon tot war, aber Dave hatte sich geweigert. Es war vielleicht verrückt, aber er hatte wirklich das bestimmte Gefühl, dass er es wissen würde, wenn sie tot wäre. Irgendetwas tief in ihm würde es instinktiv spüren.

Als Gray sich räusperte, erinnerte Dave sich daran, dass Zara ihm eine Frage gestellt hatte.

»Keine, die wirklich etwas gebracht hätten. Ich habe keine Ahnung, was mit ihr passiert ist. In einem Moment war sie noch da, und im nächsten war sie verschwunden. Selbst mit all den Kameras in Vegas konnte niemand verfolgen, wohin der Mann sie gebracht hatte. Er ließ sie in eine viertürige Limousine einsteigen, die vor dem Hotel wartete, aber die Scheiben waren getönt. Die Nummernschilder waren gestohlen und führten in eine Sackgasse. Die Polizei tat ihr Bestes, aber es war sinnlos. Sie war wie vom Erdboden verschluckt. *Puff.* Nach einer gewissen Zeit mussten die Beamten sich um andere Fälle kümmern und da ich nicht einmal dort wohnte, konnte ich nicht so viel Druck auf die Ermittler ausüben, wie ich es gern getan hätte. Raven war kaum mehr als eine verdammte Statistik, bevor ein Jahr vergangen war. Die Polizisten nahmen an, sie sei tot, und drängten mich, mit meinem Leben weiterzumachen.«

Dave schnaubte. »Als wäre das möglich. Raven war mein Ein und Alles. Sie war das Licht in meiner Dunkelheit. Ich habe nicht gemerkt, wie sehr sie meine Ecken und Kanten geglättet hat, bis sie weg war. Ich habe das *The Pit* am Laufen gehalten, weil ich dachte, wenn sie ihren Entführern entkommen würde, wüsste sie, wo sie hinkommen könnte. Wo sie mich finden könnte. Aber nachdem ein weiteres Jahr vergangen war, wusste ich, dass sie nicht auf wundersame Weise vor meiner Haustür auftauchen würde. Es war an mir, sie zu finden.

Damals begann ich zu recherchieren. Ich erfuhr mehr, als ich jemals wissen wollte, über den Sexhandel und wie viele Frauen und Kinder jedes Jahr in seine Fänge geraten. Ich sah mir Fallstudien von Frauen an, die geflohen waren, und erfuhr, wie die Operationen normalerweise funktionierten. Über das Internet nahm ich Kontakt zu jemandem auf, der mich in die Geheimnisse des Hackens und der Videoüberwachung einweihte. Ich schlief nicht viel und hielt das, was ich tat, vor den wenigen Freunden geheim, die mich noch nicht aufgegeben hatten.«

»Also, ich frage aus Neugier«, warf Ball ein. »Du hast also wirklich *keinerlei* militärische Erfahrung?«

Dave schüttelte den Kopf.

»Wie zum Teufel warst du dazu in der Lage, über Taktik und Waffen zu sprechen, Einsätze zu planen und dich im Grunde so zu geben, als hättest du dein ganzes Leben beim Militär verbracht?«, fragte Arrow.

»Ich habe es euch doch schon gesagt. Ich habe eine Menge recherchiert«, antwortete Dave. Als er den Unglauben in den Gesichtern der anderen sah, zuckte er leicht mit den Schultern. »Und genau deshalb habe ich euch nie gesagt, wer ich bin.«

»Das hättest du aber tun sollen«, erklärte Gray, wobei die Verärgerung in seinem Tonfall deutlich zu hören war.

»Warum?«, entgegnete Dave. »Damit ihr mich abweisen konntet? Mich für weniger wertvoll einschätzt, weil ich nicht bei der Spezialeinheit war? Ich wollte, dass ihr mir vertraut. Dass ihr mich wie ein geschätztes Mitglied des Teams behandelt. Wenn ihr gewusst hättet, dass ich nur ein Mann bin, der verzweifelt seine Frau sucht – und obendrein nur ein Barkeeper –, hätte dann jemand von euch den Job angenommen?«

Auf seine Frage folgte eine peinliche Stille.

»Genau«, sagte Dave nach einem Moment etwas ruhiger. »Ich weiß, was ich getan habe, war hinterhältig. Aber die Tatsache, dass ich der geheimnisvolle und schwer fassbare Rex geworden bin, ist der einzige Grund, warum es die

Mountain Mercenaries überhaupt gibt. Ich habe euch die gefährlichen praktischen Dinge überlassen und alle Informationen ausgegraben, die ihr braucht, um erfolgreich zu sein. Ich werde mich weder entschuldigen noch euch um Vergebung bitten. Wir sind ein verdammt gutes Team, und nur weil ich kein Delta oder SEAL oder SAS oder sonst ein Supersoldat war, wie ihr es wart, heißt das nicht, dass ich mir nicht den Hintern aufgerissen habe, um euch bei jeder einzelnen Mission zu beschützen. Ich habe mich sehr bemüht, Kontakte zu knüpfen und wertvolle Beziehungen zu pflegen. Ja, anfangs wollte ich nur ein Team, das die Frauen und Kinder rettet, die ich auf der Suche nach meiner Frau gefunden hatte, damit ich nachts schlafen konnte, aber die Mountain Mercenaries wurden schnell mehr als das. Ihr wurdet meine Freunde, auch wenn ihr nicht wusstet, wer ich war. Ich machte mir Sorgen um euch und betete jedes Mal, wenn ihr gingt, dass ich euch wiedersehen würde.«

»Ich muss zugeben, dass ich nicht von allem begeistert bin, was du getan hast«, bemerkte Meat, »aber keiner von uns hätte sich auch nur auf eine der Missionen eingelassen, wenn wir nicht auf deine Informationen vertraut hätten. Du bist ein verdammt guter Anführer, trotz deiner mangelnden Ausbildung, und ich kann nicht für alle anderen sprechen, aber ich würde dir jederzeit mein Leben und das Leben meiner Frau anvertrauen.«

»Das gilt auch für mich«, gab Gray zu. »Du hast es immer wieder geschafft. Es ist eigentlich verdammt erstaunlich, dass du dir das alles selbst beigebracht hast.«

»Stimmt«, stellte Ball fest. »Die Tatsache, dass du die militärische Taktik im Grunde nur aus der Forschung heraus erlernt und so viele Unterstützer gewonnen hast, grenzt schon an ein Wunder.«

»Also ... jetzt, da wir die Wahrheit kennen, was ist der

Plan, wenn wir in Peru ankommen?«, fragte Black.

»Vor allem, da du nicht beim Militär bist«, fügte Arrow hinzu. »Du bist vielleicht gut darin, eine Mission zu planen, aber das heißt noch lange nicht, dass du auch ein guter Schütze bist oder weißt, wie man den Stützpunkt eines Feindes infiltriert.«

»Das sehe ich auch so. Und ich brauche eure Hilfe mehr denn je. Ich kann kaum lange genug einen klaren Gedanken fassen, um mir einen Plan auszudenken. Am liebsten würde ich einfach ins Barrio gehen, mir Raven schnappen und abhauen, aber nachdem ich mit Zara darüber gesprochen habe, was für ein Mensch Raven jetzt ist, und mit dem, was wir von der letzten Mission über das Barrio wissen, bin ich mir nicht sicher, ob das funktionieren wird«, erwiderte Dave.

»Wir wissen, dass das Barrio verdammt gefährlich ist, und wir dürfen da nicht zu unbedarft reingehen«, gab Meat zu bedenken. »Das hat uns letztes Mal in Schwierigkeiten gebracht. Ich denke, wir sollten uns dorthin begeben und uns erst einmal einen Überblick über die Situation verschaffen. Es besteht die Möglichkeit, dass Mags gar nicht mehr da ist.«

Dave ballte die Hände zu Fäusten. Raven musste dort sein. Sie *musste* es einfach sein. Er konnte nicht so nahe dran sein, sie zu finden, nur um jetzt zu scheitern.

»Ich glaube nicht, dass sie woanders hingegangen ist«, versicherte Zara. »Sie ist dort ziemlich sesshaft geworden mit den anderen Frauen, denen sie hilft und so.«

»Stimmt. Okay, wir gehen also rein, sehen uns das Barrio an und dann kannst du deine Frau ansprechen«, schloss Meat. »Wenn sie nervös ist oder sich nicht sicher ist, ob sie mitgehen will ... dann musst du sie wohl überreden, denke ich.«

Dave lachte leise, aber nicht aus Belustigung. »Raven war schon immer schwer zu überreden, wenn es darum ging, etwas zu tun, was sie nicht wollte. Ich meine, ich hoffe, dass sie überglücklich ist, mich zu sehen, aber ich vermute, dass hinter ihrer Situation viel mehr steckt, als wir wissen.«

»Da bin ich deiner Meinung«, erwiderte Gray. »Wir geben dir Rückendeckung, während du dich mit ihr triffst, und dann sehen wir weiter.«

»Das ist kein besonders guter Plan«, warf Ro ein.

Dave zuckte mit den Schultern. »Ich hoffe wirklich, dass es eine einfache Sache wird, aber wenn nicht, können wir den Plan nach und nach verfeinern. Ich habe Ravens Pass auf den neuesten Stand gebracht, indem ich ein Bild von ihr verwendet habe, wie sie jetzt wohl aussehen würde. Das Bild hat ein ehemaliger FBI-Freund für mich gemacht. Das ist zwar nicht ganz legal, aber ich habe genügend Leute, die mir etwas schulden, sodass man es geflissentlich übersehen hat. Das ... und ich bin mir sicher, dass niemand dachte, ich würde Raven jemals finden und die Chance haben, den Pass tatsächlich zu benutzen«, erklärte Dave.

»Wir gehen als Touristen«, sagte Ball. »Tausende von Leuten machen das jedes Jahr. Ich bin sicher, niemand wird ihren Pass so genau unter die Lupe nehmen.«

»Wenn wir schon mal da sind, würde ich gern einen Ort finden, an dem wir eine kostenlose Klinik einrichten können«, warf Zara ein. »Die Leute in den Barrios können das sicher gut gebrauchen. Und wenn etwas passiert, könnt ihr das vielleicht als Grund angeben, warum wir dort sind. Die Barrios sind ja nicht gerade ein typisches Touristenziel.«

»Da hat sie allerdings recht«, erklärte Meat und legte seinen Arm um sie. »Ein humanitärer Einsatz als Grund für unseren Besuch würde wahrscheinlich viele Blicke auf uns lenken, aber wenn es hart auf hart kommt, können wir das als zweiten Grund für unsere Anwesenheit anführen.«

»Del Rio könnte allerdings ein Problem für die Klinik sein. Er mag es, die Leute abhängig und unter seiner Fuchtel zu halten, während er sich wie ein wohlwollender Führer aufführt, der den weniger Glücklichen hilft. Eine kostenlose Klinik zu haben könnte ihm etwas von der Aufmerksamkeit nehmen, nach der er sich sehnt«, bemerkte Zara.

»Verdammt, schon wieder dieser Kerl?«, fragte Black.

Zara nickte.

Dave verengte die Augen zu Schlitzen. Sie alle kannten Roberto del Rio. Er war einer der schlimmsten Sexhändler, denen Dave je begegnet war. Er hatte keine Moral, keine Skrupel. Als sie das letzte Mal in Peru waren, hatten sie erfahren, dass er nicht nur mit Frauen, sondern auch mit Kindern handelte.

Vor ein paar Monaten hatte Dave überhaupt nichts dagegen gehabt, die Mountain Mercenaries freiwillig nach Peru zu schicken, um bei einer Mission zur Rettung einheimischer Kinder zu helfen, die für den Sexhandel in Lima bestimmt waren – aber alles war schiefgegangen. Vor allem, weil del Rio nicht wollte, dass ihre Mission Erfolg hatte. Er hatte großen Einfluss in dem Land. Seitdem hatte Dave erfahren, dass die meisten Polizisten, Einheimischen und sogar das Militär entweder unter seiner Kontrolle standen oder dafür bezahlt wurden wegzuschauen.

Aber ehrlich gesagt fiel es Dave im Moment schwer, sich um etwas anderes als Raven Gedanken zu machen. Nach dem, was Zara gesagt hatte, hasste Raven del Rio und hatte nichts mehr mit ihm zu tun, also war del Rio im Moment nicht ihr Ziel. Es ging darum, Daves Frau zu finden und zu befreien.

Dave beugte sich vor und sagte in einem etwas verzweifelten Ton: »Nichts für ungut, Zara – ich helfe gern dabei, eine Klinik einzurichten und zu bestechen, wen auch immer wir dazu bestechen müssen, aber mein Hauptziel auf dieser Reise ist es, in dieses Barrio zu gehen, mir meine Frau zu schnappen und zu verschwinden.«

»Das wird wahrscheinlich nicht so einfach sein«, erklärte Zara ihm.

Dave nickte. »Ich weiß. Raven und ich sind schon länger getrennt, als wir zusammen waren. Sie hat eine Hölle durchgemacht, die ich mir nicht einmal ansatzweise vorstellen kann. Aber ich werde nicht ohne sie gehen.« Das Letzte war etwas schärfer herausgerutscht, als er es beabsichtigt hatte, aber das änderte nichts an der Tatsache. Er würde das Land *nicht* ohne Raven verlassen.

»Vielleicht will sie gar nicht weg«, bemerkte Zara leise.

Dave biss die Zähne zusammen, um die scharfen Worte, die ihm als Erwiderung durch den Kopf schossen, zu unterdrücken.

»Die Mags, die ich kenne, ist so unabhängig wie niemand sonst, den ich kenne«, fuhr Zara fort. »Sie ist klug und zeigt nicht viele Gefühle. Als sie versucht hat, mich zu überreden, Meat zu sagen, dass ich Amerikanerin bin, ihm meine Geschichte zu erzählen und ihn dazu zu bringen, mich in die Staaten zurückzubringen, fragte ich sie, ob sie mit mir kommen würde. Ich wusste zwar, dass sie für del Rio gearbeitet hatte, aber für mich war sie eine Amerikanerin. Sie schien nicht sehr glücklich darüber zu sein, hier zu sein, aber als ich sie bat, mit mir zu kommen, schüttelte sie den Kopf und sagte, ihr Leben sei in Peru.«

Zaras Worte waren schmerzhafter als alles, was Dave je gehört hatte.

Er hatte keine Ahnung, *warum* Raven nicht die Chance

ergriffen hatte, zurück in die Staaten zu kommen. Zurück zu *ihm*.

»Wird sie dort gefangen gehalten?«, wollte er wissen.

Zara schüttelte langsam den Kopf. »Nicht dass ich wüsste. Aber ich hatte schon immer das Gefühl, dass mit ihrer Situation etwas nicht stimmt. An drei Tagen in der Woche ist sie fast den ganzen Tag weg und sagt niemandem, wohin sie geht. Aber sie kommt immer ins Barrio zurück, bevor die Sonne untergeht. Ich habe niemanden gesehen, der ihr folgt, und sie verhält sich nicht so, als würde sie bedroht werden. Na ja ... jedenfalls nicht mehr als alle anderen auch.«

»Wie meinst du das?«, fragte Meat und legte seiner Verlobten die Hand aufs Knie.

»Nur, dass das Leben als Frau im Barrio, besonders als Frau ohne Mann, nicht gerade ein Zuckerschlecken ist. Wir mussten uns immer Sorgen machen, dass Ruben oder einer seiner Freunde uns die Lebensmittel stiehlt, die wir erbeuten konnten, oder ... du weißt schon.«

Dave sah, wie jeder einzelne der Männer vor Wut die Stirn runzelte. Ja, sie wussten, was Zara meinte. Sie hatte ihnen bereits alles über Ruben Martínez und seine Freunde im Barrio erzählt. Zara schätzte ihn auf Mitte zwanzig. Er hielt sich nicht nur für ein Geschenk Gottes an die Frauen, sondern auch für eine Art unantastbaren Bösewicht. Er und seine Bande belästigten jeden im Barrio und zögerten nicht, sich zu nehmen, was sie wollten, wenn nötig mit Gewalt.

Sie waren auch diejenigen, die Meat und Black verprügelt hatten. Jeder einzelne der Mountain Mercenaries hoffte auf ein Zusammentreffen mit der Bande und sei es nur, um sich ein wenig zu rächen.

»Ich will damit nur sagen«, fuhr Zara fort, »dass von allen Frauen, die ich kennengelernt habe, Mags die einzige war, die nie davon gesprochen hat, aus dem Barrio wegzukommen. Sie schien ihre Situation einfach zu akzeptieren. Alle anderen träumten davon, entweder einen Ehemann zu finden, der reich genug war, um außerhalb des Barrios leben zu können, oder zu ihren Familien in den Ländern zurückzukehren, aus denen sie entführt worden waren, um für del Rio zu arbeiten.«

»Ravens Leben ist *nicht* in Peru«, erklärte Dave. »Es ist in Colorado, an meiner Seite.«

Als er die unruhigen und mitleidigen Blicke seiner Freunde sah, konnte Dave nicht länger still sitzen. Er sprang auf und fing wieder damit an, auf und ab zu gehen.

Er wusste nicht, warum Raven nicht versucht hatte, ihn zu kontaktieren. Er wusste nicht, was sie während der letzten zehn Jahre durchgemacht hatte, obwohl er es sich denken konnte. Aber das war alles nicht wichtig. Es zählte nur, dass sie immer noch die Frau war, die er von ganzem Herzen liebte. Nichts, was sie im Laufe der Jahre getan hatte oder wozu sie gezwungen worden war, würde das jemals ändern.

Er hatte keine Ahnung, was auf ihn zukam, wenn er sie endlich wiedersah, aber er würde seine Frau nicht aufgeben, nicht nach all den Jahren.

Ungeduldig schaute Dave auf die Uhr und fluchte. Es dauerte viel zu lange, bis sie da waren. Und jede Minute, die verging, war eine weitere Minute, in der Raven spurlos aus seinem Leben verschwinden konnte. Schon wieder. Jemand könnte ihr etwas antun oder sie könnte wieder entführt werden.

»Ich komme dich holen, mein Schatz«, flüsterte er, während er auf und ab ging. »Halte einfach durch, bis ich bei dir bin.«

KAPITEL ZWEI

Margaret »Mags« Crawford Justice unterdrückte ein Stöhnen, als sie sich in der baufälligen Hütte, die sie sich mit fünf anderen Frauen teilte, auf dem harten Boden umdrehte. Sie waren alle mindestens ein Jahrzehnt jünger als sie, und sie spürte mit ihren zweiundvierzig Jahren jeden einzelnen Knochen im Leib.

Das Leben war sicherlich nicht so verlaufen, wie sie es erwartet hatte, aber sie musste weitermachen. Ein Tag nach dem anderen. Das war während der letzten zehn Jahre ihr Motto gewesen.

Sie seufzte enttäuscht darüber, dass sie den ganzen Tag mit ihren Freundinnen im Barrio verbringen würde. Es war nicht so, dass sie Gabriella und die anderen nicht mochte – ganz im Gegenteil. Es war nur so, dass sie Montage, Mittwoche und Freitage viel lieber mochte.

Ihr Magen knurrte, aber das war nichts Ungewöhnliches. Sie hatte sich an die Hungerschmerzen genauso gewöhnt wie an den Schmutz und den Dreck um sie herum.

Mags drehte sich um und stand auf. Draußen war es noch dunkel, aber sie hatte in letzter Zeit nicht gut geschlafen. Sie machte sich Sorgen um ihre Freundin Zara, die vor ein paar Monaten zurück in die Staaten gegangen war. Sie sorgte sich um Maria und die anderen Frauen, mit denen sie zusammenlebte. Sie machte sich Sorgen um Ruben und seine Bande von Mistkerlen, die tagein, tagaus im Barrio patrouillierten. Sie machte sich Sorgen, wo sie genügend Nahrungsmittel finden sollte, um den Tag zu überstehen ...

Und sie machte sich Sorgen um ihren Mann.

Es kam nicht oft vor, dass sie sich erlaubte, an Dave zu denken, aber aus irgendeinem Grund war es ihr in letzter Zeit nicht gelungen, ihn aus ihren Gedanken zu verdrängen. Wahrscheinlich, weil Zara in die USA zurückgekehrt war.

Wie sehr wünschte Mags, sie hätte mit ihr gehen können.

Früher hätte sie alles getan, um zurück nach Colorado zu kommen, zurück zu Dave. Sie hätte die tiefe Scham über alles, was sie getan hatte, heruntergeschluckt, wenn sie nur ihren Mann wiedersehen konnte. Seine Arme um sich spüren konnte, die ihr sagten, dass sie in Sicherheit war und geliebt wurde.

Aber jetzt war zu viel Zeit vergangen. Nicht nur, dass sie ein völlig anderer Mensch war als früher, und ihr Mann war wahrscheinlich weitergezogen und hatte wieder geheiratet, sondern sie konnte einfach nicht gehen. Lima war jetzt ihr Zuhause, in guten wie in schlechten Zeiten.

So leise wie möglich ging Mags hinter ein Stück Metall, das als grober Sichtschutz diente, und verrichtete ihr Geschäft in einen Eimer, etwas, das sie vor zehn Jahren noch gestört hätte, aber jetzt dachte sie nicht einmal mehr darüber nach. Sie hatten nicht mehr viel zu essen und Mags wollte schnell zur Bäckerei, um das Brot vom Vortag, das jeden Morgen weggeworfen wurde, zuerst zu bekommen.

Der Laden war etwa einen Kilometer entfernt, und sie musste sich direkt auf den Weg machen.

Aber zuerst hielt sie inne, um nach den anderen Frauen zu sehen, die noch schliefen.

Gabriella war im Barrio aufgewachsen. Sie war die einzige gebürtige Peruanerin von ihnen allen. Teresa und Bonita stammten aus Brasilien. Carmen sagte, sie sei Venezolanerin, und Maria kam aus Mexiko. Sie waren ein bunt zusammengewürfelter Haufen, aber sie teilten eine Verbundenheit, die die meisten Menschen nicht einmal ansatzweise verstehen konnten. Mit Ausnahme von Gabriella waren sie alle »Gäste« von del Rio gewesen. Sie waren benutzt und missbraucht und, ohne zu zögern, hinausgeworfen worden, sobald sie für ihn nutzlos geworden waren. Mit Ausnahme von Maria hatten sie alle nach ihrer Entführung Spanisch gelernt und sprachen alle mit unterschiedlichem Akzent, aber sie konnten einander problemlos verstehen.

Teresa öffnete die Augen und Mags hockte sich neben ihre dünne Matratze auf den Boden. »Ich gehe zum Bäcker. Ich komme zurück, so schnell ich kann«, sagte sie leise.

Die andere Frau nickte. »Willst du, dass ich mitkomme?«

Mags schüttelte den Kopf. »Ich komme schon klar. Wir brauchen nur etwas Wasser. Wenn du und die anderen Lust dazu habt, könntet ihr vielleicht einen Wasserlauf machen?«

»Okay. Das können wir machen. Mags?«

»Ja?«

»Meinst du, Zara geht es gut?«

Mags blinzelte überrascht und nickte. »Ja. Warum?«

»Ich weiß es nicht. Ich habe von ihr geträumt.«

»War es ein guter Traum oder ein schlechter Traum?«, fragte Mags.

»Ein guter«, entgegnete Teresa schnell.

»Vielleicht bedeutet das ja, dass wir bald von ihr hören werden. Sie sagte, dass sie, wenn sie wieder in Amerika ist, alles tun würde, um uns zu benachrichtigen, sobald sie sich eingelebt hat.«

»Hoffentlich«, entgegnete Teresa. »Geh schon, bevor es zu spät ist und jemand anderes das Brot nimmt.«

Mags lächelte und nickte. »Pass auf dich auf, während ich weg bin.« Sie stand auf und fuhr sich nur kurz mit der Hand durch die Haare, ohne sich Gedanken über ihr Aussehen zu machen. Ihr Haar war fettig und schmutzig und neigte dazu, sich leicht zu verknoten, aber sie konnte den Gedanken nicht ertragen, es abzuschneiden. Es war viel länger als vor zehn Jahren und reichte ihr bis über die Mitte des Rückens. Sie hatte es schon ein paarmal geschnitten, aber nie zu kurz.

Eine Erinnerung daran, wie gern Dave mit seinen Fingern durch ihr Haar fuhr, flackerte in ihrem Kopf auf. Er hatte immer eine Strähne davon in der Hand gehabt. Wann immer sie nebeneinandersaßen, ob allein zu Hause oder in einem überfüllten Restaurant, hatte er einen Arm um sie gelegt und sich eine Strähne durch seine Finger gleiten lassen. Er liebte ihr rabenschwarzes Haar und hatte ihr deshalb den Spitznamen Raven gegeben.

Er wäre schockiert, wenn er ihr Haar jetzt sehen könnte. Die Spitzen waren unregelmäßig geschnitten, es war fettig, schmutzig, stumpf und schlaff.

Früher war sie so stolz auf ihr Aussehen gewesen, aber jetzt schenkte sie ihrem Haar kaum mehr irgendwelche Aufmerksamkeit. Es reichte aus, es im Nacken zu einem Pferdeschwanz zu binden, damit es ihr nicht ins Gesicht fiel.

Sie schlüpfte aus der Hütte und schob das Stück Wellblech, das ihnen als Tür diente, wieder an seinen Platz, bevor sie eine der staubigen Gassen zum Ausgang des Barrios hinunterging. Sie betete, dass sie weder Ruben noch einem seiner Freunde begegnen würde, und hielt den Atem an … und ließ ihn mit einem lauten Ausatmen wieder los, als sie es erfolgreich zu einer der Öffnungen in der Mauer auf der Südseite des Barrios geschafft hatte. Es war noch etwas zu früh für die Schläger, die sich gern in der Gegend herumtrieben. Wahrscheinlich schliefen sie noch die Wirkung des Alkohols aus, den sie am Abend zuvor gestohlen hatten.

Mags zog ihr Kinn an die Brust und versuchte, so unauffällig wie möglich zu wirken, als sie sich auf den Weg zur Bäckerei machte. Sie war durchschnittlich groß für eine Frau, aber wenn sie neben Dave gegangen war, hatte sie sich winzig gefühlt.

Mags fluchte, weil ihre Gedanken immer wieder zu ihrem Mann wanderten, und atmete tief durch. Sie vermutete, dass sie in letzter Zeit auch wegen der Amerikaner, die vor ein paar Monaten im Barrio aufgetaucht waren, an ihn gedacht hatte. Ihr Mann war kein Militärtyp, aber irgendetwas an ihnen hatte sie an Dave erinnert. Vielleicht auch ihre Loyalität und Entschlossenheit.

Dave war klug. Viel klüger, als man es ihm zutraute. Und erfolgreich. Zumindest war er das vor einem Jahrzehnt gewesen. Er hatte ein heruntergekommenes Gebäude gekauft, das Äußere größtenteils unverändert gelassen – den Bildern zufolge, die er ihr gezeigt hatte, als sie sich kennenlernten – und das Innere der Kneipe aufgemöbelt, sodass sie gemütlich und heimelig wirkte, aber nicht so schick, dass sich die Leute aus dem Arbeiterviertel eingeschüchtert fühlten, wenn sie nach der Arbeit auf ein Bier vorbeikamen. Er war ein Beschützer seiner Gäste, der darauf bestand, alleinstehende Frauen zu ihren Fahrzeugen zu begleiten und jeden rauszuschmeißen, der es wagte, einen anderen Gast zu verärgern.

Keiner von ihnen hatte damals viele Freunde gehabt, aber die hatten sie auch nicht gebraucht, da sie einander gehabt hatten. Die Erinnerung daran, wie sie gemütlich auf dem Sofa gesessen, ferngesehen und sich eine Mahlzeit vom Lieferservice genehmigt hatten, war schmerzhaft genug, dass sie alle Erinnerungen an ihren Mann zu verdrängen versuchte.

Dave gehörte ihrer Vergangenheit an. In ihrer Gegenwart gab es keinen Platz für ihn ... nicht dass er jetzt noch etwas mit ihr zu tun haben wollte.

Sie kam gerade noch rechtzeitig in der Gasse hinter der Bäckerei an. Sie beobachtete, wie einer der Angestellten den Deckel der Mülltonne hinter dem Laden zuknallte und wieder hineinging. Mags eilte zu dem Mülleimer und öffnete den Deckel. Der Geruch von verdorbenen Lebensmitteln und geronnener Milch war überwältigend, aber daran war sie gewöhnt. Heute war nicht viel drin, aber Mags holte die Plastiktüte heraus, die sie immer dabeihatte, für alle Fälle, und füllte sie mit altem Brot. Es gab auch eine Zimtrolle und Mags wusste, dass Gabriella davon begeistert sein würde, nachdem sie den Kaffeesatz entfernt hatte.

Da sie wusste, dass sie weitergehen musste, schloss sie leise den Deckel des Mülleimers und drehte sich um, um zurück ins Barrio zu gehen.

Doch dann hielt sie inne.

Hinter ihr stand ein kleiner Junge, vielleicht acht Jahre alt oder so. Seine Wangen waren so eingefallen, dass er aussah, als würde ihn eine steife Brise umwehen. Sie hatte ihn noch nie zuvor gesehen, und sofort tat er ihr leid. Sie wünschte, sie könnte ihn einfach ignorieren und ihren Weg fortsetzen, aber Mags wusste, dass sie das nicht konnte.

»Hallo«, sagte sie auf Spanisch.

Er antwortete nicht und ging sogar einen Schritt von ihr weg.

»Suchst du nach etwas zu essen?«

Er nickte einmal.

Mags wusste, dass sie das meiste essbare Brot bereits aus der Mülltonne geholt hatte, und kniete sich auf den Boden, zog einen der langen Laibe aus ihrer Tüte und hielt ihn hin. »Hier. Nimm das.«

Als der Junge sich nicht rührte, sagte sie: »Ist schon gut. Ich werde dir nicht wehtun. Hast du irgendwo eine Familie?«

Er nickte ihr noch einmal kurz zu.

»Ich wette, die anderen haben auch Hunger, was?«

Er nickte wieder.

»Na, also komm schon, nimm das Brot, bevor jemand anderes kommt und es für sich beansprucht.«

Mit diesen Worten bewegte sich der Junge so schnell, dass Mags ihn fast nicht sah. In einem Moment hielt sie ihm das Brot hin, und im nächsten war es unter seinem Hemd verschwunden und er wich wieder von ihr zurück. Sie war ziemlich beeindruckt.

»Ich gebe dir einen Rat ... komm montags, mittwochs und freitags etwas früher, dann hast du den Mülleimer ganz für dich allein und kannst viel mehr Brot bekommen. Ich bin dienstags und donnerstags hier und manchmal auch am Wochenende. Dann teilen wir uns die Beute, okay?«

Sie wusste, dass der Junge ihr nicht zustimmen musste, aber er nickte trotzdem noch einmal, drehte sich um und lief so schnell er konnte aus der Gasse.

Seufzend stand Mags auf. Das braune Haar des Jungen war unordentlich und sein Gesicht war schmutzig, wie das vieler Menschen, die in den Barrios lebten, und sie konnte nicht anders, als sich vorzustellen, wie er wohl vor ein paar Jahren ausgesehen haben mochte. Bevor er seine Unschuld völlig verloren hatte. Bevor das Leben in den Barrios ihn verändert hatte.

Sie brauchte nicht lange nachzudenken, sie konnte sich leicht vorstellen, wie er ausgesehen haben mochte. Wie seine Augen voller Vorfreude auf den neuen Tag geglänzt hatten, wie er sich wahrscheinlich an den kleinsten Dingen erfreut hatte.

Aber Kinder mussten in den Barrios schnell erwachsen werden, und das war herzzerreißend und traurig.

Da sie wusste, dass sie nicht verweilen durfte, damit nicht andere vorbeikamen und sich das Brot, das sie und ihre Freundinnen so dringend brauchten, einfach mit Gewalt nahmen, atmete Mags tief durch und ging den Weg zurück, den sie gekommen war.

Als sie wieder im Barrio ankam, war die Sonne bereits aufgegangen. Die Leute waren unterwegs und obwohl sie die meisten von ihnen kannte, blieben die Einheimischen eher unter sich. Meist aus Selbsterhaltungstrieb.

Als sie um eine Ecke bog, um zu der Hütte zu gehen, die sie mit den anderen teilte, erstarrte Mags.

Teresa, Gabriella, Bonita, Carmen und Maria standen alle draußen, während Ruben und Marcus sie beobachteten.

Fluchend eilte Mags auf sie zu.

Sie hatte nicht gerade Angst vor Rubens Bande, aber sie war auch nicht blöd. Sie hatte gesehen, wie die Typen zwei Amerikaner mit Leichtigkeit ausgeschaltet hatten, und wenn sie ihnen das antun konnten, konnten sie auch sie und ihre Freundinnen ernsthaft verletzen oder töten.

»Was ist hier los?«, fragte sie so mutig, wie sie nur konnte.

»Danke für das Frühstück«, rief Marcus und versuchte, ihr die Plastiktüte aus der Hand zu reißen.

Mags hielt sie aber fest und weigerte sich, sie loszulassen. Doch Ruben kam heran und schlug ihr ruhig und, ohne zu zögern, ins Gesicht.

Ihr Kopf flog nach hinten und sie fiel auf ihren Hintern in den Dreck.

»Wir nehmen uns alles, was wir wollen«, knurrte Ruben. »Wenn du weiter hier leben willst, musst du deine Abgaben bezahlen.«

Mags hielt sich eine Hand ans Gesicht, blieb auf dem Boden liegen und starrte zu ihm hoch. Gott, sie hasste diesen Ort. Sie hasste alles an ihm.

Fortuno, Eberto und Alfonso kamen aus der Hütte der Frauen und trugen einen Topf, den Carmen neulich gefunden hatte, einen großen Krug mit Wasser, den eine der Frauen wahrscheinlich gerade zurückgeschleppt hatte, und zwei Plastiktüten voller anderer Kleinigkeiten, die die Frauen mühsam zusammengesucht hatten.

»Sieht aus, als hättet ihr uns etwas vorenthalten«, spottete Eberto. »Wir sind nicht sehr erfreut. An eurer Stelle würde ich tun, was ich kann, um es wiedergutzumachen. Gabriella, was hältst du davon? Ich bin sicher, ein wenig Zeit mit Ruben zu verbringen würde helfen, ihn zu erweichen. Vielleicht lässt er dich sogar ein paar der Sachen behalten, die du so mühsam gesammelt hast. Deine Wohnung sieht ein bisschen spärlich aus.«

Mags biss sich auf die Zunge, um sich zu verkneifen, Eberto zu sagen, was für ein dummer Mistkerl er war, und zu erklären, dass Ruben Gabriella nichts antun würde, solange sie noch lebte und sich auf den Beinen halten konnte. Es war kein Geheimnis, dass der Anführer der Gruppe von Schlägern die jüngere Frau wollte.

Maria half Mags beim Aufstehen und sie alle starrten die lachenden Männer an, als sie die Gasse hinunter zu ihrem nächsten Ziel schlenderten.

»Geht es dir gut?«, fragte Bonita.

»Lass mich mal sehen«, befahl Carmen und zog an der Hand, mit der Mags ihre Wange hielt.

»Es geht mir gut«, sagte Mags. »Es ist nichts, was ich nicht schon erlebt hätte. Kommt, lasst uns nachsehen, was sie angerichtet haben.«

Sie gingen alle in die Hütte und Mags wollte wütend werden angesichts der Zerstörung, die sie sah.

Alfonso und die anderen hatten alles durcheinandergeworfen. Die Matratzen, auf denen sie geschlafen hatten, waren mit Messern zerschnitten worden, wahrscheinlich um sicherzugehen, dass sie nichts Wertvolles in dem dünnen Material versteckt hatten. Sie hatten die Dinge zurückgelassen, die bereits kaputt und die es nicht wert waren, mitgenommen zu werden, wie ein paar zerbrochene Tassen und Teller und einige zerrissene Kleidungsstücke.

Es war schon eine Weile her, dass ihre Hütte durchsucht und geplündert worden war, aber Mags hatte es satt. Sie war es so verdammt leid.

Und jetzt waren sie auch noch alle hungrig. Sie hätte sich am liebsten in den Dreck gesetzt und geweint.

Das Leben war nicht fair. Aber sie hatte weder die Zeit noch die Energie, um herumzusitzen und sich im Selbstmitleid zu suhlen. Wenn sie essen wollten, mussten sie sich an die Arbeit machen.

Mags hatte einen Moment Zeit, um dankbar zu sein, dass der »Krankenwagen«, den sie benutzten – in Wirklichkeit ein Fahrrad mit einem kleinen Anhänger – in einer nahe gelegenen Gasse versteckt war, getarnt unter dem Müll, der sich angesammelt hatte und von der Stadt nie entfernt worden war. Marcus und die anderen hätten es ihnen sicher auch gestohlen.

»Ich nehme das Fahrrad und fahre zur Müllkippe«, informierte Mags ihre Freundinnen. »Mal sehen, was ich da so alles auftreiben kann.«

»Ich komme auch mit«, erklärte Gabriella.

»Bonita und ich werden sehen, ob wir eine Ecke finden, an der wir betteln können«, sagte Carmen.

»Und ich räume hier auf«, beschloss Maria.

»Ich kenne jemanden, der mir Geld geben wird«, erklärte Teresa.

Mags schüttelte sofort den Kopf und ging zu Teresa hinüber. Sie legte ihre Hände auf ihre Schultern und hielt ihren Blick fest. Sie war klein, wie Zara es gewesen war, und eine der jüngeren Frauen in ihrer Gruppe. »Nein. Deinen Körper zu verkaufen ist nicht der richtige Weg. Del Rio hat uns vielleicht dazu gezwungen, aber das sind wir nicht mehr.«

»Was sollen wir denn dann tun, Mags?«, fragte Teresa wütend. »Jedes Mal wenn wir es schaffen, etwas zu bekommen, das uns das Leben leichter macht, kommen Ruben und seine Freunde und nehmen uns alles weg. Wir bekommen keine Arbeit und können nicht für den Rest unseres Lebens aus dem Müll leben. Manchmal denke ich, dass es mit del Rio einfacher war, dass wir uns mehr hätten anstrengen sollen, um zu bleiben.«

Mags schüttelte den Kopf und hielt Teresa fester an den Schultern. Aber sie schaute sich auch nach den anderen um, während sie sprach. »Ein Tag«, erklärte sie leise, aber bestimmt. »Mehr nicht. Wir nehmen einen Tag nach dem anderen; wir müssen nur noch einen Tag durchhalten. Es wird besser werden. Ja, es wird Rückschläge geben, aber hier mit nichts als den Kleidern am Leib zu leben ist besser, als von del Rio benutzt zu werden. Besser, als dass er unsere Körper verkauft und uns nichts zurückgibt.«

»Aber wir hatten feste Mahlzeiten«, entgegnete Bonita leise. »Und ein Dach über dem Kopf, bei dem es nicht reingeregnet hat.«

»Und wir mussten uns nicht jeden Tag Sorgen machen, dass Ruben und seine Freunde uns bestehlen«, fügte Maria hinzu.

»Du hättest also lieber mit den Kunden von del Rio zu tun, die sich nahmen, was sie wollten, egal was *du* wolltest? Mit denen, die uns verprügelten, nur weil sie sich dadurch stark und mächtig fühlten? Die Männer, die sich nicht die Mühe machten, uns nach unseren Namen zu fragen, bevor sie uns zwangen, uns auszuziehen und auf die Knie zu gehen? Wir *hatten* nicht einmal Namen. Wir waren lediglich Löcher, in die sie ihre Schwänze stecken konnten. Gesichtslos und namenlos. Ich lebe lieber hier, hungere und werde bei Regen nass, als mich noch ein einziges Mal von einem Mann anfassen zu lassen«, erklärte Mags wütend.

»Wir wissen, dass du drei Tage in der Woche dorthin zurückgehst«, erwiderte Teresa. »Willst du uns weismachen, dass du nichts zu essen und keine Sonderbehandlung bekommst, während du dort bist?«

Mags' Brust zog sich augenblicklich zusammen. Sie wollte nicht darüber reden. Über die Vereinbarung, die sie mit dem Teufel persönlich getroffen hatte. Aber Teresa und die anderen hatten ein Recht darauf, sie auszufragen. An ihrer Stelle würde sie dasselbe tun. »Ich gehe *nicht* zu del Rio. Er wird meinen Körper nicht mehr verkaufen. Ich esse *nichts*. Ich bekomme *keine* Sonderbehandlung. Wenn ich ihn sehen muss, behandelt er mich wie den Dreck an seinen Schuhsohlen«, versicherte sie ihnen.

»Und trotzdem gehst du hin, Woche für Woche. Warum?«, fragte Bonita.

Mags wollte es ihnen sagen. Wollte erklären, warum sie drei Tage in der Woche acht Kilometer und zurück zu einem Haus ging, das del Rio gehörte. Aber sie konnte es nicht. Es stand nicht nur *ihr* Leben auf dem Spiel, wenn del Rio es jemals herausfand. Er hatte ihr unmissverständlich gesagt, dass sie es bereuen würde, wenn sie jemandem erzählte, wohin sie ging und was sie tat. Und sie wusste ohne Zweifel, dass er sein Wort halten würde und dass er Mittel und Wege hatte, sie zu verletzen, die tausendmal schlimmer waren, als den Männern nur zu erlauben, sie nach Belieben zu benutzen. Sie würde es nicht riskieren. Für niemanden.

»Ich würde alles für euch tun«, erklärte Mags ihren einzigen Freundinnen ehrlich. »Und ich würde es euch sagen, wenn ich könnte. Aber ich kann es nicht. Ihr *wisst*, dass del Rio überall Augen und Ohren hat. Ich kann es nicht riskieren. Aber ich schwöre bei meiner Ehre, dass ich keine Sonderbehandlung bekomme. Kein Essen. Wenn es so wäre, würde ich es erst hierherbringen und *euch* geben, bevor ich es selbst esse.«

Sie glaubte nicht, dass die anderen das Thema einfach so fallen lassen würden, aber schließlich nickte Carmen, die genauso lange wie Mags in del Rios Gefangenschaft gewesen war. »Wenn du sagst, dass du uns nichts vorenthalten willst, dann glaube ich dir. Nur ... sei vorsichtig. Del Rio kann man nicht trauen. Das weißt du genau. Er ist eine Schlange und es ist gefährlich, sich auf irgendeine Art von Handel mit ihm einzulassen.«

»Ich weiß«, flüsterte Mags. Und sie wusste es. Sie wusste es nur zu gut ... aber es war zu spät.

»Okay, dann lasst uns losgehen«, erklärte Carmen.

»Teresa, du bleibst hier bei Maria. Das ist sicherer. Wir anderen werden schon etwas für uns zum Abendessen finden. Versprochen.«

»Passt auf euch auf«, sagten Maria und Teresa gleichzeitig.

Alle nickten und eine nach der anderen schlüpfte aus der Hütte und machte sich auf den Weg zu ihrem Ziel. Mags ging vor Gabriella los und wartete in der Gasse mit dem Fahrrad auf sie. Innerhalb von zehn Minuten schlich sie um die Ecke und kletterte ohne ein Wort des Protests in das Geheimfach des Anhängers und machte es sich bequem.

Mags schloss den Klappdeckel und sorgte dafür, dass der Müll obendrauf strategisch platziert war, damit es so aussah, als würde sie nur eine Ladung wertlosen Plastiks und Holzes mit sich führen. »Los geht's«, sagte sie zu Gabriella.

Es war nicht leicht, den Anhänger mit den über fünfzig Kilo darin in Bewegung zu setzen, und Mags spürte ihr Alter, aber es war niemand anderes in der Nähe, der tun konnte, was getan werden musste.

»Ein Tag nach dem anderen«, murmelte sie. Dann biss sie die Zähne zusammen, ignorierte den Schmerz in ihren Oberschenkeln und machte sich auf den Weg zur nächsten Müllkippe.

KAPITEL DREI

Dave war verdammt nervös. Und ungeduldig. Er wollte so schnell wie möglich den Flughafen verlassen und sich auf den Weg ins Barrio machen. Aber sie mussten erst durch den Zoll und dann ein paar Minivans mieten, was ewig dauerte. *Dann* waren sie im Stau stecken geblieben, was sie alle sehr geärgert hatte. Und weil jemand einen der Minivans nicht vollgetankt hatte, wären sie zu allem Überfluss auf der Schnellstraße fast liegen geblieben.

Nichts lief wie geplant, und Dave musste sich beherrschen, um die Fassung zu bewahren. Als sie endlich das Hotel in der Nähe des Barrios erreichten, in dem sie übernachten würden, murmelte Dave: »Wenn alles gut geht, können wir bis morgen früh von diesem verdammten Ort verschwunden und zurück in den Staaten sein.«

Zara starrte Meat fassungslos an. »Meint er das ernst?«

»Ich schätze schon.«

Sie schüttelte den Kopf. »Tut mir leid, aber ich glaube nicht, dass es so laufen wird«, entgegnete Zara und wiederholte damit, was sie schon im Flugzeug gesagt hatte.

»Wie kommst du darauf?«, fragte Meat.

»Ich will hier nicht den Miesmacher spielen, aber Dave, deine Frau hat zehn Jahre lang ein völlig anderes Leben geführt. Sie hat nie einem von uns von ihrem Leben in den Staaten erzählt, oder von dir. Wir haben auch nicht viel darüber gesprochen, was uns ins Barrio gebracht hat, aber ich weiß, dass Mags ... gelitten hat.«

Dave runzelte bei Zaras Worten die Stirn. Er wusste, dass sie gelitten hatte. Während der letzten zehn Jahre war kein Tag vergangen, an dem er *nicht* darüber nachgedacht hatte, was sie durchgemacht hatte. Und der Gedanke, dass seine schöne Frau leiden musste, sorgte dafür, dass er am liebsten jemanden umgebracht hätte. Aber ihr so nahe zu sein und sich doch so weit von ihr entfernt zu fühlen, brachte ihn um den Verstand.

»Und nein, ich kann dir nicht *genau* sagen, wie sie gelitten hat, weil ich die Details nicht kenne. Aber ich denke, es ist offensichtlich. Sie hat einmal gesagt, dass sie nur nicht mehr bei del Rio arbeitet, weil sie langsam zu alt wurde. Der Mistkerl ist tatsächlich etwas wählerisch bei den Frauen, die er zwingt, für ihn zu arbeiten, weshalb die anderen – Teresa, Bonita, Maria und Carmen – auch alle rausgeschmissen wurden. Ich weiß nicht, was mit ihnen passiert ist, aber sie sind alle sehr dankbar, dass sie gefeuert wurden. Das Leben in del Rios Haus war die Hölle. Und nichts, wovon sich eine Frau jemals wirklich vollständig erholen kann. Ich wollte nur ...« Sie schüttelte den Kopf. »Ich glaube einfach nicht, dass Mags dich sieht und dann sofort zustimmt, mit dir abzuhauen.«

Dave gefiel so ziemlich nichts von dem, was Zara gerade gesagt hatte. Er wusste, dass es nicht einfach werden würde, aber Raven war seine *Frau*. Sie liebten sich. Die fünf Jahre, die sie verheiratet waren, waren die glücklichsten, die er je in seinem Leben erlebt hatte. Warum sollte sie nach allem, was sie durchgemacht hatte, *nicht* aus Peru verschwinden und mit ihm nach Hause zurückkehren wollen? Er hatte keine Antwort auf diese Frage, und das ärgerte ihn.

»Sie hat recht«, erklärte Arrow. »Ich weiß, was meine Morgan durchgemacht hat, als sie versuchte, sich von allem zu erholen, was ihr passiert ist, und wenn deine Frau jahrelang im Sexgewerbe tätig war, wird sie ein völlig anderer Mensch sein. Sie ist vielleicht nicht gewillt oder sogar nicht dazu *in der Lage*, euer gemeinsames Leben wieder aufzunehmen.«

Dave biss die Zähne zusammen. »Ihr redet alle um den heißen Brei herum. Ich weiß, warum meine Frau entführt wurde. Sie ist verdammt schön, und irgendein Kerl hat beschlossen, dass sie die perfekte Ergänzung für seinen Harem ist. Ich habe keinen Zweifel, dass sie vergewaltigt und jahrelang missbraucht wurde. Ich weiß nicht genau, was zwischen ihrer Entführung und ihrem Auftauchen im Barrio passiert ist, aber ihr versteht nicht, dass es mir *verdammt egal* ist. Ich habe geschworen, in guten wie in schlechten Zeiten zu ihr zu halten. In Krankheit und Gesundheit. Sie zu lieben und zu ehren, bis dass der Tod uns scheidet. Und verdammt, der Tod hat uns nicht geschieden, und ich liebe sie heute noch genauso sehr wie an dem Tag vor zehn Jahren, als sie mir entrissen wurde!

Bei der Liebe geht es nicht nur darum, mit jemandem zusammen zu sein, wenn es gut läuft. Und ich liebe Raven. Mit jeder Faser meines Daseins. Ich habe das letzte Jahrzehnt damit verbracht, nach ihr zu suchen. Ich bin auch nicht dumm. Ich weiß, dass sie nicht einen Blick auf mich werfen wird, mir dann in die Arme fällt und sich von mir in den Sonnenuntergang tragen lässt. Aber ich will ihr so schnell wie möglich mitteilen, dass ich hier bin. Dass sie in Sicherheit ist. Dass jetzt alles in Ordnung kommen wird.«

»Lass mich wenigstens zuerst mit ihr sprechen«, bat Zara inständig. »Ich kann ihr erklären, was los ist und dass du hier bist, um mit ihr zu reden.«

»Nein«, erklärte Meat mit Nachdruck. »Du gehst nicht allein zurück in dieses Viertel. Kommt überhaupt nicht infrage.«

Zara drehte sich zu ihrem Verlobten um. »Ich meinte nicht, dass ich allein gehen soll. Ich schätze, Ruben und seine Bande von Mistkerlen treiben sich immer noch dort rum, und wenn ich ihnen allein begegne, bekomme ich großen Ärger. Aber ich glaube wirklich, dass es das Beste wäre, wenn ich sie besuchen und allein mit ihr reden könnte, während ihr alle in der Nähe wartet.«

»Ich kann den Gedanken nicht ertragen, dass du dorthin zurückkehrst«, entgegnete Meat etwas weniger barsch.

»Ich weiß, aber überleg doch mal. Wenn ihr alle sieben auf einmal auftaucht und wissen wollt, wo Mags ist, werden die Leute ausflippen. Aber wenn ich reingehe und *erkläre*, was los ist, hat Dave eine bessere Chance, mit Mags zu reden, ohne dass es zu einem riesigen Willenskampf wird. Und glaub mir, Mags ist stur. Das musste sie auch sein. Außerdem«, fuhr sie fort, »misstrauen die Frauen den Männern dort ziemlich. Sie hatten kein einfaches Leben. Von früh bis spät versuchen die Leute, ihnen das Wenige, das sie haben, zu stehlen. Sich zu nehmen, was sie nicht geben wollen. Es bringt nichts, wenn ihr alle auftaucht und euch über ihre Situation aufregt.«

»So sehr es mir auch missfällt, sie hat recht«, bemerkte Arrow.

Zara wandte sich an Dave. »Ich *weiß*, dass du deine Frau sehen willst und dass es schmerzhaft ist, warten zu müssen, aber glaub mir, es ist das Beste so. Mags ist eine der erstaunlichsten Frauen, die ich kenne. Sie hat mir mehr geholfen, als ich je in Worte fassen könnte. Aber sie leidet auch. Ich habe es jedes Mal gesehen, wenn ich ihr in die Augen blickte. Wenn du aus heiterem Himmel auftauchst und versuchst, sie zum Gehen zu zwingen, ist es möglich, dass du sie für immer verlierst. Sie ist nicht mehr die Raven, die du kanntest. Sie ist Mags.«

»Sie wird immer meine Raven sein«, widersprach Dave. »Und es überrascht mich nicht, dass sie dir geholfen hat – so ein Mensch ist sie nun mal. Aber es ist *zehn Jahre* her, Zara. Du kannst besser als jeder andere verstehen, wie sehr ich sie mit eigenen Augen sehen muss. Sie berühren muss.«

»Ich verlange ja nicht, dass du tagelang wartest«, beschwichtigte Zara. »Nur ein paar Stunden oder so. Lass mich hineingehen, mit meinen Freundinnen reden und ihnen sagen, wie wunderbar ihr alle seid. Um den Weg ein wenig zu ebnen.«

»Wir könnten in der Zwischenzeit einkaufen gehen«, schlug Meat vor. »Nicht um sie zu bestechen, aber ich nehme an, es gibt Dinge, die sie gebrauchen können.«

Zara nickte eifrig. »Das wäre großartig. Ich kann eine Liste machen. Aber ... Ruben und seine Kumpane plündern die Hütten regelmäßig aus. Alles, was wir für sie besorgen, muss leicht zu verstecken sein, also übertreibt es nicht.«

Dave tat sein Bestes, um seine Ungeduld zu zügeln. Was ihm am wenigsten gefiel, wenn er die Mountain Mercenaries auf Einsätze schickte, war die Tatsache, dass er nicht jeden Aspekt unter Kontrolle hatte. Auch wenn er kein Soldat war, hasste er es, einfach nur herumzusitzen und darauf zu warten, dass er erfuhr, ob die Mission ein Erfolg war oder nicht. Er konnte so viel recherchieren, wie er wollte, bevor sie aufbrachen, aber sobald sie vor Ort waren, konnte er nichts weiter tun, als auf das Ergebnis zu warten, es sei denn, sie benötigten Informationen oder die Hilfe einer seiner Kontakte.

So ungeduldig war er im Moment auch. Er hatte keine Lust zu warten. Er wollte Raven endlich wieder mit eigenen Augen sehen. Seine Haut kribbelte, er schwitzte wie verrückt und er hatte das Gefühl, dass er buchstäblich implodieren würde, wenn er sie nicht auf der Stelle zu Gesicht bekäme.

Aber er wusste auch, dass Zara recht hatte. Sie konnten nicht einfach alle aus heiterem Himmel auftauchen. Sieben riesige Männer würden im Barrio für Aufsehen sorgen. Außerdem würden sie die Frauen verängstigen, und er wollte seiner Frau auf keinen Fall noch mehr Leid zufügen.

»Gut. Aber ich möchte, dass du ihr etwas von mir bringst. Ich vermute, sie wird skeptisch sein und vielleicht nicht einmal glauben, dass ich wirklich hier bin.« Dave griff nach seiner Brieftasche und holte einen zerdrückten Penny heraus. Er hatte ihn zehn Jahre lang jeden Tag bei sich getragen. Er und Raven hatten ihn während ihres Aufenthaltes in Las Vegas bekommen. Gleich danach hatte sie einen Zwanziger in einen Spielautomaten gesteckt und tausend Dollar gewonnen. Sie hatte gelacht und gesagt, das sei alles wegen des Pennys. Dass es jetzt ihr Glückspfennig sei.

Er reichte ihn Zara, die ihn prüfend ansah und dann wieder zu ihm aufblickte. »Ich sorge dafür, dass sie ihn bekommt«, versicherte sie ihm leise.

Sie stiegen aus dem Minivan aus und warteten darauf, dass Black, Ro, Ball und Gray aus ihrem ausstiegen, bevor sie in die Eingangshalle des heruntergekommenen Hotels strömten. Nachdem Dave sie in mehrere Zimmer eingeteilt hatte, sagte Arrow: »Wir sollten bis zur Dämmerung warten. Dann sind wir vielleicht weniger auffällig.«

Dave wollte protestieren. Er wollte seinem Team sagen, dass sie ihre Sachen in ihre Zimmer bringen und gleich wieder runterkommen sollten, damit sie weitermachen konnten, aber er wusste, dass Arrow recht hatte.

Er wollte glauben, dass Raven ihn ansehen und ihn dann anflehen würde, sie nach Hause zu bringen. Hoffentlich wäre das der Fall, egal, was Zara dachte. Er wollte so schnell wie möglich wieder aus dem Land verschwinden.

Allein der Gedanke, Raven zu sehen, sie wieder in die Arme zu schließen, war überwältigend. An dem Tag, an dem sie verschwunden war, hatte Dave einen Teil von sich selbst verloren. Er hatte eine Zeit lang neben sich gestanden. War verrückt geworden vor Kummer und Wut. Er wollte jetzt ruhig sein. Er war seiner Frau so nahe wie seit Jahren nicht mehr, und trotzdem fühlte er erneut die Wut darüber, dass sie ihm genommen worden war, und er war so nervös, dass er kaum atmen konnte, wenn er daran dachte, sie bald wiederzusehen.

Als sie alle die Eingangshalle verließen, um auf ihre Zimmer zu gehen und sich auf die Fahrt ins Barrio am späten Nachmittag vorzubereiten, konnte Dave nicht umhin, besorgt zu sein. Je länger er darauf wartete, Raven zu sehen, desto größer war die Wahrscheinlichkeit, dass sie sich einfach wieder in Luft auflöste.

Zara verließ das Hotel ein paar Stunden später. Sie ging etwa eine Straße vor Meat, aber sie wusste, dass er hinter ihr war, sie beobachtete und sich vergewisserte, dass sie in Sicherheit war. Sie hatte gewusst, dass sie ihn nicht überreden konnte, sie allein ins Barrio gehen zu lassen, aber sie hatte ihn zumindest überreden können, ihr mit etwas Abstand zu folgen.

Als sie und Meat in ihrem Zimmer angekommen waren, hatte sie ihn davon überzeugt, dass es eine gute Idee wäre, noch früher ins Barrio zu gehen, als sie es mit Dave besprochen hatten. Sie wussten beide, wie sehr er darauf brannte, Mags zu sehen, und es war sicher schier unmöglich, ihn zurückzuhalten, wenn er sie gleich beim ersten Mal ins Barrio begleitet hätte.

Meat war nicht glücklich darüber, den Anführer der Mountain Mercenaries zu täuschen, aber alles in allem stimmte er Zara zu, dass es ein guter Plan war.

Zara musste jedoch daran denken, wie schwer Meat verletzt worden war, als er das letzte Mal im Barrio gewesen war. Sie fügte sich nicht mehr so gut ins Gesamtbild wie früher, aber sie hatte keinen Zweifel daran, dass Meat sofort zur Stelle wäre, wenn jemand sie belästigte. Er würde ihr niemals erlauben, sich allein in potenzielle Gefahr zu begeben. Sie wollte wütend darüber sein und darauf bestehen, dass sie es schaffen würde; schließlich war sie fünfzehn Jahre lang ganz allein durch die Straßen der Barrios gezogen. Aber sie wusste, dass das für Meat keinen Unterschied machen würde. Und dafür liebte sie ihn umso mehr.

Sie betete, er möge sich im Schatten aufhalten und unbemerkt bleiben, und wandte ihre Gedanken Mags zu. Sie fühlte sich schlecht wegen Dave. Das tat sie wirklich. Aber sie musste auch an ihre Freundin denken. Auf keinen Fall würde sie etwas tun, was der anderen Frau emotionalen Schmerz zufügte. Sie hatte schon viel zu viel durchgemacht. Mags war zwar klug und einfühlsam, aber es gab auch eine tiefe Quelle des Schmerzes, die sie vor der Welt verborgen hielt. Zara erkannte ihn, denn sie hatte ähnlichen Schmerz in sich getragen. Aber was genau Mags' Kummer verursachte, wusste Zara nicht. Sie hatte sich nie getraut zu fragen.

Hoffentlich würde die Wiedervereinigung mit ihrem Mann Mags helfen zu heilen.

Die Geräusche und Gerüche, die Zara auf ihrem Weg in das Barrio überfielen, waren beängstigend und vertraut zugleich. Einst war dies ihre Welt gewesen. Obwohl sie keine Probleme hatte, sich darin zurechtzufinden, fühlte sich die Gegend jetzt fremd an. Merkwürdig. Das war kein gutes Gefühl.

Als sie das Barrio betrat, schaute sie sich beim Gehen ständig nervös um und war erleichtert, als sie weder Ruben noch einen seiner Kumpane sah. Die meisten Leute waren in ihren Hütten und schliefen während der heißesten Zeit des Tages. Sie hoffte, wenigstens eine ihrer Freundinnen in der Hütte zu finden, die sie alle gemeinsam nutzten. Aber es war möglich, dass sie in ein anderes Barrio, eine andere Hütte umgezogen waren.

Zara näherte sich der Hütte, in der sie zuletzt vor einigen Monaten gewesen war, und die Erinnerungen drohten sie zu überwältigen. Sie klopfte leicht an das Stück Wellblech, das als Tür diente, und rief auf Spanisch: »Hallo? Gabriella? Carmen? Ist jemand da?«

In Sekundenschnelle wurde das Metall zur Seite geschoben und Zara starrte in Teresas Gesicht.

»*Madre de Dios*«, rief die andere Frau atemlos und brach dann in Tränen aus.

Zara drängte sich in die Hütte und stellte schnell fest, dass alle außer Mags da waren.

Sie fingen alle gleichzeitig an, zu reden und zu weinen. Es dauerte einige Minuten, bis Zara ihre eigenen Emotionen so weit unter Kontrolle hatte, dass sie erklären konnte, was los war. Es fiel ihr so leicht, Spanisch zu sprechen, wie sie Englisch sprach.

»Was machst du hier?«

»Warst du nicht in Amerika?«

»Du siehst wunderschön aus!«

Zara lächelte ihre Freundinnen an. »Gebt mir einen Moment Zeit, dann erkläre ich euch alles.«

Alle wurden still und Zara erzählte ein paar Minuten lang schnell von Meat und Colorado und von ihren Großeltern und ihrem Onkel. Als sie fertig war, starrten sie alle nur ungläubig an.

»Ich bin reich«, erklärte sie leise. »All die Jahre, und meine Großeltern haben sich nicht die geringste Mühe gegeben, mich zu finden. Also habe ich beschlossen, das Geld für etwas Gutes zu verwenden. Ich brauche nicht alles. Ich bin hier, um Daniela und euch zu besuchen, und um eine Klinik zu errichten, damit Leute wie wir medizinische Hilfe bekommen, wenn wir sie brauchen. Und in Zukunft möchte ich auch eine Lebensmittelbank einrichten.« Das war nicht komplett gelogen. Sie wollte tatsächlich eine Klinik bauen lassen, aber das war nicht der eigentliche Grund, warum sie hier war.

Alle fingen sofort wieder an zu reden, und Zara konnte nur lächeln. Sie hatte diese Frauen vermisst. Sie waren so lange ein wichtiger Bestandteil ihres Lebens gewesen. Allye, Morgan und die anderen in Colorado hatten alles dafür getan, dass sie sich willkommen fühlte, aber gemeinsam mit ihren Frauen hatte sie viel durchgemacht.

»Warte nur, bis Mags dich sieht«, bemerkte Gabriella aufgeregt.

»Wo ist sie eigentlich?«, wollte Zara wissen.

»Es ist Mittwoch«, erklärte Carmen.

Zara nickte. »Stimmt, das hatte ich vergessen.« Und das

hatte sie auch. Niemand wusste, wo Mags an drei Tagen der Woche hinging. Sie wollte nicht darüber reden, und alle hatten sich daran gewöhnt, dass sie an diesen Tagen weg war. Im Barrio stellte niemand allzu viele Fragen.

Zara hatte nicht vor, lange im Barrio zu bleiben, aber sie wollte auch nicht gehen, ohne Mags gesehen und mit ihr gesprochen zu haben. Sie konnte nicht zurück ins Hotel gehen und Dave sagen, er müsse bis morgen warten. Es war schon schlimm genug, dass er den Rest des Tages auf ihre Rückkehr warten musste, aber es ließ sich nicht ändern.

Sie machte sich auch Sorgen wegen Meat, der draußen herumhing und sie beobachtete, aber sie musste einfach akzeptieren, dass er auf sich selbst aufpassen konnte.

Ein Teil von ihr hatte Angst gehabt, dass die Frauen nicht mehr hier sein würden, und sie war erleichtert, dass dem nicht so war. Wenn es so gewesen wäre, hätte Dave sicher den Verstand verloren, so viel war Zara klar.

»Wie ist es hier gelaufen?«, fragte Zara. »Sind Ruben und seine Kumpane noch genauso schlimm wie früher?«

Maria runzelte die Stirn. »Schlimmer. Neulich sind sie eingebrochen und haben so ziemlich alles gestohlen oder zerstört, was wir hatten.«

Als Zara sich umsah, konnte sie sehen, dass die Hütte fast leer war. Sie schüttelte frustriert den Kopf. »Es tut mir so leid.«

Bonita zuckte mit den Schultern. »Es ist, wie es ist.«

»Nun, dann habe ich gute Neuigkeiten für euch. Ich bin nicht nur mit meinem Freund zurückgekehrt, sondern auch mit all *seinen* Freunden. Und heute gehen sie einkaufen. Ich habe ihnen eine Liste mit Dingen gegeben, von denen ich dachte, dass ihr sie gebrauchen könntet oder die ihr euch wünscht. Wir müssen uns überlegen, wie wir das alles vor Rubens Schlägertrupp verstecken, damit die Kerle nicht wieder reinkommen und euch ausrauben, aber ich denke, euch wird gefallen, was sie mitbringen.«

Und schon ging das aufgeregte Geschnatter wieder los.

Zara freute sich, ihre Freundinnen so glücklich zu sehen, auch wenn es nur vorübergehend war. Das Leben im Barrio war nicht einfach und es war ein tolles Gefühl, ihnen etwas zurückgeben zu können, nachdem sie so viel für sie getan hatten.

Sie hatte ihnen nicht erzählt, dass sie auch vorhatte, ein Haus in der Nähe von Danielas Haus zu kaufen, in das sie alle einziehen sollten – diese Neuigkeit hatte sie sich für später aufgehoben. Sie konnte nicht jeden im Barrio retten, aber sie konnte *sehr wohl* etwas für die Frauen tun, die ihr gezeigt hatten, was wahre Freundschaft bedeutete.

Sie unterhielt sich mindestens eine Stunde lang mit ihren Freundinnen und Zara wusste, dass es schon spät war. Sie machte sich immer noch Sorgen um Meat und darum, dass Dave einfach aus heiterem Himmel auftauchen würde, wenn er herausfand, dass sie ihn abgehängt hatte. Sie wollte auf keinen Fall, dass Mags ihm zufällig begegnete. Sie musste gewarnt werden, dass er hier war. Aber ein Teil von Zara wollte nicht gehen. Sie fand es schön, Bonita, Carmen und die anderen wiederzusehen. Sie vermisste zwar nicht ihr altes Leben, aber diese Frauen schon.

Gerade als Zara dachte, sie müsse gehen und am nächsten Tag wiederkommen, um mit Mags zu reden, glitt das Stück Wellblech, das als Tür diente, zurück und Mags stand vor ihr.

Zara stand schnell auf und lächelte die andere Frau unsicher an. Sie war immer eine Art Mutterfigur für sie gewesen. Zara schätzte ihre Meinung und es war ihr sehr wichtig, was Mags von ihr dachte.

»Zara? Bist du es wirklich?«, fragte Mags.

»Ja, ich bin es.«

»Komm her und lass dich umarmen!«, befahl sie.

Zara seufzte erleichtert auf und ging hinüber, um die ältere Frau zu umarmen. Sie roch nach Schweiß und dem Gestank, der alles im Barrio durchdrang, aber Zara bemerkte es kaum.

»Ich habe dich vermisst«, sagte Zara leise auf Englisch.

»Und ich dich«, gab Mags zurück.

»Du scheinst nicht sehr überrascht zu sein, mich zu sehen«, bemerkte Zara.

Mags lachte leise, aber das Lachen erreichte ihre Augen nicht. Tatsächlich wirkte die andere Frau erschöpft. Noch müder als sonst.

»Das liegt daran, dass ich es nicht bin. Im Barrio treiben sich drei Männer herum, die offensichtlich nicht hierhergehören. Und wenn ich mich nicht irre, ist einer von ihnen der Mann, der dich in die Vereinigten Staaten zurückgebracht hat.«

Zara schloss die Augen und atmete tief durch. Wenn Mags drei Männer gesehen hatte, bedeutete das, dass Dave wahrscheinlich auch irgendwo da draußen war. »Ich wusste, dass Meat auf mich aufpasst, aber ich habe ihm gesagt, er solle sich verstecken«, entgegnete sie.

»Ich nehme an, mit ihm ist alles gut gelaufen?«, fragte Mags.

Etwas schüchtern nickte Zara.

»Gut. Ich hatte gleich ein gutes Gefühl bei ihm«, entgegnete Mags. »Also, warum seid ihr hier?«

Die anderen Frauen fingen alle gleichzeitig an zu reden und erzählten Mags alles über die Klinik, die Zara bauen wollte, und über die Lebensmittelbank. Als sie fertig waren, hob Mags eine Hand und streichelte Zaras Wange. »Du hast dich immer um alle gekümmert, die weniger hatten als du.«

Zara ergriff Mags' Hand und drückte sie fest. »Das ist nicht der einzige Grund, warum ich hier bin.«

Mags legte fragend den Kopf schief.

Auf Englisch sagte Zara: »Meats Freunde gehören zu einer Gruppe, die um die Welt reist und Frauen und Kinder rettet, die missbraucht oder entführt wurden. Die Frau ihres Anführers ist vor zehn Jahren verschwunden ... und er hat das letzte Jahrzehnt damit verbracht, verzweifelt nach ihr zu suchen. Er hat meinen Freund und die anderen für das Team angeworben, weil er selbst keine militärische Erfahrung hat.«

Mit jedem Wort, das Zara sprach, wurde Mags' Gesicht blasser und blasser, bis sie aussah, als würde sie gleich umkippen.

»Ich habe dich auf einem Bild erkannt, das hinter dem Tresen an der Wand im *The Pit* hing. Als Dave hörte, wo du bist, hat er sofort einen Flug gebucht.«

Mags sackte abrupt auf den Boden. Ihre Knie gaben einfach nach.

Zara kniete sich vor sie hin, griff in ihre Tasche und holte den gepressten Penny heraus, den Dave ihr gegeben hatte. Sie hielt ihn ihr hin. »Er hat mir gesagt, ich soll dir das geben, um zu beweisen, dass er dein Mann ist.«

Mags starrte das Geldstück an, als sei es eine Schlange, die ihr die Hand abbeißen würde, wenn sie danach griff.

»Er ist hier, Mags. Und im Gegensatz zu meinen eigenen Verwandten hat er *nie* aufgehört, nach dir zu suchen.«

Mags starrte auf den Penny und Erinnerungen erschienen vor ihrem geistigen Auge, als sähe sie einen alten Film. Dave, der über ihre Reaktion lächelte, als sie die Pfennig-

Maschine sah. Mags, die in seine Tasche griff, um nach Kleingeld zu suchen ... und ihn gleichzeitig zu necken. Sie sagte ihm, dass sie einen Glückspfennig brauchen, damit sie groß gewinnen können. Und das hatten sie. Sie erinnerte sich daran, wie Dave geschworen hatte, den Penny immer bei sich zu tragen, bevor er ihn in ein Fach in seiner Brieftasche gesteckt hatte.

Sie schloss verzweifelt die Augen. Sie hatte die Gedanken an ihren Mann in die hintersten Winkel ihres Verstandes verdrängt, größtenteils, damit sie nicht verrückt wurde, und aus Selbstschutz. An Dave und die Liebe, die sie teilten, zu denken, war äußerst schmerzhaft; besonders schwierig war es im ersten Jahr gewesen, in dem sie getrennt waren. Die Dinge, die sie hatte tun und ertragen müssen, waren so schrecklich gewesen, dass jeder Gedanke an ihr früheres Leben zur reinen Qual geworden war. Sie hatte sich nicht daran erinnern wollen, wie gut sie sich bei ihm gefühlt hatte. Wie besonders und geliebt sie gewesen war. Sie hatte nur daran denken können, einen Tag zu überleben. Und dann den nächsten. Und den nächsten.

Aber nachdem sie jahrelang versucht hatte, diese Erinnerungen zu verdrängen, hatten sie begonnen, sich wieder einzuschleichen ... besonders während der letzten paar Jahre. Und nachdem sie gesehen hatte, dass Zara die Liebe zu ihrem Mann gefunden hatte, konnte Mags nicht anders, als noch häufiger an ihren lang verschollenen Mann zu denken, daran, wie es früher einmal war.

Und als sie den Penny in Zaras Handfläche sah, wurden so viele schmerzhafte Erinnerungen wach, dass Mags glaubte, ihr würde tatsächlich schlecht werden.

»Ich kann ihn nicht sehen. Ich will nicht!«, flüsterte Mags.

Dann verstand sie, was Zara gesagt hatte.

Nach den Männern zu urteilen, die im Barrio herumlungerten, war Dave bereits hier.

Hier.

Früher wäre sie überglücklich gewesen, ihn zu sehen. Zu
wissen, dass er hier war, um sie von Peru und dem, was aus
ihrem Leben geworden war, wegzuholen. Aber jetzt nicht
mehr. Sie konnte nicht gehen. *Wollte* nicht.

Verzweifelt sah Mags sich in der Hütte um und
versuchte zu denken. Sie musste dort weg, bevor Dave kam.
Sie musste sich verstecken.

Die anderen starrten sie mit großen Augen verwirrt an.
Sie verstanden sie nicht, aber sie kannten ja auch nicht ihre
ganze Geschichte. Sie hatte sie geheim halten müssen. Nicht
einmal die Frauen, die für sie wie Töchter und Schwestern
geworden waren, wussten alles, was ihr widerfahren war.

»Zara?«, rief eine männliche Stimme leise von der
anderen Seite des fadenscheinigen Stücks Wellblechs, das
sie als Tür benutzten.

Mags stand sofort auf und wich zurück. Ihr Herz schlug
eine Million Mal pro Minute und sie bekam nicht genügend
Luft in ihre Lunge. Sie wäre durch die kleine verborgene
Tür hinten aus der Hütte geflüchtet, die sie nur für Situationen wie diese gebaut hatten, wenn ein Ausgang vorn
nicht möglich war, aber Maria und Bonita standen davor.

Zara schob das Wellblech zurück und Mags erkannte
den Mann, den sie vor ein paar Monaten aus dem Barrio
geschmuggelt hatten. Er war groß, aber nicht so groß wie ihr
Dave.

Nein. Nein, nein, nein, nein!

Mags konnte es nicht ertragen, dass jede Sekunde neue
Erinnerungen an Dave auftauchten. Sie hatte kaum überlebt, als sie ihn das erste Mal verloren hatte. Ein zweites Mal
würde sie es nicht schaffen.

Doch dann wurde ihr die Entscheidung abgenommen.

Hinter Zaras Mann drängten sich drei andere. Aber Mags hatte nur Augen für einen.

Während sie vorher zu schnell geatmet hatte, konnte sie jetzt nicht einmal mehr das kleinste bisschen Sauerstoff in ihre Lunge bekommen.

Wie viele Nächte hatte sie auf dem Boden gelegen, geschlagen und blutend, und darum gebetet, Dave wiederzusehen? Wie oft hatte sie sich geschworen, alles zu tun, was nötig war, um zu überleben, bis ihr Mann sie finden würde? Wie oft hatte sie sich gewünscht, tot zu sein, um nicht anderen Männern geben zu müssen, was sie geschworen hatte, nur ihrem Mann zu geben?

Zu viele Male, um sie zu zählen.

Vor etwa fünf Jahren hatte sie aufgehört, sich etwas zu wünschen und zu hoffen, wenn es um ihre eigene Sicherheit ging.

Aber jetzt war er da. Der Mann, den sie von ganzem Herzen geliebt hatte. Der Mann, den sie *immer noch* liebte, den sie aber nicht haben konnte. Er sollte nicht hier sein. Er hätte schon längst weiterziehen sollen. Eine andere Frau finden, die ihn tröstete und liebte.

»Raven«, sagte Dave in einem gebrochenen Flüsterton. Dann machte er einen Schritt auf sie zu.

Voller Panik wich Mags verzweifelt zurück und stieß mit Gabriella und Teresa zusammen, die direkt hinter ihr standen. Sie fingen sie auf, bevor sie zu Boden stürzen konnte.

Der Blick auf Daves Gesicht, als sie zurückwich, machte sie fast fertig.

Er war am Boden zerstört.

Er sank langsam auf die Knie und senkte den Kopf, als wäre er zu schwer für seinen Hals. Als er wieder aufblickte, sah sie so viele Gefühle in seinen Augen. Frustration, Angst, Entschlossenheit, Liebe.

Es war das Letzte, das sie fast umbrachte.

Zaras Mann warf seiner Verlobten einen verlegenen Blick zu. »Offensichtlich ist er uns gefolgt. Ich habe versucht, ihn zurückzuhalten, um dir mehr Zeit zu geben, mit ihr zu reden«, erklärte er, »aber als er sie vorbeigehen sah, konnte ich ihn nicht aufhalten. Ich habe ihn so lange wie möglich zurückgehalten.«

Mags konnte den Blick nicht von ihrem Mann abwenden. Ihre Augen saugten ihn quasi in sich auf. Er sah gut aus. *Richtig* gut. Aber er war verändert. Härter. Sie wusste ohne Zweifel, dass sie sich ebenfalls verändert hatte. Nicht mit Absicht, aber ihr Verschwinden hatte ihnen beiden zugesetzt.

Sein Bizeps war noch genauso groß, wie sie ihn in Erinnerung hatte. Wie sehr hatte sie es geliebt, sich an ihn zu schmiegen und ihren Kopf auf diese Arme zu legen. Er konnte sie hochheben, ohne dass es den Anschein hatte, als würde er sich anstrengen müssen. Sein Haar hatte graue Strähnen, die noch nicht da gewesen waren, als sie ihn das letzte Mal gesehen hatte, und feine Linien umgaben seine Augen und seinen Mund. Auch sein Bart hatte graue Strähnen, und das machte ihn für sie nur noch sexyer.

Aber es war die große Narbe, die sich an seinem Hals bis in den Ausschnitt seines Hemdes schlängelte, die dafür sorgte, dass sie ihn besorgt ansah. Was war passiert? Die Narbe war hässlich und es sah so aus, als hätte sie ihn fast umgebracht. Wie hatte er sie sich zugezogen? Hatte jemand mit ihm im Krankenhaus gesessen, als er sich erholt hatte?

Alle Anwesenden verblassten um sie herum, während Mags den Mann anstarrte, von dem sie dachte, dass sie ihn nie wiedersehen würde. Sie war sich sehr bewusst, wie schrecklich sie wahrscheinlich aussah. Sie hatte ihr Haar seit wer weiß wie langer Zeit nicht mehr gewaschen. Sie hatte Schmutz unter den Fingernägeln und sie wusste, dass sie roch, sowohl nach Schweiß nach dem langen Spaziergang heute als auch davon, dass sie nie sauberes Wasser zum Baden hatte. Sie hatte kaum mehr etwas mit der sorglosen Frau gemein, die sie bei ihrem letzten Treffen mit Dave gewesen war.

Aber er sah sie nicht mit Abscheu an. Eher mit Ehrfurcht.

Mags schluckte schwer und riss den Blick von Dave los. Drei weitere Männer standen in der Hütte, was den ohnehin schon kleinen Raum extrem beengt machte. Neben der Tür standen vier Tüten, die offensichtlich Zaras Freunde mitgebracht hatten.

»Ich möchte dir ein paar Freunde von mir vorstellen«, sagte Zara auf Spanisch. »Das ist Meat, mein Freund. Er ist derjenige, den wir aus der Gasse geschleppt haben und den ich zu Daniela zur Behandlung gebracht habe. Wir ... ähm ... wir leben zusammen, und ich liebe ihn. Das sind seine Freunde, Arrow und Gray. Und das ist ... Dave. Sie sind hier, um mir bei der Gründung der Klinik zu helfen.«

Mags war froh, dass Zara nichts weiter darüber sagte, wer Dave war. Sie war nicht bereit.

Würde *nie* bereit sein.

Aber ihre Freundinnen waren nicht dumm. An ihrer Reaktion auf den Mann war zu erkennen, dass er nicht nur ein weiterer Freund von Zara war.

Die Frauen grüßten alle und der Mann, den Zara Gray nannte, drehte sich um, hob die Tüten auf und hielt sie ihnen hin.

»Ich habe euch ja gesagt, dass ich ihnen eine Liste mit Dingen gegeben habe, die ihr brauchen könntet«, erklärte

Zara. »Wir müssen alles vergraben oder die Sachen bei Daniela in Sicherheit bringen, damit Ruben und die anderen sie nicht stehlen.«

Teresa griff nach einer Tüte, und Gabriella und Bonita taten es ihr gleich. Sie sahen hinein und ihre Augen wurden so groß, dass es fast komisch war.

Mags schaute wieder zu Dave ... und bekam wieder einmal keine Luft. Er hatte den Blick nicht von ihr abgewandt. Es war, als würde er sie in sich aufsaugen. Aber anstatt dass sein Blick sie tröstete, fühlte sie sich entblößt. Nackt. Sie hatte das Gefühl, als könnte er direkt durch sie hindurch zu ihren tiefsten, dunkelsten Geheimnissen sehen. Dinge, über die sie nie sprechen würde. Weder mit ihm noch mit sonst jemandem. Es war ihre Schande, die sie zu tragen hatte.

Zara fungierte als Übersetzerin, aber Mags konnte vor lauter Rauschen in ihren Ohren nicht einmal hören, was sie sagte.

Dave stand nicht wieder auf. Er blieb auf dem Boden knien und sah sie aufmerksam an. Mags wusste, wenn sie das noch eine Sekunde länger ertragen musste, würde sie durchdrehen.

»Raven«, sagte Dave leise. »Ich wollte Zara glauben. Ich wollte glauben, dass die Frau, die sie als Mags kannte, wirklich du bist ... aber ich wollte mir auch nicht zu große Hoffnungen machen. Ich bin schon so oft enttäuscht worden, ich wusste, dass ich es nicht noch einmal ertragen würde. Aber du bist es. Du bist es wirklich.«

Mags starrte ihn an, ohne zu blinzeln.

»Kann ich ... geht es dir gut?«

Sie hätte am liebsten geschnaubt. Ob es ihr gut ging? Nein, natürlich nicht.

»Sie hat eine Menge zu verarbeiten, Dave«, bemerkte

Arrow und legte ihm eine Hand auf die Schulter. »Du musst ihr etwas Zeit geben.«

»Ich kann nicht gehen«, erklärte Dave und seine Stimme brach. »Ich habe sie gerade erst gefunden. Ich kann nicht gehen!«

Mags versteifte sich. Er konnte nicht bleiben. Sie musste es ihm begreiflich machen. »Ich will dich hier nicht haben«, entgegnete sie mit so fester Stimme, wie sie nur konnte. Leider klang es eher wie ein Flehen als wie eine Forderung der Frau, die im Laufe der Jahre zwangsläufig zur Anführerin hatte werden müssen.

Sie war schockiert, als sich in Daves Augen Tränen bildeten und über seine Wangen liefen. Er griff nicht nach oben, um sie wegzuwischen, sondern starrte sie einfach weiter an.

»Zehn Jahre«, erwiderte er leise. »Zehn Jahre, zweiundzwanzig Tage, vier Stunden und sechsunddreißig Minuten. So lange wirst du schon vermisst. Und ich habe in jeder einzelnen Sekunde dieser Zeit nach dir gesucht. Ich habe gebetet, um deine Stimme wieder zu hören ... und die Realität ist so viel besser als meine Träume.«

Seine Worte besänftigten einen Schmerz, von dem sie nicht wusste, dass sie ihn in sich trug, und stachen gleichzeitig wie tausend Bienen. Dave hatte offensichtlich gelitten. Der Mann, den sie früher gekannt hatte, hätte nie geweint. Schon gar nicht vor den anderen. Sie konnte nicht sprechen, da ihre Kehle wie zugeschnürt war.

»Du solltest gehen. Erst mal nur für heute Abend«, bat Zara. »Mags braucht Zeit, um alles zu verarbeiten.«

Dave öffnete den Mund, um zu protestieren, aber Gray ergriff das Wort, bevor er es tun konnte.

»Das klingt nach einer guten Idee. Wir können morgen wiederkommen.«

»Du bleibst nicht hier«, sagte Meat zu Zara.

»Ich komme schon klar«, sagte sie sanft zu ihm.

»Nein.«

Mags war von Zaras Mann angetan. Er war beschütze-risch und offensichtlich um ihre Sicherheit besorgt. So sehr Zara sich auch im Barrio auskannte, sicher war es dort nicht. Nicht einmal für sie.

»Vielleicht können sie alle mit uns ins Hotel kommen?«, fragte sie.

»Wenn wir zu lange weg sind, könnte Ruben oder jemand anderes unser Haus übernehmen«, gab Maria zu bedenken.

Zara ließ die Schultern hängen. »Ja.«

»Wir kommen gleich morgen früh zurück und bringen etwas zu essen mit«, beruhigte Meat Zara und die anderen Frauen. »Wenn euch noch etwas einfällt, was ihr braucht, gehen wir morgen noch einmal einkaufen und besorgen es für euch. Wir müssen auch noch Daniela besuchen.«

Die Frauen stimmten alle zu, und Mags wusste, dass sie darauf brannten, die Tüten mit den Vorräten, die die Männer ihnen gebracht hatten, durchzugehen und darüber zu sprechen, was genau passiert war.

»Ich will nicht gehen«, protestierte Dave.

Meat legte seine Hand auf Daves Schulter und drückte sie. »Sie braucht Zeit«, erklärte er leise.

Einen Moment lang sagte niemand etwas.

Dann sagte Dave, der immer noch in der Tür kniete: »Ich liebe dich, Raven.«

Mags riss sich zusammen und sah ihn erneut an.

»Ich liebe dich. Ich weiß genügend darüber, was mit jungen Frauen passiert, die ohne ihr Einverständnis entführt werden, um zu wissen, dass dein Leben die Hölle war. Aber ich habe dich gefunden – und ich werde alles tun, um dir zu beweisen, dass du jetzt in Sicherheit bist. Dass meine Liebe zu dir nicht erloschen ist, nur weil du weg warst.«

»Menschen ändern sich«, sagte sie leise. »Ich bin nicht mehr die Frau, die du einmal kanntest.«

»Und ich bin nicht mehr der Mann, den du geheiratet hast«, konterte Dave. »Ich bin härter. Dickköpfiger. Und viel weniger vertrauensselig. Aber eines wird sich nie ändern, und das ist, wie viel du mir bedeutest und wie sehr ich dich liebe.«

»Ich liebe dich nicht mehr«, log Mags.

Dave zuckte nicht einmal mit der Wimper. »Das wirst du wieder.«

Frustration stieg in ihr auf. Sie wollte ihn loswerden. Warum wurde er nicht wütend? Warum ging er nicht weg? Sie hatte zu viel zu verlieren, wenn er nicht ging. »Mein Leben ist hier in Peru«, sagte sie so nachdrücklich, wie es ihr möglich war. »Ich werde nicht von hier weggehen.«

Dave sah sie einen Moment lang an und Mags zwang sich, sich nicht unter seinem Blick zu winden. Dann stand er langsam auf und Mags gab sich die größte Mühe, standhaft zu bleiben und nicht vor seinem intensiven Blick zu kuschen. Die Tränen waren versiegt, und nun stand ein sehr entschlossener Mann vor ihr.

»Ich habe deinen Eltern nicht gesagt, dass ich nach Peru komme. Sie haben sich schon zu oft Hoffnungen gemacht, die dann enttäuscht wurden. Und meine Eltern haben genauso gelitten wie ich. Aber sie sind nicht wichtig. Niemand ist wichtig außer dir. Mein Leben ist dort, wo du bist«, entgegnete Dave ohne eine Spur von Wut oder Unsicherheit. »Wenn ich nach Lima ziehen muss, um bei dir zu sein, werde ich das tun.«

Zu jedem anderen Zeitpunkt hätte Mags sich ihrem

Mann an den Hals geworfen und ihn angefleht, sie aus dem Barrio wegzubringen. Aus Lima. Aus Peru. Aber das konnte sie nicht.

Sie war in der Hölle. Es war, als ob man ihr alles anbot, was ihr Herz begehrte, aber sie wusste, wenn sie es wagte, danach zu greifen, könnte sie etwas anderes verlieren, das sie genauso liebte.

Sie hörte, wie Gabriella Zara anflehte zu übersetzen, was gesagt wurde, aber Mags wandte den Blick nicht von Dave ab.

»Te amo«, sagte er leise, was den anderen Frauen leise Seufzer entlockte.

Mags schüttelte hartnäckig den Kopf.

Sie wusste, dass Dave die ganze Nacht dort gestanden hätte, wenn sein Freund Gray ihn nicht am Unterarm gepackt und zum Ausgang gezerrt hätte. »Komm schon, Dave. Lass ihr etwas Freiraum. Wir kommen morgen wieder.«

Mags hielt den Blickkontakt zu Dave, bis er vor der Hütte war und Gray ihn buchstäblich weggezerrt hatte. Sie atmete tief und erleichtert auf.

Doch genauso schnell kehrte die Panik zurück.

Er würde zurückkommen.

Sie wusste, dass er nicht aufhören würde, bis er sie dazu brachte zuzugeben, dass sie ihn auch noch liebte. Bis er ihr das Versprechen entlockt hatte, mit ihm zurück in die Staaten zu gehen. Für Zara war es schön und gut, dass sie ihr Leben in Peru hinter sich gelassen hatte, aber Mags hatte diese Möglichkeit nicht.

»Bitte lauf nicht weg«, sagte Zara auf Spanisch, bevor sie ging. »Versprich mir, dass du bleibst und mit ihm redest.«

Mags stimmte weder zu noch widersprach sie, aber schließlich seufzte Zara, verabschiedete sich von den anderen Frauen und schob das Wellblechstück wieder über den Eingang.

Die anderen fingen alle an, sie mit Fragen zu löchern, aber Mags hatte weder die Kraft noch den Willen, sie zu beantworten. Sie ging zu ihrer Matratze hinüber und legte sich hin. Ihr Magen knurrte, aber sie ignorierte es. Sie konnte auf keinen Fall etwas essen. Nicht jetzt.

Gerade als sie sich an das Leben, das sie führte, gewöhnt hatte, kam etwas, das es wieder einmal durcheinanderbrachte.

Sie hatte keine Ahnung, was sie jetzt tun sollte. Sie konnte nicht gehen, aber sie wollte auch nicht bleiben. Dass Dave aus dem Nichts auftauchte, war ein wahr gewordener Traum, aber es brachte sie auch mitten in ihren persönlichen Albtraum.

Dave mochte das letzte Jahrzehnt damit verbracht haben, Frauen in Situationen wie der ihren zu retten, aber sie glaubte nicht, dass er wirklich verstehen konnte, was sie durchgemacht hatte, und es gab keine Möglichkeit, dass er mit den Entscheidungen, die sie getroffen hatte, zurechtkam. Die Scham, die sie jeden Tag spürte, umhüllte sie wie eine schwere Decke, die sie langsam, aber sicher erdrückte und erstickte.

Aber sie wusste, dass Dave sich nicht einfach geschlagen geben und stillschweigend nach Amerika zurückkehren würde. Selbst wenn sie ihm weiterhin sagte, dass sie ihn nicht mehr liebte und nichts mehr mit ihm zu tun haben wollte. Nein, er würde Erklärungen und Antworten verlangen. Zwei Dinge, die er nicht bekommen würde. Nicht, wenn sie es verhindern konnte. Sie wollte auf keinen Fall, dass er sie mit Abscheu ansah, und genau das würde er tun, wenn er wüsste, warum sie nicht gehen wollte.

Der andere Grund, warum sie wusste, dass er bleiben

würde, war, dass Dave sie immer durchschaute. Er schien immer zu wissen, wann sie nicht die Wahrheit sagte. Sie konnte ihm immer wieder sagen, dass sie ihn nicht liebte, dass sie wollte, dass er ging, aber er würde wissen, dass sie log. Dass sie ihn verzweifelt brauchte, um die Dinge in ihrer Welt wieder in Ordnung zu bringen, auch wenn das unmöglich war.

Als Mags ihren Freundinnen zuhörte, wie sie die Dinge bewunderten, die Dave und seine Freunde mitgebracht hatten, löste sich eine einzelne Träne und glitt an ihrer Wange hinunter. Nichts war einfach im Barrio, und die Ankunft des einzigen Mannes, den sie je geliebt hatte, hatte alles nur noch komplizierter gemacht. Um das Zehnfache.

KAPITEL VIER

Dave ging ganz brav zurück zum Hotel, aber innerlich schmiedete er Pläne. Wenn Raven auch nur einen Augenblick lang dachte, er würde ohne sie abreisen, hatte sie sich getäuscht. Er hatte nicht *zehn Jahre* lang nach ihr gesucht, nur um jetzt wegzugehen. Er wusste nicht, was in ihrem Kopf vorging, aber er wusste genügend über die Opfer des Menschenhandels, um zu wissen, dass viele von ihnen aufgrund dessen, was sie durchgemacht hatten, ernsthafte psychische Probleme hatten.

Aber eine Sache stand außer Frage: Mags war seine Raven. Sie war es. Sie war durch die Hölle gegangen, hatte mehr gelitten, als menschenmöglich sein sollte, und hatte die Falten in ihrem Gesicht, die das bewiesen, aber für ihn war sie immer noch die schönste Frau, die er je gesehen hatte.

Ihre zerschlissene und schmutzige Kleidung oder die Tatsache, dass ihr Haar strähnig und fettig auf ihrem Rücken hing, waren ihm egal. Was ihn *allerdings* interessierte, war der Blick der absoluten Qual in ihren Augen.

Er wusste, was ihr vermutlich im Laufe der Jahre widerfahren war. Sie war verkauft worden wie ein Stück Fleisch und war wahrscheinlich von zahllosen Männern benutzt und missbraucht worden, denen es nur darum ging, sich zu befriedigen.

Der Gedanke, dass seine Raven gegen ihren Willen entführt worden war, war eine bittere Pille, aber die Frau, die er heute gesehen hatte, hatte es irgendwie geschafft, all das zu überleben, was sie ein ganzes Jahrzehnt lang hatte durchmachen müssen. Und er konnte immer noch die Raven, die er einst gekannt hatte, irgendwo in ihr aufflackern sehen.

Aber es war die tiefe Überzeugung in ihren Augen, dass er sie jetzt auf keinen Fall mehr wollen konnte, die ihn umbrachte. Die Geheimnisse, die sie vor ihm und allen um sie herum verbarg, waren tief in ihrer Psyche verwurzelt. Sie waren einmal beste Freunde gewesen. Hatten einander nähergestanden, als er es je mit jemandem in seinem Leben erlebt hatte. Sie hatte all seine Hoffnungen, Ängste und Träume gekannt, und er ihre. Aber jetzt klaffte eine Lücke zwischen ihnen, die so breit wie der Pazifische Ozean zu sein schien, und das tat weh. Und wie.

Es musste einen Grund geben, warum sie Peru nicht verlassen wollte, und er wollte herausfinden, worin dieser bestand. Er hatte nicht gelogen. Wenn er nach Lima ziehen und für den Rest seines Lebens hier leben müsste, um bei seiner Frau zu sein, dann würde er das tun.

Er wusste, dass sie ihn aus irgendeinem Grund anlog. Er hatte in ihr immer lesen können wie in einem Buch. Das hatte sie geärgert und ihn amüsiert. Jetzt war er nicht mehr amüsiert. Denn er wusste bis ins Mark, dass sie nicht in Peru bleiben wollte. Sie sehnte sich danach, nach Colorado zurückzukehren, aber aus irgendeinem Grund hielt sie sich zurück.

Und er wäre verdammt, wenn er sie auch nur für eine weitere Nacht allein lassen würde.

Er hatte zehn Jahre damit verbracht, nicht zu wissen, wo sie war, nicht zu wissen, ob sie verletzt oder hungrig war, und jetzt, da er sie gefunden hatte, würde er keine weitere Nacht ohne sie verbringen, wenn er es vermeiden konnte.

Dave verabschiedete sich von den anderen und folgte Ball nach oben in das Zimmer, das sie sich teilten. Das Team hatte sich draußen auf dem Parkplatz getroffen, um zu besprechen, was im Barrio geschehen war. Keiner war glücklich darüber, dass Raven nicht zugestimmt hatte, mit ins Hotel zu kommen, aber die Tatsache, dass sie morgen früh wiederkommen würden, beruhigte sie etwas.

Black, Gray und Meat, mit Zara als Übersetzerin, wollten zuerst zu Daniela gehen. Sie wollten sich das Viertel ansehen, in dem ihr Haus lag, und mit ihr darüber sprechen, was sie in einer Klinik benötigte.

Ball versuchte, Small Talk zu machen, sich nach Raven zu erkundigen, aber Dave antwortete nur mit ein paar Grunzlauten und Achselzucken, bis Ball die Botschaft verstand und aufgab. Dave war noch nicht bereit, über Raven zu sprechen. Nicht bevor er herausgefunden hatte, was zum Teufel los war. Es war besonders frustrierend, weil er auch seine Computerkenntnisse nicht nutzen konnte, um es herauszufinden. Oh, er hatte seinen Computer dabei und all die Kontakte, die er im Laufe der Jahre geknüpft hatte und die ihm bei seinen Nachforschungen helfen würden, aber keines von beidem hatte ihm während der letzten zehn Jahre geholfen, Raven zu finden, und auch wenn er jetzt wusste, wo sie war, würde ihm keine noch so große Menge an Hacking- oder Recherchefähigkeiten helfen, seine Frau zurückzugewinnen.

Er musste mit Raven reden, sie dazu bringen, ihm zu sagen, was wirklich los war.

Er wusste bereits mehr über Roberto del Rio, den Mann, von dem er inzwischen überzeugt war, dass er hinter der Entführung seiner Frau steckte, als er wissen wollte. Der Mistkerl hatte außerordentlich viel Einfluss in Lima, und es war kein Geheimnis, dass er ein florierendes Bordell betrieb. Die Polizei hatte mehr als einmal eine Razzia auf seinem weitläufigen Anwesen durchgeführt, aber jede einzelne Frau, die sie in der Vergangenheit gefunden hatten, hatte geschworen, dass sie aus freien Stücken dort war. Was nichts anderes bewies, als dass sie entweder Angst hatten, den Polizisten die Wahrheit zu sagen, oder dass die Polizei von del Rio geschmiert worden war. Beides war ziemlich wahrscheinlich.

Dave versuchte, sich mit der Tatsache zu trösten, dass Raven im Moment nicht auf del Rios Grundstück war. Aber das tröstete ihn nicht gerade darüber hinweg, dass sie alles andere als in Sicherheit war. Nicht nachdem er gesehen hatte, wo sie lebte. Er wusste sehr wohl, wie gefährlich die umherziehenden Banden von Männern wie Ruben waren. Meat und Black waren der beste Beweis dafür.

Nachdem sie Zara und Meat in das Barrio gefolgt waren, hatten Dave, Arrow und Gray während ihrer langen Wartezeit die Gegend ausgekundschaftet. Mehrere zwielichtige Gestalten lungerten überall herum, und wenn er raten müsste, würde Dave vermuten, dass es sich um dieselben Männer handelte, die Black und Meat bei ihrer letzten Mission angegriffen hatten. Er hatte zwar keine Beweise, aber die Vermutung war naheliegend, welche Typen etwas

Böses im Schilde führten. Keiner der Bewohner des Barrios wollte ihnen in die Augen sehen, und wenn sie die jungen Männer sahen, huschten sie entweder in eine andere Richtung oder verschwanden in einer der schlecht gebauten Hütten, die die Gassen säumten.

Dave wollte weder Raven noch die anderen Frauen noch einen Tag länger ungeschützt lassen. Raven wollte ihn vielleicht nicht dabeihaben, aber was sollte es. Ihre bloße Anwesenheit im Barrio hatte Mags und ihren Freundinnen unerwünschte Aufmerksamkeit eingebracht. Er würde nicht zulassen, dass ihnen etwas zustieß, nicht, solange er da war.

Darüber hinaus war er sich auch nicht ganz sicher, ob Raven nicht die Flucht ergreifen würde. Der Blick in ihren Augen an diesem Abend hatte verraten, dass sie überall sein wollte, nur nicht in dieser Hütte. Dave gefiel das ganz und gar nicht. Er hatte sich immer geschworen, eine Frau niemals zu etwas zu zwingen, was sie nicht wollte ... aber das war seine Frau, und er hatte eine gefühlte Ewigkeit darauf gewartet, sie wiederzusehen. Er wollte nicht zulassen, dass sie sich in Gefahr begab, nur um ihm aus dem Weg zu gehen.

Er wartete, bis Ball mit Everly telefoniert hatte, und sagte dann, während er zur Tür ging: »Ich hole mir eine Cola aus dem Automaten. Willst du auch eine?«

Er hasste es, seinen Freund auszutricksen, aber er wusste, dass Ball ihm nicht erlauben würde, allein ins Barrio zu gehen. Aber das war etwas, das er unbedingt tun musste. Er war vielleicht kein ehemaliger Soldat der Spezialeinheit, aber er war auch nicht völlig hilflos.

Wie Dave gehofft hatte, schüttelte Ball nur den Kopf, abgelenkt durch das Gespräch, das er mit seiner Freundin führte. Dave schlüpfte aus der Tür und ins Treppenhaus.

Innerhalb weniger Minuten ging er durch die dunklen Straßen in der Nähe des Hotels in Richtung Barrio. Er hatte nicht die geringste Angst; er hatte zu viel aufgestaute Energie, um sich Sorgen zu machen, dass ihn jemand ausrauben oder angreifen könnte.

Im Gegenteil, er würde sich darüber freuen.

Aber da Daves Arme so groß waren wie die Oberschenkel der meisten Menschen, ging natürlich jeder, der unterwegs war, schnell in die andere Richtung, sobald er einen Blick auf ihn erhaschte.

Im Barrio war es ruhig, nur der gelegentliche Geruch von Rauch, der von irgendwelchen Feuern stammte, wehte durch die Luft. Am Himmel grollte ein entferntes Donnern, aber Dave glaubte nicht, dass es regnen würde. Er fand die Gasse, die er suchte, problemlos. In der Dunkelheit sah alles gleich aus, aber er hatte sich gemerkt, wo seine Raven war.

Er wusste, dass das, was er vorhatte, nicht gerade das Klügste war. Er war allein, und Ruben oder irgendjemand anderes könnte auf ihn zukommen und versuchen, sich mit ihm anzulegen, aber so wie er sich im Moment fühlte, wünschte er sich fast, dass jemand tatsächlich etwas versuchen würde. Er hielt es für wichtiger, jeden, der zusah, wissen zu lassen, dass die Frauen in dieser Hütte tabu waren. Dass sie geschützt waren. Er könnte sich im Schatten verstecken, aber nein ... er wollte sichtbar sein, damit es sich die örtlichen Ganoven in Zukunft zweimal überlegen würden, ob sie die Frauen belästigen wollten.

Er klopfte nicht an die behelfsmäßige Tür. Er machte nicht darauf aufmerksam, dass er da war. Er ließ sich einfach vor der Hütte, in der er früher am Nachmittag gewesen war, auf den Boden fallen und legte sich parallel zur Türöffnung hin. Er lauschte den weiblichen Stimmen, die sich leise aus der Hütte in seinem Rücken unterhielten, aber er hörte Raven nicht. Einen Moment lang befürchtete er, dass sie vielleicht gegangen war, aber dann sprach sie. Er konnte nicht verstehen, was sie sagte, da sie Spanisch sprach, aber er hätte ihre Stimme überall wiedererkannt. Er hatte davon geträumt, sie wieder zu hören. Wie Raven ihn mit einem Insiderwitz zwischen ihnen beiden aufzog oder wie sie ihm sagte, dass sie ihn liebte.

Rex entspannte sich so gut er konnte auf dem harten Boden, legte den Kopf auf seinen Bizeps und schloss die Augen. Er hatte während der letzten zehn Jahre nicht gut geschlafen, nur hier und da ein wenig Schlaf bekommen, und er hatte nicht vor, jetzt damit anzufangen. Wenn jemand vorbeikam oder auf irgendeine Weise bedrohte, was ihm gehörte, würde er aufwachen und sich darum kümmern.

Er hatte seine Geliebte nicht nach all der Zeit gefunden, um sie bei einem dummen, zufälligen Raubüberfall zu verlieren. Sie gehörte ihm, um sie zu beschützen, um sie zu lieben. Und selbst wenn sie seine Gefühle nicht erwiderte, selbst wenn er sie dazu bringen musste, sich noch einmal in ihn zu verlieben, würde er nicht von ihrer Seite weichen.

Nicht viel später spürte Dave, dass er Gesellschaft hatte. Er setzte sich schnell auf ... und sah, dass Ball und Gray in der Nähe standen.

Er stand auf und ging zu den Männern hinüber. »Geht ins Hotel zurück«, befahl er.

»Das kannst du vergessen«, entgegnete Ball und schüttelte den Kopf. »Wir wussten alle, dass du hierher zurückkommen würdest. Es ist unmöglich, dass du sie nach zehn Jahren aus den Augen lässt.«

Dave zuckte mit den Schultern. »Das ist nicht euer Problem.«

»Nicht unser Problem?«, wiederholte Gray und klang

dabei verdammt sauer. »Hast du das auch gedacht, als Allye von diesem Mistkerl entführt wurde, der sie als eine Art Zirkusattraktion behalten wollte? Oder als Everlys Schwester entführt wurde?«

Dave knirschte mit den Zähnen, schüttelte aber den Kopf.

»Genau, also warum sollten wir in diesem Fall anders denken? Wir sind hierhergekommen, um zu helfen. Es ist offensichtlich, wie viel Raven dir bedeutet, also war es nicht nur dumm, sondern auch verdammt beleidigend, dass du dich rausgeschlichen hast, um deinen Hintern allein zu riskieren.«

Dave dachte über die Worte seines Freundes nach und wusste, dass er recht hatte. Nach einer langen Pause versuchte er zögernd, seinen Gedankengang zu erklären. »Während der letzten zehn Jahre habe ich jede Nacht neben einem leeren Platz in meinem Bett geschlafen. Ich habe mir Gedanken darüber gemacht, was meine Frau wohl durchmacht und ob sie Schmerzen hat. Ich konnte nicht aufhören, an ihre Hilfeschreie zu denken und zu überlegen, ob sie sich wohl fragte, ob ich auf der Suche nach ihr war oder nicht. Es war eine Qual. Keine körperliche Folter, wie ihr beide sie in der Vergangenheit ertragen musstet, sondern eine mentale. Ich kann einfach nicht von hier wegbleiben. Der Gedanke, sie wieder zu verlieren, ist unerträglich.

Ich weiß, das ist nicht sehr klug. Aber weil sie es nicht erträgt, mir länger als ein paar Sekunden am Stück in die Augen zu sehen, und weil sie sich offensichtlich vor etwas zu Tode fürchtet ... vielleicht vor mir ... kann ich sie nicht in den Arm nehmen und ihr versichern, dass alles gut werden wird. Vielleicht wird es für sie *nie wieder* gut werden, aber ich werde sie auf keinen Fall wieder allein lassen.«

Gray seufzte und Ball nickte.

»Gut, aber lass wenigstens einen von uns hier draußen bei dir bleiben«, erwiderte Gray in einem viel weniger genervten Ton.

»Ich weiß das zu schätzen, aber nein. Es geht mir gut. Keiner wird sich mit mir anlegen«, entgegnete Dave.

Ball schüttelte wieder den Kopf. »Tut mir leid, aber das lasse ich nicht zu. Du hast gesehen, was mit Black und Meat passiert ist. Genau genommen ist es in genau dieser Gasse passiert. Wenn du hier ohne Waffen herumliegst, ist das so, als würdest du einem Stier mit einer roten Fahne winken. Du bringst mehr Aufmerksamkeit und Gefahr für Raven und die anderen Frauen, als wenn du nicht hier wärst.«

Dave ballte die Hände zu Fäusten. Ihm gefiel nicht, was seine Freunde da sagten, aber tief in seinem Inneren wusste er, dass sie recht hatten. »Ich versuche, den Mistkerlen in diesem Viertel eine Botschaft zu senden, dass diese Frauen tabu sind. Außerdem ... kann ich nicht gehen. Ich kann einfach nicht«, erklärte er.

»Dann können wir es auch nicht«, erwiderte Gray.

»Wir werden nicht hier mit dir sitzen, aber wir werden aus dem Schatten heraus zusehen«, versicherte Ball ihm. »Gray und ich bleiben heute Nacht hier, und wir werden mit dem Rest des Teams einen Schichtplan ausarbeiten, solange wie es nötig ist.«

Dave schluckte schwer. Damit hatte er nicht gerechnet. Er hatte sich bei der Suche nach seiner Frau so lange allein gefühlt. Die Polizisten und Ermittler hatten ihr Bestes getan, aber es war nicht gut genug gewesen, und als genügend Zeit vergangen war und alle Spuren kalt geworden waren, hatten sie sich einfach anderen Fällen zuwenden müssen.

»Was macht ihr da?«

Alle drei Männer drehten sich bei dieser Frage um – und Dave sah, wie Raven aus der Hütte schaute, vor der er noch vor wenigen Minuten geschlafen hatte.

Er verschränkte die Arme vor der Brust und sagte wahrheitsgemäß: »Wir erstellen einen Plan, um dafür zu sorgen, dass du und die anderen nachts in Sicherheit seid.«

Seine Frau verdrehte die Augen und Dave wurden die Knie fast weich. Er hatte ihre freche Seite vergessen. Wie hatte er das vergessen können? Früher hatte sie das ständig gemacht. Sie hatte die Augen verdreht, wenn er übervorsichtig war, oder einfach nur, um albern zu sein. Dass sie es jetzt tat, gab ihm einen Einblick in die Frau, die er einmal gekannt hatte, und erfüllte ihn mit der Hoffnung, dass sie immer noch in der verbeulten äußeren Schale steckte, die sie als Deckung nutzte, um mit den Albträumen fertigzuwerden, die sie durchgemacht hatte.

»Es ist keine gute Idee, dass du die Aufmerksamkeit auf uns lenkst«, erklärte Raven kurz angebunden. »Verschwinde einfach.«

»Kommt gar nicht infrage«, erwiderte Dave und ging langsam auf sie zu. Er wollte sie nicht erschrecken, aber er wollte unbedingt, dass sie wusste, dass er nirgendwo hinging.

»Im Ernst, Dave, geh einfach. Wenn du so weitermachst, bringst du nur Ruben und seine Freunde dazu, sich zu fragen, was zum Teufel du da bewachst. Sie werden neugierig genug sein, um wieder einzubrechen und zu stehlen, was du und deine Freunde heute mitgebracht habt.«

»Wieder einzubrechen?«, fragte Dave in einem tiefen, wütenden Ton.

Raven schien zu begreifen, was sie gesagt hatte, und wandte den Blick schnell von ihm ab.

Er tat sein Bestes, um seine Wut zu kontrollieren. »Ich kann nicht gehen«, sagte er ihr ehrlich. »Ich habe dich schon einmal verloren, weil ich nicht genügend auf dich aufgepasst habe. Ich habe meine Lektion gelernt, und das wird mir nicht noch einmal passieren.«

»Ich bin kein vierjähriges Kind, Dave«, entgegnete Raven. »Ich bin eine erwachsene Frau, die während der letzten zehn Jahre eine Menge über die Welt gelernt hat. Ich kann auf mich selbst aufpassen.«

Bei diesen Worten senkte Dave den Kopf und er hob eine Hand, um sich den Nacken zu reiben. Er hasste alles an dieser Situation. Alles. So oft hatte er sich ihr Wiedersehen ausgemalt, und kein einziges Mal hatte Raven sich *nicht* gefreut, ihn zu sehen. In jedem Szenario, das er sich vorgestellt hatte, hatte sie ihn angelächelt und war in seine Arme gestürmt. Er hatte zu kämpfen und war völlig aus seinem Element, und das gefiel ihm überhaupt nicht.

»Ich kann nicht verschwinden«, flüsterte Dave.

Ohne ein weiteres Wort schob Raven das Wellblech zu, und bei dem Geräusch der sich schließenden Tür stieg Dave die Galle in der Kehle auf. Er schluckte sie hinunter und straffte seine Schultern. Sie mochte nicht glücklich mit ihm sein, aber das spielte keine Rolle. Er würde bleiben.

Er hatte gewusst, dass es ein harter Kampf werden würde, um wieder das Paar zu werden, das sie einmal gewesen waren, sollte er seine Frau jemals wiederfinden. Dass sie Dämonen haben würde. Aber Dave erkannte jetzt, dass er naiv geglaubt hatte, seine Liebe würde sie auf magische Weise darüber hinwegkommen lassen. Dass sie genauso glücklich sein würde, ihn zu sehen, wie er sie.

Die Tatsache, dass sie sich über seine Anwesenheit zu ärgern schien, schmerzte wie verrückt.

Aber es sorgte nicht dafür, dass er den Wunsch hatte zu verschwinden. Es verstärkte nur seine Entschlossenheit, der Sache auf den Grund zu gehen. Er liebte Raven und sie liebte ihn immer noch. Er konnte es spüren. Er sah es in ihren Augen. Aber sie hielt sich zurück.

Vielleicht schämte sie sich. Vielleicht liebte sie ihn auch *wirklich* nicht mehr, obwohl er glaubte, es in ihren Augen zu sehen. Aber das spielte keine Rolle. Er würde alles tun, was nötig war, damit sie sich wieder in ihn verliebte. Er brauchte sie. War nichts ohne sie.

Dave ließ sich wieder auf dem Boden vor der Tür der Hütte nieder und beobachtete, wie Ball und Gray in den Schatten des Barrios verschwanden. Es würde eine lange Nacht werden, aber Dave wusste, dass es nichts war im Vergleich zu dem, was seine Frau durchgemacht hatte. Er würde für den Rest seines Lebens jede Nacht auf dem harten Boden schlafen, wenn das bedeutete, dass Raven in Sicherheit war.

»Bleiben die wirklich die ganze Nacht da draußen?«, fragte Teresa ungläubig, nachdem Mags die Tür geschlossen hatte und zu ihrer Matratze zurückgekehrt war.

»Sieht ganz so aus«, murmelte sie.

»Du bist sauer«, bemerkte Carmen. »Warum?«

»Weil er nur die Aufmerksamkeit auf uns lenken wird. Ruben und seine Kumpane werden denken, dass wir etwas Wertvolles hier drin haben«, entgegnete Mags verärgert.

Carmen starrte sie weiter an, bis Mags ein wenig defensiv wurde. »Was?«

»Dieser Mann ist dein Ehemann, richtig?«, fragte Carmen.

Da sie wusste, dass die anderen Frauen aufmerksam zuhörten, nickte Mags einfach.

»Und er hat dich seit über zehn Jahren nicht mehr gesehen?«

Mags nickte erneut.

»Ich verstehe nicht, warum du dich so aufregst«, fuhr Carmen fort. »Soweit ich das überblicken kann, sind er und seine Freunde nett. Oder etwa nicht?«

Da Mags nicht wollte, dass Carmen oder die anderen schlecht von Dave dachten, nickte sie sofort. »Natürlich, das ist er. Es ist nur … wenn er vor unserer Hütte schläft, ist das, als würde er mit einem Neonschild winken, auf dem steht: ›Komm und raub uns aus!‹«

»Ich weiß, ich bin die Jüngste«, bemerkte Gabriella, »und ich habe nicht so viel Erfahrung wie ihr alle. Aber ich bin im Barrio geboren und aufgewachsen, und ich habe noch *nie* einen Mann gesehen, der das tut, was dein Mann gerade tut. Die meisten sind mehr damit beschäftigt, Alkohol aufzutreiben oder einen Weg zu finden, Geld zu verdienen. Und ich habe gesehen, wie er dich heute angesehen hat.«

Mags wollte nicht fragen, aber sie konnte nicht anders. »Und wie hat er mich angesehen?«

»Als wärst du ein wandelndes, sprechendes Wunder. Zara hat gesagt, dass er seit zehn Jahren nach dir sucht. Dass er nie aufgehört hat. Er hat sogar seine Freunde in verschiedene Länder geschickt, um Frauen und Kindern zu helfen, wo sie nur konnten. Ich verstehe nicht, warum du dich nicht freust, dass er hier ist.«

Mags konnte es ihr nicht erklären. Wie sollte Gabriella die Scham verstehen, die sie bis ins Mark ihrer Knochen spürte?

All diese Jahre später konnte Mags nicht umhin zu

denken, dass sie anders hätte reagieren müssen, als sie entführt worden war. Sie hatte in den ersten Tagen heftig gekämpft. Sie hatte sich wie eine Wahnsinnige gewehrt – wenn sie nicht unter Drogen stand und bewusstlos war. Jedes Mal wenn jemand in ihre Nähe kam, hatte sie um sich geschlagen und alles getan, um zu entkommen. Aber vielleicht hätte sie fügsamer sein sollen. Wenn sie das getan hätte, hätten ihre Entführer sie vielleicht gehen lassen. Vielleicht wäre sie dann nicht aus dem Land gebracht worden. Vielleicht hätte das den Verlauf ihres Lebens verändert.

Als sie ihr Schicksal erkannte, war es bereits zu spät. Sie war in Peru und man hatte sie auf dem Anwesen von del Rio versteckt. Es hatte mehrere Monate gedauert, sie für ihre neue Rolle »auszubilden«, und Mags konnte die Scham nicht abschütteln, die sie empfand, weil sie schließlich nachgegeben und sich nicht mehr gewehrt hatte.

Wie konnte sie der Liebe ihres Lebens gegenüber zugeben, dass sie so lange fertiggemacht worden war, bis sie andere Männer mit sich machen ließ, was sie wollten, und das, ohne sich dagegen zu wehren? Dass sie so getan hatte, als würde sie deren Hände auf ihrem Körper genießen, demselben Körper, den er viele Nächte lang mit seinen Händen und seinem Mund verehrt hatte?

Tatsache war: Sie konnte es nicht.

Und sie wusste, er würde ihr *nie* verzeihen können, was vor über fünf Jahren geschehen war. Er würde es nicht verstehen. Niemals.

»Es ist kompliziert«, sagte sie schließlich zu Gabriella.

»Also, ich bin froh, dass er da draußen ist«, entgegnete Maria entschieden. »Ich kann heute Nacht schlafen und muss mir keine Sorgen machen, dass Ruben, Marcus, Fortuno oder einer der anderen hier einbricht und glaubt, er könnte das haben, was del Rio so lange so einfach verkauft hat.«

»Ich auch«, gab Teresa zu.

»Ich ebenfalls«, meldete Bonita sich zu Wort.

Alle außer Gabriella hatten irgendwann einmal del Rio gehört. Mags war zu alt geworden, um für seine Kunden begehrenswert zu sein. Teresa und Maria waren nicht exotisch genug gewesen, Carmen hatte es geschafft, sich vom Grundstück zu schleichen, und sie vermuteten, dass es del Rio egal war, denn er hatte sich nicht die Mühe gemacht, seine Schergen zu schicken, um sie zurückzuholen.

Und Bonita war so krank geworden, dass del Rio annahm, sie würde sterben, und er hatte sie buchstäblich weggeworfen, als wäre sie ein Stück Müll. Daniela hatte sie in der Nähe einer der Müllhalden gefunden, sie wieder gesund gepflegt und sie Mags vorgestellt.

Diese Frauen waren ein Rettungsanker für Mags gewesen. Aber sie war nicht ganz ehrlich zu ihnen gewesen, schon seit Langem nicht mehr. Es gab ein großes Geheimnis, das sie hütete. Ein Geheimnis, von dem sie nicht glaubte, dass sie es verstehen oder gutheißen würden.

Aber wenn sie sich wohler fühlten, wenn Dave vor ihrer Tür schlief und sie bewachte, dann würde sie sich nicht mehr darüber beschweren. Tief im Inneren – tief, *tief* im Inneren – war Mags auch froh, dass er da war. Sie konnte es immer noch nicht glauben, aber die Tatsache, dass er nicht aufgehört hatte, sie zu suchen, ließ ihr Herz höherschlagen und die Hoffnung tief in ihrer Seele aufflammen.

Mags nickte ihren Freundinnen zu und machte sich eine gedankliche Notiz, die Hütte am nächsten Morgen sehr früh durch den geheimen Hinterausgang zu verlassen. Es war nicht einer der Tage, an denen sie kilometerweit ging, um sich um die sehr wichtigen Angelegenheiten zu kümmern, um die sie sich seit viereinhalb Jahren jede Woche kümmern musste. Sie konnte einfach nicht in Daves Nähe sein. Er brachte sie dazu, sich Dinge zu wünschen, die sie nicht haben konnte. Sie musste sich daran erinnern, wer sie war. Sie war nicht mehr seine Raven. Man hatte ihr die Flügel gestutzt, und sie war jetzt Mags. Die Ex-Hure. Ein dreckiges, armes Mitglied des Viertels. Anführerin ihrer kleinen Gruppe von Freundinnen.

Mags legte sich wieder hin, stützte den Kopf auf ihren Arm und schloss die Augen. Es überraschte sie nicht, dass sie statt an ihr Leben in Peru und den Missbrauch, den sie erlitten hatte, nur noch an Dave denken konnte. Eine bestimmte Erinnerung stach besonders hervor und sie ließ es zu, dass sie sich kurz in ihr verlor. Es war ihr dritter Hochzeitstag und Dave hatte sich mächtig ins Zeug gelegt und nicht nur ein schickes Abendessen für sie beide gekocht, sondern auch eine Überraschung vorbereitet.

»Komm schon, sag mir, wohin wir gehen«, bettelte Raven.

»Nein, du wirst einfach warten müssen«, entgegnete Dave lachend. Sie saßen in seinem Wagen und er hielt ihre Hand, während er fuhr.

»Ich hasse es, warten zu müssen«, sagte sie mit einem Schmollmund.

Zehn Minuten später fuhren sie auf den Parkplatz seiner Kneipe The Pit.

»Ernsthaft? Wir sind an der Kneipe?«

Er lachte leise. »Jup.«

»Und ich dachte, du würdest mich irgendwohin bringen, wo es cool ist«, beschwerte sie sich.

Dave kam zu ihrer Seite des Wagens und nahm ihre Hand, als sie ausstieg. »Zweifelst du etwa wirklich an mir?«, entgegnete er mit einem Lächeln. »Wann habe ich dich jemals enttäuscht?«

»Nie«, entgegnete sie, ohne zu zögern.

»Eben. Und jetzt komm mit.«

Raven folgte ihrem Mann und nahm sich die Zeit, nicht nur seinen Hintern zu begutachten, sondern auch seine breiten Schultern und die Arme, an denen sie sich nie sattsehen konnte. Er war so stark, dass sie sich jedes Mal, wenn sie in seiner Nähe war, feminin und zierlich fühlte. Sie liebte es, wie er sie über seine Schulter werfen oder sie im Bett genau dorthin bewegen konnte, wo er sie haben wollte, ohne dabei ins Schwitzen zu geraten.

Sie liebte auch einige der abenteuerlicheren Stellungen, die sie ausprobiert hatten, weil sie darauf vertrauen konnte, dass er sie nicht fallen ließ.

Dave öffnete die Tür zur Kneipe und bedeutete ihr, vor ihm einzutreten. Sie warf ihm ein kokettes Lächeln zu und ging hinein – und blieb bei dem, was sie sah, wie angewurzelt stehen.

Jemand hatte den gesamten vorderen Bereich der Kneipe mit weißen Weihnachtslichtern geschmückt. Während sie sprachlos darüber war, wie schön und verwandelt der Raum durch das Funkeln der Lichterketten wirkte, ging Dave zur Musikbox und drückte einen Knopf. Ihr Hochzeitslied ertönte ... und Raven konnte nur noch die Augen zumachen und versuchen, nicht zu weinen.

»Tanzt du mit mir?«, fragte Dave.

Raven öffnete die Augen und sah ihren Mann vor sich stehen, eine Hand zu ihr ausgestreckt. Sie nahm sie und er schlang seinen anderen Arm um ihre Taille und zog sie an sich, bis ihre Körper sich von der Hüfte bis zur Brust berührten. Sie legte ihren Kopf auf seine Schulter, während sie sich hin und her wiegten.

»Es ist nicht sonderlich schick, aber ich konnte mir nichts Schöneres vorstellen, als dich in meinen Armen zu halten. Ich wollte dich nicht zu einer Show mitnehmen, wo wir von Fremden umgeben sind und ich dich nicht küssen kann, wann immer ich will«, erklärte er sanft.

»Na, bis jetzt hast du das ja noch nicht richtig ausgekostet«, erwiderte Raven mit einem kleinen Lächeln.

Mit funkelnden Augen beugte Dave sich langsam zu ihr hinunter und drückte seine Lippen auf ihre. Einmal, dann zweimal.

Sein Bart kitzelte, aber sie genoss es. »Hör auf, mich zu necken«, beschwerte sich Raven.

Sie sah, wie sich seine Pupillen für einen kurzen Moment weiteten, bevor er den Kopf senkte und sie so leidenschaftlich küsste, dass sie ganz weiche Knie bekam, aber natürlich ließ Dave sie nicht fallen. Er hob sie sofort hoch, ohne den Kuss zu unterbrechen, und trug sie in den hinteren Teil der Kneipe, wo es Reihen von Billardtischen gab. Er setzte sie auf dem nächstgelegenen ab und zeigte ihr, wie sehr er sie liebte.

Dann brachte er sie in sein Büro im Hinterzimmer und setzte sich in seinen Bürostuhl, während sie ihm einen unglaublichen Blowjob verpasste. Dann führte er sie zurück in den Raum mit den funkelnden Lichtern und tanzte eine weitere Stunde lang mit ihr. Irgendwann holte er die Polaroidkamera heraus, die er hinter dem Tresen aufbewahrte und mit der er Fotos von seinen Gästen machte, und während sie wie von Sinnen lachte, machte er ein Foto von ihr.

Stolz hatte er es hinter dem Tresen an der Wand aufgehängt und ihr gesagt, dass er sich jetzt bei der Arbeit nur noch umdrehen müsse, um ihr schönes Gesicht zu sehen, wann immer er wolle.

Der Abend war magisch gewesen. Sie hatten über die Erweiterung ihrer Familie gesprochen. Sie wollten beide mindestens zwei Kinder, aber sie hätte auch nichts gegen drei. In jener Nacht hatten sie sich in ihrem Haus zum ersten Mal ohne Kondom geliebt. In der Gewissheit, dass ihre Liebe ewig halten würde, und hoffentlich würden sie diese Liebe innerhalb eines Jahres um ein Baby erweitern.

Eine Träne lief aus Mags' Auge, bevor sie sie wegwischen konnte. Natürlich waren die Dinge nicht so gelaufen. Es hatte keine Babys gegeben, obwohl sie sich verdammt viel Mühe gegeben hatten, sie zu bekommen, und sie war während einer der schönsten Reisen ihres Lebens entführt worden. Sie hatte sich so darauf gefreut, Las Vegas zu besuchen. Sie hätte nie gedacht, dass ein unschuldiger Ausflug zur Feier ihres Hochzeitstages so schrecklich enden würde.

Mags lauschte aufmerksam und hörte nichts von außerhalb ihrer Hütte. Sie wusste, dass Dave nicht weggegangen war. Sie hatte ein schlechtes Gewissen, weil er draußen auf dem harten Boden schlief. Aber es fühlte sich auch ... gut an. Sie hatte nie erwartet, ihren Mann wiederzusehen. Sie hatte sich damit abgefunden, den Rest ihres Lebens hier in Peru zu verbringen. Sie wollte sich an ihn klammern, ihm sagen, dass er sie mitnehmen sollte, dass sie jeden Tag gebetet hatte, ihn wiederzusehen, seit sie getrennt waren. Aber sie konnte nicht. Sie war nicht nur nicht mehr derselbe Mensch, in den er sich verliebt hatte, sie hatte hier auch ... Verantwortung.

Mags hob den Kopf und schaute sich in der Hütte um. Sie konnte die anderen Frauen kaum ausmachen, aber sie wusste, dass sie da waren. Seufzend legte sie den Kopf zurück. Dave jeden Tag zu sehen würde sie schwach machen. Schwächer als sie ohnehin schon war. Sie konnte nicht zulassen, dass er sie überredete, mit ihm zu gehen ... und sie wusste, dass er es versuchen würde. Sie liebte den Mann von ganzem Herzen, aber er gehörte nicht in ihre Welt.

Mags traf eine der schwersten Entscheidungen, die sie je hatte treffen müssen, und schloss die Augen. Morgen würde sie sich früh auf der Rückseite der Hütte davonmachen, bevor Dave wach war. Sie würde den ganzen Tag wegbleiben. Wenn er nicht mit ihr sprechen konnte, konnte er sie nicht überreden, nach Colorado zurückzukehren.

Irgendwann würde er es verstehen und gehen. Es war das Beste für ihn. Für ihn *und* für sie.

Sie weigerte sich zuzugeben, wie sehr sie dieser Gedanke deprimierte.

KAPITEL FÜNF

Dave seufzte frustriert. Er war seit einer ganzen Woche in Lima und hatte Raven nur ein paarmal gesehen. Sie ging ihm aus dem Weg – und das machte ihn langsam wütend. Er versuchte, geduldig zu sein, ihr Raum zu geben, um die Tatsache zu verarbeiten, dass er da war, dass er sie gefunden hatte, aber unterm Strich machte ihn ihre Weigerung, in seiner Nähe zu sein, wütend.

Als er sich ausgemalt hatte, wie das Wiedersehen mit seiner Frau aussehen würde, hatte er kein einziges Mal daran gedacht, dass sie nicht begeistert sein könnte. Er stellte sich vor, dass es vielleicht unangenehm sein würde, dass sie sich unwohl fühlen würde, aber schließlich würde sie erkennen, was für ein Glück sie gehabt hatte, und sie würden nach Colorado zurückkehren. Aber so war es natürlich nicht gelaufen, und Dave war sich nicht sicher, was er dagegen tun sollte.

Seit seiner Ankunft hatte er jede Nacht vor der Hütte geschlafen, die Raven ihr Zuhause nannte. Und jeden Morgen, wenn eine der anderen Frauen die Wellblechtür aufschob, musste er feststellen, dass seine Frau sich hinausgeschlichen hatte, um nicht mit ihm reden zu müssen.

Die *anderen* Frauen schienen ihn zu mögen. Auch wenn sie sich nicht gerade tiefgründig unterhalten konnten, fanden sie doch Wege, sich zu verständigen. Die Mountain Mercenaries brachten jeden Morgen Lebensmittel und Wasser, und Teresa und die anderen Frauen kochten. Sie lachten und lächelten und schienen wirklich froh zu sein, sie dort zu haben. Dave hingegen hatte seine Frau jeden Abend nur ein paar Minuten lang gesehen. Sie sah immer gestresst und erschöpft aus, und er wollte sie am liebsten ins Hotel bringen und sie zwingen, mit ihm zu reden.

Nach dem Aufwachen am ersten Morgen war ihm klar geworden, dass es einen Hinterausgang aus der Hütte gab, aber anstatt sie von einem der anderen Jungs bewachen zu lassen, hatte er beschlossen, ihr etwas Freiraum zu geben, damit sie verarbeiten konnte, was auch immer in ihrem Kopf vorging ... aber jetzt, nach einigen Tagen, hatte er keine Lust mehr dazu.

Zara war heute Morgen gekommen, um mit den Frauen zu frühstücken – in Begleitung von drei Männern aus Daves Team; niemand wurde im Barrio allein gelassen, und sie fungierte gern als Übersetzerin. Sie schien überrascht und bestürzt zu sein, als sie hörte, dass Raven in dieser Woche jeden Tag weg gewesen war. Den anderen Frauen zufolge sprach sie nie darüber, wo sie gewesen war, aber es war offensichtlich, dass sie nicht gut aß und dass sie am Ende ihrer Kräfte zu sein schien.

»Wie geht es mit der Planung der Klinik voran?«, fragte Dave Zara, als sie auf dem Lehmboden der Hütte saßen und aßen.

»Gut. Daniela ist begeistert. Sie sagt, es gäbe ein größeres

Haus nicht weit von dem, in dem sie jetzt wohnt, das perfekt wäre.«

Dann kam Dave eine Idee. »Was wird aus dem Haus, in dem sie jetzt wohnt?«

Zara zuckte mit den Schultern. »Ich schätze, da wird jemand anderes einziehen.«

Dave lehnte sich zu ihr. »Ich möchte es kaufen.«

Zara blinzelte überrascht. »Was?«

»Ich will es kaufen. Teresa, Bonita, Gabriella, Carmen und Maria können dort einziehen. Es wird sicherer sein als das hier. Immerhin hat es eine abschließbare Tür, nicht wahr?«

»Ich hatte schon vor, ihnen ein Haus zu kaufen«, entgegnete Zara.

»Nun, jetzt musst du es nicht mehr. Du kannst dein Geld sparen. Oder du gibst es Daniela für die neue Klinik«, sagte Dave, der sich nicht geschlagen gab.

Zara starrte ihn einen Moment lang an, dann nickte sie schließlich.

Die anderen Frauen sahen zwischen ihm und Zara hin und her und versuchten, dem Gespräch zu folgen, was ihnen nicht gelang. Doch als Dave ihre Namen nannte, stellte Bonita Zara eine Frage.

Sie drehte sich zu ihnen um und antwortete auf Spanisch.

Alle fünf Frauen sahen Dave schockiert an. Ihre Augen waren groß und Carmen stand der Mund offen.

»¿Por qué?«, fragte Maria leise.

»Warum? Weil es sicherer wäre«, erklärte Dave, während Zara übersetzte. »Weil keine Frau Angst haben sollte, wenn sie nachts ihre Augen zumacht, um zu schlafen. Weil ihr Ravens Freundinnen seid. Weil ihr eine Pause braucht, und ich kann es mir leisten, sie euch zu geben. Ich war nicht da, um euch zu helfen, als ihr es am meisten gebraucht habt, aber jetzt kann ich euch helfen, und das werde ich auch.«

Gabriella begann, leise zu weinen, und die anderen Frauen sahen so aus, als wären sie selbst kurz davor, in Tränen auszubrechen.

Dave war froh, dass er helfen konnte. Er tat es nicht, um zu versuchen, sich die Zuneigung seiner Frau zurückzuholen. Verdammt, sie ließ ihm nicht einmal die Zeit, mehr zu tun, als abends Hallo zu sagen. Aber diese Frauen waren ihre Freundinnen. Sie hatten sowohl seiner Raven als auch Zara geholfen, und das bedeutete ihm unglaublich viel. Er würde alles tun, was nötig war, um dafür zu sorgen, dass sie in einer sauberen, sicheren Umgebung waren.

Bevor jemand etwas anderes sagen konnte, ertönten von draußen Schreie. Plötzlich sahen alle Frauen erschrocken aus.

»Was ist hier los?«, fragte Dave Zara.

»Ruben«, flüsterte sie. »Vielleicht wissen sie nicht, dass wir hier sind.«

Doch gleich nachdem Zara gesprochen hatte, ertönte eine Männerstimme, und Dave erkannte Ravens Namen.

Er ballte die Hände zu Fäusten und stand auf, froh, dass die Konfrontation, die er schon lange erwartet hatte, nun endlich stattfand.

Zara holte ihr Handy heraus, wahrscheinlich um Meat anzurufen.

»Bleibt hier drin«, befahl er den Frauen und deutete auf den Boden, um seinen Befehl zu unterstreichen, da sie ihn nicht verstehen konnten.

Keine der Frauen rührte sich, als er die Tür aus Wellblech zurückschob und nach draußen trat. Er nahm sich die Zeit, die Tür hinter sich zu schließen. Er wusste, dass Zara und die anderen hinten aus der Hütte fliehen konnten, wenn die Situation außer Kontrolle geriet, also machte er sich keine allzu großen Sorgen, dass sie in der baufälligen Hütte eingeschlossen wurden.

Als Dave aufblickte, sah er eine Gruppe schlanker Männer in schmutziger Kleidung und mit einem Grinsen im Gesicht. Das mussten Ruben und einige seiner Kumpane sein. Sie waren die Schläger des Barrios, und Polizei und Militär schienen sich nicht darum zu scheren, was sie taten. Zara war sich sicher, dass sie von del Rio dafür bezahlt wurden, ihm auch hilflose Kinder und Frauen zu liefern. Sie waren einer der Gründe, warum die letzte Mission der Mountain Mercenaries in Lima fast spektakulär gescheitert wäre. Sowohl diese Männer als auch die Militärgruppe, mit der sie zusammengearbeitet hatten, hatten nicht die Absicht gehabt, das Team bei der Rettung der Frauen und Kinder, die an del Rio ausgeliefert werden sollten, zu unterstützen.

Dieser Gedanke machte Dave noch wütender. Wie konnten diese Männer es wagen, ihre eigenen Leute in den Tod zu schicken? Wie würden sie sich fühlen, wenn es *ihre* Frauen oder Kinder wären, die verkauft würden? Andererseits war es offensichtlich, dass diese Tyrannen nicht verheiratet waren, und sie hatten ganz sicher keine Kinder, die sie liebten und schätzten. Sie waren zu sehr mit sich selbst beschäftigt, als dass sie sich für irgendjemanden interessierten, und sie sehnten sich offensichtlich nach der Macht, die es mit sich brachte, unbedeutende Tyrannen zu sein.

Dave verengte die Augen zu Schlitzen und sah die Männer an. Es waren diejenigen, die Meat und Black verprügelt hatten. Er spürte es in seinen Knochen. Sie hatten auch seine Frau und ihre Freundinnen gequält, ganz zu schweigen von den anderen Bewohnern des Viertels. Er hatte keine Angst vor ihnen, auf gar keinen Fall. Vielmehr brauchte er ein Ventil für seine Frustration.

Der Mann vor den anderen – Dave nahm an, es war Ruben selbst – sagte etwas auf Spanisch, und Dave verschränkte lediglich die Arme vor der Brust. Er brauchte nicht zu wissen, was sie sagten; er verstand an ihrem Tonfall, was sie meinten. Sie waren nicht glücklich darüber, dass er hier war, und wollten ihm Angst machen, damit er ging. Nun, Pech gehabt. Er würde nicht ohne seine Frau abreisen, und da sie anscheinend nichts mit ihm zu tun haben wollte, würde er wohl auf Dauer hierbleiben.

Er sah sie stirnrunzelnd an und wich nicht zurück, was sie noch mehr zu verärgern schien. Anstatt auf ihre Worte zu hören, die er ohnehin nicht verstehen konnte, konzentrierte sich Dave auf ihre Körpersprache.

Ruben machte eine Geste zu zwei der Männer, und sie schwärmten aus und versuchten, ihn einzukesseln. Dave ließ die Arme sinken und drehte den Kopf, um die Nackenmuskulatur zu lockern, die vom Schlafen auf dem harten Boden verspannt war. Er freute sich auf den bevorstehenden Kampf. Er hatte schon eine Weile nicht mehr trainiert, und diese Männer zu verprügeln würde ihm helfen, seine Frustration und Wut über die Situation, in der er sich befand, abzubauen. Black und Meat mochten vor ein paar Monaten von Ruben und seiner Bande überrumpelt worden sein, aber Dave war mehr als bereit.

Der Mann zu seiner Rechten machte den ersten Schritt und sprang mit einem Schrei auf Dave zu. Er hielt einen dicken Ast in der Hand und zielte damit auf seinen Kopf. Dave wich dem Schlag aus, sodass die Waffe buchstäblich von seinem Rücken abprallte, bevor er sich umdrehte, den kleineren Mann am Hals packte und ihm seine andere Faust

ins Gesicht schlug. Der Mann ging zu Boden wie ein Stein –
und von da an war der Kampf in vollem Gange.

Dave kämpfte wie ein Besessener. Dies waren die Leute,
die Raven und ihre Freundinnen seit Jahren terrorisierten.
Sie hielten sich für die Herrscher des Barrios und nahmen
sich, was sie wollten, ohne zu zögern, egal ob es sich dabei
um Lebensmittel, Geld, Besitztümer oder sogar Frauen
handelte.

Dave war kein Soldat, er hatte nie den Nahkampf
gelernt, aber er war ein starker Mann, dem eine Kneipe
gehörte und der es mit vielen gewalttätigen und betrunkenen Männern zu tun hatte. Außerdem war er fest
entschlossen, diesen Mistkerlen eine Lektion zu erteilen. Er
fühlte sich, als hätte er die Kraft von zehn Männern. Jedes
Mal wenn er jemanden schlug, stellte er sich vor, es sei del
Rio – oder einer der Männer, die seine Frau vergewaltigt
hatten.

Er schlug und trat auf Ruben und seine Freunde ein und
fühlte sich mit jedem Schlag zufriedener. Sein Hemd war
blutverschmiert vom Kontakt mit aufgeplatzter Haut, und er
wusste, dass seine Knöchel zerfetzt waren, aber er hörte
trotzdem nicht auf.

Er verlor den Kampf nicht, aber er gewann auch nicht
viel an Boden ... vor allem, weil ein anderer in den Kampf
eingriff, sobald er einen der Schläger außer Gefecht setzte.

Wie lange Dave kämpfte, wusste er nicht, aber schließlich sah er aus dem Augenwinkel, wie Meat, Ball und Gray
die Gasse hinauf auf ihn zuliefen. Sie hatten im Barrio
patrouilliert und waren wahrscheinlich von Zara per Anruf
alarmiert worden.

Die Verstärkung war da, und das gab Dave einen neuen
Energieschub.

Mit ihrer Ankunft wendete sich der Vorteil schnell zu

Gunsten der Mountain Mercenaries. Fünf Minuten später waren die noch verbliebenen Schläger weggelaufen. Mehrere Männer lagen bewusstlos zu ihren Füßen auf dem Boden und Gray hielt einen halb bewusstlosen Ruben mit unerschütterlichem Griff fest.

Dave hörte, wie die Blechtür hinter ihm aufgeschoben wurde, und er machte sich nicht einmal die Mühe, sich umzudrehen, um zu sehen, welche der Frauen mutig genug gewesen war, es zu riskieren. Er pirschte sich an Ruben heran, packte ihn mit einem brutalen Griff am Hals und zwang ihn, seinen Blick zu erwidern.

»Halte dich von meiner Frau fern«, knurrte Dave.

Zara übersetzte seine Worte von hinten. Dave war nicht überrascht, dass sie es gewesen war, die aus der Hütte gekommen war. Sie hatte ihn wahrscheinlich die ganze Zeit über beobachtet. Gott sei Dank war sie klug genug gewesen, nicht herauszukommen und sich einzumischen. Dave hätte sie eher beschützt, als sich darauf zu konzentrieren, jeden zu verprügeln, der ihm zu nahekam.

Ruben blickte zu Dave auf.

»Ich meine es ernst. Diese Frauen sind tabu für dich. Jetzt und für immer. Wenn du sie auch nur einmal schief ansiehst, wirst du es bereuen.«

Ruben grinste und sagte etwas auf Spanisch.

Zara übersetzte. »Du hast heute einen Fehler gemacht, Gringo. Ich habe hier die Macht. Sobald du weg bist, sind auch die Frauen weg. Dafür wird del Rio sorgen.«

Dave drückte Ruben fester die Kehle zu, bis sich das Gesicht des anderen Mannes lila färbte. »Hör mir zu, und zwar gut«, erwiderte Dave in einem tiefen, tödlichen Ton. »Ich weiß, du hältst dich hier im Barrio für eine große Nummer, aber ich habe mehr Macht, als du *je* haben wirst. Ich habe Freunde auf dem ganzen Planeten. Du glaubst, du bist hier sicher, weil du Freunde beim peruanischen Militär hast? Die sind nichts im Vergleich zu *meinen* Freunden. Du hast ein ziemlich bequemes Leben im Barrio, aber ich kann dich und all deine Kumpels mit einem Anruf ins Gefängnis werfen lassen. Solange du meine Freunde in Ruhe lässt, kannst du weiterhin den großen Mann in deiner kleinen Welt markieren. Aber wenn du sie auch nur schief *ansiehst* und ich davon erfahre, bist du erledigt.«

Es dauerte einen Moment, bis Zara übersetzen konnte, aber Dave merkte sofort, dass seine Worte bei Ruben ankamen. Der Mann war nicht mehr ganz so tapfer, wie er sich gern den Anschein gab. Er starrte weiter, aber Dave konnte das Unbehagen in seinem Blick sehen.

»Und del Rio ist ein Feigling. Er versteckt sich hinter Leuten wie *dir*, verlässt sich darauf, dass du seine Drecksarbeit erledigst, während er in seiner riesigen Villa sitzt und mehr Geld hat, als er jemals ausgeben kann. Du bist so ein Idiot, weil du nach seiner Pfeife tanzt. Hör gut zu – meine Männer und ich haben heute keinen deiner Freunde getötet, aber einer Sache kannst du dir sicher sein, wenn wir wieder angegriffen werden, werden wir nicht zögern zu tun, was getan werden muss. Und die Kontakte, die ich erwähnt habe? Sie werden dafür sorgen, dass wir nicht ins Gefängnis kommen – also triff deine Entscheidung mit Bedacht.«

Kaum hatte Zara ihre Übersetzung beendet, schob Dave Ruben von sich weg, und Gray ließ ihn gleichzeitig los. Ruben sackte zu Boden und blieb einen Moment liegen, bevor er sich aufrappelte und davonlief, ohne einen Blick auf seine gefallenen Kameraden zu werfen, die immer noch bewusstlos im Dreck lagen.

Zara eilte auf Meat zu und schlang ihre Arme um seinen Hals.

»Wo sind die anderen Frauen?«, wollte Dave wissen.

»Sie sind hinten rausgegangen«, erklärte Zara.

»Warum bist du nicht auch gegangen?«, schimpfte Meat. Sie blickte zu ihm auf. »Als würde ich einfach abhauen.« Auf ihre trotzige Antwort hin schüttelte Meat den Kopf und verdrehte die Augen.

Dave schüttelte seine Hände aus, ignorierte den Schmerz, der ihn durchströmte, und begann, die Gasse entlangzugehen.

»Wo willst du hin?«, rief Ball.

»Ich will mich mit einigen meiner Kontakte in Verbindung setzen«, sagte Dave, ohne sich umzusehen. »Die Frauen müssen hier raus. Und zwar sofort. Die neue Klinik muss jetzt gebaut werden, damit Daniela dort einziehen kann und die anderen ihr Haus bekommen können. Ich habe es satt, auf Zehenspitzen herumzuschleichen. Dieser Blödsinn endet heute, und die Klinik wird eher früher als später in Betrieb gehen. Deshalb sind wir nicht gekommen, aber ich will verdammt sein, wenn ich Ravens Freundinnen sich selbst überlasse, sobald wir weg sind.«

Er hörte nicht auf die Männer, die sich hinter ihm unterhielten, während sie auf den Ausgang des Barrios zusteuerten.

Raven würde den ganzen Tag weg sein, so wie es in der letzten Woche üblich gewesen war, aber Dave war es leid, ihr Freiraum zu geben. Er wollte sie zu Hause haben. In Sicherheit. In Colorado. Er hatte ihr gesagt, dass er in Peru bleiben würde, wenn es das war, was sie wollte, aber diese Option stand nicht mehr zur Debatte.

Er wollte nicht hierbleiben, und sie sollte das auch nicht.

Sie war viel zu lange auf sich allein gestellt gewesen, aber das war vorbei. Sie war seine Frau. Er liebte sie. Alles andere konnten sie regeln ... aber sie musste aufhören, sich vor ihm zu verstecken. Heute Abend, wenn sie wieder aus dem Versteck auftauchte, in das sie jeden Tag verschwand, würde er dafür sorgen, dass sie zweifelsfrei wusste, was er für sie empfand, und dass er nicht mehr zulassen würde, dass sie ihn von sich stieß. Sie konnten sich mit dem auseinandersetzen, was auch immer sie vor ihm versteckte.

Nichts würde ihn von seiner Frau fernhalten. *Nichts.*

KAPITEL SECHS

Mags ignorierte das Knurren ihres Magens, während sie durch das Barrio schlich. Sie hatte sich jeden Tag länger von der Hütte ferngehalten, weil sie sich mit jedem Moment, den sie in seiner Gegenwart verbrachte, mehr zu ihrem Mann hingezogen fühlte. Obwohl sie nicht viel Zeit mit ihm verbracht hatte, erinnerte alles, was er getan hatte, seit er wieder in ihr Leben getreten war, sie daran, warum sie ihn so sehr liebte.

Er war beschützend und freundlich. Loyal und stark. Er hatte sich verändert, ja, aber das hatte sie auch. Bei ihm jedoch schienen all seine guten Eigenschaften nur noch intensiver geworden zu sein. Auf dem Boden vor der Hütte zu schlafen, in der sie wohnte? Das war verrückt, aber er schien nicht einmal darüber nachdenken zu müssen.

Sie wusste, dass es nur eine Frage der Zeit war, bis sie nachgab und ihm sagte, wie sehr sie ihn immer noch liebte und wie viel Angst sie hatte. Sie hatte gedacht, wenn sie ihm lange genug aus dem Weg ging, würde er es irgendwann kapieren und sie in Ruhe lassen.

Aber sie hatte sich etwas vorgemacht. Dessen war sie

sich durchaus bewusst. Dave würde sie auf keinen Fall verlassen. Nicht jetzt. Nicht, nachdem er sie nach zehn langen Jahren wiedergefunden hatte. So ein Mann war er nicht. Selbst wenn er wieder geheiratet und eine Familie hätte, würde er alles in seiner Macht Stehende tun, um sie zurück in die Staaten zu bringen, um dafür zu sorgen, dass sie in Sicherheit war. Aber zu wissen, dass er keine Familie hatte, dass er sich nicht neu verliebt hatte, machte es nur noch offensichtlicher, dass er sie niemals hierlassen würde. Dass er alles tun würde, um sie dazu zu bringen, mit ihm zu reden.

Sie war so hin- und hergerissen. Die Wahrheit war, dass sie nicht *wollte*, dass Dave ging ... aber sie war sich nicht sicher, ob sie mutig genug war, ihm zu sagen, warum sie bleiben musste.

Die Sonne war untergegangen und im Barrio war es dunkel, aber sie schaffte es ohne Probleme, die Gasse hinauf zur Hütte zu gelangen. Seltsamerweise hörte sie Lachen aus ein paar der Hütten in ihrer Nähe. Sie konnte sich nicht erinnern, wann sie das letzte Mal in ihrer düsteren, deprimierenden Welt diesen Ausdruck der Freude gehört hatte.

Und wenn sie so darüber nachdachte, hatte sie auch Ruben und seine Kumpane nicht gesehen, die hier immer herumlungerten. Normalerweise sah sie mindestens einen von ihnen, wenn sie sich ins Barrio schlich. Sie wachten über jeden, der kam und ging, aber heute Abend hatte sie keine neugierigen Augen gesehen.

Etwas beunruhigt trat Mags durch den Hintereingang des Hauses, das sie mit ihren Freundinnen teilte – und erstarrte.

Dave war da. Er schlief nicht draußen, wie er es in der letzten Woche getan hatte. Er saß in der Mitte des Fußbodens und spielte Karten mit Gabriella, Maria und Teresa, während Bonita und Carmen in der Nähe saßen und nähten. Alle lächelten und schienen sich zu amüsieren, auch wenn sie kein Wort von Dave verstehen konnten.

Als die Frauen sie jedoch sahen, verschwand das Lächeln aus ihren Gesichtern und sie blickten sie besorgt an.

»Geht es dir gut?«, fragte Carmen.

»Ja, natürlich. Warum sollte es mir nicht gut gehen?«, fragte Mags. Sie konnte sich nicht davon abhalten, Dave anzustarren. Ihr Augenmerk richtete sich ganz natürlich auf ihn. Und als sie ihn in dem schummrigen Licht genauer betrachtete, blieb ihr Herz für einen Moment stehen, bevor es sich doppelt so schnell wieder beschleunigte.

Er hatte ein blaues Auge und etwas, das aussah wie der Anfang von blauen Flecken in seinem Gesicht. Seine Knöchel waren geprellt und es war mehr als offensichtlich, dass er in einen Kampf verwickelt gewesen war.

»Was ist passiert?«, fragte sie erst auf Spanisch, dann auf Englisch.

Dave antwortete nicht, sondern behielt nur seinen intensiven Blick auf ihr, und Mags hatte das Gefühl, sich nicht vom Fleck rühren zu können.

»Ruben hatte genug davon, nur zuzuschauen, und hat Dave angegriffen«, informierte Teresa Mags. »Wir sind nicht hiergeblieben, um es zu sehen, aber Zara sagte, er war unglaublich. Er hat es ganz allein mit Ruben, Eberto und Alfonso aufgenommen. Dann kamen Marcus und Fortuno und ein paar andere dazu. Aber Zara rief ihren Mann an und sie kamen sofort zu Hilfe. Sie haben sie verprügelt, Mags! Es war großartig!« Teresas Worte gingen ineinander über, weil sie so schnell sprach, um ihre Geschichte loszuwerden.

Mags betrachtete Dave von Kopf bis Fuß, um sich zu

vergewissern, dass es ihm wirklich gut ging. Ruben war ein verdammter Mistkerl und ein typischer Tyrann, und wenn er wollte, konnte er einem das Leben im Barrio definitiv zur Hölle machen. Sie konnte sich nicht entscheiden, ob das, was Dave getan hatte, die Dinge besser oder schlechter machen würde.

Aber dann erinnerte sie sich an das Lachen, das sie gehört hatte. Es schien, als wären die Dinge im Moment besser.

»Wir müssen reden«, erklärte Dave und stand langsam auf.

Mags hatte es immer gefallen, dass ihr Mann sie so überragte. Mit seinen ein Meter neunzig war er schon ein großer Mann, aber durch seine Muskeln und seine Masse wirkte er noch größer. Sie hatte sich dadurch immer sicher gefühlt ... aber nach allem, was sie durchgemacht hatte, schüchterte seine Größe sie jetzt ein.

Als wüsste er, wie sie sich fühlte, wich Dave einen Schritt zurück. »Ich werde dir *nicht* wehtun«, erklärte er langsam und vorsichtig.

»Ich weiß«, antwortete Mags sofort.

Dave schüttelte den Kopf. »Deiner Körpersprache nach zu urteilen weißt du es offensichtlich *nicht*.«

Mags zwang sich, sich zu entspannen, und schüttelte traurig den Kopf. »Ich bin nicht mehr so wie vor zehn Jahren«, erklärte sie ihm.

»Das bin ich auch nicht«, erwiderte er. »Aber an meiner Liebe zu dir hat sich nichts geändert. Ich glaube sogar, dass sie noch intensiver geworden ist. Ich habe während der letzten zehn Jahre jeden wachen Augenblick damit verbracht, dich zu suchen. So lange, dass es schwer zu glauben ist, dass du tatsächlich vor mir stehst. Obwohl ich erst jetzt begreife, dass du körperlich vielleicht hier bist, aber geistig bist du für mich immer noch verloren.«

Mags starrte den Mann an, den sie mehr als alles andere liebte, und wusste, dass sie ihm wehtat. Sie hatte gewusst, dass das passieren würde. Das war einer der Gründe, warum sie nicht versucht hatte, mit ihm in Kontakt zu treten, nachdem sie von del Rio entlassen worden war. Sie war so durcheinander im Kopf, dass sie sich nicht einmal mehr daran erinnern konnte, wer sie war, bevor sie nach Peru kam. Ihr Leben als Versicherungsvertreterin und Daves Frau war ihr so fremd wie ihr jetziges Leben ihrem alten Ich.

»Rede mit mir«, flehte Dave. »Sag mir, warum du mir aus dem Weg gehst. Warum willst du hier nicht weg? Was ist los? Was hält dich in Peru fest?«

Das war weder der richtige Zeitpunkt noch der richtige Ort für dieses Gespräch, aber Mags wusste nicht, was sie tun sollte, um es zu beenden. Die anderen Frauen beobachteten sie und Dave aufmerksam, ihre Köpfe gingen hin und her, wie bei einem Tennismatch. Obwohl sie nicht verstehen konnten, was gesagt wurde, war die Emotion hinter ihren Worten deutlich zu erkennen.

Mags schüttelte den Kopf. Sie konnte es ihm nicht sagen. Sie könnte es nicht ertragen, wenn sich die Liebe in seinen Augen in Abscheu verwandelte.

»Verdammt, Raven, ich habe das letzte Jahrzehnt damit verbracht, dich überall zu suchen! Ich habe mehr über das Sexgewerbe gelernt, als ich je wissen wollte. Ich habe Hunderte von Frauen und Kindern gerettet und sie wieder mit ihren Familien zusammengebracht. Ich habe erlebt, wie einige nach ihrer Rückkehr nach Hause aufblühten, und andere gesehen, die sich scheinbar nicht eingewöhnen konnten. Einige Frauen sind nach ihrer Rückkehr wieder in die Prostitution gegangen, weil sie es einfach nicht geschafft haben.«

Mags wich zurück.

Daves Stimme wurde sanfter. »Ich weiß, was mit dir passiert ist, mein Schatz. Und ich wünschte bei Gott, es wäre nicht passiert. Ich würde am liebsten jeden einzelnen Mistkerl umbringen, der dich angefasst hat. Aber das ändert nichts an dem, was ich fühle. Du bist meine Frau. Die Frau, der ich versprochen habe, sie in guten und schlechten Zeiten zu lieben. Und wenn du glaubst, dass ich mich einfach umdrehe und verschwinde, machst du dir etwas vor.«

»Du hast keine Ahnung, was ich durchgemacht habe«, entgegnete sie verbittert.

»Leider doch«, sagte Dave traurig. »Gleich nachdem du entführt wurdest, haben sie wahrscheinlich damit gedroht, sowohl mir als auch deinen Eltern etwas anzutun. Du dachtest, wenn du tust, was sie sagen, wird dir nichts passieren. Ich würde das geforderte Lösegeld zahlen, und du wärst in ein paar Tagen zu Hause. Aber dann haben sie dich wahrscheinlich betäubt. Als du endlich wieder zu dir kamst, warst du hier. Obwohl du keine Ahnung hattest, wo ›hier‹ war.

Während der ersten ein oder zwei Monate wurdest du immer wieder vergewaltigt, und wahrscheinlich hast du dich jedes Mal gewehrt wie wild. Irgendwann wurde dir klar, dass ich nicht kommen würde, um dich zu holen. Dass die Situation, in der du warst, nicht vorübergehend war. Nach einer Weile wurde es einfacher, einfach zu tun, was dir gesagt wurde. Dass du weniger geschlagen wirst und vielleicht sogar mehr Nahrung bekommst, wenn du dich fügst. Doch das Gehorchen hat an deiner Seele gezehrt ... aber du hast es trotzdem getan.

Im Laufe der Jahre hast du wahrscheinlich immer weniger an dein altes Leben gedacht, sondern nur noch daran, jeden einzelnen Tag zu überstehen. Vielleicht hast du dir durch dein Entgegenkommen eine bessere Behandlung verdient, und du hast dich an dein Leben als Sklavin und Gefangene gewöhnt. Eines Tages warst du dann entweder zu alt oder zu langweilig, um für die Kunden noch interessant zu sein. Sie hatten die Nase voll und wollten jüngere und aufregendere Partnerinnen. Du wurdest vor die Tür gesetzt, konntest nirgendwo hin und hattest keine Möglichkeit, mit mir oder jemandem aus deinem alten Leben Kontakt aufzunehmen. Also hast du dich mit dem begnügt, was du hattest. Hast Freunde gefunden, dich eingelebt.

Aber, Raven, das ist nicht mehr dein Leben. Ich bin jetzt hier. Ich werde dich nach Hause bringen und wir werden herausfinden, wie wir dir helfen können, dein Leben wieder zu leben.«

Mags wurde immer wütender, je mehr Dave sprach. Ja, er hatte größtenteils recht. Er hatte sogar erschreckend genau getroffen, wie der Großteil ihres Lebens verlaufen war, nachdem sie entführt worden war.

Aber er lag völlig daneben, was die Gründe für ihren Ausstieg aus dem Geschäft anging. Del Rio hatte sie keineswegs in die Wüste geschickt, wie sie es sich gewünscht hätte. Sie war jetzt genauso an ihn gebunden wie in der ersten Nacht, in der sie in einem Zimmer auf seinem Grundstück eingeschlossen gewesen war.

Aber es war die beiläufige Erzählung ihres Mannes über den Albtraum, den sie durchlebt hatte, die sie am wütendsten machte. Es war deprimierend, dass ihre persönliche Hölle auf zwei Minuten Erzählung reduziert wurde.

Eigentlich sollte sie froh sein, dass er nicht ständig von ihrer persönlichen Hölle erzählte.

»Du hast im Laufe der Jahre sicher eine Menge über Menschenhandel gelernt, aber ich bin keiner deiner Wohltätigkeitsfälle. Ich bin kein Opfer«, zischte sie.

»Dann rede mit mir«, entgegnete Dave.

»Du würdest es nicht verstehen.«

»Tu das nicht«, sagte Dave und klang dabei verärgert.

Es war das erste Mal, dass er mit ihr in einer Weise sprach, die seine Frustration verdeutlichte, und aus irgendeinem Grund war Mags das lieber. Die Vorstellung, dass er die Kontrolle verlor, gefiel ihr fast.

»Was soll ich nicht tun?«, wollte sie wissen.

»Schließe mich nicht aus. Ich habe jeden Abend gebetet, dass morgen der Tag wäre, an dem ich dich finde, und als Zara dich auf dem Foto erkannt hat, hatte ich endlich einen Funken Hoffnung, dass ich es dieses Mal tatsächlich schaffen würde.«

»Dave, was wäre, wenn ich nicht gefunden werden wollte? Hast du dir das mal überlegt?«

»Nein.« Seine Antwort kam wie aus der Pistole geschossen. »Du wolltest genauso dringend gefunden werden, wie ich dich finden wollte. Aber ich weiß nicht, was du vor mir verheimlichst. Ich habe sogar Zara gefragt, und sie sagte, sie wisse es nicht.«

»Du hast meine Freundinnen verhört?«, fragte Mags und wollte ihn anschreien, er solle es sein lassen, sie in Ruhe lassen.

»Das ist ein ziemlich hartes Wort. Ja, ich habe mit ihnen gesprochen. Ich habe sie gefragt, was sie über dich wissen und wohin du tagsüber verschwindest«, entgegnete ihr Mann ohne eine Spur von Reue in seinem Ton. »Aber du sollst wissen, dass ich alles tun werde, was nötig ist, um herauszufinden, was los ist, und um dich zu beschützen.«

Dave war im Laufe der Jahre viel sturer geworden. Mags konnte sich nicht erinnern, dass er jemals so hartnäckig gewesen war, als sie noch verheiratet waren. Er war liebevoll gewesen und hatte sie nicht gedrängt, wenn sie mürrisch oder einfach müde war und nicht reden wollte. Sie fand seine Hartnäckigkeit frustrierend, und sie wusste nicht, wie sie ihn loswerden sollte. Wie sie ihn dazu bringen konnte zu verschwinden.

Außer vielleicht auf eine Weise ...

Sie könnte ihm die Wahrheit sagen.

Sie fühlte sich innerlich kalt und tot und fragte: »Du willst wissen, was los ist, Dave?«

»Ja«, entgegnete er sofort.

»Du wirst es nicht verkraften können«, warnte sie ihn.

»Versuch es doch einfach.«

Er war sich so sicher, dass nichts, was sie sagen konnte, ihn umstimmen würde, und das machte Mags so wütend. Er hatte keine Ahnung, was sie durchgemacht hatte. Es spielte keine Rolle, mit wie vielen anderen Opfern er gesprochen hatte. Er wusste nicht, welche Entscheidungen *sie* getroffen hatte. Die Opfer, die sie im Laufe der Jahre hatte bringen müssen. Dave dachte, er wüsste alles über den Sexhandel und wie die Welt funktionierte – aber er wusste nicht, was mit *ihr* geschehen war.

Sie wusste, dass ein Teil ihrer Wut darauf zurückzuführen war, dass ihr Mann es geschafft hatte, Hunderte von anderen Frauen und Kindern zu retten, aber er hatte *sie* nicht gefunden. Er war quasi zufällig hier.

Sie wusste auch, dass ihre Gefühle irrational waren. Es war offensichtlich, dass Dave alles in seiner Macht Stehende getan hatte, um sie zu finden, und dass sie tief in ihrem

Inneren immer noch damit zu kämpfen hatte, sich damit abzufinden, wie sich ihr Leben entwickelt hatte.

Also wetterte sie gegen den einzigen Menschen, der trotz allem immer noch hundertprozentig auf ihrer Seite war.

»Na schön. Ich wurde von del Rio nicht gefeuert, weil ich zu alt war, auch wenn das mittlerweile sicher der Fall ist. Ich habe eine Vereinbarung mit ihm getroffen. Einen Pakt mit dem Teufel.«

Dave verstummte – und zum ersten Mal sah sie, wie sich Unsicherheit in seinen Blick schlich. »Was für eine Vereinbarung?«, fragte er.

»Ich habe ihm versprochen, dass er sieben Monate lang die Zahl der Kunden, die ich jeden Tag sehe, erhöhen darf, wenn er mich im Gegenzug in den Ruhestand gehen lässt.«

Dave runzelte die Stirn und schluckte schwer. »Und? Da muss doch noch mehr dahinterstecken. Männer wie del Rio lassen ihre Angestellten nicht solche Entscheidungen treffen.«

Er hatte recht. Und das irritierte sie erneut. »Ja, nun, del Rios ›Angestellte‹ betteln normalerweise nicht darum, das Baby behalten zu dürfen, das sie von einem ihrer Kunden bekommen haben«, entgegnete Mags ungehalten.

So. Sie hatte es gesagt.

Und sie bekam genau die Reaktion, die sie erwartet hatte.

Daves Augen weiteten sich vor Schreck und sein Mund blieb offen stehen. »Ein Baby?«, fragte er.

Bei diesem Wort richteten sich die anderen Frauen auf und starrten Mags an.

Sie ignorierte sie und richtete den Blick auf ihren Mann. »Ja, Dave. Ich bin schwanger geworden. Es war ein Wunder.«

Und das war es auch. Sie und Dave hatten zwei Jahre lang versucht, ein Kind zu bekommen, ohne Erfolg. Die Ärzte hatten gesagt, dass es ein Problem mit Daves Spermienzahl und ihrer Fruchtbarkeit gab. Die Wahrscheinlichkeit, dass sie ein gemeinsames Kind bekommen würden, war extrem gering. Es hatte sie beide am Boden zerstört, aber sie hatten beschlossen, es nach ein paar Jahren mit einer Adoption zu versuchen.

Aber dann war sie entführt worden, und damit hatte sich das erledigt.

»Wie?«, flüsterte Dave.

Mags zuckte mit den Schultern. »Del Rio verlangt von seinen Kunden nicht, dass sie ein Kondom benutzen, obwohl die meisten es taten, wenn ich darauf bestand. Anscheinend hat einer der Männer, die für das Privileg bezahlt hatten, mit mir zusammen zu sein, das Unmögliche geschafft – und ich wollte dieses Baby. So sehr, dass ich del Rio sagte, ich wäre bereit, bis zum neunten Monat mehr Männer zu nehmen und mehr Geld für ihn zu verdienen. Du würdest nicht glauben, wie viele Männer davon träumen, es mit einer schwangeren Frau zu treiben.«

Sie war jetzt absichtlich derb. Sie konnte sich einfach nicht beherrschen, damit aufzuhören. Sie wollte Dave wehtun. Und sie war sich nicht einmal sicher warum. Vielleicht weil sie wusste, dass er nach diesem Gespräch wahrscheinlich so schnell wie möglich in die Staaten zurückkehren würde. Sie würde wieder allein sein. Er würde auf keinen Fall mit ihr zusammen sein wollen, nachdem er das alles gehört hatte. Und sie musste ihn loswerden. Sie musste aufhören, an die Vergangenheit zu denken und von einer unmöglichen Zukunft zu träumen. Sie war eine ehemalige Hure, ganz gleich, dass sie bei del Rios kranker Operation gar nicht erst mitmachen wollte.

»Also ließ ich sieben lange Monate so viele Männer in mein Bett, wie del Rio wollte – und ich tat so, als würde es mir gefallen. Als es an der Zeit war, das Baby zu bekommen, schloss er mich in mein Zimmer ein und sagte mir, wenn ich die Geburt überlebe, würde er darüber nachdenken, mich gehen zu lassen. Ich hatte solche Angst ... ich hatte keine Ahnung, was ich da tat. Aber ich habe es geschafft. Mein Sohn kam zur Welt, und er war perfekt, vom Scheitel bis zu den Zehenspitzen.«

»Wo ist er jetzt?«, fragte Dave in einem unheimlich gedämpften Ton.

Das war der schwierigste Teil von allen. Der Teil, der Mags so wütend machte, dass sie del Rio buchstäblich mit bloßen Händen umbringen könnte.

»Del Rio hat ihn. Er hat gesagt, dass ich gehen kann, aber ich kann mein Baby nicht mitnehmen. Er hält ihn in einem Haus nicht weit von seinem Grundstück fest. Er wird von einigen der Frauen aufgezogen, die für del Rio arbeiten. Er wird außerdem vierundzwanzig Stunden am Tag bewacht. Er ist genauso ein Gefangener wie ich es war, außer dass er drei gesunde Mahlzeiten am Tag bekommt und in Sicherheit ist. Del Rio schert sich einen Dreck um David, aber er will auch nicht, dass *ich* ihn bekomme. Er liebt es zu wissen, dass ich immer noch nicht gehen kann, obwohl ich von ihm weg bin. Er lässt mich meinen Sohn dreimal pro Woche sehen, montags, mittwochs und freitags. Ich darf dort nichts essen und ich darf auch nichts mitnehmen.

Mein Sohn ist das Wichtigste in meinem Leben – und ich werde ihn *nicht* verlassen. Das kann ich nicht.«

Während sie sprach, war Daves Gesicht so weiß geworden wie der Schnee, der früher vor ihrem Haus in Colorado Springs fiel. Es war zehn Jahre her, dass Mags

Schnee gesehen hatte, aber sie erinnerte sich, wie blendend weiß er nach einem frischen Schneefall war. Und genauso sah ihr Mann jetzt aus.

»Du hast ihn David genannt?«, fragte er schließlich.

So ein Mist!

Das hatte Mags eigentlich nicht ausplaudern wollen.

Zögernd nickte sie. »Ich habe keine Ahnung, wer der Vater ist. Ich wurde von einem der Hunderte von Männern geschwängert, die del Rio dafür bezahlt haben, mit mir zu schlafen«, sagte Mags ganz offen. »Aber er ist von *mir*. Ich habe ihm meinen Mädchennamen gegeben, Crawford. Und ich weiß nicht wie, aber eines Tages werde ich ihn da rausholen, und wir werden ein Leben ohne del Rio führen.«

»Wie alt ist er?«

»Viereinhalb.«

Mags wich Daves Blick nicht aus. Sie schämte sich nicht für ihren Sohn. Es spielte keine Rolle, wie er gezeugt worden war und was sie hatte tun müssen, um ihn zu behalten. Es zählte nur, dass er ihr gehörte, und er war ein wunderschöner, meist glücklicher kleiner Junge.

Ohne ein weiteres Wort senkte Dave den Blick, nickte den anderen Frauen zu, die immer noch auf dem Boden saßen und ihn und Mags anstarrten, und wandte sich zur Tür.

Dann schob er das Wellblechstück aus der Öffnung und verließ den Raum, wobei er die Tür leise hinter sich schloss.

Mags drehte sich der Magen um. Sie hatte sofort das Gefühl, sich übergeben zu müssen.

Dave hatte genau das getan, von dem sie sich eingeredet hatte, dass sie es wollte. Er war gegangen. Er konnte nicht damit umgehen, dass sie das Kind eines anderen Mannes bekommen hatte ... und sie war noch nie so am Boden zerstört gewesen.

»Was ist gerade passiert?«, fragte Bonita eindringlich.

»Er ist weg«, erklärte Mags leise auf Spanisch.

»Geh ihm nach!«, drängte Teresa.

Mags schüttelte den Kopf. »Das kann ich nicht.«

»Du hast ein Baby?«, fragte Gabriella sanft.

Mags sah zu dem jüngsten Mitglied ihrer kleinen Gruppe auf und nickte. »Das hast du verstanden?«

Gabriella zuckte mit den Schultern. »Nicht alles. Ich habe dir und Zara beim Reden zugehört und hier und da ein paar Worte aufgeschnappt. Wo ist dein Sohn? Warum hast du ihn nicht hier?«

Mags wollte weinen. Sie wollte sich hinlegen und darüber schluchzen, wie ungerecht das Leben war, aber die Frauen, die um sie herum versammelt waren, hatten genauso viel Herzschmerz erlebt wie sie selbst. Stattdessen ging sie, ohne Gabriella zu antworten, zum Feuer hinüber, wo eine einsame Mahlzeit in Alufolie eingewickelt zum Verzehr bereitstand.

In der letzten Woche hatte Dave immer darauf geachtet, ihr jeden Abend etwas zu essen zu bringen. Obwohl sie ihm aus dem Weg ging und ihn wie Dreck behandelte, hatte er sich immer noch um sie gekümmert.

Sie setzte sich hin und schälte langsam die Folie ab.

Mags schloss die Augen und spürte, wie sich ihre Brust zusammenzog. Dave hatte irgendwie ihre Chicken Nuggets und Pommes gefunden. Das war ihr Lieblingsessen gewesen, und er hatte sie immer damit aufgezogen, dass sie sich in ein Chicken Nugget verwandeln würde, wenn sie sich nicht einschränkte.

Das Ding war lauwarm und ein wenig zäh, aber Mags hatte das Gefühl, nie im Leben ein besseres Nugget gegessen zu haben.

Als ihr klar wurde, dass sie den Mann, den sie immer

noch von ganzem Herzen liebte, endgültig verloren hatte, begann sie, ihren Freundinnen die Geschichte zu erzählen, wie sie einen Sohn bekommen hatte.

Dave betrat das Hotelzimmer, in dem er bisher nicht viel Zeit verbracht hatte, und knallte die Tür hinter sich so fest zu, dass die Wand wackelte.

Ball setzte sich in seinem Bett auf und fragte: »Was zum Teufel ist denn los? Wo ist Raven?«

»Im Barrio«, erklärte Dave knapp.

»Und die anderen?«

»Auch dort.«

»Bist du hierhergekommen, um dich umzuziehen oder so?«, fragte Ball.

»Nein. Ich schlafe heute Nacht hier. Arrow ist immer noch dort und hält Wache.«

»Verdammt«, erwiderte Ball und schwang seine Füße von der Bettkante, um seine Stiefel anzuziehen. Er nahm sein Handy in die Hand und klickte auf einen Namen. Innerhalb von Sekunden hatte er eine Verbindung. »Gray, ich bin's, Ball. Dave ist wieder da. Nein ... nein, ich weiß es nicht. Arrow behält die Frauen im Auge; ich werde mich bei ihm melden. Ja, das würde ich zu schätzen wissen. Nein, das hat er nicht gesagt, und ich bin mir nicht sicher, ob jetzt der richtige Zeitpunkt ist, um zu fragen. Okay, ich treffe mich mit Ro auf dem Flur. Danke. Tschüss.«

Dave zuckte bei dem Gespräch mit seinem Freund nicht einmal zusammen. Er war wie betäubt. Er legte sich aufs Bett und legte den Arm über seine Augen.

Er bekam den verzweifelten Gesichtsausdruck von Raven nicht aus dem Kopf. Sie hatte trotzig genug geklungen und ihm fast beiläufig erzählt, mit wie vielen Männern sie geschlafen hatte, aber er wusste, wenn er sie ansah, dass jeder von ihnen ein Stück ihrer Seele geraubt hatte.

Ein Baby. Ein Sohn.

Seine Frau hatte einen *Sohn*.

Er wusste, dass er ein Feigling war, weil er ohne ein Wort gegangen war. Sie würde ihm diesen Fehler wahrscheinlich nie verzeihen. Aber in diesem Moment konnte er die Tatsache nicht begreifen, dass seine Raven ein Kind hatte.

Es war etwas, das er ihr so verzweifelt hatte geben wollen, und er hatte versagt.

Er hatte sie in der Nacht im Arm gehalten, nachdem sie beim Arzt gewesen waren und ihm gesagt worden war, dass ein leibliches Kind für sie nicht infrage käme. Er hatte sich solche Sorgen um sie gemacht, weil sie nicht aufhören konnte zu schluchzen.

Er hatte die letzten zwei Jahre vor ihrer Entführung damit verbracht, dafür zu beten, dass er seiner Frau irgendwie das geben konnte, was sie sich am meisten wünschte – und er konnte es nicht.

Und nicht nur das, ein *Fremder*, jemand, der Raven nicht liebte, der sich einen Dreck um sie scherte, hatte geschafft, wo er versagt hatte.

Der Schmerz war so überwältigend, dass es Dave schwergefallen war, nicht umzukippen.

Er hätte alles getan, jede Menge Geld bezahlt, um Raven das Kind zu schenken, das sie sich so sehr gewünscht hatte. Und stattdessen hatte sie ihren Herzenswunsch in der Hölle gefunden.

Es fiel ihm schwer, das alles zu verarbeiten. Er hätte sie nicht verlassen dürfen – das war ihm in dem Moment klar, in dem er die Tür hinter sich geschlossen hatte –, aber er hatte Zeit gebraucht, um zu begreifen, wie sehr er seine Frau im Stich gelassen hatte.

Er war nicht in der Lage gewesen, sie zu finden.

Er war nicht in der Lage gewesen, ihr ein Kind zu schenken.

Es schien, als käme sie größtenteils gut ohne ihn zurecht.

Es war alles zu viel.

»Dave?«, fragte Ball leise. »Ich mache mich auf den Weg ins Barrio. Wenn du etwas brauchst, ruf Gray an, okay?«

Dave nickte, aber er schenkte seinem Freund keine große Aufmerksamkeit. Er versuchte immer noch zu verarbeiten, was er gerade erfahren hatte.

Er war so arrogant gewesen, als er seiner Frau gesagt hatte, dass er verstand, was sie durchgemacht hatte. Dabei wusste er gar nichts.

Vom *Kopf* her wusste er, was mit ihr geschehen war. Dass sie benutzt und missbraucht worden war. Aber gefühlsmäßig hatte er keinen blassen Schimmer. Sie hatte sich bereitwillig benutzen lassen, um das Leben ihres Babys zu retten. Wahrscheinlich hatte sie schreckliche Angst gehabt, als sie in ein Zimmer gesperrt worden war, um ihr Kind allein auf die Welt zu bringen. Aber sie hatte es getan. Sie hatte getan, was nötig gewesen war, so wie sie es jeden Tag getan hatte, seit sie entführt worden war.

Sie brauchte ihn nicht. Er musste nicht auf sie aufpassen. Sie nicht beschützen. Sie hatte das ganz allein verdammt gut hinbekommen.

Ein Kind. *Verflucht.*

Viereinhalb. Ihr Sohn war viereinhalb. Er sprach wahrscheinlich schon. Er war in einem sehr beeinflussbaren Alter. Kümmerten sich die anderen Frauen gut um ihn, wenn Raven nicht bei ihm sein konnte? Und warum hielt del Rio ihn fest? Was war sein eigentlicher Plan? Tat er das nur, um Raven zu quälen? Das war möglich, aber aus irgendeinem Grund glaubte Dave das nicht.

Er hatte viel über del Rio recherchiert und kannte andere wie ihn. Der Mann tat nichts aus reiner Herzensgüte. Er hielt Ravens Sohn aus einem bestimmten Grund fest. Und das Wissen, dass del Rio kein Problem damit hatte, sowohl Kinder als auch Frauen zu verschleppen, verhieß nichts Gutes für das Kind.

Ravens Sohn.

David.

Dave saß aufrecht im Bett, mit weit aufgerissenen Augen starrte er vor sich hin, ohne etwas zu sehen.

Sie hatte ihren Sohn nach ihm benannt.

Er war nicht da gewesen, um sie zu retten. Er war nicht in der Lage gewesen, sie zu finden. Und doch hatte sie das Wichtigste in ihrem Leben nach *ihm* benannt.

Der Nebel, in dem Dave sich befunden hatte, seit er erfahren hatte, dass seine Frau ein Kind von einem anderen Mann geboren hatte, begann langsam, sich zu lichten. Er hatte unter Schock gestanden und nicht klar denken können.

Er zuckte zusammen. Er hatte sich einfach umgedreht und die Hütte verlassen, als sie ihm von ihrem Sohn erzählt hatte. Er hätte seine Frau in die Arme nehmen und ihr sagen sollen, dass alles gut werden würde. Ja, er hatte verarbeiten müssen, was sie ihm gesagt hatte, aber das hätte er *dort* tun sollen, bei ihr. Er hatte in seinem Leben schon viele Fehler gemacht, aber sie zu verlassen, als sie sich ihm endlich geöffnet hatte, war der absolut größte.

Dave stand auf, ging zum Tisch hinüber und schnappte sich seinen Laptop. Er musste zu Raven zurückkehren und die Dinge mit ihr wieder in Ordnung bringen, wenn das überhaupt möglich war, aber zuerst hatte er eine Menge Arbeit zu erledigen. Er brauchte noch mehr Informationen über del Rio.

Und er musste sich mit seinen Kontakten in Verbindung setzen, um einen weiteren Reisepass zu besorgen.

Dieser würde schwieriger sein, da das Baby nicht in den Vereinigten Staaten geboren worden war und es wahrscheinlich nicht einmal eine Geburtsurkunde gab.

Der Grund, warum Raven Peru nicht verlassen wollte, war jetzt klar. Er hatte keinen Zweifel daran, dass sie den Weg aus dem Land und zurück zu ihm gefunden hätte, wenn es nicht um ihren Sohn gegangen wäre. Raven würde auf keinen Fall ein unschuldiges Kind in del Rios Fängen lassen, schon gar nicht ihr *eigenes* Kind.

Dave war ein Idiot. Er hatte Raven nicht verdient, aber er würde den Rest seines Lebens hart dafür arbeiten, dass es ihr und David an nichts fehlte.

Er konnte sich des Eindrucks nicht erwehren, dass er und Raven eine Menge Zeit vergeudet hatten, aber das war vorbei. Sie hatte ihre Gründe gehabt, ihm Davids Existenz vorzuenthalten, aber jetzt, da er von ihm wusste und wusste, warum sie Peru nicht verlassen wollte, würde er alles tun, um Mutter und Sohn nach Hause zu holen.

Das Team war schon länger im Land, als er geplant hatte. Dave hatte gedacht, sie würden ankommen, er würde mit Raven wiedervereint und sie würden abreisen. Jetzt waren die Dinge komplizierter, aber Dave war nicht umsonst der Anführer der Mountain Mercenaries. Er würde auch hier eine Lösung finden können.

Seine erste Aufgabe war es, David Crawford Justice einen Pass zu besorgen.

Die zweite war, das Kind von del Rio wegzubringen.

Die dritte war, alles in seiner Macht Stehende zu tun, damit seine Frau ihn wieder liebte.

Dave hielt inne und holte tief Luft.

David Justice.

Er war ein unsensibler Idiot gewesen, als er von Ravens Kind erfahren hatte. Er war fassungslos gewesen, das konnte er nicht leugnen. *Er* hatte derjenige sein wollen, der seiner Frau ein Kind schenkte. Er hatte sich wie ein bockiger Bengel benommen, der nach dem Essen keinen Nachtisch bekommen hatte. Aber jetzt, da er ein wenig Zeit hatte, sich an die Nachricht zu gewöhnen, verstand er, dass David ein verdammtes Wunder war.

Dave war es egal, wer der leibliche Vater war – *er* würde von jetzt an der Vater des Jungen sein.

Der Gedanke an ein Kind mit Ravens DNA da draußen in der Welt weckte seinen Beschützerinstinkt und machte ihn mehr als nur ein wenig obsessiv. Niemand und nichts würde ihn jemals verletzen. Denn dem Jungen wehzutun würde Raven wehtun, und das war inakzeptabel. Sie hatte in ihrem Leben schon genügend durchgemacht, und er würde verdammt sein, wenn sie sich noch eine Minute länger um die Zukunft ihres Kindes Sorgen machen müsste.

Dave wünschte sich, er könnte sofort ins Barrio zurückkehren und Raven versichern, dass er nicht nur sie aus Peru herausholen würde, sondern auch David. Aber er konnte nicht. Noch nicht. Ball, Ro und Arrow würden für die Sicherheit der Frauen sorgen, während er sich darum kümmerte, was für ihren gemeinsamen Sohn getan werden musste.

Dieser Gedanke traf ihn hart.

Ihr gemeinsamer Sohn.

Er war sich nicht sicher, wann sein Gehirn den Wechsel von *ihrem* Sohn zu dem *ihrem gemeinsamen* vollzogen hatte.

Es war fast sofort passiert. Aber jetzt, da der Gedanke da war, hatte er es bereits akzeptiert.

Nachdem sie erfahren hatten, dass sie keine gemeinsamen Kinder bekommen konnten, hatten sie über Adoption gesprochen. Sie hatten beschlossen, dass es keine Rolle spielte, wie ein Kind in ihr Leben kam, nur dass sie Mutter und Vater sein würden. Dies war auch nichts anderes. David war zwar nicht sein leiblicher Vater, aber Raven liebte ihn, und er liebte seine Frau. Deshalb war das Kind jetzt ein Teil von Daves Leben. Punkt.

Entschlossenheit stieg in ihm auf. Del Rio hatte seiner Familie schon genug genommen. Das würde er sich nicht auch noch gefallen lassen.

Er öffnete sein E-Mail-Programm und schickte eine kurze Nachricht an seinen Kontaktmann, der ihm einen Reisepass für Raven besorgt hatte. Er brauchte ein Foto und den Beweis, dass David Ravens leibliches Kind war, aber er hatte keinen Zweifel daran, dass er beides bekommen konnte. Das Kind aus dem Gefängnis zu befreien, in dem es gefangen gehalten wurde, würde schwieriger werden, vor allem angesichts der Tatsache, wie schwer bewacht del Rios Anwesen war. Aber wie er seine Mountain Mercenaries kannte, würden sie sich etwas einfallen lassen.

Zum ersten Mal seit der Wiedervereinigung mit Raven war Dave zuversichtlich, dass sie zu einem gewissen Grad zu der Beziehung zurückfinden würden, die sie vor ihrem Verschwinden gehabt hatten. Der Weg würde holprig sein, aber sie würden es schaffen. Zusammen.

KAPITEL SIEBEN

Mags war sich nicht sicher, was sie geweckt hatte.

Sie hatte viel zu lange auf ihrer Matratze gelegen und sich hin und her gewälzt, bevor sie am Abend zuvor endlich eingeschlafen war. Heute war Freitag, und sie würde David sehen können. Würde sein kindliches Lachen hören und sein wunderschönes Lächeln sehen können. Er war das Einzige, was ihr half, einen Tag nach dem anderen zu überstehen.

Doch ihr Herz schmerzte wegen Dave.

Insgeheim hatte sie gehofft, er würde sie irgendwie verstehen und sowohl sie als auch ihren Sohn wollen. Sie wusste, dass das zu viel verlangt war. Dass er, so großartig ihr Mann auch war, niemals in der Lage sein würde, das Kind eines anderen Mannes als sein eigenes zu akzeptieren. Und nachdem er ohne ein Wort gegangen war, wusste Mags, dass sie recht behalten hatte. Wie konnte ein Mann mit ihr zusammen sein wollen, nachdem er die nackte Wahrheit über sie und das, was sie getan hatte, erfahren hatte?

Dave war erstaunlich, aber wenn Mags kaum damit

umgehen konnte, was aus ihrem Leben geworden war, wie konnte er es dann?

Schwer seufzend begann sie, sich umzudrehen, und erstarrte, als jemand einen Arm um ihre Taille schlang und sich gegen ihren Rücken drückte.

»Ich bin's«, flüsterte Dave.

Anstatt auszuflippen und sich erschrocken zurückzuziehen, als er sie berührte, beruhigte sich etwas tief in Mags sofort. Als wüsste ihr Körper, dass Dave kein Feind war. Es war ihr nicht ganz geheuer, dass er sie berührte, aber sie fühlte sich auch nicht bedroht.

Früher war sie eine Kuschlerin gewesen, aber seit ihrer Entführung wurde ihr bei dem Gefühl, von einem Mann bedrängt zu werden, richtiggehend schlecht. Im Moment war ihr zwar etwas schlecht, aber nicht so sehr, dass sie sich übergeben musste.

»Wie bist du hier hereingekommen, ohne dass dich jemand gehört hat?«, fragte sie und versuchte, die Gefühle zu ignorieren, die der große Mann hinter ihr auslöste.

»Ich bin eben einfach zu gut«, entgegnete Dave mit einem Anflug von Humor in der Stimme. »Jetzt sei still und hör mir zu.«

Mags öffnete den Mund, um etwas zu erwidern, aber er ließ ihr keine Gelegenheit dazu.

»Es tut mir leid, dass ich vorhin einfach so abgehauen bin. Ich war schockiert. Verdammt, ich war verblüfft. Nicht in meinen kühnsten Träumen hätte ich gedacht, dass ein *Kind* der Grund dafür ist, dass du Peru nicht verlassen willst. Aber als ich zurück im Hotel war und nachdenken konnte, wurde mir klar, dass David ein Wunder ist ... genau wie seine Mutter. Und du hattest recht, ich war ein Vollidiot, als ich behauptet habe, ich wüsste, was du durchgemacht hast. Ich weiß nicht das Geringste. Aber eines weiß ich: Ich liebe dich, Raven. Und egal, wie lange es dauert, ich werde dich *und* unseren Sohn hier rausholen und zurück nach Hause bringen, wo ihr beide hingehört. Wir haben alle ein glückliches Leben verdient, und ich bin fest entschlossen, das zu erreichen.«

Mags konnte nicht glauben, was sie da hörte. Sie hatte nur teilweise zugehört und versucht, die Reaktion ihres Körpers auf seine Nähe zu bekämpfen, aber als er anfing, von ihrem Sohn zu sprechen, *konnte* sie nicht anders als zuzuhören.

»*Unser* Sohn?«, flüsterte sie.

»Unser Sohn«, bestätigte Dave.

»Dave«, stammelte sie, aber er war noch nicht fertig.

»Ich möchte heute mit dir gehen. Um ihn zu sehen.«

Sie schüttelte heftig den Kopf. »Nein, das kannst du nicht! Del Rio wird es herausfinden, und dann lässt er mich nicht mehr zu ihm!«

Dave drehte sie sanft um, sodass sie auf dem Rücken lag und zu ihm aufsah.

Mags konnte nicht anders. Sie geriet in Panik. Es war lange her, dass sie der Gnade eines Mannes ausgeliefert gewesen war, aber manche Dinge konnte man einfach nicht vergessen.

In dem Moment, als sie anfing durchzudrehen, erkannte Dave, was los war. Er drehte sie sanft, bis sie auf seinem Bauch lag.

Die Veränderung der Position ließ ihre Panik ein wenig abklingen. Sie fühlte sich immer noch nicht wohl, fühlte sich immer noch viel zu verletzlich, aber er hatte seine Arme nach oben und zur Seite gestreckt, sodass er sie nicht berührte. Er hielt sie nicht auf irgendeine Weise auf sich gedrückt.

»Ganz ruhig, Raven. Ich werde dir nicht wehtun«, erklärte er ihr leise.

Mags nahm all ihren Mut zusammen und zwang sich, genau dort zu bleiben, wo sie war.

Selbst nach einem Jahrzehnt, nach all den Männern, die sich kein bisschen für ihre Gefühle oder ihre Wünsche interessiert hatten, wusste sie, dass Dave ihr nicht wehtun würde. »Du kannst nicht mit mir kommen«, wiederholte sie.

»Ich werde mich verstecken, wenn wir in der Nähe des Hauses sind«, erwiderte Dave. »Aber ich muss wissen, wo David ist. Was für Wachen es dort gibt, welche Hindernisse es gibt, um ihn zu befreien. Schatz, Kinder vor Entführern zu retten ist das, was die Mountain Mercenaries und ich tun. Außerdem ertrage ich es nicht, auch nur einen Tag länger von dir getrennt zu sein. Ich habe versucht, dir Freiraum zu lassen, bin dir nicht gefolgt, auch wenn mir alles in mir sagte, dass ich das tun sollte. Ich bitte dich. Auch wenn du im Haus bist und ich draußen bin, bin ich wenigstens in deiner Nähe.«

Mags schloss die Augen und legte zaghaft ihre Handflächen auf Daves Brust. Er war so warm und sie konnte sein Herz unter ihrer Hand schlagen spüren. Erinnerungen daran, wie sie mit ihm genau so Liebe gemacht hatte, schossen ihr durch den Kopf, bevor sie sie rücksichtslos abschaltete.

Das war eine andere Welt. Ein Leben lang her.

»Wir müssen reden«, sagte Dave sanft. »Wir können uns auf dem Weg dorthin unterhalten, und heute Abend möchte ich dich in mein Hotelzimmer mitnehmen. Dort kannst du duschen und in einem richtigen Bett schlafen. Wir können über alles reden, was du willst. Ich werde dir alles über das *The Pit* erzählen und was ich gemacht habe, seit du entführt wurdest. Du musst kein weiteres verdammtes Wort darüber verlieren, was während der letzten zehn Jahre mit dir passiert ist, wenn du nicht willst, aber ich würde gern alles über David hören. Über sein erstes Wort, seine ersten Schritte, welche Gerichte er mag. Ich habe so viel verpasst ... und ich möchte einfach alles über ihn wissen.«

»Hast du noch das *The Pit*?«, fragte Mags.

»Ja. Es hat mir geholfen, nicht den Verstand zu verlieren«, gab Dave zu.

»Erzählst du mir, woher das kommt?«, fragte Mags und fuhr mit einem Finger über die große Narbe an seinem Hals.

»Ich werde dir alles erzählen, was du wissen willst«, entgegnete er und sie konnte an seinem Blick erkennen, dass er es aufrichtig meinte.

»Du *musst* dich verstecken«, erklärte Mags, die nicht glauben konnte, dass sie tatsächlich nachgab.

»Das werde ich«, sagte Dave voller Selbstvertrauen.

»Und wenn wir uns dem Haus nähern, können wir nicht zusammen dort auftauchen.«

»Okay. Aber du musst auch etwas für mich tun.«

Mags zog sich der Magen zusammen. »Und das wäre?«

»Du musst mir Davids DNA besorgen.«

Sie runzelte die Stirn. »Warum?«

»Weil ich sie brauche, um zu beweisen, dass er dein leiblicher Sohn ist. Ich glaube dir – das ist es nicht. Es ist nur so, dass es so einfacher ist, einen Pass für ihn zu bekommen.«

»Ein Pass? Einfacher?«

»Ja, Raven. Wir haben schon früher Länder ohne die richtigen Papiere verlassen, und das könnten wir auch mit David tun, aber da wir offiziell eingereist sind und unsere Pässe abgestempelt wurden, ist es einfacher, den offiziellen Weg zu gehen, damit wir auf der Rückreise nicht von David getrennt sind. Ich habe bereits mit meinem Kontaktmann gesprochen und er arbeitet von seiner Seite aus an allem, aber es würde die Dinge beschleunigen, wenn wir seine DNA hätten.«

Mags schluckte schwer. »Du hast schon mit jemandem gesprochen?«

Daves Miene hellte sich auf. »Ja. Ich schäme mich für meine Reaktion, als du mir erzählt hast, dass du einen Sohn hast, aber ich habe mich so schnell wie möglich wieder gefangen.«

Wieder hätte Mags am liebsten geweint, aber stattdessen fragte sie: »Was für eine Art von DNA? Ich darf nichts ins Haus bringen oder aus dem Haus mitnehmen.«

Ein Muskel in seinem Kiefer zuckte, als er das hörte, aber er fragte einfach: »Wie wäre es mit einem Taschentuch? Du könntest David helfen, sich die Nase zu putzen, und das Taschentuch dann in deine Tasche stecken. Ich bezweifle, dass sich jemand für ein benutztes Taschentuch interessieren würde, oder?«

Mags schüttelte langsam den Kopf. Nein, das würden sie nicht. Das war wirklich genial. »Das kann ich machen.«

»Gut. Darfst du ihn überhaupt mit nach draußen nehmen?«

Sie nickte. »Nur im Garten hinter dem Haus. Und es gibt einen bewaffneten Wachmann, der uns die ganze Zeit beobachtet. Er ist von einer Betonmauer umgeben, aber er kann dort spielen.«

»Perfekt. Ich werde ein Foto von ihm machen, wenn du ihn nach draußen bringst. Wenn es möglich ist, setz dich mit ihm auf dem Schoß hin, nachdem er ein bisschen herumgelaufen ist, mit dem Gesicht zur Mauer. So kann ich an sein Gesicht heranzoomen, während er sich nicht bewegt.«

In Mags stieg erneut die Nervosität auf. »Wenn du erwischt wirst ...«

»Das werde ich nicht«, erklärte Dave zuversichtlich. »Ich werde nichts tun, was unsere Ausreise gefährden könnte«, versicherte er ihr. »Vertrau mir.«

»Das tue ich.«

»Wirklich?«

Mags schluckte und nickte.

Langsam hob Dave eine Hand zu ihrem Gesicht und er streichelte ihre Wange. Mags lehnte sich in seine Handfläche.

»Das hier ist ein Wunder«, erklärte Dave leise. »Ich wollte glauben, dass du noch lebst, aber ich war mir nicht sicher. Du hättest eine Stunde, nachdem sie dich entführt hatten, getötet und irgendwo in der Wüste von Nevada begraben werden können. Aber ich hatte das Gefühl, dass du noch am Leben warst. Ich habe von dir geträumt. Dass du blutest und Schmerzen hast und mir in die Augen schaust und mir sagst, ich solle mich beeilen und dich suchen. Es tut mir so verdammt leid, dass es so lange gedauert hat. Und ich hatte nicht einmal etwas damit zu tun. Das war alles Zara. Ich schulde ihr mehr, als ich je wiedergutmachen kann. Ich habe zehn Jahre gebraucht, aber ich bin hier, Raven. Und ich werde nirgendwo hingehen.«

Mags schloss die Augen, griff nach oben und hielt sich an Daves Handgelenk fest. Sie wollte ihm sagen, dass es vielleicht Zara war, die ihr Bild erkannt hatte, aber es war Daves unermüdliche Arbeit bei der Suche nach vermissten Frauen und Kindern gewesen, die die Gruppe dorthin geführt hatte, wo sie jetzt waren. Hätte er nicht die Mountain Mercenaries gegründet, hätte er nicht die Verbindungen geknüpft, die er hatte, würde Zara vielleicht immer noch im Barrio leben und hätte Meat nicht kennengelernt. Wäre nicht in die Staaten zurückgekehrt.

Alles hing zusammen, und es war wirklich ein Wunder, dass er es unter den Milliarden von Menschen auf der Welt irgendwie geschafft hatte, sie zu finden.

Wie lange sie so dasaßen, sie mit ihrer Hand an seinem Handgelenk, während er ihre Wange streichelte, wusste Mags nicht, aber schließlich verschwand das Unbehagen, das sie empfand, weil sie rittlings auf ihm saß und weil er sie berührte. Sie fühlte sich ... zufrieden. Sicher.

Es war zehn Jahre her, dass sie sich so gefühlt hatte, und sie wollte nicht von ihm runtergehen. Nie wieder.

»Um wie viel Uhr brichst du normalerweise auf?«, fragte Dave nach einer Weile.

»Vor Sonnenaufgang«, flüsterte sie.

»Dann sollten wir uns auf den Weg machen.«

Sie riss die Augen auf und sah sich um. Im Inneren der Hütte war es jetzt heller als gerade, als sie aufgewacht war und festgestellt hatte, dass Dave hinter ihr lag.

»Keine Panik«, sagte er und legte ihr eine Hand auf die Hüfte, um sie zu beruhigen. »Wir werden es rechtzeitig schaffen. Entspann dich.«

Mags nickte und kletterte trotzdem von ihm herunter. Er stand auf, griff nach etwas in seiner Tasche und hielt es ihr hin. Sie konnte nicht erkennen, was es war, und griff nicht danach.

»Es ist ein Proteinriegel. Ich habe ein paar davon. Ich habe gehört, wie du gesagt hast, dass dieser Mistkerl dir nicht erlaubt zu essen, während du dort bist. Das ist verdammt falsch, also habe ich ein paar davon mitgenommen, um dir über die Runden zu helfen. Du kannst ein paar essen, während wir auf dem Weg sind.«

Es war nur eine Kleinigkeit, aber je länger Mags mit

Dave zusammen war, desto mehr erinnerte sie sich daran, dass er einfach so war. Er machte immer solche Sachen. Kleine Dinge, über die viele Leute nicht zweimal nachdenken würden. Aber während der letzten zehn Jahre hatten sich sein Respekt und seine Höflichkeit anscheinend in übertriebene Beschützerinstinkte und Höhlenmenschentendenzen verwandelt. Sie lächelte leicht. Sie konnte nicht leugnen, dass es sich gut anfühlte.

Sie hatte Jahre in der Hölle verbracht, sich auf niemanden verlassen, fast niemandem vertraut und die Last getragen, ganz allein zu tun, was sie für das Beste für ihren Sohn hielt. Zu wissen, dass Dave nicht nur gehört hatte, was sie über ihre Besuche bei David gesagt hatte, sondern auch etwas getan hatte, um ihr das Leben zu erleichtern, fühlte sich großartig an.

Sie nahm den Riegel entgegen und nickte zum Dank, ohne in Worte fassen zu können, was ihr durch den Kopf ging.

Dave nickte in Richtung des Proteinriegels und wartete. Ihr war klar, dass er nicht eher gehen würde, bis sie gegessen hatte. Sie riss den Riegel auf. Der Geruch von Schokolade und Erdnussbutter stieg ihr in die Nase und ihr lief automatisch das Wasser im Mund zusammen. Sie hatte während der letzten Woche einige sehr gute Mahlzeiten gegessen. Dave und sein Team hatten sich sehr gut um sie gekümmert, was Lebensmittel betraf. Aber nachdem sie einen Bissen genommen hatte, schloss sie die Augen und war überrascht, wie sehr ihr der Proteinriegel schmeckte.

Vor zehn Jahren hatte sie nicht viel gesunde Nahrung zu sich genommen, und aus irgendeinem Grund hatte sie erwartet, dass der Eiweißriegel furchtbar schmecken würde. Trocken und geschmacklos. Aber was auch immer in diesem Riegel war, es war alles andere als das. Es war, als würde man einen Schokoriegel essen.

Sie öffnete die Augen und sah einen Blick, den sie noch nie auf dem Gesicht ihres Mannes gesehen hatte.

Kummer und ... Stolz?

Mags wusste nicht, was es damit auf sich hatte. Die Traurigkeit verstand sie; sie war ziemlich erbärmlich. Aber er konnte auf keinen Fall stolz auf sie sein für irgendetwas, das sie in der Zeit, in der sie getrennt waren, getan hatte. Sie hatte es lediglich geschafft, auf der Stelle zu treten und nicht in der stürmischen See zu versinken, die ihre Existenz geworden war.

Nachdem sie den Proteinriegel gegessen hatte, stopfte Dave sich das Papier in eine der Taschen seiner schwarzen Cargohose und sie verließen die Hütte. Mags hatte nicht bemerkt, dass Ro draußen war, und es war offensichtlich, dass er die Nacht auf dem harten Boden verbracht hatte, genau wie zuvor Dave. Ihr Mann hielt kurz inne, um Ro zu danken, dass er über Nacht geblieben war, und um ihm zu sagen, was sie vorhatten.

»Heute ist einer der Tage, an dem Raven David besuchen kann, und ich gehe mit ihr, um Erkundungen anzustellen. Wir werden heute Nachmittag zurück sein.«

Ro nickte. »Okay. Wir werden uns mit Daniela über die Logistik des Umzugs der Klinik in ein größeres Gebäude unterhalten. Wir werden uns darum kümmern und auf die Frauen hier aufpassen. Sobald du herausgefunden hast, wie es um David steht, können wir uns über die nächsten Schritte unterhalten, um uns alle hier rauszuholen.«

»Ist mit Chloe alles in Ordnung?«, fragte Dave.

»Ja. Ich vermisse sie nur.«

Dave klopfte Ro auf die Schulter. »Ich weiß. Mit etwas Glück sind wir hier bald wieder weg.«

»Ich habe mich nicht beschwert«, bemerkte Ro. »Sei heute vorsichtig. Pass auf, dass dich niemand ums Haus herumschleichen sieht. Wenn sie wissen, dass etwas im Busch ist, könnten sie die Sicherheitsvorkehrungen verschärfen, und das ist ein Problem, das wir nicht gebrauchen können.«

»Ich werde mich nicht erwischen lassen. Bis später.«

»Bis später.«

Es war offensichtlich, dass Daves Freunde inzwischen über David informiert worden waren. Mags hätte sich darüber aufregen sollen, vor allem, nachdem sie das Geheimnis so lange bewahren musste, aber im Moment konnte sie sich um nichts anderes kümmern als darum, zu ihrem Sohn zu gelangen.

Die Interaktion zwischen Ro und Dave war interessant. Sie wusste, dass ihr Mann in der Gruppe für die anderen Männer zuständig war. Aber sie wusste nicht, wie diese Dynamik funktionierte. Dave war nie beim Militär gewesen, und sie war sich nicht sicher, warum sie ihm so bereitwillig folgten. Aber alles, was sie zwischen Ro und Dave sah, war Respekt. Die Art von Respekt, die nicht auf roher Gewalt oder Einschüchterung beruhte, wie sie es jeden Tag bei del Rios Männern erlebte.

Nicht zum ersten Mal begriff Mags, dass das, was Dave gesagt hatte, durchaus der Wahrheit entsprach. Er war *nicht* mehr derselbe Mann, der er einmal gewesen war.

Er hatte sie immer beschützt, aber jetzt tat er es noch mehr. Er berührte sie nicht, während sie gingen, aber sein Blick schweifte ständig von einer Seite zur anderen, als hielte er nach Gefahr Ausschau. Als sie den Bürgersteig vor dem Barrio erreichten, bestand er darauf, dass sie neben der Mauer ging und nicht an der Straße. Er streckte einen Arm aus, um zu verhindern, dass ein Passant sie berührte. Und als ihnen ein Fahrrad etwas zu schnell entgegenkam, trat er vor und stellte sich zwischen sie und den Fahrer.

Seit zehn Jahren war sie von niemandem mit Zärtlichkeit behandelt worden. Sie war mehr ein Objekt als ein echter Mensch. Sie war ein Mittel, um Geld zu verdienen, eine Sklavin del Rios, und sie hatte alles tun müssen, was er von ihr verlangt hatte, wenn sie am Leben bleiben wollte. Selbst nachdem sie aus seinem Anwesen geworfen worden war, war sie nicht frei. Sie musste sich an die Regeln halten, um ihren Sohn zu schützen. Sie hatte in Mülltonnen nach etwas zu essen gesucht und hatte sich unauffällig verhalten, um zu viel Interesse von Männern wie Ruben zu vermeiden.

Die Sehnsucht traf Mags plötzlich heftig. Sie wünschte, ihr Leben wäre anders verlaufen. Sie wünschte, sie hätte erleben können, wie sich ihr Mann während der letzten zehn Jahre verändert und entwickelt hatte, wie es bei normalen Paaren der Fall war. Aber wenn sie ehrlich zu sich selbst war, mochte sie den Mann, zu dem Dave sich entwickelt hatte. Ein bisschen rau, ein bisschen zu sehr nach innen gerichtet, aber immer noch sanft, beschützend und loyal gegenüber seinen Freunden. Es war ihr nicht entgangen, wie er sich nach Chloe erkundigt hatte, die wahrscheinlich Ros Freundin oder Frau war.

Der Weg zu dem Haus, in dem David aufwuchs, kam ihr heute nicht mehr ganz so lang vor wie sonst. Sie und Dave sprachen nicht viel miteinander, aber allein die Tatsache, dass er dabei war und nach Problemen Ausschau hielt, sorgte dafür, dass sie sich entspannte und nicht ganz so nervös war. Der Weg war ungefähr acht Kilometer lang, aber das machte ihr nichts aus. Sie würde die doppelte Strecke gehen, um zu ihrem Sohn zu gelangen.

Als sie sich dem Haus, in dem David wohnte, bis auf

einen Kilometer genähert hatten, wandte sich Mags zögernd an Dave. »Ich muss von hier aus allein gehen.«

Er runzelte die Stirn, nickte aber. Er holte einen weiteren Eiweißriegel hervor und sagte: »Iss das, bevor du ankommst. Ich mag den Gedanken nicht, dass du hungern musst.«

Mags hätte am liebsten geweint, als sie den Proteinriegel sah, aber sie beherrschte sich. Sie nahm ihn und steckte ihn in eine ihrer Taschen. Sie würde ihn essen, sobald sie wieder losgegangen war. Sie konnte ihn nicht mit hineinnehmen. Sie wurde immer durchsucht, sowohl beim Betreten als auch beim Verlassen des Hauses.

»Und nimm das.« Dave hielt ihr ein Bündel Taschentücher hin. »Es sollte ihnen egal sein, dass du sie in deiner Tasche hast.« Mags griff nach den Tüchern und hielt den Atem an, als Dave sanft ihre Hand ergriff. »Sei vorsichtig«, flüsterte er. »Ich weiß, dass du das jetzt schon eine Weile machst und dass du erwachsen bist, aber ich kann nicht umhin, mir Sorgen um dich und David zu machen. Ich kann dich nicht noch einmal verlieren. Es würde mich zerstören. Tu nichts Ungewöhnliches, was die Aufmerksamkeit auf dich lenken könnte. Wir befinden uns auf der Zielgeraden, und wenn alles gut geht, könnten wir alle in ein paar Tagen auf dem Weg zurück in die Vereinigten Staaten sein. Wenn du dich anders verhältst, könnte jemand denken, dass etwas nicht stimmt. Ist del Rio da, wenn du dort bist?«

Mags wollte widersprechen. Sie wollte Dave sagen, dass sie nicht eingewilligt hatte, mit ihm in die USA zurückzugehen. Er tat so, als wäre es eine ausgemachte Sache.

Aber Tatsache war, dass Mags sich nichts sehnlicher wünschte, als nach Hause zurückzukehren. Sie wollte wieder Schnee sehen. Wollte den Duft von Daves Kneipe einatmen. Wollte David zeigen, dass es im Leben nicht nur darum ging, Befehle zu befolgen und die ganze Zeit sanftmütig und still zu sein. Sie wollte frei sein. Wollte, dass ihr Sohn frei lachen und weinen konnte, ohne sich Sorgen machen zu müssen, dass er zurechtgewiesen würde, weil er zu laut war. Sie wollte sehen, wie er herumlief, ohne sich um irgendetwas kümmern zu müssen. Er war viel zu ruhig für einen fast Fünfjährigen. Zu erwachsen.

Daves Worte brachten sie auch innerlich ein wenig zum Schmelzen. Es war lange her, dass sich jemand Sorgen um sie gemacht hatte, und die Tatsache, dass er David in seine Sorgen miteinbezog, war in ihren Augen ein Wunder. Sie hätte nie gedacht, dass er gemein zu dem Jungen sein würde, aber dass er das Kind eines anderen Mannes bereitwillig in die Arme schloss, sich hundertprozentig zu ihm bekannte und ihn »unseren Sohn« nannte, das hätte sie sich in ihren kühnsten Träumen nicht ausmalen können.

Als sie sich an seine Frage nach del Rio erinnerte, sagte Mags: »An den Tagen, an denen ich da bin, ist er normalerweise nicht anwesend. Manchmal taucht er auf, um mich daran zu erinnern, dass er derjenige ist, der mir erlaubt, meinen Sohn zu sehen, aber David hat ein paar Dinge gesagt, die mich glauben lassen, dass del Rio ihn besucht, wenn ich nicht da bin.«

»Na gut. Wenn er heute zufällig kommt, mach einfach das, was du sonst auch machst. Ich arbeite an ein paar Dingen, die sich hoffentlich auszahlen werden, aber in der Zwischenzeit wollen wir ihn nicht vorwarnen, dass etwas anders ist.«

Mags starrte ihn an. »Woran arbeitest du?«

»Das sage ich dir später. Jetzt haben wir keine Zeit, und ich möchte, dass du dich um nichts anderes kümmerst, als dafür zu sorgen, dass unser Junge einen schönen Tag mit seiner Mutter hat, okay?«

Das war eine gute Antwort, auch wenn sie ihre Sorgen nicht lindern konnte.

Dave beugte sich langsam vor und küsste Mags sanft auf die Stirn. »Ich liebe dich, Raven. Ich weiß, es ist dir vielleicht unangenehm, mich das sagen zu hören, aber ich kann nicht anders. Ich liebe dich seit dem Tag, an dem ich dich kennengelernt habe, und das werde ich bis zum Tag meines Todes. Ich würde nie etwas tun, das dich oder unseren Sohn in Gefahr bringt. Du sollst nur wissen, dass ich hier bin und dich beobachte. Ich warte heute Nachmittag auf dich, genau hier. Okay?«

»Okay«, entgegnete sie leise. Seit zehn Jahren hatte ihr niemand auch nur ein Fünkchen Zuneigung gezeigt. Sie hatte nur Männer ertragen, die taten, was sie wollten und wann sie es wollten. Daves sanfte Liebkosung fühlte sich wie das Paradies an.

Sie drehte sich um und ging auf das Haus zu, wo ihr Sohn wartete. Er kannte ihre Routine genauso gut wie sie und sie wusste, dass er sich auf ihre Besuche freute. Er war zu jung, um zu verstehen, warum er sie nur ein paar Tage in der Woche zu sehen bekam, und Mags war sich nur allzu bewusst, dass es nicht lange dauern würde, bis del Rio ihre Vereinbarung ändern würde. Er hatte es angedeutet, als sie ihn das letzte Mal gesehen hatte, und das hatte sie zu Tode erschreckt.

Sie hatte Angst, dass del Rio ihren Sohn dazu bringen wollte, für ihn zu arbeiten.

Sie würde einen Weg finden, del Rio zu töten, bevor sie zuließ, dass er David verkaufte, wie er sie verkauft hatte.

Sie verdrängte den Gedanken und konzentrierte sich darauf, den Proteinriegel zu essen, den Dave ihr gegeben hatte, und sicher zum Haus zu kommen. Das Haus lag in keiner guten Gegend und in der Vergangenheit war sie immer so schnell wie möglich gelaufen, um den Männern auszuweichen, die auf Ärger aus waren, aber heute wusste sie mit absoluter Sicherheit, dass sie in Sicherheit war. Ganz einfach, weil Dave irgendwo da war und über sie wachte.

Es war ein wenig beängstigend, wie schnell sie in Daves Gegenwart Trost gefunden hatte. Aber sie hatte sich so lange allein gefühlt, dass das Wissen, es nicht mehr zu sein, das beste Gefühl der Welt war.

KAPITEL ACHT

Mags sah zu, wie David in dem kleinen eingezäunten Garten herumlief und einen alten Fußball kickte. Er war wie immer überglücklich, sie zu sehen, und als sie sein pausbäckiges Gesicht sah, fühlte sie sich sofort viel besser.

Da es keine anderen Kinder im Haus gab, war er es gewohnt, allein zu spielen. Normalerweise war er nicht ganz so lebhaft, aber es gefiel ihr, wenn er so war. Sie hasste es, dass er die meiste Zeit drinnen bleiben musste.

Sie hatte die Frau, die sie zu Davids Zimmer begleitet hatte, nicht erkannt, nachdem sie bei ihrer Ankunft von zwei von del Rios Männern durchsucht worden war, aber das war keine große Überraschung. Die Frauen wechselten in dem kleinen Haus häufig. Wahrscheinlich, damit David sich nicht zu sehr an eine von ihnen gewöhnte und umgekehrt. Del Rio mochte ein Mistkerl sein, aber er war nicht dumm. Die Frauen genossen wahrscheinlich die Abwechslung vom Hauptgebäude, und wenn sie sich zu sehr mit ihr oder ihrem Sohn anfreundeten, war es möglich, dass sie versuchten, ihr zu helfen, ihren Sohn dort herauszuholen.

Del Rio würde nicht riskieren, dass sie für immer verschwand.

Sie hatte den Männern, die sie und David in der Vergangenheit beobachtet hatten, nie viel Beachtung geschenkt. Sie waren einfach immer da, genau wie auf dem Hauptgelände. Sie nahmen sich häufig ein wenig zu viel raus, wenn sie sie durchsuchten. Sie hatte es immer toleriert, weil sie keine andere Wahl hatte. Aber heute, als sie mit ihren Fingern ihre Brüste quetschten, unter dem Vorwand, sich zu vergewissern, dass sie nichts in dem billigen Baumwoll-BH versteckt hatte, den sie trug, bekam sie eine Gänsehaut. Und als einer von ihnen seine Finger etwas zu lange zwischen ihre Beine steckte, schob sie ihn weg und erklärte ihm, dass sie nicht mehr für del Rio arbeitete.

Der Mann hatte sie belächelt und ihr mitgeteilt, dass sie *immer* für del Rio arbeiten würde. Als sie den Blick abwandte, hatte er leise gelacht, als wüsste er, dass er sie damit getroffen hatte.

In ihre Gedanken versunken hatte Mags nicht bemerkt, dass David keine Lust mehr hatte, mit dem Ball zu spielen, und zu ihr hinübergegangen war. Er kletterte auf ihren Schoß und lehnte seinen kleinen Kopf an ihre Brust. Mags schlang ihre Arme um ihn und drückte ihn fest an sich. Sie merkte, dass er seit ein paar Tagen nicht mehr gebadet hatte, aber unter dem Schmutz und dem Schweiß konnte sie immer noch den Geruch ihres kleinen Jungen wahrnehmen.

Dave hatte sie nicht gesehen, aber sie wollte auch nicht den Eindruck erwecken, dass sie sich zu sehr für die Mauer interessierte. Im Hof standen zwei Männer mit Gewehren in der Hand und sie wollte auf keinen Fall, dass sie Verdacht schöpften. Sie hoffte nur, dass Dave das Foto, das er für

Davids Pass brauchte, unbemerkt machen konnte. Sie war nervös und ängstlich, und das gefiel ihr ganz und gar nicht.

»Hast du keine Lust mehr, Ball zu spielen?«, fragte sie David leise. Mags hatte mit ihrem Sohn Englisch gesprochen, seit er aus dem Mutterleib gekommen war, und deshalb war er zweisprachig.

»*Sí*. Erzähl mir eine Geschichte, *Mamá*«, bettelte ihr Sohn.

»Was willst du dieses Mal hören, *mijo*?«

»Die Geschichte von *Papá*.«

Mags lächelte. »Bist du sicher, dass ich dir nicht eine neue Geschichte erzählen soll? Vielleicht über einen Piraten und eine Prinzessin?«

David schüttelte den Kopf. »Nein. Über *Papá*.«

Zum ersten Mal war Mags nicht traurig, wenn sie an Dave dachte. Sie hatte David Geschichten über seinen »Vater« erzählt, seit er alt genug war, sie zu verstehen. Sie hatte nicht gedacht, dass er Dave jemals kennenlernen würde, aber sie fühlte sich besser, weil sie ihrem Sohn ein Vorbild gab, zu dem er aufblicken konnte. Denn eins war klar, nämlich dass die Männer, die im Haus herumhingen, nicht gerade ein Vorbild waren. Aber jetzt, mit der Möglichkeit, dass er Dave kennenlernen könnte, fühlte Mags sich fast schwindelig.

»Aber sag mir erst, wie er aussieht«, forderte David, wie jedes Mal, wenn sie über ihn sprachen.

»Er ist groß. Groß und muskulös. Seine Arme sind so groß wie Baumstämme und er ist sogar größer als die Mauer, die diesen Hof umgibt«, erzählte Mags liebevoll. »Er hat eine Narbe, die ihm den Hals hinunter bis zum Hemdkragen verläuft. Sie lässt ihn furchterregend aussehen, aber für die, die er liebt, ist er der beschützerischste und sanfteste Mann, den du je getroffen hast.«

»Narbe?«, fragte David und runzelte die Stirn. »Das hast du mir noch nie erzählt. Woher hat er die?«

Mags blinzelte. Natürlich hatte sie die Narbe in der Vergangenheit nicht beschrieben, weil sie es nicht gewusst hatte. »Ja, Baby. Sie ist ziemlich groß.«

»Hat es ihm wehgetan?«

»Ja, da bin ich mir sicher.«

»Hast du einen Kuss darauf gegeben, damit es besser wird?«

Mags spürte, wie ihr die Tränen in die Augen stiegen, aber sie machte schnell die Augen zu und weigerte sich, das zuzulassen. »Wenn ich dabei gewesen wäre, hätte ich es getan«, erklärte sie ihrem Sohn.

»Ich wette, er hat ein Pflaster draufgemacht. Wenn ich mir das Knie aufschürfe, würde er mir dann ein Pflaster bringen?«, fragte David.

Mags lächelte und umarmte ihren Sohn fester. »Ja. Und nicht nur das, er würde dich auch hochheben und zu einem Stuhl tragen. Er würde draufpusten, damit es nicht mehr so wehtut, und wenn du weinst, schimpft er nicht mit dir. Er würde dich einfach umarmen, bis der Schmerz wieder verschwunden wäre.« Mags wusste genau, was ihr Sohn hören wollte. Er bekam keine Liebe von den Frauen und Männern, denen er täglich begegnete, und sie wusste, wenn er Angst hatte oder verletzt war und weinte, wurde er angeschrien, anstatt dass ihn jemand tröstete. Er weinte kaum noch, und sie wusste, es lag daran, dass er beschimpft wurde, wenn er weinte.

»Wo ist *Papá* jetzt?«

Auch das hatten sie schon oft besprochen. Sie hätte David heute die Wahrheit sagen können, dass sein *Papá* in Peru war und sie beide bald nach Hause in die Vereinigten Staaten bringen würde, aber sie wollte nicht, dass ihm diese

Information in seiner Aufregung aus Versehen herausrutschte. Schließlich wollte sie auf keinen Fall, dass del Rio von einem Fluchtversuch Wind bekam. Und sie glaubte nicht, dass Dave seine Meinung ändern würde, sie und ihren Sohn zurück nach Colorado zu bringen, aber für den Fall, dass er es doch tat, wollte sie David nicht enttäuschen.

»Er ist in den Vereinigten Staaten. Weißt du, *Mamá* hat sich verlaufen. Und *Papá* sucht so sehr er kann, um uns zu finden. Und wenn er uns gefunden hat, werden wir mit ihm glücklich bis ans Ende unserer Tage leben.«

David schaute zu ihr auf. »Hattest du Angst, als du dich verlaufen hast?«

»Ja, Baby, das hatte ich. Manchmal habe ich es immer noch. Aber weißt du, was mich dazu bringt weiterzumachen?«

»Was?«

»Zu wissen, dass morgen ein neuer Tag ist. Ich muss nur einen Tag nach dem anderen überstehen. Und eines Tages werde ich aufwachen und *Papá* wird hier sein, und er wird uns nach Hause bringen.«

»Und wir können alle zusammenleben? Du musst am Abend nicht mehr weg?«, fragte David.

Seine Frage brach ihr fast das Herz, aber Mags tat ihr Bestes, um ihre Stimme neutral zu halten. »Ja, Baby. Wir werden alle zusammen in einem Haus wohnen. Wir werden so viel zu essen haben, wie wir wollen, und du wirst jede Menge Freunde haben, mit denen du spielen kannst. Wir werden zusammen zu Abend essen und ich werde dich jeden Abend ins Bett bringen.« Mags hätte am liebsten geweint. Sie erzählte ihrem Sohn schon sein ganzes Leben lang das gleiche Märchen, aber heute glaubte sie zum ersten Mal, dass es wahr werden könnte.

»Muss ich Fotos mit ihm machen?«

Mags runzelte die Stirn. Das war eine neue Frage. »Was meinst du? Welche Art von Fotos? Wer macht denn jetzt Fotos mit dir?«

David zuckte mit den Schultern, aber sie konnte die plötzliche Anspannung in seinen kleinen Schultern spüren und die Art, wie er seinen Kopf fester an ihre Brust drückte. »Del Rio kommt hierher, *Mamá*. Mit einem anderen Mann. Wir spielen nackt und del Rio macht Fotos. Ich mag das nicht, aber ich muss es tun.« Seine Stimme wurde leiser, als er zugab: »Ich habe einmal Nein gesagt, und dann habe ich sehr lange nichts mehr zu essen bekommen. Del Rio hat mir gesagt, dass gute Jungs tun, was Erwachsene sagen.« Dann sah er zu ihr auf und flüsterte: »Er sagte, du würdest mich nicht besuchen kommen, wenn ich ein böser Junge bin.«

Mags fühlte sich, als würde sie gleich explodieren. Sie war empört, verängstigt und verzweifelt.

Del Rio trainierte ihren Sohn dazu, alles zu tun, was seine kranken pädophilen Kunden von ihm verlangten.

Sie nahm Davids Kopf in ihre Hände und sah ihm in die Augen. »Dein Körper gehört dir«, entgegnete sie mit zitternder Stimme und sie musste sich beherrschen, um ruhig zu bleiben. »*Niemand* darf dich gegen deinen Willen anfassen. Es ist mir egal, ob sie erwachsen sind oder nicht. Und niemand wird mich von dir fernhalten, *mijo*. Ich werde immer deine *Mamá* sein, und ich werde nicht zulassen, dass uns jemand trennt, okay?«

David nickte. »Okay.«

»Du kannst mir die Wahrheit sagen. Hat dieser Mann dich angefasst, als du ausgezogen warst?« Mags war sich nicht sicher, ob sie die Antwort wissen wollte.

»Auf den Fotos stand er neben mir, dann habe ich mich auf seinen Schoß gesetzt.«

Mags atmete tief ein. Sie hatte gelegentlich kleine Kinder auf dem Grundstück gesehen, aber da David nicht dort festgehalten wurde, hatte sie gehofft und gebetet, dass er ihrem Schicksal entgangen sein könnte. Aber tief in ihrem Inneren hatte sie immer gewusst, dass es einen Grund gab, warum del Rio sie nicht mit ihrem Sohn aus Peru weggehen ließ.

Sie hätte ihn am liebsten mit bloßen Händen erwürgt.

Sie schaute David noch einmal in die Augen und sagte sanft: »Ich liebe dich. Mehr als alles andere auf dieser Welt. Egal wie alt wir werden oder was in Zukunft passiert, ich werde dich immer lieben. Hörst du mich?«

»Ja, *Mamá*. Erzählst du mir jetzt die Geschichte, wie du und *Papá* euch kennengelernt habt?«, fragte David.

Es schien, als sei er nicht sichtlich traumatisiert von dem, was del Rio getan hatte, aber es war nur eine Frage der Zeit, bis es über Nacktbilder hinausging.

Er drehte sich auf ihrem Schoß um und starrte hinaus in den Garten, und Mags senkte ihr Kinn, bis es auf dem kleinen Kopf ihres Sohnes ruhte. Dann begann sie, ihm dieselbe Geschichte zu erzählen, die er schon unzählige Male gehört hatte.

»Dein *Papá* hat ein Haus gekauft und bei meiner Arbeitsstelle angerufen, um es versichern zu lassen. Es war meine Aufgabe, das Gebäude zu inspizieren, um mich davon zu überzeugen, dass es sicher war, Leute hineinzulassen. Als ich dort ankam, war ich nervös, denn es lag nicht im sichersten Teil der Stadt, und ich war ganz allein. Ich stieg aus meinem Wagen aus und dein *Papá* kam aus dem Gebäude.«

»Und du hattest Angst!«, warf David ein.

Mags lachte leise. »Ja, die hatte ich.«

»Weil *Papá* groß ist. Groß genug, um Fahrzeuge hochzuheben und böse Jungs zu verprügeln!«, erklärte David enthusiastisch.

Mags dachte, Dave würde sich sicher über Davids Fantasie amüsieren. »Genau. Er kam nach draußen und ich hatte Angst, in seiner Nähe zu sein. Aber er hat es gemerkt und darauf geachtet, mir nicht zu nahe zu kommen. Da habe ich mich gleich besser gefühlt. Als ich mir das Gebäude von außen ansah, blieb er sogar an der Eingangstür stehen und achtete darauf, dass niemand kam und mich störte, aber er hielt auch Abstand. Er hielt mir die Tür auf, als ich hineingehen musste, und fragte mich, ob ich etwas Kaltes zu trinken haben wollte. Nachdem ich mich vergewissert hatte, dass das Gebäude sicher war, unterhielten wir uns noch etwas. Er war witzig, und ich fühlte mich wohl bei ihm. Er fragte mich, ob ich mich mit ihm verabreden würde, und ich sagte Ja.«

»Und ihr seid in ein Restaurant gegangen, wo du ein Steak und er Fisch gegessen hat«, rezitierte David fröhlich.

»Ja, genau. Und wir haben den ganzen Abend geredet. Und am Ende der Verabredung machte ich mir keine Sorgen mehr darüber, dass er so groß war. Ich wusste, dass er mir nicht wehtun würde«, erklärte Mags.

David drehte sich wieder um und sah zu ihr auf. »Nur weil jemand groß ist und böse aussieht, heißt das nicht, dass er dir auch wehtut.«

»Ganz genau. Und umgekehrt kann jemand, der klein und dünn ist, dir vielleicht viel mehr wehtun als jemand, der größer ist.«

»*Mamá*?«

»Ja, Baby?«

»Warum sind manche Menschen gemein und andere nicht?«

Mags hätte über die Frage ihres Sohnes nicht überrascht

sein sollen. Er war zwar erst viereinhalb, aber er hatte nicht gerade ein stabiles und liebevolles Zuhause gehabt. Sie hatte ihr Bestes getan, um ihn mit Liebe und Zuneigung zu überschütten, aber sie konnte nicht kontrollieren, was die anderen Leute, die ihn aufzogen, taten. Und leider waren sie mehr mit ihm zusammen als sie selbst. »Ich weiß es nicht. Manche werden wahrscheinlich so geboren. Andere lernen, gemein zu sein, indem sie ihre Mitmenschen beobachten. Andere sind gierig und tun alles, um an Geld zu kommen.«

»Ich will nicht gemein sein«, erwiderte David leise.

»Das bist du nicht«, beruhigte Mags ihn.

»Manchmal werde ich innerlich richtig wütend«, gab ihr Sohn zu. »Ich vermisse dich, wenn du nicht hier bist, und die anderen Frauen, die auf mich aufpassen, kümmern sich nicht darum, ob ich hungrig bin oder mich verletze, nicht so wie du. Und das macht mich wütend. Ich möchte sie am liebsten schlagen!«

Mags seufzte frustriert. »Danke, dass du ehrlich bist, David. Es ist wichtig, nicht zu lügen. Und es tut mir leid, dass sie dich so behandeln. Es wird dir schwerfallen, das zu verstehen, aber manchmal tun Menschen Dinge, weil sie keine andere Wahl haben. Jemand anderes zwingt sie, so zu sein. Oder sie leiden innerlich so sehr, dass sie nicht die Kraft haben, sich um andere zu kümmern. Sie versuchen einfach, den Tag zu überstehen. Einen Tag nach dem anderen.«

Ihr Sohn dachte einen Moment über ihre Antwort nach und nickte dann. »Wie wenn del Rio kommt und alle anschreit, und sie müssen tun, was er sagt.«

Mags versteifte sich. »Kommt er oft vorbei?«, fragte sie, weil sie wissen wollte, wie viel Zeit sie und Dave hatten, um ihren Sohn herauszuholen.

David zuckte mit den Schultern. Sie schwiegen beide ein

oder zwei Minuten lang. Dann fragte er leise: »Glaubst du, *Papá* wird uns bald finden?«

»Da bin ich mir sicher«, erklärte Mags, da sie einfach nicht anders konnte. Früher hatte sie immer versucht, optimistisch zu sein, aber nur vorsichtig, um dem Jungen keine allzu großen Hoffnungen zu machen. Aber jetzt, da Dave hier war und bereit schien, sie und ihren Sohn zurück nach Amerika zu bringen, wollte sie David etwas geben, worauf er sich freuen konnte.

»Meinst du, er wird mich mögen?«

»Oh, mein lieber Junge, natürlich wird er das. Warum sollte er nicht?«

David zuckte wieder mit den Schultern.

»Sieh mich an«, befahl Mags ihrem Sohn. Sie wartete, bis er sie mit seinen großen blauen Augen ansah. Sie bildete sich gern ein, dass er ihr ähnlicher sah als seinem leiblichen Vater – wer auch immer das sein mochte. Er hatte schwarzes Haar und blaue Augen wie sie. Er hatte sogar ein Grübchen auf einer Wange, genau wie sie. Vor seiner Geburt hatte Mags Angst gehabt, dass sein Anblick sie an die Hölle erinnern würde, die sie durchlebt hatte, aber das Gegenteil war der Fall gewesen. Als sie ihn das erste Mal in den Armen hielt, hatte sie angefangen, ihn zu lieben. Auf der Stelle und ohne jegliche Vorbehalte. Es war ihr egal, wie er gezeugt worden war, sie wollte nur, dass er lebte und gesund war ... und ihr gehörte.

»Du bist ein wunderbarer kleiner Junge. Du bist klug, hübsch und mitfühlend. Warum sollte *Papá* dich nicht mögen?«

»Del Rio nannte mich einen Bastard. Er sagt, man wird mich nur lieben, wenn ich tue, was man mir sagt. Was er mir sagt.«

Mags hätte am liebsten geschrien. Del Rio hatte kein Recht, so etwas zu ihrem Sohn zu sagen!

Früher war sie froh gewesen, dass sie einen Sohn statt einer Tochter bekommen hatte, weil sie dachte, dass er vor del Rio und seinem Sexhandel sicher wäre. Aber es war ganz klar, dass das nicht der Fall war. Sie hatte sich selbst etwas vorgemacht und geglaubt, dass der abscheuliche Gangsterboss kein Interesse an ihrem Sohn hatte.

Nur über ihre Leiche würde sie jemanden an David heranlassen. Nicht mehr, als sie es bereits getan hatten. Nie im Leben. Sie würde sterben, um ihn vor diesem Schicksal zu bewahren.

»Hör nicht auf ihn«, sagte sie etwas wütender, als sie es beabsichtigt hatte. Sie musste sich beherrschen, um ihre Wut unter Kontrolle zu bringen. »Er hat unrecht. Und du hast deinen eigenen Kopf.« Sie tippte mit dem Finger auf seinen kleinen Kopf. »Du bist klug und kannst selbstständig denken. Wenn dir jemand sagt, du sollst etwas tun, von dem du weißt, dass es gefährlich oder falsch ist, musst du es nicht tun. Aber die Sache ist die, dass du manchmal im Leben etwas tun musst, was du nicht tun willst. Das macht dich nicht zu einem schlechten Menschen. Wenn jemand anderes dich dazu zwingt, ist er der Böse, nicht du. Verstehst du?«

David nickte, aber Mags konnte trotzdem noch den Schmerz und die Verwirrung in seinen Augen sehen.

»Ich liebe dich, David. Du bist das Beste, was mir je passiert ist. Ich würde keinen einzigen Tag in meinem Leben ändern, wenn du dann nicht hier bei mir sein könntest, verstanden?«

»Ja, *Mamá*.«

»Ich meine es ernst. Ich musste einige Dinge tun, für die ich mich schäme, aber ich werde mich nie schämen, dich meinen Sohn zu nennen. Egal, was die Zukunft bringt. Du wirst immer deinen Kopf hochhalten und wissen, dass du David Justice bist. Du bist klug und wichtig.«

Er warf seine Arme um ihren Hals und vergrub seinen Kopf an ihrer Schulter. Er weinte nicht, aber sie waren beide ziemlich emotional. Mags hätte ihn am liebsten in den Arm genommen und zur Tür hinausgetragen, aber sie wusste, dass sie das nicht konnte.

Sie hasste del Rio bereits aus tiefstem Herzen, aber in diesem Moment, in dem sie wusste, was er ihrem Sohn antun wollte, schwor sie sich, ihn umzubringen.

Sie zog sich zurück und nahm Davids kleinen Kopf noch einmal in ihre Hände. Sie blickte in seine blauen Augen und sagte: »Die Welt ist manchmal beängstigend und verwirrend. Aber egal, was von diesem Tag an passiert, du sollst wissen, dass deine *Mamá* dich liebt. Wenn du dich verirrst, werde ich dich finden. Wenn dir jemand wehtut, werde ich da sein, um dich zu trösten. Wenn du etwas tun musst, was du nicht willst, werde ich dich trotzdem lieben. Du musst einfach nur bis morgen durchhalten. Ein Tag nach dem anderen, okay, Baby?«

»Okay, *Mamá*. Was ist mit *Papá*? Wird er mich auch lieben?«

Vor zwei Tagen hätte Mags nicht gewusst, wie sie seine Frage beantworten sollte. Heute konnte sie sie mit Zuversicht beantworten. »Ja, *mijo*, *Papá* liebt dich sehr und wird alles tun, um dich zu beschützen. Du kannst ihm dein Leben anvertrauen, er wird dir nie etwas antun. Niemals.«

David nickte.

Hinter ihnen öffnete sich eine Tür und eine Frau sagte gleichgültig: »Es ist Zeit für den Jungen zu essen.«

Die Essenszeiten waren für Mags normalerweise eine Tortur. Früher war sie so hungrig gewesen, dass ihr der

Magen wehgetan hatte, wenn sie die Speisen auf dem Tisch sah, die sie nicht anfassen durfte. Aber seit Dave sie gefunden hatte, sorgte er dafür, dass sie genügend zu essen hatte. Und die Proteinriegel, die er ihr an diesem Morgen gegeben hatte, bedeuteten, dass sie jetzt nicht einmal hungrig war.

Nicht dass sie irgendetwas hätte runterbringen können ... nicht, nachdem sie gehört hatte, was del Rio mit ihrem Sohn vorhatte.

Dankbar für die Tatsache, dass sie das Mittagessen durchstehen konnte, ohne dass David ihr Magenknurren hören musste, stand sie auf und hielt die Hand ihres Sohnes, als sie zurück ins Haus gingen. Es war ein Gefängnis für sie beide, aber im Moment war sie froh, dass er es nicht merkte.

Der Abschied von ihrem Sohn fiel ihr an diesem Nachmittag noch schwerer als sonst. Normalerweise konnte Mags sich einreden, dass sie ihn in ein paar Tagen wiedersehen würde, aber nachdem sie erfahren hatte, dass del Rio das Haus besucht und Fotos von ihrem Sohn gemacht hatte und versuchte, seinen Kopf mit blödsinnigen Ideen zu füllen, fiel es ihr umso schwerer, ihn zu verlassen.

Aber natürlich hatte sie keine andere Wahl. Genau um siebzehn Uhr sagte ihr einer von del Rios Männern, dass es Zeit sei zu gehen. Sie nahm ihren Sohn ein wenig länger als sonst in den Arm und erinnerte ihn daran, dass er klug sei und wie sehr sie ihn liebe. Sie wurde zur Tür begleitet und das Geräusch der einrastenden Schlösser hinter ihr ließ sie erschaudern. Am liebsten hätte sie sich umgedreht, an die Tür geklopft und verlangt, dass man ihren Sohn gehen ließ.

Sie wollte ihn auf den Arm nehmen und so schnell wie möglich weglaufen. Aber das konnte sie natürlich nicht.

Mags schlang die Arme um sich, drehte sich um und ging den Bürgersteig entlang zu der Stelle, an der sie Dave am Morgen verlassen hatte. Er hatte gesagt, er würde auf sie warten, und zum ersten Mal seit Langem brauchte sie jemanden, der sie in den Arm nahm. Der ihr sagte, dass alles gut werden würde. Der die Last ihres miesen Lebens mit ihr teilte. Normalerweise nahm sie die Dinge, wie sie waren, und die Schwierigkeiten, denen sie sich gegenübersah, stoisch hin, aber mit der Ankunft von Dave und der Hoffnung, die er in ihr geweckt hatte, war sie nicht länger damit zufrieden, sich mit der aktuellen Lage abzufinden. Das konnte sie sich auch nicht leisten, wenn sie an del Rios Pläne für ihren Sohn dachte.

Sie hatte das Gefühl, dass sie von einer schwarzen Wolke umgeben war, und je länger sie versuchte, sie zu ignorieren, desto mehr versank sie darin. Etwas Schlimmes war im Anmarsch. *Es war bereits da*. Sie konnte es in ihren Knochen spüren. Umso schwerer fiel es ihr, David allein zurückzulassen.

Als sie um eine Ecke bog, keuchte Mags überrascht und erschrocken auf, als sie gegen jemanden prallte. Sie wäre zu Boden gefallen, aber derjenige, den sie angerempelt hatte, hielt sie an den Armen fest. Sie wehrte sich einen kurzen Moment lang, bevor sie merkte, dass es Dave war, der sie festhielt.

In dem Moment, in dem sie erkannte, wer es war, entspannte sie sich, und er legte seinen Arm um ihre Taille und drückte sie an seine Seite, während sie weitergingen. Er sagte nichts, sondern lenkte sie einfach zu einem Minivan, der in der Nähe wartete. Sie kletterte hinein und erkannte Ball, der hinter dem Steuer saß.

Kaum war die Tür geschlossen, setzte sich der Wagen in Bewegung.

»Geht es dir gut?«, fragte Ball.

»Eigentlich nicht sonderlich«, entgegnete sie und gab ihr Bestes, um sich nicht anmerken zu lassen, wie gern sie von ihrem Mann in den Arm genommen werden wollte. Sie zuckte zusammen, als sie merkte, dass Dave einen Sicherheitsgurt über ihren Schoß zog und ihn schloss. Es war schon so lange her, dass sie in einem Wagen mitgefahren war, dass sie nicht einmal daran gedacht hatte, sich anzuschnallen.

Dann holte er einen weiteren Eiweißriegel heraus und reichte ihn ihr, bevor er seinen eigenen Sicherheitsgurt anlegte.

»Richtig, wie *soll* es dir auch gut gehen?«, bemerkte Dave wütend. »Dieser Mistkerl hält deinen Sohn gefangen und erlaubt dir nur, ihn an drei Tagen in der Woche zu besuchen. Und die Tatsache, dass er Kinder aus den Barrios entführt, um sie zu verkaufen, verheißt nichts Gutes für David.«

Sie blickte nervös von Dave zu Ball und war sich nicht sicher, ob sie vor dem anderen Mann über das sprechen wollte, was sie als ihre größte Schwäche empfand – nämlich, dass sie keine Ahnung hatte, wie sie ihren Sohn vor einem Schicksal bewahren konnte, das schlimmer war als der Tod.

»Dieser Mistkerl wird deinem Sohn kein Haar krümmen«, erklärte Ball vom Beifahrersitz aus knapp. Seine Worte beruhigten sie. Er war offensichtlich wütend, aber nicht auf sie, sondern auf die Situation. Wütend darüber, dass sie und ihr Sohn getrennt worden waren und er von del Rio als Geisel gehalten wurde.

Mit der Tatsache, dass er aufgrund von Davids Situation wütend war, konnte sie umgehen.

Sie blickte besorgt zu Dave auf. »David hat heute Dinge gesagt, die mich erschreckt haben.«

Dave legte eine Hand auf ihre, die sie in ihren Schoß gelegt hatte. »Schon gut. Wir werden darüber reden, wenn wir im Hotel sind.«

»Oh! Und ich habe das Taschentuch, das du wolltest«, entgegnete Mags und wollte mit ihrer freien Hand in ihre Tasche greifen.

»Gut. Behalte es erst mal. Wir werden es Gray geben, wenn wir im Hotel sind. Er wird es über Nacht zu meinem Kontakt in den Staaten schicken.«

Mags nickte und nahm einen Bissen von dem Proteinriegel. Er schmeckte köstlich und half ihr, den Hunger zu stillen, der sich gerade wieder meldete, nachdem sie seit dem Morgen nichts mehr gegessen hatte. »Konntest du ein Foto machen?«, wollte sie wissen, nachdem sie einen Bissen heruntergeschluckt hatte.

Dave nickte. Er redete nicht viel, was sie nervös machte.

»War es in Ordnung? Ich habe versucht, ihn so lange wie möglich draußen zu halten. Ich habe auch versucht zu sehen, wo du bist, aber ich wollte es nicht so auffällig machen.«

»Das hast du perfekt gemacht«, erwiderte Dave, hob ihre Hand und küsste ihren Handrücken.

»Was ist los?«, flüsterte sie.

»Nichts.«

Sie biss sich auf die Lippe. Irgendetwas stimmte definitiv nicht. Sie hatte Dave seit Jahren nicht mehr gesehen, aber in der Zeit, in der sie in seiner Nähe gewesen war, hatte sie begonnen, seine Stimmungen ziemlich gut zu deuten. Und irgendetwas stimmte im Moment definitiv nicht.

Den Rest der Fahrt zurück zum Hotel verhielt sie sich ruhig. Es war ein tolles Gefühl, die acht Kilometer ins Barrio nicht laufen zu müssen, das konnte sie nicht leugnen. Ball fuhr auf einen Parkplatz hinter dem Hotel und sie war nicht wirklich überrascht, dass Gray dort bereits auf sie wartete.

Dave half ihr aus dem Minivan und hielt ihre Hand weiter fest, als sie neben dem Wagen stand.

»Gib ihm das Taschentuch«, sagte Dave, der etwas ruhiger klang als noch im Wagen.

Mags griff in ihre Tasche und holte das benutzte Taschentuch heraus, mit dem David sich vorhin die Nase geputzt hatte. Nach allem, was sie gesehen und getan hatte, ekelte sie sich eigentlich vor gar nichts mehr, aber aus irgendeinem Grund brachten Popel und Rotz sie trotzdem zum Würgen.

Sie hielt es an einer Ecke fest, als sie es in eine Plastiktüte steckte, die Gray ihr hinhielt.

Gray lachte leise und sagte: »Für mich ist es Erbrochenes. Ich kann mit Exkrementen, Spucke, Blut und allem anderen umgehen, was der menschliche Körper ausstoßen kann ... nur nicht mit Erbrochenem. Da muss ich jedes Mal *mitmachen.*«

»Wie kommst du mit dem Erbrochenen von Babys zurecht?«, fragte Dave mit einem leichten Grinsen.

Gray verzog das Gesicht. »Ich komme ganz gut damit klar. Ich meine, wenn er nach dem Stillen aufstößt, ist es im Grunde nur Milch, also ist es nicht ganz so eklig.«

»Du wirst große Probleme bekommen, wenn Darby die Grippe bekommt«, bemerkte Ball lachend. Er war nicht vom Fahrersitz aufgestanden und es war offensichtlich, dass er Gray irgendwohin fahren wollte, damit er das Taschentuch verschicken konnte.

»Nein. Allye und ich haben schon eine Abmachung getroffen. Ich wechsle die Windeln, solange ich zu Hause bin, und sie kümmert sich um das Erbrochene«, sagte Gray mit einem Lächeln und einem Augenzwinkern. Dann wurde er ernst. »Wie geht's David?«

Mags wich zurück. Sie war es nicht gewohnt, so offen über ihren Sohn zu sprechen. Verdammt, vor heute hatte keine der Frauen, mit denen sie zusammenlebte, überhaupt etwas über ihn gewusst. »Es geht ihm gut.«

»Ich habe die Bilder gesehen, die Dave geschickt hat. Er ist bezaubernd ... und das Ebenbild seiner Mutter«, sagte Gray. Dann nickte er Dave zu und stieg auf der Beifahrerseite des Minivans ein.

Dave gab ihr keine Gelegenheit, etwas zu erwidern, sondern zog sie einfach zur Tür des Hotels.

Mags fühlte sich immer noch unwohl und ließ sich von Dave die Treppe hinauf in den ersten Stock und zu einem Zimmer direkt neben dem Treppenhaus führen. Er öffnete die Tür, hielt sie offen und bedeutete ihr, zuerst einzutreten. Sie tat es, und auf den ersten Blick war das Zimmer nichts Besonderes. Es hatte zwei Einzelbetten, einen winzigen Fernseher auf einer Kommode und einen noch kleineren Tisch mit Stuhl in der Ecke.

Dave ging zu einer Tasche auf dem Boden und ließ sie auf die Matratze fallen. Sie hatte eine Art biometrisches Schloss und Dave entriegelte sie mit seinem Finger. Er zog einen Laptop heraus und stellte die Tasche wieder auf den Boden.

Mags stand in der Mitte des Raumes und fühlte sich unbehaglich. Zum ersten Mal war ihr bewusst, wie sie aussehen ... und riechen musste. Über Körperpflege machte sie sich nicht viele Gedanken, einfach weil sie weder die Mittel noch die Möglichkeit hatte, etwas daran zu ändern.

Aber als sie in dem sauberen Hotelzimmer stand und sah, wie Dave sich auf der sauberen Bettdecke niederließ, wurde ihr schmerzlich bewusst, dass sie schmutzig war. Sie wusste nicht, was sie tun, wo sie sich hinsetzen, was sie sagen sollte. Sie fühlte sich extrem unbeholfen, und das gefiel ihr ganz und gar nicht.

Dave hatte den Computer geöffnet und war damit beschäftigt, darauf herumzutippen. Er blickte nicht einmal auf, als er sagte: »Wenn du willst, kannst du schon mal duschen gehen. Da ist Seife und all das im Badezimmer.«

Gott, wie sehr sie sich nach dieser Dusche sehnte. Es war so lange her, dass Mags eine heiße Dusche genommen hatte ... und sich keine Gedanken darüber machen musste, wer mit ihr duschen wollte und was er mit ihr anstellen würde.

Trotzdem zögerte sie. »Ich dachte, wir würden uns unterhalten«, sagte sie.

Dave sah auf – und Mags geriet angesichts des Ausdrucks in seinen Augen fast ins Wanken. Die Sehnsucht war leicht zu erkennen. Aber es waren die Frustration und die Qual, die ihr wirklich nahegingen.

»Es gibt so viele Dinge, die ich für dich tun möchte, Raven. Ich möchte dir etwas zu essen geben. Dir Kleidung kaufen. Dir einen sicheren Ort zum Heilen geben. Ich möchte, dass *meine* Freunde *deine* Freunde werden, und ich möchte unserem Sohn den Trost und die Sicherheit geben, die ihm bis jetzt gefehlt haben. Und mehr als alles andere möchte ich dich im Arm halten.«

Er seufzte schwer. »Aber ich weiß, dass von all diesen Dingen momentan nur zwei infrage kommen, nämlich dir Nahrung und Kleidung zu besorgen. Ich habe Ball gebeten, ein paar Sachen zu besorgen, von denen ich dachte, dass du sie heute gern anziehen würdest, und sie liegen im Badezimmer neben dem Waschbecken. Ich habe bei den Größen geraten. Lass dir Zeit. Ich kann dich jederzeit zurück ins Barrio bringen, wenn du willst – du bist hier keine Gefangene. Aber ich hoffe, dass du nach dem Duschen bleibst und ... reden kannst. Einfach nur reden. Ball sagte, er würde heute Nacht bei einem der anderen schlafen. Du brauchst keine Angst zu haben, mit mir allein zu sein. Wir werden einfach nur reden.«

»Ich habe keine Angst vor dir«, erklärte Mags. Hinter dem, was er gerade gesagt hatte, steckte noch so viel mehr, aber sie konnte nicht über alles nachdenken, ohne zu weinen. Also konzentrierte sie sich auf die einfacheren Dinge. »Ich bin sicher, dass das, was Ball besorgt hat, in Ordnung ist, aber ich würde lieber meine eigenen Sachen wieder anziehen.«

»Wenn du willst, kannst du sie in der Dusche waschen und die neuen Sachen anziehen, während deine eigenen Sachen trocknen. Dann kannst du sie wieder anziehen ... bevor du gehst.«

Es war offensichtlich, wie schwer diese letzten Worte für Dave waren. »Es ist nicht so, dass ich das, was Ball für mich besorgt hat, nicht anziehen will«, versuchte sie zu erklären. »Es ist nur so, dass ich mich in meinen eigenen Sachen wohler fühle.«

Er nickte. »Ich weiß. Geh nur, mein Schatz. Lass dir Zeit. Ich muss diese Fotos verschicken und mit ein paar meiner Kontakte sprechen.«

Mags wusste, dass sie ihn enttäuscht hatte. Und das gefiel ihr ganz und gar nicht.

Dann fiel ihr zum ersten Mal etwas ein. »Wissen meine Eltern Bescheid?«

Dave legte den Kopf schief, während er sie musterte. Mags hatte vergessen, dass er das immer dann tat, wenn er darüber nachdachte, was er sagen sollte. Es war eines der Millionen Dinge, die sie an ihm liebte ... und sie hatte es vergessen. Traurigkeit drohte sie zu überwältigen.

»Wissen sie, dass du gefunden wurdest? Ja. Ich habe ihnen am zweiten Abend hier eine Nachricht zukommen lassen. Sie wollen dich unbedingt sehen und mit dir sprechen, und ich habe ihnen gesagt, dass sie warten müssen, bis du bereit bist. Es wird einige Zeit dauern, bis du dich wieder an dein altes Leben gewöhnt hast. Aber sie sind seitdem in Kontakt geblieben.«

»Du hast ihnen nicht von David erzählt?«, fragte sie.

»Nein. Das steht mir nicht zu.«

»Aber du hast es deinen Freunden erzählt.«

Dave nickte. »Das habe ich. Weil ich ihre Hilfe brauche, um ihn aus dem Land zu bringen. Nachdem ich gesehen habe, wo del Rio ihn festhält, wird es nicht so einfach sein, wie ich gehofft hatte. Ich bezweifle, dass wir einfach in das Haus spazieren und ihn mitnehmen können.«

Mags nickte zustimmend mit dem Kopf.

»Richtig. Also musste ich es ihnen sagen. Sie mussten wissen, dass es nicht mehr darum geht, darauf zu warten, dass du dich gut genug fühlst, um mit mir zu kommen. Wir müssen ein Kind retten. Unseren Sohn.«

Die Art und Weise, wie er David immer wieder als seinen Sohn bezeichnete, drohte Mags aus dem Konzept zu bringen. »Ich habe Angst zu fragen, was sie von mir denken. Dass du immer noch mit mir zusammen sein willst, obwohl du weißt, dass ich ein Kind mit einem anderen habe.«

Dave legte seinen Laptop beiseite und ging langsam auf sie zu. Er stellte sich dicht vor sie, berührte sie aber nicht. »Raven, sie verstehen das. Sie arbeiten seit Jahren an Fällen von Menschenhandel. Sie wissen genau, wie die Dinge funktionieren und welche Konsequenzen sie haben. Willst du wissen, was sie von dir denken? Sie sind verdammt beeindruckt, das ist es. Du bist unglaublich. Stark wie ein Ochse. Irgendwie hast du es geschafft, dir deine Menschlichkeit und dein Mitgefühl zu bewahren, trotz allem, was dir angetan wurde. Sie wissen, dass David dein Sohn ist, und jetzt auch meiner. Wir kümmern uns um die Unsrigen. Punkt. Es wird keine unangenehmen Fragen geben, die du beantworten musst, und jeder Einzelne von ihnen wird David beschützen, als wäre er sein eigener Sohn. Darauf hast du mein Wort.«

Und damit kamen ihr die Tränen, egal wie sehr sie versuchte, sie zurückzuhalten. Sie hatte schon oft Angst um sich selbst gehabt, aber zu wissen, dass David von jedem einzelnen der großen, starken Männer beschützt wurde, die extra nach Peru gekommen waren, um nach ihr zu suchen, hatte Mags so aufgewühlt, wie sie es schon lange nicht mehr gewesen war.

Dave hob eine Hand und wischte ihr mit dem Daumen langsam die Tränen von der Wange. »Du bist nicht mehr allein, Raven. Du hast jetzt eine große Familie. Sie sind manchmal ziemlich nervig und viel zu neugierig, aber sie sind loyal und beschützen sich gegenseitig.« Er wies auf das Badezimmer. »Ich weiß aus zuverlässiger Quelle, dass das Wasser in diesem Hotel schön heiß ist, und du kannst so lange duschen, wie du willst, und es wird nicht ausgehen.«

Mags zwang sich zu einem Lächeln. »Zara?«, fragte sie.

Dave erwiderte das Grinsen. »Ja. Meat hat gesagt, dass sie beim ersten Mal so lange dringeblieben ist, dass ihre Finger so verschrumpelt waren, dass er dachte, sie würden nie wieder normal werden.«

Sie wusste, dass er sie zum Lächeln bringen wollte, und sie schätzte es, dass er versuchte, die Stimmung aufzulockern.

»Du warst schon immer so verdammt schön«, bemerkte Dave plötzlich. »Aber ich hatte keine Ahnung, was Schönheit ist, bis ich dich heute mit unserem Sohn gesehen habe.

Er ist perfekt, Raven. So verdammt perfekt, dass mir fast die Luft wegblieb, als ich euch beide zusammen im Garten sitzen sah.«

Und schon fing Mags wieder an zu weinen.

»Ich schwöre bei meinem Leben, dass ich euch beide hier rausholen werde. Del Rio wird nur noch eine schlechte Erinnerung sein, und ich werde den Rest meines Lebens damit verbringen, dafür zu sorgen, dass du und unser Sohn alles habt, was euer Herz begehrt.«

Mags konnte nur noch nicken. Durch ihre Tränen konnte sie ihn nicht mehr sehen, also wandte sie sich blindlings dem Badezimmer zu.

Sie musste weg von ihm und seinen schönen Worten. Sie brauchte Zeit, um sich zu beruhigen. Als merkte er, dass sie kurz vor dem Zusammenbruch stand, ließ Dave sie ohne ein weiteres Wort gehen.

Mags schloss die Badezimmertür hinter sich und machte sich nicht die Mühe, sie abzuschließen. Der Anblick des Kleiderstapels neben dem Waschbecken ließ sie noch mehr weinen. Sie drehte das Wasser in der Dusche auf, und als es die perfekte Temperatur hatte, stieg sie vollständig bekleidet in die Wanne. Sie wandte ihr Gesicht dem Wasserstrahl zu und ließ ihre heißen Tränen in Strömen fließen.

KAPITEL NEUN

Dave hätte sich am liebsten selbst geohrfeigt. Er hatte nicht vorgehabt, sie zum Weinen zu bringen. Er hatte ihr einfach sagen müssen, wie gerührt er war, als er sie und David zusammen gesehen hatte. In dem Moment, in dem er den Jungen gesehen hatte, hatte Dave sich verliebt. Er konnte die Züge seiner Frau genau in David sehen, und als er die offensichtliche Liebe der beiden zueinander bemerkte, schwor er sich auf der Stelle, alles zu tun, um sie beide zu beschützen.

Die Tatsache, dass sie *überhaupt* ein leibliches Kind hatte, war ein Wunder. Sie waren bereit gewesen, ein Kind zu adoptieren, und hätten sich über jedes Kind gefreut, das sie in ihrem Haus hätten willkommen heißen dürfen, aber einen Jungen zu sehen, der Raven so ähnlich sah, war ein Segen. Die Umstände seiner Geburt hatten nichts mit dem Kind zu tun, das er heute war. Dave wollte immer noch jeden umbringen, der es gewagt hatte, seine Frau anzurühren, aber als er David sah, wurde ihm klar, dass es selbst in der größten Dunkelheit immer auch ein wenig Licht gab.

Er hatte gewusst, dass weder er noch Raven die gleichen

Menschen waren wie vor zehn Jahren, aber als er sie mit ihrem Sohn gesehen hatte, wurde ihm diese Tatsache noch deutlicher. Sie waren nicht mehr nur zu zweit, sie hatten jetzt einen kleinen Menschen, den es zu beschützen galt. Was Dave wollte, spielte keine Rolle mehr. Sein Leben würde sich nur noch darum drehen, die Bedürfnisse seines Sohnes und seiner Frau zu stillen – damit sie sich sicher sein konnten, dass sie geliebt wurden und in Sicherheit waren.

Und im Moment war David alles andere als sicher. Das war offensichtlich, wenn man sah, welche Anstrengungen del Rio unternommen hatte, um ihn unterzubringen. Bewaffnete Wachen patrouillierten im Haus und während David und Raven im Hof waren, wurden sie keinen Moment aus den Augen gelassen. Es war seltsam, dass del Rio ein einzelnes Kind hinter Gitterstäben einsperrte, die im Grunde einem Gefängnis glichen.

Die Gründe, warum del Rio so etwas tat, waren undenkbar und abstoßend, aber das überraschte Dave wenig. Die Mountain Mercenaries waren in erster Linie wegen des Kinderhandels nach Peru geschickt worden.

Als Ergebnis seiner heutigen Erkundung wurde Dave klar, dass es nicht so einfach sein würde, wie er gehofft hatte, das zurückzuerobern, was ihm rechtmäßig gehörte. Und er wusste, ohne zu zögern, dass David zu *ihm* gehörte.

Es war ihm gelungen, die Fotos zu bekommen, die er für den Pass des Jungen brauchte, und noch viel mehr, aber ihn aus dem Haus zu bekommen war eine ganz andere Sache. Er hatte Gray und die anderen angerufen, während Raven mit ihrem Sohn zusammen war, und sie hatten ein kleines Brainstorming darüber abgehalten, was zu tun sei, aber es war noch nichts Endgültiges entschieden worden.

Dave hätte am liebsten jeden umgebracht, der ihn von

seinem Sohn und den Jungen von seiner Mutter fernhielt, aber so einfach war es nicht. Die Mountain Mercenaries töteten normalerweise nur, wenn es absolut notwendig war. Sie waren keine Profikiller. Ganz und gar nicht. Ihr Hauptziel war die Rettung von Frauen und Kindern vor denen, die sie bedrohten.

Es sah so aus, als müssten sie wahrscheinlich seinen Sohn entführen, was nicht gut war. Dave hasste es, das Kind traumatisieren zu müssen, und wenn die Mountain Mercenaries das Haus stürmten, in dem er gefangen gehalten wurde, würde das wahrscheinlich genau das bewirken, aber es sah nicht so aus, als würde del Rio den Jungen freiwillig rausrücken.

Je mehr Dave darüber nachdachte, desto sicherer war er sich, dass del Rio Pläne für David hatte. Er wusste nicht, was, nur, dass es entsetzlich war. Der Mann hatte beschlossen, David getrennt von den anderen Kindern aufzuziehen, die er entweder aus den Barrios entführt oder seinen Frauen weggenommen hatte, und dafür gab es einen Grund.

Er musste länger in seinen Gedanken versunken sein, als er dachte, denn im nächsten Moment öffnete sich die Tür zum Badezimmer quietschend und Raven stand vor ihm.

Ihr Haar fiel ihr auf den Rücken. Es war noch nass, aber die Spitzen begannen bereits zu trocknen und kräuselten sich leicht. Ihr Gesicht war rosa von der heißen Dusche. Sie hatte die Kleidung angezogen, die Ball gekauft hatte – Leggings und ein hellbraunes T-Shirt mit einem großen Lama darauf ... ganz offensichtlich ein Scherz.

Wenn Dave die Augen schloss, konnte er sich vorstellen, wie sie genau so ausgesehen hatte, als sie im Urlaub in Vegas gewesen waren. Sie war mit nichts als einem weißen T-Shirt aus dem Bad gekommen. Sie hatte ihn schüchtern angelächelt und ihm mit dem Finger bedeutet, näher zu kommen.

Der Geruch der Hotelseife wehte durch das Zimmer und er wünschte sich, er hätte Ball gebeten, ihr ein Duschgel mit Blumenduft zum Duschen mitzubringen.

Sie sah zögerlich und unsicher aus, was Dave ganz und gar nicht gefiel. Früher war sie sich ihrer selbst und ihrer Sexualität so sicher gewesen. Sie hatte ihn um den kleinen Finger gewickelt, und damit waren sie beide mehr als glücklich gewesen.

Dave tätschelte die Matratze neben ihm auf dem Doppelbett. »Komm, setz dich, Raven.«

Sie kam langsam auf ihn zu und setzte sich vorsichtig auf das Bett, aber so weit weg von ihm, wie es ihr möglich war. Das beunruhigte Dave mehr, als er zugeben wollte, aber er ließ sich seine Gefühle nicht anmerken. Er wollte auf keinen Fall, dass Raven sich unwohl fühlte. Allein ihre Anwesenheit war schon ein großer Schritt. Sie hätte direkt zurück ins Barrio gehen können, um bei ihren Freundinnen zu schlafen, anstatt sich bereit zu erklären, ins Hotel mitzukommen.

»Es ist ein komisches Gefühl, wenn du mich Raven nennst«, gab sie leise zu.

Dave lächelte. »Ich weiß, aber genau das bist du für mich. Meine Raven.«

»Die gibt es nicht mehr«, entgegnete Raven. »Mags hat ihren Platz eingenommen.«

Dave schüttelte den Kopf. »Die gibt es sehr wohl noch. Sie ist da. Tief im Inneren vielleicht, aber sie ist da.«

Seine Frau sah ihn nur an. Dann wechselte sie das Thema und fragte: »Kannst du mir sagen, wie du die Narbe bekommen hast?«

Seufzend wandte Dave zum ersten Mal den Blick von ihr

ab. Es machte ihm nichts aus, es ihr zu erzählen, aber er hatte gehofft, sie würden erst einmal mit Small Talk beginnen. Dave spielte mit der hässlichen Narbe an seinem Hals und versuchte, einen guten Anfang zu finden.

»Du musst nicht darüber reden, wenn es dir unangenehm ist.«

»Ich werde keine Geheimnisse vor dir haben, Raven«, erklärte Dave, drehte sich zu ihr um und sah sie an. »Ich habe im letzten Jahrzehnt Dinge getan, auf die ich nicht stolz bin, aber ich würde nichts daran ändern, denn es hat alles dahin geführt, dass ich jetzt hier heute mit dir sitze.«

Raven blinzelte überrascht, aber dann nickte sie und schob ihre Beine unter die Decke. Als er sah, wie sie es sich bequem machte, entspannte Dave sich ein wenig. Sie sah nicht so aus, als würde sie gleich aufspringen und fliehen wollen. Er würde die ganze Nacht weiterreden, wenn das bedeutete, dass sie bei ihm blieb.

»Die ersten Monate nach deinem Verschwinden ... waren nicht gut«, erklärte er zögernd. »Und ich weiß, es ist lächerlich, dass ich das sage, wenn man bedenkt, was du durchgemacht hast. Dass ich traurig, verwirrt und wütend war, erscheint im Vergleich dazu unbedeutend.«

Sie beugte sich vor und legte ihre Hand auf seinen Arm. »Ich kann mir nicht vorstellen, was du durchgemacht hast«, sagte sie leise. »Ich meine, ich war ja selbst nicht gerade im Club Med. Aber die Tatsache, dass ich in einem Moment noch da war und im nächsten verschwunden, muss schrecklich für dich gewesen sein.«

»Es war die Hölle«, bestätigte Dave. »Die absolute Hölle. Ich konnte nicht aufhören, darüber nachzudenken, was du wohl gerade durchmachst. Ich fragte mich, ob du tot oder noch am Leben bist ... und wenn du noch am Leben bist, ob du dich dann wohl fragst, warum niemand auftaucht, um dich zu retten. Ich bin ein bisschen durchgedreht. Ich bin mehrmals nach Las Vegas gefahren und habe die Polizei genervt. Als es offensichtlich war, dass die Beamten nicht mehr tun konnten, als sie bereits getan hatten, um dich zu finden, bin ich irgendwie ausgerastet. Ich beschloss, dass ich dich eben selbst finden müsste, wenn die Polizei nicht dazu in der Lage ist. Was den Ermittlern gegenüber nicht fair war. Die Polizei hat alles getan, um dich zu finden, aber du schienst dich in Luft aufgelöst zu haben. Dann habe ich mir in den Kopf gesetzt, dass eine örtliche Motorradgang dich entführt hat und in einem ihrer Lager als Geisel festhält.«

Er hielt inne und erinnerte sich daran, wie tief er gesunken war, um zu versuchen, den Vegas Panthers Motorradklub zu infiltrieren.

Raven ließ ihre Hand von seinem Arm hinunter zu seiner Hand wandern. Sie verschränkte ihre Finger mit seinen und drückte sie.

Dave starrte auf ihre verschränkten Hände hinunter, und der Hass, den er zehn lange Jahre in sich getragen hatte, schien in tausend Stücke zu zerspringen und sich einfach aufzulösen.

Dass seine Frau wieder bei ihm war, dass sie ihn freiwillig berührte, dass sie versuchte, *ihn* zu trösten, obwohl er alles in seiner Macht Stehende tun sollte, um sich um sie zu kümmern ... er hatte vergessen, welche Macht sie immer über ihn gehabt hatte. Wie sie ihn mit einer einzigen Berührung zum Schmelzen bringen konnte.

»Ich habe einige Dinge getan, auf die ich nicht stolz bin, aber ich habe nie jemanden getötet. Ich hatte über einen Monat lang mit den Männern des MCs herumgegangen und getrunken. Eines Abends waren wir in einer Kneipe und während ich trank, begann ich, an dich zu denken. Ich war wütend und frustriert. Ich hatte einen Monat meines

Lebens damit verschwendet, die Bande zu infiltrieren und herauszufinden, ob sie in Sexhandel verwickelt war, und alles, was ich für meine Bemühungen bekommen hatte, waren jeden Morgen rasende Kopfschmerzen. Ich wusste, dass mir niemand vertraute, und ich hielt es nicht mehr aus.«

»Was hast du getan?«, fragte Raven leise.

»Ich habe den Präsidenten des Klubs zur Rede gestellt. Ich habe mich vor ihm aufgebaut und ihn gefragt, wo du bist. Sagen wir einfach, er war nicht sehr erfreut darüber, dass ich nicht der war, der ich vorgab zu sein, oder dass ich ihn angegriffen habe. Sein Waffenmeister und sein Vize haben mich mit nach draußen genommen und mir ordentlich den Hintern versohlt. Sie dachten, ich gehöre zu einer rivalisierenden Bande, die versucht, Informationen über die Vegas Panthers zu bekommen. Das haben sie mir als Souvenir dagelassen.«

Dave betastete noch einmal die Narbe an seinem Hals. Sie verlief über den Kragen seines Hemdes bis hinunter zu seiner Brust. Er hatte großes Glück gehabt, dass sie ihn nicht wirklich hatten töten wollen. Wenn sie es getan hätten, wäre er innerhalb weniger Minuten verblutet.

»Da wusste ich, dass ich meine Taktik ändern musste. Nachdem ich genäht worden war, fuhr ich nach Hause nach Colorado Springs und verwendete meine ganze Energie darauf zu lernen, wie ich das Internet zu meinem Vorteil nutzen konnte. Ich musste herausfinden, ob ich dich elektronisch aufspüren konnte. Ich lernte, wie man Informationen über fast jede Gruppe oder Einzelperson sammeln kann, indem man sich in ihre Bankkonten, sozialen Medien, E-Mails und Telefonaufzeichnungen hackt oder sie durch das Hacken von Verkehrskameras und sogar von Überwachungskameras verfolgt.«

»Wie kam es dazu, dass du dich mit deinen Freunden zusammengetan hast?«, fragte Raven.

Ihr Blick war auf sein Gesicht gerichtet und sie schien wirklich gefesselt zu sein.

»Nach einer Weile fing ich an, von anderen Frauen zu hören, die entführt worden waren. Ich stieß auf Geschichten über Kinder, die von ihren nicht sorgeberechtigten Eltern aus dem Land gebracht worden waren. Ich hatte dich nicht gefunden, aber ich stieß auf andere Netzwerke von Menschenhändlern. Andere Frauen, die die Frau, Schwester, Tochter oder Freundin von jemandem waren. Ich konnte sie nicht einfach ihrem Schicksal und diesem Elend überlassen, wenn ich wusste, wo sie waren und was sie durchmachten. Aber nach meinem missglückten Versuch, die Dinge selbst in die Hand zu nehmen, wusste ich, dass ich niemals in der Lage sein würde, eine umfassende Rettungsaktion durchzuführen. Also ... habe ich mich in ein paar Militärdatenbanken gehackt.«

»Verdammt noch mal, war das nicht gefährlich?«, fragte Raven und drückte seine Hand.

Nichts fühlte sich besser an als ihre Hand in seiner. Dave nickte. »Ja, wenn ich erwischt worden wäre, hätte ich in der Klemme gesteckt, aber ich hatte Glück. Ich habe mir die Akten von einigen der höchstdekorierten Soldaten und Marinesoldaten der Spezialeinheit angesehen. Wenn ich sie in gefährliche Situationen schicken wollte, musste ich wissen, dass sie sich behaupten konnten. Ich wollte aber nicht, dass sie wussten, wer ich war. Ich meine, wer würde schon für einen einfachen Kneipenbesitzer arbeiten, der nie beim Militär gewesen ist?

Also überredete ich sie alle, zu einem ›Vorstellungsgespräch‹ ins *The Pit* zu kommen. Sie waren stinksauer, als ›Rex‹ nicht auftauchte, aber sie wussten natürlich nicht, dass ich bereits wusste, dass sie gut in ihrem Job waren. Die Frage war nur, wie sie miteinander harmonieren würden. Ich wollte eine Gruppe von Männern, die sich ohne Frage gegenseitig den Rücken freihalten würden. Die auch in den stressigsten Situationen zusammenarbeiten können.«

»Und das konnten sie«, schloss Raven.

»Ja. Sie haben sich über ihre Verärgerung, weil ich nie aufgetaucht bin, verbrüdert und den ganzen Abend Billard gespielt und geredet. Bevor sie gingen, wusste ich, dass sie das Team waren, das ich brauchte.«

»Und wie bezahlst du sie?«

Dave zuckte mit den Schultern. »Investitionen und Glück. Ich habe im Internet ein paar Leute getroffen, die mir die Börsenversion des Kartenzählens beigebracht haben. Es hat eine Weile gedauert, aber als ich anfing, Geld zu verdienen, ging es Schlag auf Schlag. Außerdem habe ich im Laufe der Jahre Spenden erhalten.« Er drückte Ravens Hand. »Geld ist kein Thema. Ich kann mich um dich und David kümmern und euch alles geben, was ihr euch immer gewünscht habt. Zurzeit wohne ich in einer kleinen Wohnung in der Nähe vom *The Pit*, aber ich kann ein Stück Land kaufen und dein Traumhaus bauen lassen.«

»Ich brauche nicht viel«, sagte Raven leise. »Ich will nur wissen, dass wir in Sicherheit sind und dass David rennen und spielen kann und frei ist.«

»Abgemacht«, sagte Dave sofort. Nach einem Moment des Zögerns fragte er: »Kannst du mir sagen, was passiert ist? Nicht unbedingt die Einzelheiten, nur ganz allgemein? Auch wenn es schon ein Jahrzehnt her ist, könnte es mir helfen, besser zu verstehen, wie das Netzwerk arbeitet und wie sie sich die Frauen schnappen, sodass ich alles tun kann, um sie zu stoppen.«

Mags wusste, dass die Frage irgendwann kommen würde. Aber seltsamerweise hatte sie das Gefühl, dass sie mit Dave über alles sprechen konnte. Zehn Jahre lang hatte sie mit niemandem darüber geredet, wie sie entführt worden war oder was mit ihr geschehen war. Sie hatte alles in sich hineingefressen. Aber nachdem sie gehört hatte, was Dave alles unternommen hatte, um sie zu finden, fühlte sie sich irgendwie ... beruhigt. Er hatte nicht einfach die Achseln gezuckt und sein Leben weitergeführt, während sie gelitten hatte.

Er hatte genauso gelitten wie sie ... auf eine andere Art und Weise, ja, aber gelitten hatte er trotzdem. Sie betrachtete die Narbe an seinem Hals und erschauderte. Er hatte Glück gehabt. Die Narbe war tief und sah ziemlich heftig aus, und er hätte sicher verbluten können.

Sie hatten beide Glück gehabt.

Mags wusste, dass einige Leute sie für verrückt halten würden. Wie konnte sie Glück haben, nachdem sie entführt und in den Sexhandel gezwungen worden war? Sie war immerhin noch am Leben, und deswegen hatte sie Glück gehabt. Und sie hatte ein wunderschönes, unschuldiges Kind zur Welt gebracht. Das war an sich schon ein Wunder. Und irgendwie, durch eine Reihe von Ereignissen, die sie nie verstehen würde, war ihr Mann in genau diesem Augenblick hier. Sie hielt seine Hand. Und er schaute sie mit so viel Liebe und Respekt an, wie er es vor zehn Jahren schon getan hatte.

In all ihren Fantasien hätte sie nie gedacht, dass Dave sie noch lieben könnte, nach allem, was ihr widerfahren war. Aber hier war er. Er saß neben ihr und bewies mit jedem

Wort, das er sprach, dass er sie heute noch genauso sehr liebte wie vor einem Jahrzehnt.

Ja, sie war glücklich. Sie wusste besser als die meisten, wie viele Frauen in der Gefangenschaft starben. Sie hatten keine Chance, ihre Familien und Angehörigen wiederzusehen. Sie wurden benutzt und missbraucht, bis sie einfach aufgaben.

»Wenn du nicht darüber sprechen kannst, verstehe ich das«, sagte Dave sanft, als sich das Schweigen in die Länge zog.

»Ich war gerade fertig geworden und kam aus der Toilette«, begann Mags ihre Geschichte, »als ein Mann auf mich zukam und mir einen Arm um die Schultern legte. Er war stark und obwohl ich versuchte, mich von ihm loszumachen, schaffte ich es nicht. Er drohte mir, dass sein Komplize dich umbringen würde, wenn ich nicht mit ihm mitkäme. Ich war verwirrt und verängstigt und wusste nicht, was ich tun sollte. Ehe ich michs versah, führte er mich aus dem Klub und schob mich durch das Casino. Er brachte mich direkt durch die Eingangstür des Hotels zu einem Wagen und stieß mich hinein.

Da waren noch drei andere Männer drin, und egal, wie oft ich fragte, was sie wollen und wo du bist, keiner antwortete mir. Ich weiß nicht, wie weit wir gefahren sind, aber ich glaube, es war nicht allzu weit. Ich wurde in ein Haus und in einen Keller gebracht. Sie steckten mich in einen Hundekäfig und schlossen ihn ab.«

Mags hörte, wie Dave scharf einatmete, aber sie sah ihn nicht an, weil sie wusste, dass sie die ganze Geschichte loswerden musste. Stattdessen konzentrierte sie sich auf ihre ineinander verschränkten Hände. Der Anblick der großen, schwieligen Finger ihres Mannes, die sich um die ihren schlangen, gab ihr Halt.

»Ich habe es ihnen nicht leicht gemacht«, erinnerte sie sich. »Ich schrie und rief um Hilfe und verlangte, dass sie mich gehen lassen. Ich glaube, sie waren mein Geschrei leid, und jemand kam herunter und schoss mit einer Art Pfeil auf mich. Ich erinnere mich nicht mehr an viel von der Reise aus dem Land, aber ich weiß noch, dass ich einmal zu mir kam und einen riesigen Sattelschlepper sah. Sie luden mich und ein paar andere Käfige mit anderen Frauen hinein, hinter eine versteckte Trennwand. Ich nehme an, dass sie uns auf diese Weise aus dem Land und nach Mexiko gebracht haben.

Als ich endlich wieder aufwachte, befand ich mich in einem Schlafzimmer und meine Arme waren an ein Bett gefesselt. Ich hatte schon lange nichts mehr gegessen und war dehydriert, aber in dieser ersten Nacht erfuhr ich, was auf mich zukommen würde.

Ich weiß nicht mehr, wie viele Männer in dieser Nacht in mein Zimmer kamen. Ich dachte, wenn ich nicht reagierte, würden sie aufhören, weil sie nicht mit einer Frau schlafen wollten, die nur schlaff dalag. Aber dem war nicht so.

Es kam mir wie Stunden später vor, aber es war wahrscheinlich viel weniger als das, als del Rio in mein Zimmer kam. Es war das erste Mal, dass ich ihm begegnete. Ich lag nackt auf dem Bett, war zu Tode verängstigt und hatte Schmerzen. Er sagte mir, dass ich jetzt ihm gehöre und dass es meine Aufgabe sei, die Männer, die mich besuchten, glücklich zu machen. Wenn ich das tue, würde man mir schließlich etwas mehr Freiheit gewähren, ich dürfte mit den anderen sprechen und bekäme etwas zu essen. Wenn ich mich weiterhin wehrte, würde ich ans Bett gefesselt bleiben und nur ein paar Essensreste pro Tag bekommen.

So oder so wäre ich gezwungen, meine Beine für jeden breit zu machen, der mich besuchte.«

Mags sprach schneller. Sie konnte die Anspannung und Wut ihres Mannes spüren. Sie konnte es ihm nicht verübeln. Aber sie musste ihm alles sagen. Er musste wissen, was mit ihr geschehen war und worauf er sich eingelassen hatte. Wenn er beschloss, dass er damit nicht umgehen konnte, musste sie es jetzt wissen, bevor sie in die Staaten zurückkehrte.

»Danach habe ich angefangen zu kämpfen. Ich habe mich geweigert, einfach kampflos hinzunehmen, was mit mir geschah. Aber schließlich konnte ich nicht mehr. Ich war am Verhungern. Ein Kunde kam mit einem Apfel in mein Zimmer. Nur einem. Aber er hielt ihn hoch und sagte, wenn ich mich kampflos von ihm nehmen ließe, würde er ihn mir geben.«

Tränen traten in ihre Augen, als sie sich an die Demütigung erinnerte. »Ich war so hungrig ... ich habe zugestimmt«, gab sie leise zu. »Ich dachte, wenn ich zu diesem Zeitpunkt noch nicht gefunden worden war, würde man mich vielleicht nie finden. Ich hatte keine andere Wahl. Wenn ich leben wollte, musste ich mich auf meine neue Situation einstellen. Als del Rio das nächste Mal zu mir kam, sagte ich ihm, ich würde tun, was er wollte.

Das Grinsen in seinem Gesicht werde ich nie vergessen. Er wusste, dass er mich gebrochen hatte. Er hatte das Gleiche immer wieder mit Hunderten, vielleicht Tausenden von Frauen getan, und er hatte die ganze Macht.«

»Sieh mich an«, bat Dave in einem Ton, den Raven nicht lesen konnte.

Sie wollte es nicht, aber schließlich sah sie zu ihm auf, in der Erwartung, Wut oder Abscheu auf seinem schönen

Gesicht zu sehen. Aber was sie sah, als sie in seine Augen blickte, überraschte sie.

»Ich finde es schrecklich, was dir passiert ist. Aber ich bin auch so unglaublich stolz.«

»Wie kannst du stolz sein? Hast du nicht gehört, was ich getan habe? Was ich *freiwillig* getan habe?«

»Du hast *nichts* freiwillig getan«, erklärte Dave, ohne zu zögern. »Nur weil du dich körperlich nicht mehr gewehrt hast, heißt das nicht, dass du es genossen hast oder es wolltest. Du hast getan, was du tun musstest, um am Leben zu bleiben. Wir wissen beide, wenn du weitergekämpft hättest, wärst du jetzt tot. Del Rio hätte sicher kein Problem damit gehabt, dich verhungern zu lassen. Er hat kein Gewissen. Für ihn warst du nichts weiter als ein Ding. Aber weißt du was? Du hast *gewonnen*. Er dachte, er hätte dich gebrochen, aber das hat er nicht. Er hat dich stärker gemacht. Du bist jetzt hier. Du hast Freundinnen, die alles für dich tun würden, und du hast einen tollen Sohn. Scheiß auf del Rio.«

Mags konnte nicht glauben, was sie da hörte. Dave sollte wütend sein. Sollte wütend auf sie sein, weil sie nicht härter gekämpft hatte. Aber stattdessen lobte er sie. Sie konnte es einfach nicht fassen. »Ich weiß, dass du dich fragst, warum ich nicht versucht habe, dich zu kontaktieren, nachdem ich freigelassen wurde«, bemerkte sie zögerlich.

Dave schüttelte sofort den Kopf. »Nein, ich kann das verstehen.«

Mags war skeptisch. »Wirklich?«

»Ja. Als Zara nach Colorado kam, hat sie auch ziemlich lange gebraucht, um sich wieder einzugewöhnen. Und dann gab sie eine Pressekonferenz, um einige Fragen darüber zu beantworten, wo sie fünfzehn Jahre lang gewesen war. Eine der Reporterinnen hatte die Unverfrorenheit, sie zu fragen, warum sie sich nicht mehr Mühe gegeben hatte zu versuchen, jemandem zu sagen, wer sie war. Um Hilfe zu bekommen. Sie ist nicht ausgeflippt, aber sie hat der Reporterin mit ihrer Antwort richtig schön die Leviten gelesen.«

»Was hat sie gesagt?«, wollte Mags wissen.

»Ich erinnere mich nicht mehr an den genauen Wortlaut, aber der Grundtenor war, dass sie nach bestem Wissen und Gewissen gehandelt und ihr Bestes gegeben hat. Sie war ja noch ein Kind. Sie hatte Todesangst und versuchte, in einer fremden Welt zu überleben, in die sie ohne Vorwarnung oder Vorbereitung hineingeraten war. Und sie hat dafür gesorgt, dass jeder verstand, dass die Frage beleidigend war. Wir können ihre Entscheidungen infrage stellen, so viel wir wollen, aber das Entscheidende ist, dass wir nicht dabei waren. Wir wissen nicht, was sie durchgemacht hat, und deshalb dürfen wir als Außenstehende überhaupt nicht mitreden. Und jetzt, da ich das mit David weiß, verstehe ich deine Entscheidungen noch besser.«

»Ich konnte ihn nicht verlassen«, flüsterte Mags. »Er kann ja nichts dafür. Wenn ich ihn verlasse, würde ich ihn den Wölfen zum Fraß vorwerfen. Niemand würde sich so um ihn kümmern, wie ich es tue. Keiner würde ihm sagen, dass er klug und stark ist.«

»Das verstehe ich«, erwiderte Dave.

Mags sah noch einmal auf ihre verschränkten Hände hinunter. »Und ... ich habe mich geschämt. Ich hatte keine Ahnung, ob du dein Leben weitergelebt und jemand anderen gefunden hattest. Ich wollte nicht in dein Leben zurückkehren, wenn du glücklich warst und wieder geheiratet hattest. Und ich schämte mich für das, was ich tun musste, um zu überleben.«

»Ich war seit jenem letzten Abend, den wir zusammen in Vegas verbracht haben, mit niemandem mehr zusammen«, erklärte Dave.

Seine Worte schlugen ein wie eine Bombe.

Mags hob überrascht den Kopf und sah ihn an. »*Was?*«

»Ich habe seit deinem Verschwinden keine andere Frau mehr angefasst«, stellte Dave klar.

»Aber ... das ist doch zehn Jahre her!«

»Ich weiß. Wie konnte ich mit einer anderen schlafen, wenn ich nur dich wollte? Ich wusste nicht, ob du tot oder lebendig warst, aber das war mir egal. Wenn ich eine andere berührt hätte, wäre es mir vorgekommen, als würde ich dich betrügen. Und ich würde mir lieber den Schwanz abreißen, als dich jemals auf diese Weise zu entehren.«

»Dave«, flüsterte Mags überwältigt.

»Jetzt hör mir zu, Raven«, sagte Dave. »Ich würde alles für dich tun. Wirklich alles. Ich habe mich mit einem wütenden Motorradklub angelegt, alles über das Dark Web und das Hacken gelernt, ehemalige Soldaten der Spezialeinheit angeheuert, um vermisste Frauen und Kinder ausfindig zu machen, in der Hoffnung, dass ich dich eines Tages finden würde. Ich würde sogar sterben, wenn das bedeutet, dass du und unser Sohn überleben könnt. Der Verzicht auf Sex war *nichts* im Vergleich zu dem, was ich verloren hatte, mein Schatz.«

Langsam rückte Mags näher an ihren Mann heran und lehnte ihren Kopf an seine Schulter. Er legte seinen Arm um sie. Sie verkrampfte sich, weil es ihr unangenehm war, unter seinem Arm festzustecken, aber als er nicht nach ihr griff oder sonst etwas tat, was sie nervös machte, entspannte sie sich langsam.

In ihrem Kopf wirbelte alles herum, was sie heute Abend erfahren hatte. Nicht nur, dass ihr Mann sie nicht vergessen hatte, er hatte sein Leben völlig verändert, er hatte sich selbst verändert, um sie zu finden. Sie bedauerte, dass sie nicht sofort versucht hatte, mit ihm Kontakt aufzunehmen, als del Rio sie ohne einen einzigen peruanischen Sol aus seinem Anwesen geworfen hatte. Aber sie konnte die Vergangenheit nicht ändern. Sie schämte sich immer noch für das, wozu sie gezwungen worden war, aber irgendwie schämte sie sich jetzt ein bisschen weniger, als sie mit Dave in diesem Hotel saß, frisch geduscht und auf dem weichsten Bett, auf dem sie seit einem Jahrzehnt gelegen hatte.

Sie konnte nicht glauben, dass Dave während der ganzen Zeit, in der sie weg gewesen war, nicht mit einer einzigen anderen Frau zusammen gewesen war. Sie wäre nicht verärgert gewesen, wenn das der Fall gewesen wäre – das Leben ging weiter, das wusste sie genau. Aber die Tatsache, dass er mit niemand anderem geschlafen hatte, bewies nur, wie sehr er sie liebte.

Für einen kurzen Moment flammte ein Funke Hoffnung in ihrem Herzen auf. Gab es eine Chance, dass sie wieder dort anknüpfen konnten, wo sie vor zehn Jahren aufgehört hatten?

Doch dann holte die Realität sie ein.

»Ich bin mir nicht sicher, ob ich jemals wieder Sex haben will«, flüsterte sie.

Dave spannte daraufhin kurz den Arm an, sodass er sie seitlich umarmte. »Das ist mir verdammt egal. Ich habe zehn Jahre lang darauf verzichtet und bin gut damit zurechtgekommen, mich selbst zu befriedigen, wenn es sein musste. Ich liebe dich nicht wegen des Sexes, mein Schatz. Ich liebe dich, weil du du bist. Ich will dich einfach wieder in meinem Leben haben. Du bist perfekt, so wie du bist. Und ehrlich gesagt mache ich dir keinen Vorwurf. Wenn ich das durchgemacht hätte, was du durchgemacht hast, würde ich auch nicht berührt werden wollen. Die Tatsache, dass du hier bei mir bist und mich neben dir sitzen lässt, ist ein

Wunder. Eines, für das ich während der letzten zehn Jahre jeden Tag gebetet habe. Wir werden unseren Weg zu einer neuen Beziehung gemeinsam beschreiten.«

Oh Gott! Sie hatte immer gewusst, dass ihr Mann erstaunlich war, aber sie hatte vergessen, wie erstaunlich. »Glaubst du, dass du mit den Mountain Mercenaries weitermachen wirst?«, fragte sie nach einer Weile.

»Ja«, entgegnete Dave, ohne zu zögern. »Ich habe dich gefunden, aber das bedeutet nicht, dass es nicht noch andere Frauen gibt, die gerettet werden müssen. Sie haben Angehörige, die verzweifelt wissen wollen, was mit ihnen geschehen ist. Wo sie sind. Ich kann sie nicht im Stich lassen, jetzt, da ich dich gefunden habe. Ich kann es einfach nicht.«

Mags machte sich nicht die Mühe, die Tränen wegzuwischen, die ihr über die Wangen liefen und auf den Baumwollstoff von Daves Hemd tropften.

»Und außerdem habe ich nachgedacht ... es macht wenig Sinn, Danielas altes Haus an Maria, Carmen, Bonita und Teresa zu geben.«

Mags erstarrte. »Warum?«

»Weil sie *in ihre Heimat* zurückkehren sollten, wenn sie wollen. Zurück nach Brasilien, Venezuela und Mexiko. Sie haben Familien, genau wie du. Ich kann mich mit ihren Verwandten in Verbindung setzen und sie wissen lassen, dass sie am Leben sind.«

Verdammt, Mags war wieder kurz davor durchzudrehen. Sie schaffte es zu sagen: »Und Gabriella?«

»Sie wurde im Barrio geboren, richtig? Ich dachte, wenn sie will und du einverstanden bist, kann sie vielleicht mit uns nach Colorado kommen. Es könnte gut für dich sein, neben Zara noch jemanden aus diesem Teil deines Lebens bei dir zu haben. Jemand Positives.«

Und damit war es geschehen und Mags verliebte sich zum zweiten Mal Hals über Kopf in ihren Mann.

»Das fände ich schön. Und ich glaube, sie auch«, presste sie hervor.

»Gut.«

»Und wie geht's jetzt weiter?«, wollte sie wissen.

»Ich muss mich mit meinem Kontaktmann in Verbindung setzen und ihm sagen, dass wir eine weitere Person zu unserer Reisegruppe hinzufügen müssen. Sie braucht ein Visum und ich muss bei meinen Kontakten im Außenministerium ein paar Dinge regeln. Und die anderen in ihre Heimatländer zurückzubekommen wird auch nicht gerade leicht werden, aber ich denke, ich kann einige Beamte hier in Peru bestechen, damit wir es problemlos hinbekommen.«

»Und was ist mit David?«, fragte Mags nervös.

»Das ist ein bisschen komplizierter, aber ich schwöre, wir reisen nicht ohne ihn ab.«

Mags hatte noch eine Million Fragen, aber sie war erschöpft. Sowohl emotional als auch körperlich. Und sie fühlte sich so wohl wie seit Langem nicht mehr. Die Tatsache, dass Dave den Arm um sie gelegt hatte, fühlte sich nicht bedrohlich an. Sie fühlte sich in Sicherheit. Sie konnte hören, wie sein Herz in seiner Brust schlug, und als er sich hinlegte, geriet sie nicht in Panik.

Sie bewegte sich mit ihm und legte sich unter die Decke, während er obendrauf blieb. Sie hatte ihren Kopf auf seine breite Brust gelegt und plötzlich erinnerte sie sich daran, wie sie früher genau auf diese Weise mit ihm geschlafen hatte, nur dass sie beide nackt gewesen waren.

Geborgenheit. In Daves Armen war sie in Sicherheit.

Sie schloss die Augen und war in Sekundenschnelle eingeschlafen.

Dave hielt so still wie möglich und genoss einfach das Gefühl, seine Frau in seinen Armen zu haben. Er konnte nicht glauben, dass sie sich von ihm so in den Arm nehmen ließ. Es kam ihm vor, als sei dies Weihnachten und jeder andere Feiertag in einem.

Er hatte das letzte Jahrzehnt damit verbracht, von genau diesem Moment zu träumen, davon, Raven sicher in seinen Armen zu halten, und die Realität war so viel besser, als er es sich vorgestellt hatte.

Sie war durch die Hölle gegangen. Die absolute Hölle. Er konnte es sich nicht einmal ansatzweise vorstellen. Aber er hatte nicht gelogen. Er war so unglaublich stolz auf sie. Sie hatte überlebt. Irgendwie, wie durch ein Wunder, hatte sie überlebt. Dave hasste es, dass sie sich schämte, aber er würde den Rest seines Lebens damit verbringen, dafür zu sorgen, dass sie wusste, wie sehr er sie liebte und wie stolz er war.

Es war unfassbar, dass sie tatsächlich hier war. Dass er sie im Arm hielt. Er hatte schon immer gewusst, dass seine Frau zäh war, aber nachdem er ihre Geschichte gehört und erfahren hatte, dass sie ihren Sohn allein zur Welt gebracht hatte, war er noch mehr beeindruckt. Obendrein hatte sie alles getan, um David zu beschützen – keine leichte Aufgabe, wenn jemand wie del Rio jede Sekunde des Tagesablaufs des kleinen Jungen kontrollierte.

Dave war mehr als bereit, seine Frau und seinen Sohn aus diesem Land zu holen und zurück nach Colorado zu bringen. Leider mussten sie warten, bis sie Davids Reisepass hatten. Sie hatten sich bei der Einreise als Touristen ausgegeben, und auch wenn es seltsam aussehen mochte, dass zwei weitere Personen sich mit ihnen auf den Nachhauseweg machten – drei, wenn Gabriella auch mitkam –, so konnte es doch funktionieren, vor allem, wenn sie die Zollbeamten am Flughafen bestachen.

Zuerst mussten sie sich einen Plan ausdenken, um David aus dem Haus zu holen, in dem er gefangen gehalten wurde. Dave wollte die Leute, die ihn bewachten, nicht umbringen, wenn es sich irgendwie vermeiden ließ. Die Frauen standen mit Sicherheit unter del Rios Fuchtel und taten nur, was sie tun mussten, um am Leben zu bleiben.

Del Rio hatte eine Menge Leute in der Tasche und es bestand die Möglichkeit, dass er, wenn er von dem Plan erfuhr, David einen Pass zu besorgen und ihn aus dem Land zu bringen, etwas tun würde, um es aufzuhalten.

Es sah immer mehr danach aus, dass es keine andere Möglichkeit gab, als das Haus zu stürmen, in dem del Rio David festhielt. Allerdings hatte er keine Ahnung, welche Anweisungen die Männer und Frauen, die den Jungen bewachten, in so einem Fall hatten. Sollte David etwas zustoßen, würde Raven das nicht überleben. Das wusste er ganz genau.

Dave würde alles tun, was nötig war, um David sicher in die Staaten zurückzubringen. Es spielte keine Rolle, ob er seine ganze Würde verlieren und den Chef der größten Sexhändlerbande Südamerikas *anflehen* musste, ihm den Jungen zu überlassen. Er würde es tun. Das Wichtigste war, Raven und David nach Hause zu bringen. Koste es, was es wolle.

So gern er auch sein Team angerufen hätte, um das Haus noch heute Abend zu stürmen, so wusste er doch, dass sie warten mussten, bis sie die offiziellen Papiere hatten, um seinen Sohn aus dem Land zu bringen. Und obwohl del Rio ein Mistkerl war, der Kinder missbrauchte, lebte David seit viereinhalb Jahren in dem Haus. Nichts deutete darauf hin, dass del Rio in den nächsten Tagen etwas mit ihm vorhatte. Es wäre besser, wenn sie vorerst das Haus beobachteten, den Angriff auf das Haus planten und Vorbereitungen trafen, um das Land zu verlassen, sobald sie David dort rausgeholt hatten. Und sie durften nichts tun, was del Rio in der Zwischenzeit misstrauisch machen würde.

Der Gangsterboss wusste vielleicht schon, dass jemand in der Stadt war und um Mags herum war, aber mit etwas Glück würde es eine Weile dauern, bis er herausfand, um wen es sich handelte.

Wenn er wüsste, dass die Mountain Mercenaries wieder in Peru waren und dass sie eine Verbindung zu Davids Mutter hatten, könnte es schnell ungemütlich werden.

Dave wünschte sich, er könnte einen Zauberstab schwingen und seine Frau und sein Kind sicher in sein Haus in Colorado Springs verfrachten, und er wusste, dass er aufstehen und seine Kontakte per E-Mail benachrichtigen sollte, um Dinge in Bewegung zu setzen, damit Ravens Freundinnen zu ihren Familien zurückkehren konnten. Aber solange seine Frau in seinen Armen schlief, wollte er sich nicht von der Stelle rühren. Er genoss es zu sehr. Er hatte nicht zu träumen gewagt, dass dies jemals möglich wäre.

Dave schloss die Augen und atmete Ravens sauberen Seifenduft tief in seine Seele ein. Niemand würde ihr jemals wieder wehtun. Eher würde er sterben, als das zuzulassen.

KAPITEL ZEHN

Mags verbrachte die nächsten Tage damit, ihren Mann wieder neu kennenzulernen. Er war so, wie sie ihn in Erinnerung hatte, aber noch viel besser. Er war einfühlsam und mitfühlend, mehr noch als damals, als sie noch ein richtiges Paar waren.

Sie war noch vier weitere Male bei David gewesen, nur dass Dave sie jetzt absetzte und wieder abholte, damit sie die acht Kilometer nicht laufen musste. Sie wusste, dass ihr Mann und sein Team damit beschäftigt waren, Informationen für das zu sammeln, was sie in Bezug auf ihren Sohn planten, aber sie sah sie nie, wenn sie mit David zusammen war, und er erzählte ihr nichts von diesen Details.

Allerdings erzählten sie Teresa, Bonita, Carmen und Maria von ihren Plänen, ihnen zu helfen, nach Hause zu gelangen, und alle vier Frauen waren überwältigt vor Dankbarkeit. Dave hatte ihre Namen, Adressen, Geburtsdaten und alles andere aufgeschrieben, was er brauchte, um nicht nur ihre Familien – oder Freunde, wie im Fall von Bonita, die von ihrer eigenen Familie an del Rio verkauft worden war – zu finden, sondern auch die notwendigen Papiere zu beschaffen, um die Frauen aus Peru herauszuschaffen. Mags hatte zugesehen, wie er das tat, was er am besten konnte ... den Computer benutzen, um Informationen zu beschaffen und Dinge zu erledigen.

Auch Gabriella war überwältigt gewesen, als Mags sie gefragt hatte, ob sie mit ihr und dem Rest der Mountain Mercenaries in die Vereinigten Staaten gehen wollte. Sie hatte sofort zugestimmt. Später hatte sie Mags erzählt, dass sie Todesangst hatte, aber dass nichts mehr sie in Peru hielt und sie eine Chance auf ein besseres Leben haben wollte.

Mags hatte gedacht, die Nächte würden hart werden, wenn sie mit Dave in einem Hotelzimmer schlief, aber überraschenderweise hatte sie so gut geschlafen wie seit zehn Jahren nicht mehr. An ihn geschmiegt, auf der weichsten Matratze, die sie seit Langem gehabt hatte, den Duft ihres Mannes in der Nase ... hatte Mags überhaupt keine Probleme gehabt zu schlafen.

Heute, während Zara und Daves Freunde die Details für die neue Klinik ausarbeiteten, die sie finanzierte, hatte Dave beschlossen, mit Mags nach Miraflores zu fahren. Das war der touristische Teil von Lima. Sie hätte sich damit begnügt, den ganzen Tag im Hotelzimmer herumzuhängen, aber er hatte darauf bestanden, dass er ihr ein paar schöne Erinnerungen an Peru mitgeben wollte.

Das war sehr nett von ihm. Sie wusste, dass er nur versuchte, sie von der Tatsache abzulenken, dass sie immer noch auf den Papierkram für sie und die anderen warteten, der erledigt werden musste. Und was noch wichtiger war ... sie vermutete, dass sie noch nicht herausgefunden hatten, wie sie David am besten aus del Rios Fängen befreien konnten.

Im Moment befand Dave sich im Zimmer nebenan und unterhielt sich mit seinen Freunden genau darüber. Ihre

Stimmen waren anfangs gedämpft, aber je mehr Zeit verging, desto lauter wurden sie. Die Frustration und Wut, die sie aus dem anderen Zimmer hören konnte, machte sie nervös, und sie war froh, dass eine Wand zwischen ihnen war.

Schamlos belauschte sie das Gespräch. Sie sprachen über ihren Sohn, und alles, was ihn betraf, betraf auch sie.

Erst gestern Abend hatte sie Dave endlich erzählt, was David über die Fotos gesagt hatte, die del Rio gemacht hatte, und er hatte seine Wut kaum unterdrücken können.

Ihr Mann war sehr darauf bedacht gewesen, seine Gefühle in ihrer Gegenwart nicht außer Kontrolle geraten zu lassen. Er gab sein Bestes, um nett und gelassen zu wirken, aber nachdem sie gehört hatte, was David angetan worden war, konnte sie die Wut in seinen Augen schimmern sehen, und sie strahlte von seinem ganzen Körper aus. Anstatt Angst zu bekommen, beruhigte es sie. Sie *wollte*, dass Dave wütend war. Sie wollte, dass er alles tat, um David aus dieser Situation herauszuholen. Sie wusste, dass sie es allein nicht geschafft hatte, also würde sie jede Hilfe annehmen, die sie bekommen konnte.

»Ich weiß, dass du das für eine Möglichkeit hältst, aber es ist keine gute Idee«, sagte Ball laut im anderen Zimmer.

»Die einzige andere Möglichkeit ist, meinem Sohn eine Heidenangst einzujagen«, entgegnete Dave. »Und ich muss jede andere Alternative in Betracht ziehen, bei der das nicht der Fall ist.«

»Du bist schon seit Jahren unser Vorgesetzter«, sagte jemand anderes. Mags wusste nicht wer. »Und du hast immer wieder gepredigt, dass wir ein Team sind. Wir gehen zusammen rein und kommen zusammen wieder raus, also warum drängst du gerade jetzt so sehr darauf?«

»Es gibt Situationen, in denen es notwendig ist, dass nur einer reingeht«, erwiderte Dave.

»Wann zum Beispiel?«, fragte Ro. Mags wusste aufgrund seines Akzents, dass er es war.

»Wie damals, als Gray an Bord des Bootes geklettert ist und Allye gefunden hat«, erwiderte Dave. »Wie damals, als Arrow sich in der Dominikanischen Republik vom Rest des Teams trennen musste, um Morgan zu beschützen. Als Black in dieses brennende Gebäude ging, um Harlow zu holen.«

Eine Weile herrschte Schweigen, dann sagte jemand: »Das war doch ganz was anderes.«

»Nein, war es nicht«, entgegnete Dave aufgebracht.

»Blödsinn. Gray hätte nicht gedacht, dass er eine entführte Frau findet, als er auf das Boot gegangen ist. Hätten wir gewusst, dass Allye dort war, wäre der Plan ganz anders ausgefallen. Arrow wollte sich nicht vom Team trennen; wir waren aufgrund der Umstände gezwungen, uns zu trennen. Und Black ist nicht in ein brennendes Gebäude gegangen ... er hat die Kinder von draußen gefangen. Deine Beispiele sind totaler Blödsinn, und das weißt du auch.«

Mags hielt den Atem an, während sie aufmerksam zuhörte.

»Und was ist mit der Tatsache, dass du nicht für so etwas ausgebildet bist?«, fragte jemand anderes. »Du willst doch auf keinen Fall die wichtigste Mission deines Lebens versauen, weil du dem Team, auf das du dich seit Jahren verlässt, nicht vertraust. Glaubst du etwa, wir lassen dich im Stich, wenn du uns am meisten brauchst?«

Mags zuckte zusammen. In letzter Zeit hatte sie den Eindruck gewonnen, dass Dave sich wegen seiner mangelnden militärischen Fähigkeiten etwas im Nachteil fühlte, aber nach dem zu urteilen, was sie gesehen hatte, war er trotzdem absolut kompetent.

»Genau das ist einer der Hauptgründe, warum ich Rex erschaffen habe«, sagte Dave zu seinen Freunden. »Ich wusste, dass ihr ein Problem damit haben würdet, Befehle von Dave, dem Barkeeper, entgegenzunehmen. Aber die Sache ist die – ich weiß, was ich tue. Ich habe über die Jahre hinweg gut aufgepasst. Ich habe viel gelernt. Und ich habe eine Motivation für diese Mission, die keiner von euch hat. David ist *mein* Sohn und Raven ist *meine* Frau. Ich würde *nie* etwas tun, das sie in Gefahr bringt. Ich weiß, wo meine Stärken und Schwächen liegen. Und wenn einer von euch versuchen würde, mit diesem Mistkerl zu reden, würde er euch sofort durchschauen. Er wird wissen, dass ihr vom Militär seid. Ihr habt alle so eine Ausstrahlung.«

»Und du glaubst nicht, dass er bemerken wird, dass du ein bisschen zu sehr an dem Jungen interessiert bist?«, fragte jemand anderes.

»Ich kann ihn dazu bringen, das zu sehen, was ich will«, beharrte Dave. Seine Stimme verlor ein wenig an Schärfe, aber er sprach immer noch laut, als er fortfuhr: »Ich bin kein Idiot, ich weiß, was hier auf dem Spiel steht. Ich weiß auch, dass ihr alle da sein werdet, um meine Familie aus dem Land zu schaffen, wenn ich es versaue.«

»Allerdings, darauf kannst du dich verlassen«, erwiderte Ro.

»Du gehst da auf keinen Fall allein rein«, knurrte Ball. »Ich verstehe, dass deine Familie auf dem Spiel steht, aber allein hineinzugehen ist nicht klug – und das weißt du ganz genau.«

Es entstand eine lange Pause, bevor Mags Dave wieder sprechen hörte. »David zu verlieren würde Raven zerstören. Ich habe sie einmal verloren, und ich bin nicht bereit, sie ein zweites Mal zu verlieren. Ich würde mich mit Freuden opfern, um David von del Rio wegzuholen.«

»Das wissen wir«, erklärte Ro. »Aber das musst du nicht. Deshalb hast du die Mountain Mercenaries gegründet. Für Situationen wie diese. Sobald wir erfahren, dass Davids Pass fertig ist und er ausreisen kann, holen wir ihn da raus.«

Mags hörte nicht, was Dave antwortete, aber sie hörte, wie die Tür nebenan geöffnet wurde, und angespannt wartete sie darauf, dass Dave in sein eigenes Zimmer zurückkam, wo sie auf ihn wartete.

In Sekundenschnelle war er da.

»Alles in Ordnung?« Die Frage platzte aus ihr heraus, ohne dass sie darüber nachdachte. »Das klang heftig.«

»Verdammte hauchdünne Wände«, murmelte Dave, dann kam er auf sie zu. Sie saß auf dem Bett und er kniete sich vor sie hin, wobei er darauf achtete, sie weder zu bedrängen noch zu berühren. »Wir werden David hier rausholen, okay?«

Sie sah ihm in die Augen und konnte in seinem Blick keinerlei Zweifel entdecken. Kein Zögern. Sie brauchte seine Stärke und Zuversicht mehr, als sie zugeben wollte. »Okay.«

»Gut. Wie wär's, wenn wir jetzt losfahren? Bist du bereit, für eine Weile Tourist zu spielen?«

Sie war seit einem Jahrzehnt in Peru und hatte kein einziges Mal daran gedacht, einen unbeschwerten Tag zu verbringen. Eigentlich wollte sie nur ihren Sohn sehen, aber da das nicht infrage kam, nickte sie.

Dave stand auf, streckte seine Hand aus und wartete darauf, dass *sie ihn* berührte. Das war eines der tausend Dinge, die sie an ihm schätzte und liebte. Er drängte sie nie. Er zwang sie nie, etwas zu tun, was sie nicht wollte. Sie wusste, wenn sie sagte, sie wolle im Hotel bleiben, würden sie das tun.

Wenn sie sagte, sie wolle sich im Barrio herumtreiben, würde er zustimmen und bei ihr bleiben, um dafür zu sorgen, dass sie in Sicherheit war. Er würde nur nicht zulassen, dass sie sich in Gefahr begab. Weder für David noch für ihn.

Sie war fest entschlossen, Dave auf Distanz zu halten. Sie war sich nicht sicher, ob sie da weitermachen konnte, wo sie an jenem Tag in Las Vegas aufgehört hatten. Aber mit jedem Tag, jeder Stunde, die sie mit ihm verbrachte, bröckelte ihr Schutzwall. Sie mochte den Mann, der er geworden war. Und zwar sehr. Sie brauchte seine Härte und äußere Stärke, um nicht selbst zusammenzubrechen.

Sie streckte die Hand aus und legte ihre Handfläche in seine, und eine Gänsehaut bildete sich auf ihren Armen, als er seine Hand um ihre schloss und sie leicht drückte.

Ein paar Stunden später ging Mags Hand in Hand mit Dave durch einen Park in Miraflores. In der Gegend wimmelte es von Touristen und Einheimischen, die ihre Waren feilboten. Die Leute bettelten, so wie sie es ebenfalls schon unzählige Male getan hatte. Aber obwohl sie von Menschen umgeben waren, war sie nicht nervös, wie sie es sonst war.

Ihr Mann führte sie zu einer Bank im Schatten und sie schauten sich ein paar Minuten lang die Leute an, bevor er ein Stück Papier aus seiner Tasche zog und es ihr reichte.

Verwirrt fragte Mags: »Was ist das?«

»Mach es auf und sieh selbst.«

Langsam entfaltete Mags den Zettel und starrte verwirrt auf die Worte, die dort geschrieben standen. Dann begriff sie, was sie da las. »Oh mein Gott«, flüsterte sie.

»Du weißt doch noch, dass ich dich neulich nach mehr

Details über Davids Geburt gefragt habe«, sagte Dave. »Das war nicht bloße Neugier, obwohl ich es kaum erwarten kann, dass du mir alles über ihn erzählst. Ich musste es allerdings auch wissen, damit ich das da bekomme.« Er zeigte mit einem Kopfnicken auf das Papier.

Mags blickte auf die Geburtsurkunde ihres Sohnes. Offensichtlich hatte Dave einen Weg gefunden, sie anfertigen zu lassen, denn del Rio hatte sich sicher nicht die Mühe gemacht, die Geburt ihres Kindes zu dokumentieren. Sein Name stand da, ebenso sein Gewicht – was Mags hatte raten müssen – und Danielas Adresse in Peru war als ihre angegeben. Aber das war es nicht, weshalb ihr fast die Luft wegblieb.

Dave hatte sich selbst als Vater eingetragen.

»Ich weiß, es war anmaßend von mir«, sagte er, als könne er ihre Gedanken lesen. »Aber ich wollte es nicht leer lassen. Wir haben darüber gesprochen, Kinder zu haben, und ich habe es immer bedauert, dass wir nie dazu gekommen sind, es zu verwirklichen. Ich habe ihn noch nicht einmal kennengelernt, aber ich liebe ihn, einfach weil er ein Teil von dir ist. Ich mache mir genau wie du an den Tagen, an denen du ihn nicht sehen kannst, Sorgen um ihn, und ich kann den Gedanken nicht ertragen, dass ihm etwas zustößt. Und da ich weiß, was del Rio geplant hat, würde ich am liebsten jeden umbringen, der es wagt, ihn auch nur anzusehen. Ja, mein Name auf der Geburtsurkunde macht es meinem Kontaktmann leichter, ihm einen Pass zu besorgen, aber das ist mir verdammt egal. Wenn du es vorziehst, meinen Namen wegzulassen und ihn offiziell von mir adoptieren zu lassen, wenn wir wieder in den Staaten sind, kann ich das auch tun.«

»Nein!«, schrie Mags fast. »Ich meine, das ist doch

Wahnsinn. Das ist das Tollste, was jemals jemand für mich getan hat.«

Dave hob seine Hand und streichelte sanft ihre Wange. »Ich liebe dich, mein Schatz. Es tut mir so leid, dass ich so lange gebraucht habe, um dich zu finden.«

Sie schüttelte den Kopf. »Die Tatsache, dass du nie aufgegeben hast, bedeutet mir mehr, als du je wissen wirst.«

»Als würde ich jemals aufhören zu suchen«, sagte Dave mit einem kleinen Kopfschütteln. »Egal, wie viel es gekostet oder wie lange es gedauert hätte, ich hätte nie aufgehört, bis ich dich oder deine Leiche gefunden hätte.«

Mags glaubte ihm. Sie starrte den Mann an, von dem sie gedacht hatte, dass sie ihn nie wiedersehen würde, und all die Gründe, warum sie sich überhaupt in ihn verliebt hatte, gingen ihr durch den Kopf. Die Zeit war gut zu ihm gewesen. Seine dunkelbraunen Locken und sein Bart waren inzwischen etwas ergraut und sein Gesicht war von mehr Falten durchzogen, aber er sah immer noch genauso gut aus wie an ihrem Hochzeitstag. Sie hatte es immer geliebt, wie kräftig er war, und seine Körpergröße gab ihr ein Gefühl der Sicherheit, zum Beispiel jetzt, da sie in einem Park mitten in Miraflores saß.

Als sie ihn betrachtete, bewegte er sich. Er kniete sich zu ihren Füßen nieder und griff in seine Tasche. Er zog einen Ring heraus und hielt ihn zwischen ihnen hoch. »Margaret Crawford Justice, willst du mir die Ehre erweisen, mich erneut zu heiraten? Wir sind beide andere Menschen als vor fünfzehn Jahren, als ich dies zum ersten Mal getan habe. Älter und hoffentlich weiser. Auf jeden Fall zynischer und vorsichtiger. Ich liebe dich. Ich *habe* dich immer geliebt und *werde* dich immer lieben. Ich verspreche, mich diesmal besser um dich zu kümmern, und ich werde mich immer bemühen, ein Mann zu sein, auf den du und unser Sohn stolz sein könnt.«

Mags schloss die Augen und legte eine Hand auf ihr Herz, als könnte das das rasende Pochen in ihrer Brust verlangsamen. Sie wollte Ja sagen. Gott, wie sehr sie das wollte. Aber sie musste sich davon überzeugen, dass er wusste, worauf er sich einließ.

Als sie die Augen öffnete und in die seinen schaute, hasste sie es, die Unsicherheit darin zu sehen. »Ich habe Albträume«, gab sie zu. »Und ich werde wahrscheinlich die überfürsorglichste Mutter aller Zeiten sein. Ich mag keine großen Menschenmengen und es fällt mir schwer, Menschen zu vertrauen. Ich brauche nicht viel; ich habe die letzten Jahre mit nichts anderem überlebt als mit ein paar Essensresten am Tag und einem verdammten Metalldach über dem Kopf. Geld und Prestige sind mir egal, aber ich bin mir nicht sicher, ob ich dir eine richtige Ehefrau sein kann. Ich habe echte Probleme mit Intimität. Nicht nur das, ich werde wahrscheinlich das Falsche zur falschen Person sagen und dich in Verlegenheit bringen ...«

Sie verstummte. Es gab eine Million anderer Dinge, die ihr im Moment nicht einfielen, die ihn dazu bringen könnten, seinen Antrag zu überdenken, aber wenn sie ehrlich zu sich selbst war, wollte sie unbedingt diesen Ring an ihrem Finger haben. Ihr ursprünglicher Ehering hatte an ihrem Finger gefehlt, als sie hier in Peru an ein Bett gekettet aufgewacht war, und sie hätte alles dafür gegeben, ihn zurückzubekommen. Aber dass Dave ihr den funkelnden Diamanten an den Finger steckte, war ein Wunder, von dem sie nie zu träumen gewagt hätte.

»Wenn du einen Albtraum hast, halte ich dich im Arm, bis er verschwunden ist. Und du wirst nicht übervorsorglicher sein, als ich es bei unserem Sohn sein werde. Ich selbst mag keine Menschenmengen, und es wird keinen einzigen Tag mehr in deinem Leben geben, an dem du auf etwas verzichten musst, sei es Nahrung, Unterkunft oder Liebe. Und eins kannst du mir glauben, ich habe schon mehr als genügend peinliche Dinge zu den falschen Leuten gesagt. Ich habe dem Präsidenten der Vereinigten Staaten einmal gesagt, dass seine Agenda mich einen verdammten Dreck interessiert, dass es mir mehr darum geht, einige der Tausende von vermissten Frauen und Kindern zu finden, für die sich die Regierung nicht zu interessieren scheint.«

Mags machte große Augen. »Das hast du gesagt?«

Dave nickte. »Ja. Aber er hat nur gelacht und versprochen, eine halbe Million Dollar für die Suche nach vermissten Kindern zur Verfügung zu stellen. Heirate mich noch einmal, Raven. Bitte.«

»Ja.« Es gab nichts anderes, was sie hätte sagen können.

Dave griff nach ihrer Hand und steckte ihr sanft den Ring an den Finger.

»Wann hast du den besorgt?«, fragte sie.

»Gestern, als du bei David warst.«

Mags konnte den Blick nicht von dem Diamanten lösen. Er war schlicht. In keiner Weise auffällig. Er war wahrscheinlich nur ein halbes Karat oder so, flach gefasst in einer traditionellen Fassung. Sie schaute in Daves braune Augen. »Ich liebe dich«, flüsterte sie. »Ich hätte nie gedacht, dass ich noch einmal die Chance bekomme, dir das zu sagen.«

Dave stand von seinem Knie auf und setzte sich noch einmal neben sie auf die Bank. Er hob einen Arm, dann zögerte er.

Mags tat etwas, was sie seit Jahren nicht mehr getan hatte, beugte sich vor und legte ihre Arme um ihn. Sie legte ihren Kopf auf seine Brust und hielt sich so fest, wie sie konnte. Sie spürte, wie Dave die Umarmung erwiderte, und anstatt, dass sie sich unter Druck gesetzt fühlte und die Panik in ihr aufstieg, fühlte sie sich in seinen Armen einfach nur wohl.

Sie hatte den hoffnungsvollen Gedanken, dass sie vielleicht, nur vielleicht, irgendwann wieder dazu in der Lage wäre, mit diesem Mann intim zu werden. Aber nicht heute. Und auch nicht morgen. Aber vielleicht eines Tages.

»Ich liebe dich so sehr, Raven. Ich weiß, dass dies ein Wunder ist, und ich schwöre, dass ich dich oder unsere Liebe nie als selbstverständlich ansehen werde.«

Sie umarmte ihn noch fester und sah dann auf. »Wann können wir uns auf den Heimweg nach Colorado machen?«, fragte sie.

Ein Ausdruck der Frustration huschte über sein Gesicht, bevor er sich beherrschen konnte. »Ich bin mir nicht sicher. Die Bearbeitung von Davids Pass dauert länger als erwartet, und wir wollen auf keinen Fall, dass del Rio Verdacht schöpft, bevor wir abreisen können, denn das könnte dazu führen, dass wir ihn selbst oder die Polizei und das Militär am Hals haben, die er bezahlt hat. Ich würde dich gern mit Zara nach Hause schicken und ...«

»Nein«, entgegnete Mags mit Nachdruck, straffte die Schultern und starrte ihn an.

»Aber ...«

»Ich werde nicht ohne David abreisen«, erklärte sie ihm.

Dave seufzte. »Ich dachte mir schon, dass das so ist«, entgegnete er, ohne allzu verärgert zu wirken.

»Wenn du das wusstest, warum hast du dann überhaupt den Vorschlag gemacht?«, wollte sie wissen.

»Weil ich es gehofft habe. Ich möchte, dass du so weit wie möglich von del Rio weg bist, wo du sicher bist.«

»Ich war selbst in Vegas nicht sicher«, gab Mags zu bedenken.

»Das stimmt natürlich auch wieder«, entgegnete Dave.

»Wie lautet also der Plan? Ich weiß, dass du mit deinen Freunden darüber geredet hast. Darüber gestritten.«

Dave wandte den Blick von ihr ab und Mags fühlte sich zum ersten Mal unwohl.

»Wir müssen wahrscheinlich das Haus stürmen, in dem er sich aufhält. Ich weiß, ich weiß«, sagte er beschwichtigend, als Mags den Mund aufmachte, um zu protestieren. »Das ist nicht ideal. Und ich will David auf keinen Fall erschrecken, aber del Rio wird nicht zulassen, dass wir einfach reinspazieren und ihn rausholen. Er hat eine Menge Leute, die ihn und das Haus bewachen, und er hat über die Jahre viel Geld ausgegeben, um ihn großzuziehen. Er wird nicht wollen, dass seine Investition verloren geht.«

Mags hasste es, so über ihren Sohn zu denken, aber sie wusste, dass Dave recht hatte. Del Rio hatte bereits damit begonnen, ihren Sohn zu indoktrinieren, indem er ihm gesagt hatte, dass Kinder den Erwachsenen gehorchten, egal was sie verlangten, und Fotos gemacht hatte. Es war nur eine Frage der Zeit, bis er das Undenkbare tun würde.

»Du musst nur wissen, dass ich alles in meiner Macht Stehende tue, um uns alle so schnell wie möglich von hier wegzubringen. Und jetzt, da wir seine Geburtsurkunde haben, hoffe ich, dass es viel schneller geht. Wenn alles gut geht, werden wir bald als Familie nach Colorado zurückkehren.«

»Und wenn *nicht* alles gut geht?«, fragte Mags.

»Dann werden du und David *trotzdem* nach Colorado zurückkehren.«

»Tu nichts, wobei du dich verletzen oder das dich in

Schwierigkeiten bringen könnte«, sagte sie und funkelte ihn an. »Ich kann nicht ohne dich zurückkehren.«

Dave legte seine Hände auf ihre Schultern und drehte sie mehr zu sich. »Du kannst und du wirst. Ich muss wissen, dass du in Sicherheit bist, Raven. *Und* unser Sohn.«

»Und ich brauche *dich*«, erwiderte Mags. »Sich umbringen zu lassen ist keine Alternative.«

»Ich werde nicht draufgehen«, entgegnete Dave ruhig. »Es ist nicht so einfach, mich umzubringen.«

Mags' Blick ging kurz zu der Narbe an seinem Hals, bevor sie ihm wieder in die Augen sah. »Versprich mir, dass du keine Dummheiten machst.«

»Ich verspreche es«, erwiderte er, ohne zu zögern. »Dumm wäre, einen internationalen Zwischenfall auszulösen, sodass ich und der Rest der Mountain Mercenaries in einem peruanischen Gefängnis landen. Das wird nicht passieren.«

Mags konnte sich das nicht einmal vorstellen. Sie beugte sich langsam vor und legte ihre Stirn auf Daves Brust. Mit den Händen umklammerte sie seinen riesigen Bizeps und sagte: »Es kann nicht sein, dass ich dich wiedergefunden habe, nur um dich so schnell wieder zu verlieren.«

»Das wirst du nicht«, versprach er. »Jetzt komm schon, wir müssen zurück zum Hotel, um uns mit den anderen zu treffen. Wir feiern heute mit einem schicken Abendessen.«

»Wirklich?«, fragte Mags und ließ sich von Dave aufhelfen. Sie gingen zu dem Parkplatz ihres Wagens und er nickte.

»Ja.«

»Was gibt's denn zu feiern?«

»Unsere Wiederverlobung, dass ich Vater geworden bin, dass du gerettet wurdest, dass Gabriella mit uns in die Staaten zurückkommt, dass die Rettung unseres Sohnes unmittelbar bevorsteht, dass die anderen Frauen wieder mit ihren Familien vereint werden, dass wir die neue Klinik entstehen lassen und einfach das Leben im Allgemeinen.«

Für Mags hörte sich das alles erstaunlich an. »Gehen wir aus?«

»Nein. Wir quartieren uns alle in Grays Zimmer ein. Das Abendessen soll gegen achtzehn Uhr geliefert werden, und wir müssen ins Barrio gehen und die Mädchen holen. Zara wird Daniela mitbringen.«

»Alle werden dort sein?«

»Ja. Deshalb habe ich ja auch gesagt, dass wir uns in Grays Zimmer einquartieren«, sagte Dave lachend. »Wir haben überlegt, ob wir ausgehen sollen, aber es wäre zu aufwendig, dafür zu sorgen, dass ihr währenddessen alle in Sicherheit seid. Also besorgen wir uns einen Haufen Speisen und dann sitzen wir einfach nur beieinander und plaudern und lachen wie eine große glückliche Familie. Meinst du, das stört jemanden?«

»Stören? Ganz und gar nicht. Ehrlich gesagt sind wir es alle gewohnt, uns auf engem Raum zusammenzudrängen«, entgegnete Mags.

»Gut.«

Während sie gemeinsam zum Wagen gingen, sah Dave sich ständig um, um sich zu vergewissern, dass sie in Sicherheit war. Ab und zu strich er mit dem Daumen über den Ring, den er ihr an den Finger gesteckt hatte, und Mags konnte sehen, wie der Rand von Davids Geburtsurkunde aus der Hemdtasche ragte, in der er sie verstaut hatte. Ihr Leben hatte sich in nur zwei kurzen Wochen so drastisch verändert, dass Mags es kaum fassen konnte.

Aber sie zögerte, sich wirklich darauf einzulassen, aufgrund des Lebens, das sie schon so lange geführt hatte. Denn sie wusste genau, dass sich von einem zum anderen

Moment alles verändern konnte, wenn man gerade dachte, das Leben liefe perfekt.

Mags hoffte und betete, dass sie sich dieses Mal irrte. Sie und Dave, und auch der kleine David, hatten schon genug durchgemacht.

Später in der Nacht saß Dave neben Mags in Grays Hotelzimmer auf dem Boden und versuchte, sich den Moment einzuprägen.

Vor dieser Reise nach Peru hatte er sich Sorgen gemacht, was seine Freunde denken würden, wenn sie herausfänden, dass der Barkeeper, der sie im *The Pit* bediente, in Wirklichkeit ihr Kontaktmann Rex war. Er hatte es eigentlich nicht so lange geheim halten wollen, aber während die Dinge an Fahrt aufnahmen, schien es einfacher, es einfach so laufen zu lassen.

Glücklicherweise war bisher alles ziemlich gut zwischen ihnen gelaufen. Es gab zwar ein paar Spannungen, weil seine Männer sich nicht einig waren, wie man David am besten aus del Rios Fängen befreien und zurück in die Staaten bringen sollte, aber ansonsten konnte Dave weder Zögern noch Misstrauen spüren. Es schien sie nicht sonderlich zu interessieren, dass er nicht beim Militär gewesen war. Offenbar hatte er sich in der Vergangenheit genügend bewährt, wie er erleichtert feststellte.

Zara saß auf Meats Schoß auf einem der Betten und übersetzte, während sie sich mit Teresa, Bonita und Carmen unterhielten. Ro und Gray saßen bei Gabriella und brachten ihr etwas Englisch bei, während sie ihnen grundlegende spanische Wörter beibrachte. Arrow war vor etwa fünf Minuten gegangen, um seine Frau anzurufen und sich zu vergewissern, dass es ihr und dem Baby Calinda gut ging. Black und Ball saßen in der Nähe von Dave und Mags, die für Maria und Daniela übersetzte.

In der Nähe des Mülleimers stapelten sich leere Essensbehälter und die Reste waren bereits für die Frauen eingepackt worden, damit sie sie mitnehmen konnten, wenn sie gingen.

Dave hatte Ravens Hand nicht losgelassen und genoss einfach die entspannte Atmosphäre im Zimmer, die wie ein Geschenk war. Er konnte den Blick auch nicht von dem Ring abwenden, den er ihr vorhin an den Finger gesteckt hatte. Er hatte es vermisst, seinen Ring dort zu sehen.

Als er spürte, wie Raven sich neben ihm verkrampfte, wurde Dave klar, dass er nicht aufgepasst hatte. Im Geiste schalt er sich, setzte sich aufrecht hin und sah sich um, um zu sehen, was seine Frau beunruhigt hatte.

Er bemerkte, dass es im Raum fast ganz still geworden war und alle Raven ansahen. »Was ist?«, fragte er etwas zu barsch.

»Schon gut«, entgegnete Raven und drückte seine Hand. »Maria hat nur gefragt, warum ich ihnen nie erzählt habe, dass ich ein Kind habe.«

»Das geht sie nichts an«, erklärte er.

Raven schüttelte den Kopf. »Doch, das tut es. Sie sind meine Freundinnen. Ich hätte mich ihnen anvertrauen sollen.«

Sie wandte sich an Maria und die anderen und begann auf Spanisch zu erklären, während Zara leise für die Männer übersetzte.

»Als del Rio mich von seinem Anwesen warf, war ich erleichtert und gleichzeitig bestürzt. Er hatte mir nicht erlaubt, David mitzunehmen, und obwohl ich froh war, mich aus dem Leben zurückziehen zu können, das er mir aufgezwungen hatte, wollte ich nicht ohne mein Kind gehen. Aber er ließ mir keine andere Wahl. Er sagte mir, er würde mich im Auge behalten, und wenn ich irgendetwas täte, um ihm den Jungen wegzunehmen, würde ich es bereuen.«

»Wir alle wissen, dass del Rio ein Mistkerl höchsten Grades ist, jemand, der kein Problem damit hat, Kinder zu entführen, aber warum sollte er David so sehr behalten wollen, vor allem in einem Haus, in dem sonst eigentlich keiner wohnt?«, fragte Arrow. Er war von seinem Telefonat zurückgekehrt und hatte sich an eine Wand gelehnt.

Raven seufzte. »Ich habe nie eine andere schwangere Frau auf dem Grundstück gesehen, auch keine Babys, aber gelegentlich waren Kinder da. Wenn eine Frau monatelang verschwand und dann plötzlich wiederauftauchte, gab es Gerüchte, dass del Rio sie versteckt hatte, bis sie ihr Baby bekommen hatte. Einige kehrten zurück, verloren aber nie ein Wort darüber, wo sie gewesen waren oder was sie erlebt hatten. Keiner von uns wollte sie fragen, denn es war offensichtlich, dass sie traumatisiert waren.

Als ich schwanger wurde, war er zuerst sehr wütend. Ich weiß, dass er gutes Geld an mir verdient hat. Er sagte mir, dass ein Arzt auf das Grundstück kommen würde, um sich um das Problem zu kümmern. Ich habe geweint und ihn angefleht, dass ich mein Baby behalten darf. Ich vereinbarte mit ihm, dass ich alles tun würde, was die Kunden wollten, so oft am Tag, wie *er* es verlangte, wenn del Rio mir nur mein Kind lassen würde.«

Raven schluckte schwer, und als die vier anderen Frauen, die von del Rio benutzt worden waren, sich um sie versammelten, stand Dave auf und machte ihnen etwas Platz. Jede legte seiner Frau tröstend eine Hand auf die

Schulter oder auf den Arm und das schien ihnen allen Kraft zu geben, als sie ihre Geschichte weiter erzählte.

»Es gab viele Männer, die es toll fanden, mit einer schwangeren Frau Sex zu haben. Del Rio hat mich erst zu einem anderen Teil des Grundstücks verfrachtet, als mein Bauch wuchs und es offensichtlich war, dass ich schwanger war. Ich war sehr beschäftigt und als die Zeit für die Geburt kam, sperrte del Rio mich in ein Zimmer und sagte, wenn ich mein Baby bekommen wolle, müsse ich es allein tun.«

Carmen stieß einen schroffen Laut aus. »Und wenn es Komplikationen gegeben hätte?«

Raven zuckte mit den Schultern. »Dann wären wir beide gestorben.« Sie sagte es mit völlig neutraler Stimme. Sie hatte sich damit abgefunden, aber für Dave fachte es die Wut, die er für dieses Monster del Rio empfand, noch mehr an.

»Wie auch immer, ich habe David zur Welt gebracht und del Rio hat mich aus dem Haus geworfen. Ich bin mir immer noch nicht sicher warum, besonders in Anbetracht der Tatsache, dass andere Frauen Kinder bekommen hatten und weiter arbeiteten. Er brachte David in eines seiner kleineren Häuser und erlaubte mir, ihn nur dreimal pro Woche zu besuchen. Ich war sogar noch verwirrter darüber, warum er mir überhaupt erlaubte, meinen Sohn zu sehen, da er mich nicht mit ihm weggehen ließ, aber ich wagte nicht zu fragen. Ich habe ihn so lange wie möglich gestillt, aber schließlich musste er auf künstliche Säuglingsnahrung umgestellt werden, da ich nicht genügend da war, um ihm zu geben, was er brauchte. Ich konnte euch nichts von ihm erzählen«, sagte Raven traurig zu ihren Freundinnen. »Ich weiß nicht, was del Rio mit meinem Sohn gemacht hätte, wenn er das herausgefunden hätte.«

»Wir verstehen das«, erklärte Maria sanft. »Jede von uns hätte das Gleiche getan.«

Carmen schien sich sichtlich unwohl zu fühlen. Dann platzte sie heraus: »Ich habe einmal ein Baby schreien gehört.«

Alle drehten sich um und sahen sie an, nachdem Zara es übersetzt hatte.

»Wo?«, fragte Dave, als niemand etwas sagte.

»Auf dem Grundstück. Ich war in meinem Zimmer eingeschlossen und konnte nicht nachsehen, was ich auch nicht getan hätte, aber ich lag auf meinem Bett und hörte ein Baby weinen. Ich war verwirrt, weil wir, wie Raven schon sagte, keine schwangeren Frauen gesehen hatten.«

Raven blickte Dave an und er konnte den Schmerz in ihren Augen erkennen. »Was glaubst du, wie viele andere Babys es da draußen gibt?«, flüsterte sie. »Die von del Rio zu irgendeinem grausamen Zweck aufgezogen werden.«

Dave wollte nicht einmal darüber nachdenken, aber er konnte seine Frau nicht anlügen. Er nickte. »Ich weiß es nicht. Aber ich würde annehmen, dass es wahrscheinlich mehrere sind. Er handelt schon mindestens seit ein paar Jahren mit Kindern.«

»Wo sind sie?«, sagte sie, mehr zu sich selbst als zu den anderen. »Werden sie auf dem Grundstück festgehalten? Warum hält er David nicht auch dort?«

»Vielleicht hat er anderen erlaubt, ihre Babys mitzunehmen.« Er glaubte das keinen Moment lang, aber er sagte es, um seiner Frau hoffentlich etwas von ihrer Angst zu nehmen.

»Oder vielleicht werden sie auf dieselbe Weise aufgezogen wie dein Sohn«, sagte Gray leise.

»Die Bilder ...«, flüsterte Raven.

»Welche Bilder?«, fragte Arrow.

Raven schloss die Augen und schüttelte den Kopf.

Dave antwortete für sie. »Raven sagte, David hat ihr erzählt, dass del Rio ihn mit einem anderen Mann besucht hat und er Fotos von den beiden gemacht hat, ohne dass sie etwas anhatten.«

Die Worte klangen noch obszöner, als er sie vor der Gruppe aussprach.

»Mist«, murmelte Arrow.

Auch die anderen Männer im Raum fluchten leise vor sich hin.

»Wir können nicht mehr warten«, erklärte Dave. »Wir müssen meinen Sohn aus diesem Haus holen und zurück in die Staaten bringen, wo er in Sicherheit ist.«

»Einverstanden«, bestätigte Gray.

»Absolut«, murmelte Black.

Dave wollte nicht an del Rio und seine Pläne für David und möglicherweise andere Kinder, die er in der Stadt versteckt hatte, denken. Sie hatten darüber geredet, was sie tun wollten, und obwohl nichts in Stein gemeißelt war, wusste er, dass die Zeit abgelaufen war. Sie konnten nicht riskieren, dass del Rio beschloss, mehr als nur Fotos zu machen. Er hatte seine Frau und seinen Sohn gerade noch rechtzeitig gefunden.

»Könnt ihr mir verzeihen?«, fragte Raven die anderen Frauen. »Ich hätte es euch gesagt, wenn ich gekonnt hätte.«

Diese Frage beantworteten sie einvernehmlich mit *Sí*, denn natürlich verziehen sie ihr.

»Niemand sollte so viel Kontrolle über die Schwangerschaft einer Frau haben«, erklärte Daniela und Zara übersetzte. »Ich sehe das immer wieder ... Frauen, deren Männer sich weigern, Kondome zu benutzen, und die ein Kind nach dem anderen bekommen. Sie können die Familien, die sie haben, nicht ernähren, und doch können sie nichts tun, um zu verhindern, dass ihre Familien größer werden. Und dann gibt es noch die Männer, die ihre Frauen schlagen, in der Hoffnung, dass sie das Kind verlieren. Das ist nur einer der Gründe, warum ich von der Klinik begeistert bin. Ich kann den Frauen mehr Wahlmöglichkeiten in Familienangelegenheiten geben. Es mangelt hier an Geburtenkontrolle und pränataler Gesundheit.« Sie sah Zara an. »Vielen Dank, Liebes, dass du das möglich gemacht hast. Mein Land war nicht gut zu dir und du hast keinen Grund, irgendetwas zurückgeben zu wollen, und doch tust du es.« Daniela traten Tränen in die Augen. »Gott segne dich.«

Inzwischen hatten die meisten Frauen im Raum Tränen in den Augen, aber Dave war nur um seine Frau besorgt. Raven wirkte emotional, aber nicht völlig am Boden zerstört, womit er leben konnte. Entweder verleugnete sie, was del Rio für David geplant hatte, oder sie versuchte, nicht daran zu denken. Er vermutete Letzteres. Seine Frau war nicht dumm, aber sie hatte verdammt viel durchgemacht, und wenn man bedachte, dass sie nichts tun konnte, um ihrem Sohn zu helfen, würde es nichts bringen, sich über die Situation zu ärgern.

Er war nicht gewillt, herumzustehen und ein Gespräch zuzulassen, das Raven aus der Fassung brachte, aber da es ihr gut zu gehen schien, versuchte er, sich zu entspannen.

»Wie geht's dir?«, fragte Gray neben ihm.

Dave wandte den Blick nicht von seiner Frau ab. »Mir geht's gut.«

»Nein. *Wie geht es dir wirklich?*«, fragte Gray erneut, wobei er jedes Wort betonte.

Dave drehte sich zu ihm um und zog eine Augenbraue hoch.

»Du warst nicht mehr weg von deiner Kneipe seit ... ich weiß nicht, wie lange. Du hast deine Frau gefunden, die seit einem Jahrzehnt vermisst wird, und fast im gleichen Atemzug erfahren, dass sie ein Kind bekommen hat. Einen Sohn, für den du jetzt der Vater bist. Nicht nur das, du musstest auch verarbeiten, was Raven durchgemacht hat, während sie vermisst wurde. Und jetzt bist du nicht mit deiner Familie auf dem Nachhauseweg, sondern sitzt hier fest, während wir versuchen herauszufinden, was zum Teufel del Rio vorhat und wie wir deinen Sohn von ihm wegbringen können, ohne einen internationalen Zwischenfall zu verursachen. Ich frage dich also: Wie geht es dir?«

Dave nickte. »Mir geht's gut.«

Jetzt war es an Gray, skeptisch eine Augenbraue hochzuziehen.

»Ich bin nicht gerade glücklich. Ich habe es satt, herumzusitzen und auf Davids Pass zu warten, und ich will, dass mein Sohn gerettet wird. Und zwar *sofort*. Aber meine Frau sitzt genau hier vor meinen Augen, und das ist ein verdammtes Wunder. Also arrangiere ich mich mit der Situation.«

»Morgen haben wir seinen Pass«, erinnerte Gray ihn.

»Ich weiß«, entgegnete Dave ungeduldig. »Aber ich fühle mich, als würde eine riesige Uhr über meinem Kopf hängen, und jede Sekunde, die verstreicht, hallt in meinem Kopf nach.«

»Wir holen deinen Sohn da raus«, versicherte Gray ihm. »Wir werden ihn auf jeden Fall aus del Rios Fängen befreien.«

Dave drehte sich wieder um und sah Raven an. Er konnte nicht länger als ein oder zwei Minuten aushalten, ohne nach ihr zu sehen. Die anderen Frauen hatten sich wieder auf das Bett und den Boden gesetzt, in der Gewissheit, dass es ihrer Freundin gut gehen würde. Aber er hatte das Gefühl, dass es noch lange dauern würde, bis *er* sich wohlfühlen würde, wenn er sie nicht sehen konnte, vor allem nicht in der Öffentlichkeit. »Ich habe Angst«, gab Dave seinem Freund gegenüber zu.

»Ich würde mir auch Sorgen machen, wenn das nicht der Fall wäre«, erwiderte Gray.

»Ich möchte keinen von euch in Gefahr bringen. Ihr seid nicht nur mein Team, ihr seid auch meine Freunde. Ich will meinen Sohn auf keinen Fall in Angst und Schrecken versetzen, indem ich ihn in ein Feuergefecht verwickle, aber ich weiß, dass du und die anderen alles tun werdet, um das zu verhindern. Und ihr alle habt Frauen, die auf euch warten, und ich möchte keiner von ihnen sagen müssen, dass die Liebe ihres Lebens nicht mehr nach Hause kommt.«

»Bei unserem Team geht es darum, entführte Frauen und Kinder zurück zu ihrem Zuhause zu bringen. Und dein Sohn wird als Geisel gehalten. Ja, er ist vielleicht in einem schönen Haus und nicht angekettet, aber er wird trotzdem gefangen gehalten«, beharrte Gray. »Wir werden nicht mehr Risiken eingehen als bei jeder anderen Operation, aber wir sind jetzt alle stärker involviert. David ist einer von uns.«

Dave atmete tief ein. Ihm gefiel ihr jetziger Plan ganz und gar nicht. Sie wollten das kleine Haus stürmen und jeden töten, der sich zwischen sie und David stellte. Aber er war nicht bereit, noch länger zu warten, sobald er die Pässe in den Händen hielt. Vor allem, nachdem er die Gerüchte über die anderen Babys gehört hatte. Del Rio war der Teufel, und was immer er mit David vorhatte, war das reine Böse.

»Danke«, sagte Dave schließlich zu Gray und meinte diese beiden Worte aus tiefstem Herzen und tiefster Seele.

»Ich glaube, ich habe mich noch nicht bei dir bedankt«, sagte Black zu Raven.

»Wofür?«, fragte Raven.

»Dafür, dass du Meat gerettet hast. Und dafür, dass du bereit warst, dein Leben zu riskieren, um meine Haut zu retten, wenn mein Team nicht gekommen wäre, um mich zu holen.«

Black bezog sich auf ihre letzte Mission, als er und Meat vom Rest des Teams getrennt worden waren und Ruben und seine Freunde sich auf sie gestürzt hatten. Sie hätten die beiden Mountain Mercenaries wahrscheinlich getötet, wenn Zara und ihre Freundinnen Meat nicht weggeschleppt hätten und wenn das Team Black nicht im letzten Moment gefunden hätte.

Raven zuckte mit den Schultern. »Ihr wart da, um zu helfen, nicht um zu schaden. Das war das Mindeste, was wir tun konnten.«

Black bedachte alle Frauen mit einem Blick, als er sagte: »In unserem Beruf wird man leicht zynisch und denkt das Schlimmste von der Menschheit. Wir sehen das Schlimmste vom Schlimmsten, deshalb ist es schön, Menschen zu sehen, die selbst dann, wenn die Chancen gegen sie stehen und sie nichts zu gewinnen haben, immer noch bereit sind zu helfen. Ich danke euch allen.«

Raven nickte und die anderen Frauen erröteten, während Zara für sie übersetzte.

»Ihr seid also alle verheiratet oder habt Freundinnen, richtig?«, fragte Raven, die auf dem Boden saß.

Dave ging zu ihr hinüber und ließ sich auf den Teppich sinken, um sich neben sie zu setzen. Es fühlte sich an, als würde sein Herz zerspringen, als sie nach seiner Hand griff. Jedes Mal wenn sie ihn seit ihrer Wiedervereinigung freiwillig berührte, fühlte Dave sich, als hätte er gerade im Lotto gewonnen. Er bemühte sich, auf die Gespräche um ihn herum zu achten und nicht auf das Gefühl und den

Geruch seiner Frau neben ihm. Er hatte öfter von diesem Moment geträumt, als er zählen konnte, und es war schwer zu glauben, dass er tatsächlich da war.

»Ja«, antwortete Gray. »Meine Frau heißt Allye. Sie war eine professionelle Tänzerin in San Francisco. Wir haben uns kennengelernt, als das Boot, auf dem sie war, sank und wir zusammen mitten auf dem Meer gelandet sind.«

Raven zog überrascht die Augenbrauen hoch. »Im Ernst?«

»Ja. Sie war mitten auf der Straße entführt worden und sollte an den Mann geliefert werden, der sie gekauft hatte, aber dann bin ich auf der Bildfläche erschienen. Leider hat er sie später trotzdem in die Finger bekommen.«

»Aber du hast sie gefunden?«, fragte Raven atemlos.

»*Wir* haben sie gefunden«, bestätigte Gray. »Sie gibt jetzt Tanzunterricht für Kinder mit besonderen Bedürfnissen in Colorado Springs, und wir haben gerade unser erstes Kind bekommen, Darby James.«

Raven wandte sich an die anderen Männer. Sie begriffen den Wink mit dem Zaunpfahl. Einer nach dem anderen erzählten sie ihr in Kurzform, wie sie ihre Frauen kennengelernt hatten.

»Chloe wurde von ihrem Bruder gefangen gehalten und unterdrückt. Ich habe sie gefunden ... und beschlossen, sie zu behalten«, sagte Ro kurz und bündig.

»Morgan Byrd war eine der bekanntesten vermissten Personen in den Vereinigten Staaten. Wir haben sie bei einem Einsatz in der Dominikanischen Republik zufällig gefunden«, erzählte Arrow. »Und du weißt, dass sie vor Kurzem unser kleines Mädchen Calinda bekommen hat.«

»Ich kannte Harlow schon, als wir noch in der Highschool waren«, sagte Black. »Sie ist Köchin und hat in einem Frauenhaus gearbeitet, als ein Bauunternehmer die Besitzerin unter massiven – und illegalen – Druck gesetzt hat, das Haus zu verkaufen. Am Ende setzte er das Frauenhaus in Brand und Harlow musste aus einem Fenster im zweiten Stock springen, um zu entkommen.«

»Ich habe Everly geholfen, ihre Schwester zu finden, die entführt worden war. Wir dachten, es handele sich um einen Sexhändlerring, aber es stellte sich heraus, dass es sich nur um einen Verrückten handelte, der seine nächste Frau suchte ... die er die nächsten zwanzig Jahre in seinem Haus anketten wollte«, erklärte Ball.

Raven machte große Augen, ebenso wie die anderen Frauen, als Zara die Geschichten der Männer übersetzte.

»Und du kennst die Geschichte von Meat und wie wir uns kennengelernt haben«, bemerkte Zara kichernd. »Ich habe *ihn* gerettet, aber als später jemand aus meiner Vergangenheit versucht hat, mir all mein Geld zu stehlen, indem er mich erpresst hat, musste er sich selbst retten.«

»Ihr führt bestimmt kein langweiliges Leben«, scherzte Raven.

»Mit Ausnahme von Black haben wir alle durch deinen Mann die Liebe unseres Lebens gefunden«, sagte Gray.

»Nein, auch wenn ich Harlow nicht auf einem Einsatz kennengelernt habe, wäre ich nicht ins Frauenhaus gegangen, um bei der Selbstverteidigung zu helfen, wenn ich nicht bei den Mountain Mercenaries gewesen wäre«, bestätigte Black. »Dann wäre ich nämlich nicht einmal in Colorado Springs gewesen.«

»Stimmt. Okay, dann haben wir alle dank Rex und seiner Hartnäckigkeit, alles zu tun, um dich zu finden, die Frauen gefunden, die unser Ein und Alles sind«, ergänzte Gray.

Dave spürte, dass Raven ihn ansah, und er drehte sich

um, um sie anzuschauen. Sie starrte ihn mit einem Blick an, den er nicht deuten konnte.

Die anderen Frauen im Raum begannen alle gleichzeitig zu sprechen. Es war offensichtlich, dass sie von den Geschichten, wie die Männer ihre Frauen kennengelernt hatten, beeindruckt und berührt waren. Die Stimmung war fröhlich und Dave gefiel es, einfach so mit seinen Männern zusammen zu sein. In der Vergangenheit hatte er nicht viele Gelegenheiten dazu gehabt, da er nur der Barkeeper gewesen war. Mitten in der Gruppe zu sein und dazuzugehören fühlte sich gut an.

Aber neben seiner Frau zu sitzen, von der er ehrlich gesagt *schon* gedacht hatte, dass er sie nie wiedersehen würde, war das Tüpfelchen auf dem i. Er freute sich für seine Freunde, dass sie Frauen gefunden hatten, die sie liebten, aber er freute sich noch mehr für sich selbst.

Das Einzige, was zwischen ihm und einem langen, schönen Leben – oder dem, was davon übrig war – mit seiner Frau und seinem Kind stand, war del Rio. Und aus Peru herauszukommen.

Nicht lange, nachdem alle Männer ihre Geschichten erzählt hatten, löste sich die Gruppe auf. Daniela sagte, sie müsse zurückkehren, bevor es zu spät wurde, und die anderen Frauen stimmten ihr zu. Seit dem Zusammenstoß der Bande mit Dave hatten sie keine Probleme mehr mit Ruben und seinen Freunden gehabt, aber keine wollte ihr Glück herausfordern. Black und Ro begleiteten sie zurück zu ihrer Hütte und hielten dort die Nacht über Wache. Ball und Gray würden dafür sorgen, dass auch Daniela sicher zu ihrem Haus zurückgelangte.

Alle verabschiedeten sich und Dave begleitete Raven in das Zimmer, das sie miteinander teilten. Sie machte sich im Bad bettfertig und Dave zog sein Hemd und seine Hose aus.

Er legte sich aufs Bett, allerdings auf die Decke. Raven kam aus dem Bad und kletterte ins Bett. Sie sagte nichts dazu, dass er kein Hemd trug, aber er sah, dass sie kurz zögerte.

»Ich kann es wieder anziehen, wenn du willst«, erklärte Dave sanft.

Sie holte tief Luft, dann schüttelte sie etwas verzweifelt den Kopf. »Nein. Ist schon gut.«

»Komm her«, bat Dave und streckte den Arm aus.

Sie rückte zögernd näher an ihn heran und er merkte sofort, dass zwischen ihren Körpern immer noch die Decke war. Ihm gefiel der erleichterte Ausdruck in ihren Augen nicht, aber er erinnerte sich daran, dass sie erst seit ein paar Wochen wieder zusammen waren. Das war nicht lange genug, um die Erinnerungen an andere Männer und die Dinge, die sie ihr angetan hatten, auszulöschen.

Behutsam legte sie ihren Kopf auf seine nackte Schulter und er seufzte erleichtert auf, als sie ihren Arm zögerlich um seine Taille legte. Raven hob leicht den Kopf und Dave wusste, dass sie auf die Narbe auf seinem Oberkörper und Hals starrte. Der Typ aus dem Motorradklub hatte ihm mit dem Messer einen Schnitt vom Hals bis knapp über seiner Brustwarze verpasst.

»Wer hat sich um dich gekümmert, nachdem das passiert war?«, fragte sie leise.

»Ich mich selbst. Ich habe mich selbst so schnell wie möglich aus dem Krankenhaus entlassen, aber nicht, bevor der leitende Ermittler in deinem Fall mir die Leviten gelesen und mir gesagt hat, ich solle aus seiner Stadt verschwinden. Ich fuhr zurück nach Colorado Springs und machte mich wieder an die Arbeit. Sowohl im *The Pit* als auch bei der Suche im Internet nach einer Spur von dir.«

»Ich finde es schlimm, dass ich nicht für dich da war.«

Dave lachte leise.

Sie starrte ihn an. »Worüber lachst du? Daran ist nichts lustig.«

»Es ist ein bisschen lustig«, konterte er. »Raven, wenn du da gewesen wärst, wäre ich gar nicht erst verletzt worden, denn ich habe dieses kleine Andenken auf der Suche nach dir bekommen.«

Sie stieß einen Atemzug aus und legte den Kopf wieder hin. »Ich mag nur nicht daran denken, dass du Schmerzen hattest.«

Dave wurde sofort ernst. »Und mir geht es bei dir genauso. Ich würde alles tun, um die Zeit zurückzudrehen und die Reise nach Vegas ungeschehen zu machen. Aber das können wir nicht. Wir müssen einfach weitermachen. Einen Tag nach dem anderen.«

Sie erschrak leicht und hob den Kopf wieder an. »Warum hast du das gesagt?«

»Was gesagt?«

»Einen Tag nach dem anderen.«

Er zuckte mit den Schultern. »Das habe ich mir jeden Abend gesagt, wenn ich ins Bett gegangen bin. Dass ich jeden Tag nehmen muss, wie er kommt. Einen nach dem anderen. Ich konnte nicht an die nächste Woche denken oder an das nächste Jahr oder an die nächsten fünf Jahre ohne dich. Ich sagte mir, dass ich nur noch einen Tag überstehen musste. Alles andere erschien mir zu viel. Zu lang.«

»Auf diese Weise habe ich auch alles überstanden«, gestand sie. »Jeden Tag, an dem ich in Gefangenschaft war, habe ich mir gesagt, dass ich nur noch einen Tag durchhalten muss. Und als ich im Barrio gelebt habe und so hungrig war, dass mir schwindelig wurde, und Angst vor Ruben und den anderen hatte, habe ich durchgehalten, indem ich mich an den Gedanken geklammert habe, dass ich nur den Tag überstehen muss. Dass der morgige Tag besser sein würde.«

»Ich liebe dich«, flüsterte Dave. »Selbst als wir getrennt waren, waren wir auf der gleichen Wellenlänge.«

Sie erwiderte auf diese Worte nichts, sondern legte ihren Kopf wieder an seine Brust. Allein das Gefühl, ihren warmen Atem auf seiner Haut zu spüren, beruhigte ihn. Er hatte Raven wirklich hier bei sich. Sie war am Leben. Sie war ein Wunder. Sein Wunder.

»Ich hoffe, dass ich morgen Davids Pass abholen kann, nachdem ich dich zu ihm gebracht habe. Es wird nicht mehr lange dauern, bis wir das alles hinter uns haben und wieder zu Hause sind«, sagte er zu ihr, wohl wissend, dass der Themenwechsel ein wenig schockierend war, aber er wollte nicht, dass sie einschlief, ohne dass er ihr gesagt hatte, dass ihre Zeit in Peru hoffentlich bald zu Ende sein würde.

Sie schwiegen ein paar Minuten lang. Dave dachte, dass Raven schlief, als sie sagte: »Das habe ich geträumt, weißt du.«

»Was?«

»Das. Dass ich mit dir im Bett liege. Dass du mit meinem Haar spielst. Ich hätte nie gedacht, dass ich das noch mal in Wirklichkeit erleben darf.«

»Aber es ist die Wirklichkeit. Ich bin real.«

»Ich weiß. Ich danke dir, Dave. Danke, dass du mich gefunden hast und mich liebst.«

»Schlaf jetzt, mein Schatz. Morgen sind wir einen Tag näher dran, nach Hause zurückzukehren und den Rest unseres Lebens in friedlicher Glückseligkeit mit unserem Sohn zu verbringen.«

Er wollte sich noch einmal dafür entschuldigen, dass es so lange gedauert hatte, sie zu finden. Für alles, was sie durchgemacht hatte, aber er behielt die Worte für sich. Tief in seinem Inneren wusste er, dass er alles getan hatte, um sie zu finden, aber es ärgerte ihn trotzdem, dass sie zehn höllische Jahre durchlitten hatte.

Er spürte das glückliche Ausatmen auf seiner Haut, als sie seufzte. Dann wurde sie in seinen Armen ganz weich, als sie schließlich einschlief.

Dave schlief nicht. Er versuchte, sich einzuprägen, wie sich seine Frau in seinen Armen anfühlte und wie ihr Haar über seine Schulter und seinen Arm verteilt aussah.

Der morgige Tag würde hoffentlich der Wendepunkt in der Hölle sein, in der sie gefangen waren. Er würde den Pass des Jungen abholen, und er und sein Team würden den Sturm auf das Haus planen, in dem David festgehalten wurde. Und anschließend wären sie entweder auf dem Heimweg – oder das Schlimmste wäre eingetroffen. Er hoffte auf Ersteres, wusste aber, dass sich die Mountain Mercenaries im letzteren Fall umeinander kümmern würden.

Sie konnten sich den Luxus des Wartens nicht mehr leisten. Er war nicht bereit, das psychische Wohlbefinden und die Gesundheit seines Sohnes zu riskieren, falls del Rio beschloss, seine perversen Pläne in die Tat umzusetzen.

Er fiel in einen unruhigen Schlaf, denn er wusste, dass der morgige Tag das Leben seiner Familie für immer verändern könnte.

KAPITEL ELF

»Sei nicht nervös«, sagte Dave zu Raven, als er am Straßen-
rand anhielt, wo er sie normalerweise absetzte, bevor er
beobachtete, wie sie in Richtung des Hauses davonging, in
dem David untergebracht worden war.

»Ich kann nichts dagegen tun«, sagte sie zu ihm und biss
sich auf die Lippe. »Jedes Mal wenn ich hierherkomme,
fürchte ich mich davor, hineinzugehen und festzustellen,
dass er weg ist. Dass del Rio ihn wieder geholt hat.«

Dave tat seine Frau unglaublich leid. Er hasste es, dass
es so lange dauerte, den Jungen zu befreien und nach
Amerika zurückzukehren. »Ich hoffe, dass wir das nächste
Mal in dieses Haus kommen, um David zu holen und ihn
nach Hause zu bringen«, erklärte er ihr aufrichtig.

»Ich auch«, flüsterte Raven.

»Sieh mich an«, befahl Dave sanft.

Seine Frau wandte den Kopf und er konnte nicht anders,
als erneut darüber erstaunt zu sein, dass er wirklich neben
ihr saß. Es war immer noch schwer zu glauben nach all
dieser Zeit. »Ich werde unseren Sohn nach Hause bringen.
Dort werden wir ihm beibringen, LEGOs zu lieben und zu

lachen, wenn er sein Spielzeug überall im Haus liegen lässt, damit wir darüber stolpern. Wir werden mit ihm zelten gehen ... ihm zeigen, wie man Marshmallows über dem Feuer röstet. Wir werden eine gemeinsame Zukunft haben. Wir drei.«

Er beobachtete, wie Raven sich sichtlich entspannte. »Okay.«

»Okay. Sei vorsichtig. Tu oder sag nichts zu David oder sonst jemandem, was Verdacht erregen könnte.«

»Das werde ich nicht.«

»Hast du heute Morgen genügend zu essen bekommen? Wirst du bis heute Abend durchhalten, wenn ich dich abhole?«, fragte Dave.

Ravens Lippen zuckten amüsiert. »Ich hatte genügend«, entgegnete sie. »Du hast mich gezwungen, den letzten Proteinriegel zu essen, und jetzt bin ich so voll, dass ich fast platze.«

»Du brauchst die Kalorien. Dich hungern zu lassen zeigt nur erneut, was für ein Mistkerl del Rio ist.« Er streckte seine Hand aus und sie legte ihre in seine. Dave führte sie an seinen Mund und küsste ihre Handfläche. »Ich liebe dich. Der ganze Spuk wird bald vorbei sein.«

»Okay«, sagte sie und es war ihr deutlich anzusehen, wie sehr sie das berührte. Sie war überwältigt und verängstigt, aber unter all dem sah er ein Vertrauen in ihn, dem gerecht zu werden ihm hoffentlich gelingen würde.

Er beobachtete, wie sie die Wagentür öffnete. Sie schloss sie ohne ein weiteres Wort hinter sich und ging den Bürgersteig entlang in Richtung des kleinen Hauses. Dave hätte sie gern näher abgesetzt, damit sie nicht so weit laufen musste, aber er wusste, dass es sicherer war, mindestens einen halben Kilometer entfernt zu bleiben, um keinen Verdacht zu erregen.

Noch einige Augenblicke, nachdem Raven verschwunden war, starrte er auf den Bürgersteig und dachte an seinen bevorstehenden Termin bei der US-Botschaft, um Davids Pass abzuholen, und an den Sturm auf das Haus, den sein Team für diesen Abend geplant hatte.

Als plötzlich das Glas des Fensters neben seinem Kopf zersplitterte.

Dave schreckte vor den Scherben zurück und war nicht darauf vorbereitet, dass zwei Männer durch das Fenster griffen und ihn mit Gewalt herauszogen. Sie waren stark und Dave kämpfte wie ein Besessener. Es gelang ihm, ein paar Schläge auszuteilen, bevor einer der Männer ihm eine Pistole an den Kopf hielt.

»Hör auf, dich zu wehren, oder ich blase dir gleich hier und jetzt das Hirn weg«, knurrte der Mann.

Dave erstarrte.

Verdammt! Er wusste, dass er es mit diesen Mistkerlen aufnehmen konnte – es waren nur vier, im Vergleich zu dem halben Dutzend oder mehr, denen er im Barrio gegenübergestanden hatte –, aber nicht einmal er konnte eine Kugel abwehren. Und er musste am Leben bleiben. Für Raven. Für seinen Sohn. Er konnte sie nicht befreien, wenn er tot war.

Dave hob seine Hände zum Zeichen der Kapitulation und prägte sich die Gesichter der Mistkerle um ihn herum ein. Dafür würden sie bezahlen, dafür würde er sorgen. Zusammen mit jedem anderen, der zwischen ihm und seiner Familie stand.

»Jetzt bist du nicht mehr so hart, was?«, fragte einer der Männer, kurz bevor etwas fest gegen Daves Hinterkopf knallte.

Im einen Moment starrte er die Männer an und überlegte im Geiste, wie er sie umbringen würde, und im nächsten wurde alles um ihn herum schwarz.

Als Dave wieder zu sich kam, befand er sich auf dem Rücksitz eines Fahrzeugs, eingeklemmt zwischen zwei Männern, von denen ihm einer eine Pistole an den Kopf hielt, obwohl er nicht in der Lage war, zu kämpfen, und sie das alle auch wussten. Man hatte ihm die Hände auf dem Rücken gefesselt und er hatte rasende Kopfschmerzen. Dave war übel, aber es gelang ihm, sich nicht zu übergeben.

Er starrte auf das riesige Gelände, dem sich das Fahrzeug näherte. Dave erkannte es sofort. Er hatte viel Zeit damit verbracht, den Ort anhand von Satellitenfotos zu studieren. Das Haus selbst war von mehreren Hektar saftig grünem Gras und einer knapp drei Meter hohen Backsteinmauer umgeben.

Dave hatte schon einmal mit dem Gedanken gespielt, sich diesem Ort auf eigene Faust zu nähern, aber sein Team hatte ihm verdeutlicht, dass es keine gute Idee war.

Jetzt schien es, als würde er die Chance bekommen, mit dem Mann, der im Alleingang sein und Ravens Leben ruiniert hatte, unter vier Augen zu sprechen.

Dave musste annehmen, dass jemand ihn gesehen und del Rio Bescheid gesagt hatte. Oder vielleicht hatte er jemanden beauftragt, Raven zu beschatten, um sie im Auge zu behalten. So oder so, er war sich sicher, del Rio wusste, dass die Mountain Mercenaries in der Stadt waren – und er war alles andere als glücklich darüber. Die Tatsache, dass Dave entführt worden war, verhieß nichts Gutes für ihn.

Er versuchte, sich alles, was er über del Rio wusste, ins Gedächtnis zu rufen. Bei ihm zählte nur eins: das Geld. Bei allem, was der Mann tat, ging es um Profit. Geld war das, was seine Welt bewegte. Und wenn Geld das war, was nötig war, um David aus seinen Fängen zu befreien, dann war es das, was Dave anbieten würde. Wenn er die Chance bekäme, würde er dem Mann David, ohne zu zögern, abkaufen.

Er zwang sich, nicht an Raven zu denken, die irgendwo in dem großen Haus vor ihm wiederholt vergewaltigt worden war. Wie sie aus dem Fenster auf den schönen Rasen blickte und sich wünschte, sie wäre woanders. Es war zu schmerzhaft. So stolz er auf seine Frau auch war, in Dave brodelte immer noch eine Menge aufgestauter Wut. Jemand würde für das, was seine Frau durchgemacht hatte, bezahlen, und dieser Jemand war del Rio selbst. Irgendwie, auf irgendeine Weise würde der Mann bezahlen.

Als der Wagen zum Stehen kam, blickte Dave zu den Fenstern auf, aber überall waren die Gardinen zugezogen. Er hatte keine Ahnung, ob sich hinter diesen Vorhängen Frauen befanden. Gefangene, die Tag für Tag missbraucht und vergewaltigt wurden, ohne Hoffnung auf Rettung. Gab es noch weitere Amerikanerinnen? Weitere Frauen wie Bonita, Carmen und die anderen?

Er wusste, dass es wahrscheinlich war, und der Gedanke war abscheulich, aber Dave musste sich auf den Grund konzentrieren, warum er dort war.

Haltet durch, flehte er die Gefangenen im Stillen an. *Ich verspreche, ich werde Hilfe schicken. Ihr müsst nur noch ein bisschen durchhalten.*

Dave hatte ein schlechtes Gewissen, weil er in diesem Moment nichts für die Frauen tun konnte, die in diesem Haus gefangen waren und ein Leben führten, das sie sich in ihren schlimmsten Albträumen nicht hätten vorstellen können. Aber im Moment war er nicht einmal in der Lage, sich selbst zu helfen.

Er wurde aus dem Wagen gezerrt und fiel in der Einfahrt fast auf die Knie. Die Welt drehte sich und Dave spürte, wie ein Rinnsal von etwas, das er für Blut hielt, an seinem Hinterkopf herunterlief. Was auch immer man ihm übergezogen hatte, es hatte einigen Schaden angerichtet, aber er war am Leben.

Ihn nicht sofort zu töten würde del Rios Verhängnis werden.

»Wie habt ihr mich gefunden?«, fragte er die Männer, die ihn in Richtung des großen Hauses zerrten.

»Wir haben unsere Mittel und Wege«, erklärte der Mann mit der Waffe. »Del Rio ist hier ein Gott. Wenn ihr davon ausgegangen seid, dass du und deine Freunde uns nicht auffallen, seid ihr wirklich nichts weiter als dumme Amerikaner. Wir haben unsere Augen und Ohren überall.«

Verdammt. Dave und die anderen hatten mehr als einmal darüber spekuliert, warum del Rio seine Schläger nicht hinter ihnen hergeschickt hatte. Sie waren wachsam geblieben, nur für den Fall, aber der Mistkerl hatte gewartet, um ihn zu schnappen, als er allein und ohne Verstärkung war. Es war ein dummer Fehler von Dave gewesen, Raven abzusetzen, ohne dass einer aus seinem Team bei ihm war.

Er wurde die Treppe hinaufgeführt, zwei Flure entlang, vorbei an mindestens einem Dutzend Türen, die alle geschlossen waren, in eine große Bibliothek. An der rechten und linken Wand standen Bücherregale und hinter dem riesigen Schreibtisch in der Mitte des Raumes befand sich ein großes Fenster. Auf der polierten Holzoberfläche befand sich nichts. Vor dem Schreibtisch stand ein einzelner Holzstuhl mit gerader Rückenlehne, und ein Wächter winkte mit seiner Waffe, während ein anderer die Fesseln von Daves Handgelenken löste.

Er setzte sich, wie ihm befohlen wurde, denn die Alternative wäre gewesen, dass er hinfiel, und er wollte auf keinen Fall noch angreifbarer sein.

So sehr Dave es auch hasste, in diesem Haus, in diesem Gefängnis zu sein, so war er irgendwie froh darüber, dass er endlich mit del Rio sprechen konnte.

Zumindest hoffte er, dass dies der Fall wäre.

Er brauchte nicht lange zu warten, dann hatte er seine Antwort.

Die Tür schlug mit einem lauten Knall auf und prallte gegen die Wand. Dave zuckte auf seinem Stuhl zusammen. Die Bewegung tat seinem ohnehin schon schmerzenden Kopf nicht gut, aber er tat sein Bestes, um sich nicht anmerken zu lassen, wie sehr er ihm wehtat.

Drei Männer betraten den Raum. Zwei waren ganz in Schwarz gekleidet und der dritte war del Rio selbst. Es war offensichtlich, dass Dave nicht in der Lage sein würde, del Rio auf der Stelle zu töten. Nicht bei einer Überzahl von sieben zu eins. Aber seine Zeit würde kommen. Selbst wenn Dave nicht derjenige sein konnte, der den Abzug drückte und den Mann tötete, wusste er, dass es geschehen würde.

Dave hatte im Internet ein paar Bilder von del Rio gefunden, aber keines davon konnte das Böse einfangen, das vom Wesen des Mannes auszugehen schien. Er war nicht sonderlich groß, vielleicht so eins fünfundsiebzig. Er hatte braunes Haar und braune Augen. Seine Haut war dunkel und faltig. Del Rio wurde auf Anfang fünfzig geschätzt, und wenn Dave ihn ansah, musste er dieser Annahme zustimmen. Er trug eine Jeans, ein Pistolenholster um die Hüfte und ein langärmeliges, dunkelrotes Hemd mit Knöpfen, und er bewegte sich mit einem Elan, der von jahrelanger Arroganz und dem Durchsetzen seines eigenen Willens herrührte.

Er ging um den Schreibtisch herum und setzte sich auf den Stuhl. Ein Wachmann blieb an der Tür stehen und der andere ließ sich in der hinteren Ecke des Schreibtisches nieder, in der Nähe von del Rio. Die vier Männer, die Dave die Treppe hinaufgeschleppt hatten, blieben alle um seinen Stuhl herum stehen. Die Pistole war nicht mehr auf Daves Kopf gerichtet, aber er wusste zweifelsohne, dass er bei einer falschen Bewegung schneller eine Kugel in den Kopf bekommen würde, als er eine Hand heben konnte, um sich zu schützen.

Die Hände hinter dem Kopf verschränkt, lehnte del Rio sich zurück, als wäre er völlig unbekümmert. »Wer bist du und warum bist du hier?«, fragte del Rio auf Englisch.

Dave hatte nicht gewusst, ob der Mann Englisch verstand oder sprach, aber er persönlich war davon ausgegangen, dass er es konnte. Ein Mann konnte nicht so viel Macht haben, ohne zu wissen, wie man Menschen in mehr als einer Sprache bedroht. Es hätte ihn nicht gewundert, wenn der Mistkerl auch andere Sprachen beherrschte.

Es war auch eine schwachsinnige Frage. Del Rio wusste genau, wer er war und warum er hier war, zumindest zum Teil.

»Ich bin hier, um mir das zurückzuholen, was du mir gestohlen hast«, erklärte Dave ihm unverblümt, da er davon ausging, dass der Mann es zu schätzen wusste, wenn er gleich zur Sache kam.

Del Rio zuckte mit den Schultern. »Deine Frau hat mir in der Vergangenheit eine Menge Geld eingebracht, aber sie ist nicht mehr von Nutzen für mich«, sagte er träge. »Es hat mich nicht gestört, dass du dich mit ihr und ihren Freundinnen vergnügt hast. Aber jetzt hat sie Ärger gemacht ... und es ist an der Zeit, dass sie verschwindet.«

Das machte Dave noch wütender. Raven war mehr als nur ein Mittel zum Zweck, und del Rios Drohung gefiel ihm ganz und gar nicht. »Dann lass mich gehen und wir werden Peru auf Nimmerwiedersehen verlassen«, entgegnete Dave.

»Eigentlich wollten wir morgen abreisen, wenn du mich also einfach absetzen würdest, könnte ich meine Vorkehrungen treffen und dann wären wir weg.«

Del Rio lachte leise. »Das bezweifle ich stark«, erklärte er bedrohlich. »Schon gar nicht, wenn du offensichtlich Pläne zu haben scheinst, dir auch zu nehmen, was dir *nicht* gehört.«

Dave verengte die Augen zu Schlitzen. »Der Junge ist mehr mein Sohn, als du je wissen wirst.«

»Die Sache ist die«, erklärte del Rio, »ich habe Pläne für den Jungen.«

»Scheiß auf dich und deine Pläne«, stieß Dave hervor.

Aber der andere Mann ließ sich nicht beleidigen. Er lachte, lehnte sich nach vorn und stützte seine Ellbogen auf den Schreibtisch vor ihm. »Du hast mich doch noch gar nicht gefragt, wie meine Pläne aussehen.«

»Ich weiß alles über dich und deine verdammten Pläne«, erwiderte Dave.

»Ich glaube nicht, dass du so viel weißt, wie du zu wissen glaubst. Weißt du von dem Versteck, das ich besitze und das bis zum Rand mit den Kindern der Huren gefüllt ist, die für mich arbeiten? Soweit es die Regierung betrifft, ist es ein Waisenhaus, und ich bin ein Engel für diese armen, unerwünschten Kinder. Ich helfe ihnen, ein Zuhause zu finden, wo sie so lange geliebt werden, wie ihre neuen Familien sie haben wollen.«

Dave ließ sich nichts anmerken. Er weigerte sich, auch nur einen Funken Abscheu gegenüber dem bösen Mann vor ihm zu zeigen.

»Keine Reaktion darauf, was?«, fragte del Rio. »Wie wäre es dann damit – ich habe beschlossen, den kleinen David für mich zu behalten.«

Als er das hörte, konnte Dave nicht anders und zuckte zusammen.

Aber del Rio sah es und sein Lächeln wurde breiter. »Irgendwann werde ich einen Nachfolger brauchen. Jemanden, der meinen Platz einnimmt, wenn ich mich zur Ruhe setze. Und David mit seinen auffallend blauen Augen und seinem bezaubernden Grübchen war mir einfach zu schön, um ihn aufzugeben. Also habe ich ihn vor dem Leben bewahrt, das die anderen Gören führen. Er hat die beste Erziehung bekommen, die man für Geld kaufen kann. Er wird gebildet sein und ich habe seiner Mutter sogar erlaubt, ihn zu besuchen, um ihm Englisch beizubringen ... eine so nützliche Fähigkeit in meinem Beruf, findest du nicht auch?

Aber es ist Zeit, dass er nicht mehr verhätschelt wird. Er muss erwachsen werden. Er lernt langsam, dass ich das Sagen habe. In Kürze werde ich ihn in die Freuden der sexuellen Lust einführen. Er wird schnell lernen, dass es für ihn besser ist, genau das zu tun, was ich sage, als zu kämpfen. Ich hatte schon lange kein eigenes Spielzeug mehr und ich freue mich darauf, ihn dazu zu bringen, mir – und nur mir – zu Diensten zu sein.«

Dave wurde so schlecht, dass er sich am liebsten übergeben hätte. Del Rio hatte nicht nur vor, seinen Sohn zu missbrauchen, er würde ihn auch dazu erziehen, so böse zu sein wie er selbst.

Sie alle wussten, dass del Rio böse war, dass er sowohl Frauen als auch Kinder missbrauchte, aber das war zu viel.

Das würde nicht passieren. *Auf keinen Fall.*

»Ich sehe, dass das nicht deine Vorliebe ist, was auch eigentlich keine Rolle spielt«, fuhr del Rio mit einem Grinsen fort. »Lange Zeit habe ich mir einfach genommen, was ich wollte ... Arbeiterinnen für mein Anwesen hier, aber auch Kinder, um sie an anspruchsvollere Kunden zu verkaufen. Aber ich habe festgestellt, dass es viel einfacher ist, sich Frauen zu schnappen als Kinder. Die Leute machen sich mehr Sorgen um die Kleinen. Aber dann wurde mir klar, dass ich hier unter meinem Dach meine eigene Babyfabrik habe! Es ist profitabler, als du dir vorstellen kannst.«

»Ich kann zahlen«, erklärte Dave dem Mann. »Egal welchen Preis. Für den Jungen.«

»Hast du mir nicht zugehört?«, fragte del Rio kalt. »Ich will dein Geld nicht. Ich will den Jungen. Er wird erst mein Spielball sein, dann mein Nachfolger. Ich werde ihn dazu ausbilden, noch skrupelloser zu sein als ich selbst. Er wird schließlich mein Imperium übernehmen, und der Name del Rio wird in den kommenden Jahrzehnten mit Furcht und Ehrfurcht ausgesprochen werden.«

»Warum?«, fragte Dave angewidert. »Warum tust du das? Es gibt viele Frauen, die bereit sind, *freiwillig* im Sexgewerbe zu arbeiten. Die Frauen, die du hier einsperrst, haben Familien, die sie lieben. Sie hatten ein Leben, bevor du sie so rücksichtslos von allem, was sie kennen, weggerissen hast.«

»Weil ich es kann«, entgegnete del Rio schlicht. »Weil Frauen Abschaum sind. Sie öffnen ihre Beine für jeden, solange sie das bekommen, was sie wollen. Geld, Essen, Prestige. Sie sind *nichts*. Männer sind in jeder Hinsicht überlegen, und das müssen die Frauen lernen.«

Dave wusste daraufhin nicht, was er sagen sollte. Der Mann, der so ruhig vor ihm saß, war wahnsinnig. Nicht nur das, er hatte kein Fünkchen Mitgefühl.

»Ich werde nicht zulassen, dass du mir meinen Nachfolger, *meinen Sohn*, wegnimmst«, endete del Rio und hob das Kinn.

Dave sah das subtile Signal an einen der Männer, die hinter ihm standen, aber bevor er etwas dagegen tun konnte, wurde ihm ein Elektroschocker in die Seite gestoßen.

Dave stieß einen lauten Schrei aus und konnte seine Muskeln nicht mehr unter Kontrolle halten. Er fiel vom Stuhl auf den Boden, und noch immer hielt der Mann das Gerät an ihn gedrückt. Elektrische Ströme durchliefen seinen Körper und Dave konnte sich nur noch auf dem teuren Teppichboden winden.

Del Rio stand auf, der Stuhl, auf dem er gesessen hatte, knarrte, und er kam auf Dave zu, der sich vor Schmerzen zu seinen Füßen krümmte. Er konnte sich nicht wehren. Konnte nur zusehen, wie del Rio etwas zu den Wachen sagte. Dann drehte sich der berüchtigtste und übelste Sexhändler, dem Dave je begegnet war, ohne einen Blick zurück um und verließ die Bibliothek. Seine beiden Leibwächter folgten ihm ohne jegliche Gefühlsregung.

Die Männer, die ihn auf der Straße aus dem Wagen geholt hatten, unterhielten sich und sahen dann auf ihn herab. Einer von ihnen zog ein Messer hervor und Dave erschauderte, als es im hellen Licht des Raumes glänzte.

Dave schloss die Augen, als der eine Mann den Taser erneut gegen seinen Körper drückte, sodass er körperlich außer Gefecht gesetzt war und sich nicht schützen konnte.

Der andere Mann zog Daves Kopf zurück und entblößte seinen Hals.

Dave weigerte sich, die Augen zu schließen, und starrte den Mann an, der ihm am nächsten stand, während er gegen die lähmende Wirkung des Stroms ankämpfte, der durch seinen Körper floss.

Er dachte an Raven. Wie traurig sie sein würde, wenn er sie nicht mehr abholte.

Del Rio war der leibhaftige Teufel. Und Dave war nur ein Mann. Ein verzweifelter Mann, der alles tun wollte, um die Qualen in den Augen seiner Frau zu lindern ... aber jetzt würde er nie die Chance dazu bekommen.

———

Dave hatte keine Ahnung, wie spät es war, als er wieder zu Bewusstsein kam. Er lag anscheinend im Kofferraum eines Wagens, zumindest hatte er das Gefühl. Er hob eine Hand, berührte seinen Hals und zuckte zusammen, als er dort Blut spürte.

Aber er war am Leben. Was auch immer passiert war, während er bewusstlos gewesen war, es war nicht tödlich gewesen. Entweder waren die Männer inkompetent oder sie hatten vor, ihn weiter zu foltern, wenn sie dort angekommen waren, wo sie ihn hinbrachten.

Der Wagen wurde langsamer, dann hielt er an und Dave schloss die Augen und beschloss, so viele Informationen über seine Situation zu sammeln, wie er konnte, bevor er handelte. Ein Gestank, wie er ihn noch nie zuvor gerochen hatte, stieg ihm in die Nase, aber er bewegte sich nicht und reagierte auch sonst nicht.

Der Kofferraumdeckel ging auf und er hörte, wie sich zwei Männer auf Spanisch unterhielten. Nach ein paar Minuten spürte Dave, wie er gepackt wurde. Er hielt seinen Körper schlaff, sodass sein totes Gewicht sich nur schwer bewegen ließ. Die Männer grunzten und fluchten, während sie ihr Bestes taten, um ihn aus dem Kofferraum zu heben. Er hielt seine Muskeln locker und schaffte es, ein Stöhnen zu unterdrücken, als sie ihn schließlich einfach über den Rand des Kofferraums zogen und die Schwerkraft den Rest der Arbeit erledigen ließen. Sein Kopf schlug fest auf dem Boden auf, als er aus dem Wagen rollte.

Die Männer diskutierten noch ein wenig, dann packte

jeder von ihnen einen seiner Knöchel und versuchte, ihn irgendwohin zu ziehen. Der Boden, über den er geschleppt wurde, war uneben und feucht. Es roch nach einer Mischung aus verwesendem Fleisch und menschlichen Fäkalien. Trotzdem bewegte er sich nicht.

Mit einem letzten Grunzen einer der Männer ließen sie seine Knöchel los und seine Beine fielen wieder schlaff zu Boden. Dave bereitete sich darauf vor, aufzuspringen und zu kämpfen ...

Aber nichts geschah.

Als es klang, als würden sich die Männer entfernen, riskierte Dave es, die Augen zu öffnen, um seine Lage zu überprüfen.

Wenn die Männer zum Wagen zurückgingen, um eine Waffe oder etwas anderes zu holen, würde er sich bewegen müssen ... aber er zögerte. Er wollte aufspringen, sie angreifen und dann den Wagen stehlen, aber er fühlte sich benommen und krank, wahrscheinlich durch den Blutverlust und die Tatsache, dass sie ihn mit Strom vollgepumpt hatten.

Während er überlegte, ob er die Kraft für einen Überraschungsangriff hatte, sah Dave ungläubig zu, wie sie den Wagen starteten und wegfuhren.

Sie waren Idioten. Eingebildet und offensichtlich überzeugt davon, dass sie ihn getötet hatten oder dass er schließlich an dem sterben würde, was sie ihm bereits angetan hatten.

Sie hätten sichergehen sollen, dass sie den Auftrag zu Ende brachten, den man ihnen erteilt hatte.

Es war ein dummer Gedanke, aber Dave wusste, dass seine Mountain Mercenaries niemals einen solch kolossalen Fehler begangen hätten. Sie waren keine Mörder, wie er ihnen oft genug gesagt hatte, aber wenn sie gezwungen waren, jemanden auszuschalten, um einen Gefangenen zu befreien, würden sie verdammt sichergehen, dass der Job erledigt wurde.

Stöhnend schaffte Dave es, sich auf die Seite zu drehen. Er führte wieder eine Hand an seinen Hals und drückte auf die Messerwunde, die sich dort befand. Irgendwie hatten es die Mistkerle geschafft, es zu vergeigen, ihn zu töten, als er hilflos auf dem Boden lag, unfähig, sich zu wehren. Der neue Schnitt verlief senkrecht zu der Wunde, die er Jahre zuvor erhalten hatte. Dave konnte sich nur vorstellen, was die neue Narbe mit seinem ohnehin schon Furcht einflößenden Aussehen anstellen würde, aber darüber konnte er sich jetzt keine Gedanken machen. Er konnte nur daran denken, von dort wegzukommen, wo er sich jetzt befand, und seinen Sohn zu retten.

Als Dave die Augen öffnete, sah er, dass er in etwas geworfen worden war, das man nur als Müllhalde bezeichnen konnte. So weit das Auge reichte, gab es Haufen von Müll und Unrat. Der Gestank war entsetzlich, aber solange er am Leben war, hatte er eine Chance. Vögel flogen über ihm auf der Suche nach etwas Essbarem, und ihr Gekrächze war laut in der sonst so ruhigen Atmosphäre.

Dave versuchte, sich auf die Knie zu setzen, aber die Welt drehte sich wie verrückt um ihn herum. Fluchend fiel er flach auf sein Gesicht in den Matsch. Er rollte sich auf den Rücken und versuchte, sich zu orientieren und wieder zu Kräften zu kommen.

Er musste zurück in die Stadt. Zurück zu Raven. Er musste seinen Sohn retten, bevor del Rio ihn wegbringen oder seinen Plan ausführen konnte. Außerdem musste er herausfinden, wo sich dieses »Waisenhaus« befand; die anderen Kinder hatten das, was del Rio mit ihnen vorhatte, genauso wenig verdient wie David.

Was als einfache Reise begonnen hatte, um seine Frau zu finden und sie nach Hause zu holen, war komplizierter geworden, als Dave es sich je hätte vorstellen können.

Aber das spielte keine Rolle. Frauen und Kinder zu retten war die Aufgabe der Mountain Mercenaries, und egal, wie lange es dauerte oder wie viele bürokratische Hürden sie überwinden mussten, del Rio würde diese Schlacht nicht gewinnen. Er *würde* David mit nach Hause nehmen, und del Rio würde den Tag bereuen, an dem er sich mit seiner Familie angelegt hatte.

Aber zuerst ...

Dave schloss die Augen. Zuerst würde er sich eine Minute ausruhen und wieder zu Kräften kommen. Dann würde er aufstehen, den Weg zurück in die Stadt finden, seinen Sohn retten und dann aus Peru verschwinden.

KAPITEL ZWÖLF

Mags ging ungeduldig in Grays Zimmer auf und ab. Es war sechs Uhr abends und Dave war nicht zurückgekommen, um sie von ihrem Treffen mit David abzuholen. Sie war den ganzen Weg zurück zum Hotel gelaufen, in der Erwartung, ihn dort anzutreffen ... in der Erwartung, dass Dave sich dafür entschuldigen würde, dass er durch seine anderen Verpflichtungen aufgehalten worden war. Aber als sie ankam, war keine Spur von ihm zu sehen gewesen.

Gray hatte nicht einmal bemerkt, dass Dave verschwunden war, bis sie zum Hotel zurückkam und erklärte, dass er sie nicht abgeholt hatte.

Zara war in dem Zimmer mit Mags, zusammen mit Ro und Ball. Die anderen waren in einem anderen Zimmer und besprachen offenbar die nächsten Schritte und wie sie Dave finden sollten.

»Er hat mir gesagt, dass er Davids Pass besorgen will und dass wir hoffentlich morgen von hier verschwinden können«, erklärte Mags. »Was ist passiert? Wo steckt er? Ist David nicht mehr in Sicherheit?«

»Keine Panik«, erklärte Ro mit einer Stimme, die für Mags' Geschmack viel zu ruhig war.

»Keine Panik?«, fragte sie und wurde langsam hektisch. »Wie soll ich nicht in Panik geraten? Mein Mann hat mich nach all dieser Zeit endlich gefunden und wie durch ein Wunder akzeptiert, dass ich ein Kind habe, das nicht von ihm ist. Und jetzt ist er *verschwunden*. Das ist schlimm, Ro. Sehr schlimm. Del Rio ist buchstäblich verrückt. Wenn er Dave in die Finger bekommen hat, sind alle, die ich liebe, in Gefahr.«

»Dave ist vielleicht kein Soldat, aber er hat gute Instinkte«, beschwichtigte Ball sie. »Selbst wenn er in eine Situation geraten sollte, die aus dem Ruder läuft, kann er sich da wieder herauswinden.«

»Nicht, wenn jemand ihm in den Kopf schießt!«, rief Mags hysterisch.

Ro ging zu ihr hinüber, nahm ihre Hand und führte sie zu einem der Betten. Er setzte sie auf die Matratze und kniete vor ihr nieder. »Ich weiß, dass du noch nicht so lange bei uns bist, aber glaub mir, wenn ich sage, dass wir alles tun, um ihn zu finden und ihm zu Hilfe zu kommen.«

»Ihr wisst, wo er ist?«, fragte Mags.

Ro schüttelte den Kopf. »Nein. Aber Dave ist schlau. Verdammt, er hat uns geholfen, Hunderte von Einsätzen zu planen. Wenn er in Schwierigkeiten steckt, wird er einen Ausweg finden.«

Sie holte tief Luft. »Was ist also in der Zwischenzeit der Plan? Hier rumsitzen und darauf warten, dass Dave zurückkommt?«

Überraschenderweise lächelte Ro.

Mags sah ihn stirnrunzelnd an.

»Tut mir leid, Liebes, ich ... ich kann verstehen, warum Dave sich in dich verknallt hat. Du bist ein Mensch, der immer gleich zur Sache kommt, genau wie er. Jedenfalls ist der Plan, Dave zu finden, deinen Sohn zu holen und aus diesem Land zu verschwinden.«

Sie lächelte nicht einmal. »Wie?«

Ro stand auf und dann stand Ball vor ihr. »Meat setzt sich mit unseren Kontakten hier im Land in Verbindung, um uns zusätzliche Waffen zu besorgen. Wir haben schon welche, aber wir brauchen mehr Feuerkraft. Wir gehen zur Botschaft und finden heraus, ob Dave heute Morgen schon dort gewesen ist. Wenn nicht, besorgen wir uns Davids Pass, deinen und den der anderen Frauen. Der Plan ist, dass wir unser Zeug bereithalten, damit wir zum Flughafen fahren können, sobald wir Dave gefunden und deinen Sohn geholt haben. Wir haben ein Flugzeug gechartert und es ist bereit zum Abflug. Wir müssen der Crew nur eine Zeit nennen, und schon werden wir abgeholt und nach Hause gebracht.«

Mags runzelte die Stirn. »Ein Privatjet? Wem gehört der?«

»Das spielt keine Rolle. Die Mountain Mercenaries haben eine Menge Freunde in den Staaten. Freunde in hohen Positionen, die mehr als bereit sind, uns ein Flugzeug zu leihen, wenn wir dafür in ihrer Schuld stehen. Meat tut, was er kann, um Dave heute Abend zu finden, aber selbst wenn wir ihn nicht finden, werden wir morgen reingehen und David holen. Wir haben es satt zu warten.«

Sie atmete scharf ein und spürte, wie Zara ihre Schulter drückte. »Morgen?«

»Ja. Wir gehen im Morgengrauen rein, in der Hoffnung, dass dann vielleicht weniger Leute da sind. Dann können wir ihn hoffentlich schnappen und verschwinden, ohne dass Schüsse fallen. Aber selbst wenn es zu einem Schusswechsel kommen sollte, werden wir nicht ohne deinen Sohn gehen.«

»Aber was ist mit Dave?«, flüsterte sie, hin- und hergerissen zwischen der Freude darüber, dass sie endlich ihren Sohn ganz für sich haben würde, und dem Schmerz darüber, nicht zu wissen, was mit ihrem Mann passiert war.

»Wenn wir ihn nicht gefunden haben, bis du und David wieder hier seid, fahren du, dein Sohn, Gabriella, Zara und die Hälfte des Teams mit den anderen Frauen zum Flughafen und ihr fliegt von hier weg. Wir anderen drei bleiben, bis wir Dave gefunden haben.«

Mags schüttelte den Kopf. »Nein, ich will nicht ohne ihn abreisen.«

»Mags«, sagte Zara vorsichtig, »du musst David nach Colorado bringen. Del Rio kann ihm dort nichts anhaben. Je länger du hierbleibst, desto größer ist die Gefahr, dass er gefunden und wieder entführt wird. Und Dave würde uns in den Hintern treten, wenn wir nicht alles in unserer Macht Stehende tun würden, um dich nach Hause zu bringen, mit oder ohne ihn.«

Mags ließ die Schultern sinken und sackte in sich zusammen. Gott, was für eine furchtbare Entscheidung. Ihr Sohn oder ihr Mann?

»Mags«, sagte Ball leise, »sieh mich an.«

Mags blickte auf und sah in die durchdringenden blauen Augen des Mannes. »Dave ist einer von uns. Er gehört zum Team. Verdammt, er ist unser Anführer. Er ist unzählige Male für uns da gewesen. Selbst wenn er nicht *persönlich* an den Missionen teilgenommen hat, ist er trotzdem immer für uns da gewesen. Er gibt sich alle Mühe, um dafür zu sorgen, dass wir die nötigen Informationen bekommen, und tritt uns in den Hintern, wenn es nötig ist. Wir werden nicht ohne ihn gehen. Ich gebe dir mein Wort als Mountain Mercenary, dass wir deinen Mann zu dir nach Hause bringen werden. Einverstanden?«

Mags nickte zögernd. Es gefiel ihr nicht, aber sie musste darauf vertrauen, dass Daves Männer wussten, was sie taten.

»Gut. Und du hast ja noch gar nichts gegessen. Du weißt, dass Dave sich ärgern würde, wenn du nichts isst. Also versuch bitte, etwas zu essen. Ich will nicht, dass dein Mann mir wehtut, wenn er zurückkommt und denkt, wir hätten uns nicht um dich gekümmert.«

Das brachte Mags ein wenig zum Lächeln. Sie drehte sich um und lächelte auch Zara an, dann holte sie tief Luft. Als Ro ihr ein Sandwich und eine Dose Limonade reichte, dachte sie bei sich: *Ich hoffe, du bist nicht tot, Dave. Dein Sohn und ich brauchen dich zu dringend.*

Dave fühlte sich wie eine wandelnde Leiche. Die Haare in seiner Nase waren wahrscheinlich von den schrecklichen Gerüchen, die von den Müllbergen um ihn herum ausgingen, versengt. Er hatte keine Ahnung, wie spät es war, aber der abnehmende Mond leuchtete schwach und nur ein Hauch von Licht zeigte an, dass die Sonne bald aufgehen würde.

Angesichts der Tatsache, dass er am Morgen zuvor entführt und dann im Nirgendwo ausgesetzt worden war, als die Sonne schon hoch am Himmel stand, wusste er, dass er stundenlang ohnmächtig gewesen war.

Jedes Mal wenn er den Kopf drehte, schoss ein dumpfer Schmerz von der Wunde an seinem Hals durch ihn hindurch. Dave streckte eine Hand aus und untersuchte vorsichtig die Wunde. Er hatte keinen Spiegel, aber nach dem zu urteilen, was er erkennen konnte, schien die Wunde ziemlich oberflächlich zu sein, und die Blutung hatte fast aufgehört. Das Messer war entweder stumpf gewesen oder

der Kerl, der es geführt hat, war ein verdammter Anfänger im Aufschlitzen von Kehlen.

Sein Hemd war noch feucht und klebrig vom Blut, aber er lebte. Del Rio hatte es vermasselt. Er hätte dafür sorgen sollen, dass seine Kumpane ihn umbrachten.

Dave setzte sich langsam auf, um sein Gleichgewicht zu testen, und sah sich um.

Sein Kopf pochte und er fühlte sich etwas schwach, aber das lag wohl an dem Blut- und Flüssigkeitsverlust. Er hatte noch seine Kleidung und Schuhe an, aber in seinen Taschen war nichts mehr, und sowohl die Scheide, die er am Knöchel getragen hatte, als auch das Messer, das sich darin befand, waren verschwunden. Dave war einen Moment lang stinksauer, bis er sich umsah. Er war von Müll umgeben, darunter riesige Glasscherben, verschiedene Metallstangen ... er entdeckte sogar ein zerbrochenes und verbogenes Steakmesser. Er hatte also eine Menge Waffen zur Auswahl.

Als er bemerkte, dass er auch noch seinen Gürtel trug, lächelte Dave. Er hatte ihn vor Jahren auf einer Reise-Webseite gekauft. Er hatte eine praktische, versteckte Reißverschlusstasche auf der Innenseite, in der er für den Fall der Fälle ein wenig Bargeld versteckt hatte.

Er fühlte sich besser, weil er wusste, dass er nicht unbewaffnet sein würde und nur noch laufen musste, bis er ein Taxi anhalten konnte, und richtete sich langsam und vorsichtig auf. Nach ein paar Momenten holte er tief Luft und stellte fest, dass er sich verdammt gut fühlte, wenn man bedachte, dass er schon wieder fast getötet worden war.

Er hatte verdammtes Glück gehabt, aber anstatt sich triumphierend zu freuen, dass er überlebt hatte, wurde er von Sekunde zu Sekunde wütender. Er hatte eine Frau und ein Kind, an die er jetzt denken musste – und er hatte es vermasselt. Er hätte aufmerksamer sein müssen. Er hätte wissen müssen, dass del Rio ihm auf die Schliche kommen und etwas unternehmen würde, um das zu schützen, was er als seine »Investitionen« betrachtete. Er hatte seinen Sohn ins Visier genommen und möglicherweise auch Raven.

Er musste zurück in die Stadt und zu seinem Team. Aber noch wichtiger war, dass er zu seinem Sohn gelangen musste, bevor er verlegt oder von del Rio weiter missbraucht wurde.

Der Gedanke an del Rios Pläne ließ den Schmerz in seinem Nacken verschwinden. Jetzt spürte er nur noch Entschlossenheit, seinen Sohn aus dem Land und nach Hause nach Colorado zu bringen, wo er in Sicherheit wäre. Er würde Vorkehrungen treffen, um sich um del Rios Operation zu kümmern, sobald sie sicher außerhalb seiner Reichweite waren.

Dann konnten Dave und Raven endlich ihr Leben als Familie beginnen, wie sie es sich immer erträumt hatten.

Ein Geräusch holte ihn aus seinem Nebel der Wut. Dave schaute in die Richtung, aus der es kam, und sah einen einsamen Scheinwerfer auf die Müllkippe zukommen. Ein Motorrad oder ein Motorroller.

Lächelnd griff Dave nach unten und hob ein Rohr auf, das vermutlich aus einer Küchenspüle stammte, sowie das verbogene Messer, das er vorhin entdeckt hatte. Er entfernte sich so schnell und leise wie möglich von dem Ort, an dem er aufgewacht war, und versteckte sich hinter einem Haufen verrottenden Mülls. Er nahm den Gestank nicht einmal mehr wahr. Er konzentrierte sich ganz auf den Mann, der auf die Müllkippe zukam.

Der Mann parkte den großen Motorroller – und Dave erkannte ihn sofort. Es war der Wachmann, der so vergnügt ausgesehen hatte, als sein Kumpel ihn mit dem Elektroschocker bearbeitet hatte, und der ihm den Hals aufgeschlitzt hatte.

Wütend wusste er, dass er das Leben dieses Mannes leicht hier und jetzt beenden könnte, ohne auch nur einen Funken Reue zu empfinden ... aber das würde er nicht tun. Dave war kein Mörder.

Aber das bedeutete nicht, dass er den Mann nicht genauso verletzen konnte, wie er *ihn* verletzt hatte.

Er verlagerte seinen Griff um das Messer und stellte sich genau vor, was er gleich tun würde. Dave wusste nicht, warum der Mann zurückgekommen war, vielleicht um sich zu vergewissern, dass er tot war, aber er hatte nicht vor, einem geschenkten Gaul ins Maul zu schauen. Er hatte die Chance, sich zu rächen, und gleichzeitig von der Müllhalde wegzukommen. Er hatte auch keine Ahnung, wo der andere Wachmann war oder ob er sich zu seinem Freund gesellen würde, um die Arbeit zu beenden, die sie eigentlich schon hätten erledigen sollen.

Der Mann ging direkt zu der Stelle, an der er und sein Freund Dave am frühen Nachmittag verlassen hatten. Als er ihn nicht fand, knurrte er etwas Wütendes auf Spanisch.

Dave schlich sich schnell von hinten an ihn heran und legte einen Arm um den Hals des kleineren Mannes, bevor dieser überhaupt merkte, dass er nicht allein war.

»Überraschung, Mistkerl«, zischte Dave ohne Rücksicht darauf, dass der Mann ihn nicht verstehen konnte.

Der Wachmann zappelte in seinem Griff, aber Dave wollte nicht zulassen, dass der Mann die Oberhand gewann. Er drückte dem Mann sein Messer an die Kehle und schlitzte ihn schnell von Ohr zu Ohr auf.

Del Rios Mann schrie und zappelte in seinem Griff, sodass der Schnitt tiefer war, als Dave geplant hatte. Er wollte den Mann nur erschrecken, ihm eine Narbe verpassen, die ihn für immer an den Amerikaner erinnern würde, den er hätte töten sollen, es aber nicht getan hatte. Der Mann hob die Hände an seine, als Dave ihn herumwirbelte. Bevor er sich wehren konnte, schlug Dave ihm mit aller Wucht die Faust ins Gesicht. Er ging zu Boden wie ein Stein.

Der Mann lag bewusstlos auf demselben Haufen Scheiße und Müll, auf dem er Dave zuvor zurückgelassen hatte. Schnell durchsuchte Dave seine Taschen und nahm das wenige Geld, das er fand, zusammen mit dem Schlüssel für den Motorroller. Dann stand er auf, spuckte den Mann an und drehte ihm ohne einen zweiten Blick den Rücken zu. Er machte sich keine großen Sorgen um den Kerl. Wenn er verblutete, verblutete er ... ihm war es egal. Jetzt zählten nur noch seine Frau und sein Kind.

Dave hatte keine Ahnung, wo er war oder wie er zurück zum Hotel kommen sollte, aber er würde es herausfinden. Der Himmel wurde bereits heller und je länger er brauchte, um zurück zu Raven und zu David zu gelangen, desto größer war die Gefahr für sie alle.

Dave hatte das ungute Gefühl, die Bestie geweckt zu haben, und es bestand die Möglichkeit, dass del Rio seinen Sohn bereits verlegt hatte. Der Gedanke daran ließ ihm das Blut in den Adern gefrieren, aber es bestärkte ihn nur in seiner Entschlossenheit. Niemand legte sich mit dem Anführer der Mountain Mercenaries an. Niemand.

Mags war nervös. Es war jetzt Morgen und von Dave gab es immer noch keine Spur. Aber es war an der Zeit für sie, ihren Sohn zu besuchen.

Daves Team hatte vor, an diesem Morgen das Haus zu stürmen, in dem David festgehalten wurde. Sie war nicht begeistert von dem Gedanken, dass ihr Sohn wahrscheinlich traumatisiert sein würde, weil er aus dem Haus entführt wurde, in dem er sein ganzes Leben verbracht hatte, aber es war wichtig, ihn von del Rio wegzubringen.

Heute war keiner der Tage, an denen sie David besuchen wollte. Sie wollte an die Tür klopfen, unter dem Vorwand, dass sie von jemandem aus dem Barrio informiert worden war, dass del Rio ihre Anwesenheit im Haus verlangt hatte. Sobald ihr die Tür geöffnet wurde, würde das Team das Haus stürmen und ihren Sohn retten.

Sie saßen alle sieben dicht gedrängt im Minivan und Black hatte ihr gerade gesagt, sie solle so tun, als sei nichts Besonderes los, und alles tun, um keinen Verdacht zu erregen. Dem Team würde es wahrscheinlich auch gelingen hineinzukommen, wenn die Tür nicht für sie geöffnet wurde, aber es würde länger dauern, und del Rios Schläger im Haus könnten diese Zeit nutzen, um David zu verletzen.

»Irgendwelche Fragen?«, fragte Black.

Sie schüttelte den Kopf. »Nein.«

»Okay, versuche, ruhig zu bleiben. Dir und David wird nichts passieren, das schwöre ich«, erklärte er.

Mags wusste seine beruhigenden Worte zu schätzen. Das Team war offensichtlich angespannt und die Männer sahen verdammt gefährlich aus, aber sie fühlte sich in ihrer Nähe sicher. Einen Moment lang wünschte sie sich, sie könnte im Wagen bleiben, aber dann atmete sie tief durch und straffte die Schultern. David würde sich zu Tode ängstigen, wenn sie nicht da war und er von fremden Männern gepackt wurde. Sie musste dafür sorgen, dass er ruhig blieb.

»Ich schaffe das schon«, erwiderte sie, allerdings mehr, um sich selbst Mut zu machen, als zu den anderen, aber natürlich hörten sie sie trotzdem.

»Verdammt richtig.«

»Natürlich schaffst du das.«

»Verflucht, ja.«

Mags konnte nicht anders, als über ihre Antworten zu lächeln. Sie mochte diese Männer. Sie waren zwar etwas rau, aber sie liebten offensichtlich ihre Freundinnen und Ehefrauen und scheuten sich nicht, das zu tun, was getan werden musste, um die Schwächeren zu beschützen.

Sie stieg aus dem Wagen und ging den halben Kilometer die Straße hinunter zu dem Haus, in dem David festgehalten wurde. Sie wusste, dass die Freunde ihres Mannes ihr in einem sicheren und diskreten Abstand folgten. Das gab ihr das Gefühl, nicht so allein zu sein, und stärkte ihren Mut. Sie konnte das schaffen. Sie war *dabei*, es zu tun. Sie war schon viel zu lange nicht aufmerksam genug gewesen. Es war an der Zeit, ihr Leben zurückzuerobern, und das ihres Sohnes gleich mit. Die Sorge um ihren Mann nagte noch immer an ihr, aber im Moment musste sie sich auf David konzentrieren. Sie hasste es, sich entscheiden zu müssen, aber sie wusste auch, dass er ihr sagen würde, sie solle David an erste Stelle setzen.

Sie ging zum Tor an der Vorderseite des Hauses und klingelte, wartete darauf, dass jemand die Tür aufmachte, und ging ihre vorbereitete Rede noch einmal im Kopf durch. Als nichts geschah, runzelte Mags die Stirn und drückte noch einmal auf den Knopf.

Einige Minuten später stand sie immer noch vor dem verschlossenen Tor. Niemand hatte auf das Läuten der Glocke reagiert.

Unbehagen machte sich in ihrem Bauch breit und sie drückte immer wieder verzweifelt auf den Knopf. Als immer noch niemand antwortete, spähte sie zwischen den schmiedeeisernen Gitterstäben des Tores hindurch und rief auf Spanisch: »Hallo? Ist da jemand?«

Sie sah keine Bewegung im Haus. Es brannte kein Licht und aus dem Schornstein stieg auch kein Rauch auf.

In ihrer Verzweiflung griff sie nach dem Gitter und zerrte daran.

Zu ihrer Überraschung bewegte sich das Tor.

Als Mags hinunterschaute, stellte sie fest, dass es nicht verschlossen war. Sie stieß es auf und erschrak, als es mit Leichtigkeit aufschwang.

Sie machte einen Schritt auf das Haus zu, um zu sehen, was da los war, aber jemand hielt sie am Oberarm fest.

Panisch wirbelte Mags herum und zielte mit der Faust ungefähr auf die Stelle, an der sie den Kopf der Person vermutete.

Gray fing ihren Schlag in seiner Handfläche ab. »Ganz ruhig, Raven, ich bin's nur.«

»Gray! Hier ist niemand«, rief Mags. »Sie sollten hier sein!«

»Ich weiß. Wir sind an der Sache dran. Bleib ruhig.«

Ruhig bleiben? Wie zum Teufel sollte sie ruhig bleiben? Erst war Dave verschwunden und jetzt schien es, als sei auch David verschwunden. Mags tat ihr Bestes, um ihre wachsende Panik zu kontrollieren. Gray nickte jemandem hinter ihr zu und sie zuckte kaum zusammen, als sie spürte, wie jemand anderes ihren Arm ergriff. Vor zwei Wochen wäre sie ausgeflippt, wenn jemand sie so gepackt hätte, wie diese Männer es taten, aber sie wusste, dass ihr Mann ihnen sein Leben anvertraut hatte. Sie hatte keine Angst vor ihnen. Im Moment hatte sie mehr Angst um ihren Sohn.

Es war Meat, der jetzt bei ihr war. Als sie sich umdrehte, war Gray verschwunden.

»Wo ist er hin?«, flüsterte sie.

»Gray ist ein Geist«, antwortete Meat, als führten sie ein ganz normales Gespräch an einem ganz normalen Tag. »Von uns allen hat er die unglaubliche Fähigkeit, sich in seine Umgebung einzufügen und praktisch mit ihr zu verschmelzen. Was seltsam ist, wenn man bedenkt, wie groß er ist, aber es ist wahr.«

Er zog sie von der Straße weg und direkt hinter das Tor, sodass sie nicht von vorbeigehenden Passanten gesehen werden konnten. Er ließ seine Hand zu ihrer Hand gleiten und hielt sie fest. Es hätte sich komisch anfühlen müssen, mit einem Mann Händchen zu halten, der nicht ihr Ehemann war, aber im Moment konnte Mags jeden Trost gebrauchen, den sie bekommen konnte.

»Die anderen gehen rein und sehen nach, was los ist«, erklärte Meat leise. »Falls David dort ist, werden sie ihn zu dir bringen.«

Falls er da war. Sie sah zu dem großen Mann auf, der neben ihr stand. »Oh Gott, Meat, er muss da sein.«

»*Pst*, Raven. Mach dich jetzt nicht unnötig verrückt.« Dann sah er zu ihr hinunter. »Ich schwöre dir hier und jetzt, wenn er verlegt worden ist, *werden* wir ihn finden.«

Alle sagten ihr das immer wieder, aber sie hatte keine Ahnung, wie sie es anstellen sollten. Gedanken an Zara und daran, wie sie von klein auf in Peru auf sich allein gestellt war, schossen Mags durch den Kopf.

Als könnte er ihre Gedanken lesen, sagte Meat: »Er wird nicht ohne seine Mutter aufwachsen müssen. Darauf gebe ich dir mein Wort.«

Zweifellos war es die beste Entscheidung, die Mags seit Jahren getroffen hatte, diesen Mann zu retten, als er zusammengeschlagen und blutend im Barrio lag. Damals hatte sie kaum etwas über ihn gewusst; eigentlich nur, dass er in einen Hinterhalt geraten und verletzt worden war, als er mit seinem Team in Lima war, um Kinder zu retten.

Sie hätte ignorieren können, was Ruben und seine

Bande vor ihrer Hütte taten. Sie hätte ihren Freundinnen sagen können, sie sollten sich ruhig verhalten und sich nicht einmischen. Sie hatte ihren Glauben daran verloren, dass alles aus einem bestimmten Grund geschah. Wie konnte sie glauben, dass es einen Grund dafür gab, dass sie entführt und gegen ihren Willen festgehalten worden war und dass man sie gezwungen hatte, abscheuliche Dinge zu tun?

Doch als sie an der Wand stand und darauf wartete, dass die Männer ihres Mannes aus dem Haus kamen, hoffentlich mit ihrem Sohn, kehrte ihr Glaube stärker als je zuvor zurück. Ja, sie hatte die Hölle durchlebt, aber sie hatte einen Sohn. Sie hatte sich immer ein Kind gewünscht, und auch wenn sie es nicht so bekommen hatte, wie sie es sich erträumt hatte, war er doch da, und sie liebte ihn mehr, als sie sich hätte vorstellen können, als sie davon träumte, Mutter zu werden. Und nicht nur das, sondern ihr Mann hatte sie gefunden.

Und genau der Mann, dessen Leben sie zusammen mit den anderen gerettet hatte, stand jetzt neben ihr und schwor, dass er ihren Sohn finden würde, wenn er nicht mehr da war. Das brachte sie fast zum Weinen.

Sie sahen schweigend zu, wie die Lichter im Haus an- und ausgingen. Dann gingen die Männer langsam zur Vordertür hinaus, als würde ihnen das Haus gehören.

Mags' Kehle war wie zugeschnürt.

Arrow war der Erste, der sie und Meat erreichte. »Es ist leer. Niemand ist da.«

»Niemand?«, hakte Mags nach.

»Nein, niemand«, entgegnete Arrow und sah sie voller Mitgefühl an.

Mags wurde schwindelig und sie schloss die Augen. Sie spürte, wie ihr jemand die Hände auf die Schulter legte, und sofort öffnete sie die Augen wieder. Es gefiel ihr nicht, sich bedrängt zu fühlen, aber sie rührte keinen Muskel.

»Sie sind noch nicht so lange weg«, erklärte er Arrow. »Auf dem Tisch stand eine Tasse Tee, die noch lauwarm war. Was auch immer del Rio geplant hat, ich schätze, es braucht Zeit. Und alles an diesem leeren Haus fühlt sich an, als wäre es im Eiltempo gemacht worden, also wird er nicht sofort etwas mit David unternehmen. Wir haben Zeit, um del Rio sowohl physisch als auch online aufzuspüren. Wir werden deinen Sohn finden.«

Es schien, als wären die Männer ihres Mannes alle auf derselben Wellenlänge. Sie versicherten ihr immer wieder, dass sie ihren Sohn und ihren Mann finden würden. Und für sie war es wichtig, dass sie es ihr sagten.

Dann führte Meat, der immer noch ihre Hand hielt, sie aus dem Innenhof und zurück zum Wagen. Mags konnte sich nicht daran erinnern, wie sie in den Wagen gestiegen oder zum Hotel zurückgefahren war. Sie wurde sich erst bewusst, wo sie war, als Zara sie in die Arme nahm und sie fest an sich drückte und sie sich wieder in dem Zimmer aufhielt, in dem sie gemeinsam mit Dave übernachtet hatte.

Danach war alles nur noch verschwommen. Die Männer versammelten sich alle im Zimmer und ließen sie nicht einen Augenblick allein. Meat saß über seinen Computer gebeugt da und seine Finger flogen über die Tasten, und die anderen unterhielten sich leise in einer Ecke und planten offensichtlich, was sie als Nächstes tun sollten. Maria, Gabriella und die anderen Frauen huschten rein und raus, kümmerten sich um sie und versuchten, sie zu beruhigen.

Es war fast Mittag, als die Zimmertür plötzlich aufgestoßen wurde.

Mags erschrak und drei der Jungs sprangen sofort auf und stellten sich zwischen die Tür und sie, wo sie auf einem

Stuhl an der Wand saß. Ihr Beschützerinstinkt hätte sie normalerweise beruhigt, aber als sie Black scharf einatmen und »Dave!« sagen hörte, sprang sie auf.

Sie drängte sich zwischen die Männer und starrte ihren Mann ungläubig an.

Sein Haar war zerzaust und er roch absolut entsetzlich. Aber es war das Blut, das die Vorderseite seines Hemdes durchtränkt hatte, bei dessen Anblick sie vor Entsetzen zusammenzuckte.

»Verdammt, Mann, bist du in Ordnung?«, fragte Ball.

»Wo zum Teufel hast du gesteckt?«, fuhr Gray ihn an.

»Setz dich hin, bevor du umfällst«, fügte Black hinzu.

Aber Dave ignorierte seine Freunde. Er hatte nur Augen für Mags.

Sie hielt den Atem an, als er auf sie zustürmte. Sie hatte sich noch nie vor ihrem Mann gefürchtet, aber der Ausdruck in seinen Augen jagte ihr für einen Moment Angst ein. Er war nicht mehr der lustige, sanfte Mann, den sie während der vergangenen zwei Wochen wieder neu kennengelernt hatte.

An seine Stelle war ein Krieger getreten. Ein stinksaurer, absolut wütender Soldat.

Er ging auf sie zu und machte nur Zentimeter von ihr entfernt halt. Mags musste den Hals recken, um Blickkontakt zu halten. »David ist weg«, flüsterte sie dem einzigen Mann zu, den sie je geliebt hatte. »Wir wollten ihn heute holen, aber als wir ankamen, war das Haus leer.«

Ein Muskel in Daves Kiefer zuckte. »Del Rio wird es bitter bereuen, sich mit meiner Familie angelegt zu haben. Ich schwöre bei Gott, er wird genau wissen, wer sein Leben ruiniert hat und warum.«

Daves Worte waren hart und kalt, und doch konnte Mags den Hass in seinen Augen brennen sehen.

»Okay«, sagte sie, wollte ihn beruhigen, wusste aber nicht so recht wie.

Ohne den Blick von ihr abzuwenden, sagte er: »Meat, ich möchte, dass du del Rios Bankkonten auf große Einzahlungen überprüfst. Er hat irgendwo ein Haus voller Kinder, das er als Waisenhaus ausgibt. Wir müssen alle Einzahlungen aufspüren und unsere Kontakte hier in Peru dazu bringen, die Spuren zu verfolgen. Sie werden garantiert zu reichen, hochrangigen Mistkerlen führen, die plötzlich Kinder bekommen haben, die sie angeblich adoptiert haben.«

»Ich nehme an, sie tun das nicht aus reiner Herzensgüte«, murmelte Gray.

»Nein«, erklärte Dave ohne Umschweife. »Sie haben die Kinder von del Rio gekauft, um ihre perversen sexuellen Fantasien auszuleben.«

Mags schnappte nach Luft. Viele wussten bereits, dass del Rio mit Kindern handelte, aber die Information über das »Waisenhaus« war unfassbar und zeigte, was für ein Mistkerl del Rio wirklich war.

»Ich bin dran«, erklärte Meat hinter ihnen. »Irgendeine Ahnung, wie viele?«

»Keinen Schimmer. Aber ich schätze, es ist eine verdammt hohe Zahl. Mädchen und Jungen. Wir müssen auch dieses sogenannte Waisenhaus finden. Verhindern, dass weitere Kinder verkauft werden.«

Meat nickte, antwortete aber nicht. Er war bereits damit beschäftigt, auf seiner Tastatur herumzutippen.

»In dem Haus, in dem David festgehalten wurde, herrschte das reinste Chaos«, bemerkte Gray in einem kontrollierten, aber hitzigen Ton. »Wir vermuten, dass es sehr schnell gehen musste. Wahrscheinlich wegen dem, was mit dir passiert ist. Was *ist* denn passiert?«

»Del Rio ist in Panik geraten«, bemerkte Dave. »Und das sieht ihm gar nicht ähnlich.«

»Ja«, stimmte Gray ihm zu.

»Ich vermute, er hat meinen Sohn irgendwo versteckt. Vielleicht bei den anderen Kindern ... zumindest vorläufig. Ich bezweifle, dass er es riskieren wird, David auf sein Grundstück zu bringen, solange die Mountain Mercenaries noch in der Stadt sind.« Und wenn möglich, sah Mags noch mehr Entschlossenheit in den Augen ihres Mannes. »Wir machen uns heute Abend auf den Weg, sobald wir wissen, wo del Rio die Kinder versteckt hat ... und hoffentlich auch David.«

Die Männer stimmten zu, und alle außer Meat machten sich auf den Weg zur Tür.

»Zara?«, fragte Dave.

»Ja?«

»Kannst du dich bitte mit Daniela in Verbindung setzen? Sie muss die Ohren offen halten, wenn irgendetwas mit unbekannten Kindern zu tun hat, die plötzlich in Gegenden auftauchen, in denen sie vorher nicht waren, nur für den Fall, dass Meat nichts finden kann.«

»Okay, aber Dave? Kann ich sie bitten, hierherzukommen und dich zu untersuchen?«, fragte Zara.

Mags sah die Verwirrung auf dem Gesicht ihres Mannes, und er sah schließlich von ihr weg zu Zara. »Warum?«

»Du bist blutverschmiert und ich glaube, du blutest immer noch«, erwiderte Zara leise.

»Mir geht es gut«, erklärte Dave abweisend und drehte sich wieder zu Mags um.

»Aber ...«

»Ich mache das schon«, bemerkte Mags nachdrücklich und legte eine Hand auf Daves Bizeps. Sie fühlte sich stärker, jetzt, da ihr Mann zurück war und sie ihn berühren konnte. Es war ja nicht so, dass sie den anderen nicht geglaubt hätte, als sie sagten, sie würden David finden, aber sie wusste ohne Zweifel, dass Dave jeden Stein umdrehen würde, um ihn zu ihr zurückzubringen. Er hatte *sie* gefunden; er würde auch ihren Sohn finden.

»Wie du willst«, sagte Zara in einem Ton, der sagte, dass sie alles andere als damit einverstanden war. Dann drehte sie sich um und ging auf die Tür zu.

Mags hörte kaum, wie sich die Tür hinter Zara schloss, bevor Dave nach ihrer Hand griff und seine Finger mit ihren verschränkte. Er zog sie in Richtung Badezimmer.

»Dave?«, rief Meat, bevor sie dort ankamen.

»Ja?«

»Was genau ist passiert?«

Dave setzte sich erneut in Bewegung. »Deine Aufgabe ist es, eine Spur für mich zu finden, und ich erkläre dir alles später, wenn alle wieder da sind.«

Offenbar war das alles, was Dave seinem Freund zu sagen bereit war, denn er betrat das Badezimmer, ohne Mags' Hand loszulassen, und schloss die Tür hinter sich.

Er zog sie zu sich heran, während er sich auf den Toilettensitz setzte. Dann ließ er ihre Hand los und beugte sich vor, bis seine Stirn auf ihrem Bauch ruhte.

Überrascht reagierte Mags nicht sofort. Erst als sie spürte, wie Dave schwer ausatmete, fragte sie leise: »Dave?«

»Es tut mir leid«, flüsterte er.

»Was denn?«

»Mir hätte auffallen müssen, wie die Jungs sich an mich herangeschlichen haben. Es war ein Anfängerfehler, mich von ihnen überrumpeln zu lassen, nachdem ich dich abgesetzt hatte.«

Mags konnte kaum noch atmen. »Del Rios Männer?«

»Ja. Er ist ein eiskalter Mistkerl«, erklärte Dave, ohne

den Kopf zu heben. »Ich war so verzweifelt, dass ich ihm angeboten habe, ihm unseren Sohn abzukaufen, aber so sehr er auch das Geld liebt, er wollte mich lieber leiden sehen.«

Dave blickte auf und Mags zuckte zusammen, als sie sah, dass aus der Wunde an seinem Hals etwas Blut sickerte.

»Er hat furchtbare Pläne für ihn«, sagte ihr Mann mit so viel Wut in der Stimme, dass sie hätte Angst haben müssen. Aber weil es ja nur eine Reaktion darauf war, dass ihr Sohn in Gefahr war, empfand sie keine Furcht. »Er will ihn zu seinem Ersatz großziehen. Unseren Sohn verderben und ihn in ein Monster verwandeln.«

Mags atmete scharf ein und legte eine Hand auf ihren Mund. Sie wusste, dass del Rio böse war ... aber sie hatte keine Ahnung gehabt, was er mit David vorhatte. Es tat körperlich weh, daran zu denken, dass er vorhatte, ihren zarten, liebevollen Sohn in einen eiskalten, herzlosen Mistkerl zu verwandeln.

»Aber er hat einen Fehler gemacht«, bemerkte Dave.

»Und der wäre?«, flüsterte Mags.

»Er hat sich mit den Mountain Mercenaries angelegt. Wir werden jedes einzelne dieser Kinder finden, sie von ihm wegbringen und dabei seine gesamte Organisation ruinieren. Und wir werden David aus seinen Fängen befreien. Er wird nie wie del Rio werden. *Niemals*.«

Mags glaubte ihrem Mann jedes Wort. Die Überzeugung und Zuversicht waren in seiner Stimme deutlich zu hören. Sie hatte immer noch Todesangst, weil ihr kleiner Junge irgendwo da draußen war, aber sie glaubte an ihren Dave. Er würde alles tun, um ihr ihren Sohn zurückzubringen. Und die Tatsache, dass er so wütend auf den Mann war, der beinahe ihr ganzes Leben ruiniert hätte, zusammen mit der Tatsache, dass er voller Hass schwor, für seinen Untergang zu sorgen, brachte sie dazu, nur noch mehr an ihn zu glauben, obwohl oder gerade, weil er blutverschmiert war und wie jemand roch, den man buchstäblich durch einen Haufen Müll gezogen hatte.

Sie schluckte und führte ihre Hände zu den Knöpfen von Daves Hemd. Langsam begann sie, einen nach dem anderen zu öffnen.

Noch bevor sie beim letzten angekommen war, nahm Dave ihre Hände in seine und sagte: »Warte draußen im Zimmer. Ich dusche und bin in fünf Minuten wieder da.«

Sie schüttelte den Kopf. »Nein. Lass mich nach deiner Verletzung sehen.«

»Es ist alles in Ordnung.«

Mags schüttelte den Kopf. »Halt die Klappe, Dave. Es ist *nicht* alles in Ordnung. Du blutest hier alles voll. Ich werde mir das ansehen und dafür sorgen, dass deine Eingeweide nicht durch deinen Hals austreten. Und *anschließend* kannst du unseren Sohn retten und ein paar Leuten in den Hintern treten. In Ordnung?«

Erstaunlicherweise begannen daraufhin, Hass und Dunkelheit in seinen Augen zu flackern, und verschwanden schließlich ganz. Er sah wieder aus wie der sanfte und liebevolle Ehemann, den sie während der letzten Wochen erneut kennengelernt hatte.

»Okay, Raven. Tu, was du tun musst.«

»Das werde ich«, seufzte sie und schob ihm das Hemd sanft von den Schultern. Sie hatte seinen nackten Oberkörper aus nächster Nähe betrachtet, als sie zusammen in einem Bett geschlafen hatten, aber aus irgendeinem Grund fühlte sich das jetzt anders an. Er spannte seine Brustmuskeln an, als sie ihn anstarrte, und Mags zwang sich, auf seinen Hals zu schauen. Es war eine einzige blutige Schweinerei. Sie griff nach einem der Waschlappen und zuckte zusammen, weil sie wusste, dass sie dabei war, ihn mit dem Blut ihres Mannes zu beschmutzen.

»Warte«, bat er, »lass mich erst schnell duschen und den Großteil des Blutes und des Gestanks abwaschen.« Ohne ihre Antwort abzuwarten, stand er auf und zwang Mags, einen Schritt zurückzutreten. Sie sah zu, wie er seine Hose aufknöpfte und den Reißverschluss öffnete. Er drehte sich so, dass er mit dem Rücken zu ihr stand, und streifte dann die Hose ab.

Mags hielt den Atem an bei dem Anblick der absoluten Perfektion, der sich ihr bot. Dave war jetzt zehn Jahre älter als das letzte Mal, als sie ihn nackt gesehen hatte, aber er war immer noch genauso fit. Er hatte sogar noch das kleine Grübchen am unteren Ende seiner Wirbelsäule, mit dem sie ihn immer geneckt hatte. Seine Oberschenkel waren prall und muskulös, und sogar sein Hintern war noch knackig.

Er beugte sich vor und drehte das Wasser in der Dusche auf. Und dann stieg er mit Unterwäsche in die Dusche.

Mags wusste, dass er die Unterwäsche nur ihr zuliebe anbehalten hatte. Er würde sie zu nichts drängen, was sie nicht wollte, auch nicht dazu, seinen nackten Körper anzuschauen.

Aber zum ersten Mal seit Jahren hatte sie keine Angst vor einem Mann. Sie hatte keine Angst, seinen Schwanz zu sehen. Ihr Mann war perfekt proportioniert ... überall.

Er war ein großer Mann, und wenn er jemals seine Hand gegen sie erhob, konnte er sie schwer verletzen. Er könnte sie überwältigen, sie festhalten und mit ihr machen, was er wollte.

Aber er würde es nicht tun.

Darauf würde sie nicht nur ihr eigenes Leben, sondern auch das ihres Sohnes verwetten.

Mit dieser Gewissheit stieg plötzlich der Wunsch in ihr

auf, Daves Arme um sich zu spüren. Zu spüren, wie er auf ihr lag und zärtlich auf sie herabblickte, während sie Liebe machten.

Sie hatte ihre kostbaren Erinnerungen als Flucht benutzt, als sie gezwungen worden war, Dinge mit anderen Männern zu tun. Und jetzt hatte sie ihren schönen, zärtlichen Mann zurück. Es war Jahre her, dass sie Sex gehabt hatte, und ein Jahrzehnt, seit sie Liebe gemacht hatte. Sie war noch nicht bereit, sich wieder in den Sattel zu schwingen, aber zum ersten Mal wurde ihr klar, dass sie die Intimität wollte, die sie einst mit ihrem Mann gehabt hatte. Sie wollte stundenlang mit ihm im Bett liegen und ihn einfach nur erkunden. Wollte die Euphorie spüren, die sie nur mit ihm empfunden hatte. Wollte ihm zeigen, wie sehr sie ihn liebte.

Mags fühlte sich so stark wie schon lange nicht mehr und zog sich das Hemd über den Kopf aus und streifte ihre Hose ab. Dann atmete sie tief ein. Sie ließ ihre Unterwäsche und ihren BH an, zog den Vorhang zurück und stieg unter die Dusche.

Dave sah sie ungläubig und hoffnungsvoll zugleich an. Er beobachtete ihr Gesicht, als er fragte: »Bist du sicher?«

Mags nickte. »Ich muss mich schließlich davon überzeugen, dass du hier drin nicht verblutest. Gib mir die Seife und ich werde dir den Rücken waschen. Du stinkst.« Sie lächelte leicht und streckte eine Hand aus, die nur ein wenig zitterte.

Dave legte ihr das Stück Seife in die Hand und drehte sich dann weg, um sich dem Wasser zuzuwenden. Er hob den Kopf und ließ das Wasser auf seinen Oberkörper prasseln.

Mags wusste, dass das warme Wasser in der Wunde an seinem Hals brennen musste, aber er zuckte nicht einmal mit der Wimper. Sie schäumte die Seife auf und begann, ihren Mann zu waschen. Selbst das brachte Erinnerungen zurück. Gute Erinnerungen. An ihr Lachen und ihre Neckereien unter der Dusche, damals in Vegas, wo sie ihre Intimität genossen hatten.

Als sie mit seiner Rückseite fertig war, drehte er sich um und hob die Hände hinter den Kopf, um ihr ohne Worte zu zeigen, dass er sie nicht ohne Erlaubnis anfassen würde.

Mags tat ihr Bestes, um Oberkörper und seine Beine schnell zu waschen, ohne ihn wissen zu lassen, wie schwer ihr das fiel. Aber er wusste es trotzdem. Als sie sich aufrichtete und ihm die Seife hinhielt, flüsterte er: »Ich bewundere dich, Raven. Ich habe immer gewusst, dass du stark bist, aber bis zu dieser Reise wusste ich nicht, wie stark. Darf ich mich bei dir revanchieren? Ich schwöre, du kannst mir vertrauen.«

Mags schluckte und nickte schließlich. Sie musste sich seine Wunde ansehen und herausfinden, ob er genäht werden musste, und sie beide mussten ihren Sohn finden, aber in diesem Moment, in ihrer kleinen Blase, musste sie ihm und sich selbst beweisen, dass del Rio sie nicht endgültig gebrochen hatte.

Als könnte er ihre Gedanken lesen, sagte Dave: »Später, wenn wir nicht mehr da draußen nach unserem Sohn suchen müssen, möchte ich das noch einmal machen. Mir Zeit nehmen. Dir zeigen, wie viel du mir bedeutest.«

Mags schluckte erneut und nickte noch einmal.

Sie drehte sich um und präsentierte Dave ihren Rücken, weil sie dachte, es wäre einfacher, wenn er dort anfing. Er seifte sie schnell ein und massierte mit seinen Händen kurz ihre Schultern, während er sie wusch. Er kniete sich hin, nahm jeden ihrer Füße in die Hand und wusch sie gründlich. Als sie seine Hände auf ihren Waden spürte, hätten ihre Knie fast nachgegeben. Dann stand er wieder auf.

Sie drehte sich zu ihm um.

Ganz sanft seifte Dave ihren Hals ein, dann jeden Arm. Dann kniete er sich noch einmal hin und wusch die Vorderseite ihrer Beine. Er schäumte sich wieder die Hände ein und legte das Seifenstück auf einen kleinen Vorsprung in der Dusche. Er legte seine Hände auf ihre Taille und streichelte sanft ihren Bauch und ihre Flanken, wobei er darauf achtete, es nicht zu weit zu treiben. Als er fertig war, musste er zur Seite treten, damit sie unter dem Wasserstrahl stehen konnte, und wusch die Seife ab.

Er hatte sie schnell und effizient gewaschen, aber dennoch zärtlich und liebevoll. Zwei Seiten der gleichen Medaille, genau wie er selbst.

Als Mags zusah, wie die Seife im Abfluss verschwand, fühlte es sich irgendwie wie ein Neuanfang an. Raus mit dem Alten und rein mit dem Neuen. Dies war ihr Mann. Ein Mann, den sie von ganzem Herzen liebte. Ein Mann, der nie aufgehört hatte, nach ihr zu suchen, obwohl die meisten Menschen angenommen hätten, dass sie schon lange tot war. Ein Mann, der nie aufhören würde zu suchen, bis er ihren Sohn gefunden und nach Hause gebracht hatte.

Sie hatte ihn noch nie als wütenden Mountain Mercenary kennengelernt. Das war eine Seite, die sie an ihm nicht gekannt hatte, bis er vor Kurzem durch die Tür getreten war, aber seltsamerweise machte ihr das keine Angst, sondern beruhigte sie. Del Rio war rücksichtslos, und ihr Mann musste genauso rücksichtslos sein, oder sogar noch rücksichtsloser, wenn er sie und ihren Sohn in Sicherheit bringen wollte.

Sie holte tief Luft und berührte sanft Daves Kinn. »Sieh nach oben. Zeig mir die Wunde.«

Er tat, wie geheißen, und das war ein weiterer Punkt, der Mags bis ins Mark klarmachte, dass sie bei diesem Mann sicher war. Er war größer als sie selbst. Stärker. Und doch tat er, was sie verlangte, und machte sich ihr gegenüber verletzlich. Es war ein berauschendes Gefühl.

Die Wunde an seinem Hals sah nicht annähernd so schlimm aus, jetzt, da er nicht mehr blutüberströmt war. Sie war zum Glück nur oberflächlich. Sie ging davon aus, dass vorläufig ein paar Klammerpflaster reichen würden, um die Sache zu beheben. Der Schnitt verlief von rechts nach links, aber Gott sei Dank war er nicht sonderlich tief, sodass seine Halsschlagader unverletzt geblieben und Dave nicht verblutet war. Sie berührte den Rand der Wunde mit einem Finger und wollte gar nicht daran denken, wie nahe er dem Tod gekommen war.

Dave schloss die Augen und er fragte: »Kann ich dich in den Arm nehmen?« Er bewegte sich keinen Zentimeter, bedrängte sie nicht und versuchte nicht, sie zu beeinflussen.

Ohne ein Wort zu sagen, trat Mags dicht an ihren Mann heran und schlang ihre Arme um seine Taille. Sie legte ihren Kopf auf seine Brust und hielt den Atem an, während sie darauf wartete, dass die Panik in ihr aufstieg, einem Mann so nahe zu sein.

Wie durch ein Wunder spürte sie nichts als Zufriedenheit.

Dave legte seine Arme langsam um ihre Taille und zog sie noch enger an sich. Sie spürte seinen muskulösen Körper an ihrem, aber wieder empfand sie weder Angst noch Ekel. Sie verspürte nicht einmal das geringste Bedürfnis, sich von ihm zu entfernen. Im Gegenteil, sie wollte ihm noch näher kommen.

Zum ersten Mal seit zehn Jahren fühlte Mags sich wirklich sicher. Und der Funke der Hoffnung, der in ihr aufgekeimt war, während sie sich von ihm hatte waschen lassen, flammte noch stärker auf. Sie lag in seinen Armen und war nicht verängstigt. Sie war nicht angewidert. Sie spürte sogar, wie ihre Brustwarzen hart wurden, als erinnerte ihr Körper sich an die Art von Vergnügen, die nur ihr Mann ihm bereiten konnte.

Wie lange sie so dastanden, wusste sie nicht, aber schließlich zog Dave sich zurück.

»Vielen Dank Raven.« Er strich ihr liebevoll mit einer Hand über das Haar. »So sehr ich mir auch wünsche, dass wir für immer so dastehen könnten, ich habe noch zu tun.«

Sie nickte.

»Er ist nicht so schlau, wie er glaubt, Schatz.«

Mags nickte wieder. Was hätte sie sonst tun sollen?

Dave drehte das Wasser ab und zog den Duschvorhang zurück. Er schnappte sich ein Handtuch und reichte es ihr. Dann hielt er ihre Hand, als sie vorsichtig aus der Dusche stieg. Erst dann griff Dave nach einem Handtuch, um sich abzutrocknen. Er wickelte es um seine Taille und zog dann seine Unterwäsche darunter aus, wobei er darauf achtete, sich nicht vor ihr zu entblößen. »Warte hier. Ich muss mir ein paar Klamotten zum Umziehen holen, und dann bringe ich dir auch etwas zum Anziehen.«

Mags nickte und fröstelte, als er die Tür öffnete und die kühle Luft aus dem Zimmer in das warme, dampfgefüllte Bad wehte. Innerhalb weniger Augenblicke war er zurück und machte die Tür hinter sich wieder zu.

Er drehte ihr den Rücken zu und zog sich schnell an, während Mags das Gleiche tat. Sie hatte keine Angst, dass er sich umdrehen und einen Blick auf sie werfen könnte, während sie sich auszog. Er war ihr Mann. Er hatte schon jeden Zentimeter von ihr gesehen, und sie hatte in der Dusche nicht gerade etwas vor ihm versteckt. Ihre weiße

Baumwollunterhose war im nassen Zustand praktisch durchsichtig, aber er war trotzdem so höflich, ihr den Rücken zuzuwenden.

Nachdem sie angezogen waren, warf Mags noch einen Blick auf seinen Hals und schüttelte den Kopf darüber, wie viel Glück er gehabt hatte, so dankbar, dass der Mistkerl, der ihn verletzt hatte, so unglaublich inkompetent gewesen war. Dave hatte einen Erste-Hilfe-Kasten mitgebracht, den sie für Daniela gekauft hatten und den sie noch nicht in ihre Klinik gebracht hatte. Sie desinfizierte die Wunde, dann legte sie vier Klammerpflaster an und zog die Wundränder zusammen, um dafür zu sorgen, dass die Wunde schneller heilte.

Mags stellte sich auf die Zehenspitzen und küsste sanft das letzte Pflaster, bevor sie sich zurückzog und zu ihm aufschaute.

Dann, direkt vor ihren Augen, verschwand Dave, ihr zärtlicher und sanfter Ehemann, langsam – und Rex, der knallharte Anführer der Mountain Mercenaries, nahm seinen Platz ein.

»Ich muss mit Meat reden«, sagte er. »Komm mit.«

Mags folgte ihm in den Raum und es störte sie nicht im Geringsten, als er zu Meat hinüberging und fragte: »Was hast du herausgefunden?«

Mags setzte sich auf das Bett, zog die Knie unters Kinn und sah zu, wie der Mann, den sie liebte, das tat, was er anscheinend am besten konnte ... ihren vermissten Sohn aufspüren.

KAPITEL DREIZEHN

Es war schon spät, die Sonne war schon längst untergegangen. Meat hatte den ganzen Nachmittag und Abend daran gearbeitet, das Haus aufzuspüren, in dem del Rio die Kinder versteckt haben könnte, und sie waren kurz davor, es zu finden, als das Telefon klingelte. Dave blinzelte irritiert. Er wollte David unbedingt finden, bevor del Rio Zeit hatte, ihn an einem Ort zu verstecken, an dem sie ihn vielleicht jahrelang nicht finden würden.

Meat drückte auf Annehmen und schaltete auf Lautsprecher. »Meat.«

»Hier ist Black. Ich brauche Raven unten im Barrio. Und zwar sofort.«

»Warum?«, fuhr Dave ihn an, weil er Raven genau da haben wollte, wo sie war, sicher bei ihm im Hotel.

»Weil sie Spanisch spricht und wir einen Übersetzer brauchen«, entgegnete Black knapp. »Es sei denn, Zara ist da und kann stattdessen kommen.«

»Sie ist immer noch mit Daniela und den anderen unterwegs. Was ist los?«, fragte Meat.

»Als wir vorhin losgefahren sind, haben wir die Pässe geholt und dann beschlossen, ins Barrio zu gehen, um zu sehen, ob unsere Anwesenheit jemanden nervös genug macht, um zu reden, als wir diesen Mistkerl Ruben sahen. Wir haben ihn uns geschnappt, und er fing an zu plaudern. Ich war mir nicht sicher, was er gesagt hat, aber er nannte Davids Namen. Wir sind in der Hütte, in der die Frauen gewohnt haben, und ich brauche jemanden, der übersetzt, wenn ich ihn verhöre.«

Raven war aufgestanden und zog sich bereits die Schuhe an.

»Lasst mich zuerst mit ihr reden«, bat Dave Black. Er wusste nämlich durchaus, welche Verhörtechniken der Mann anwandte. Und obwohl er als Mountain Mercenary noch nie jemanden während des Verhörs getötet hatte – zumindest glaubte Dave nicht, dass er das getan hatte –, war er auch nicht gerade zimperlich. Er wollte nicht, dass Raven mit dieser Art von Gewalt konfrontiert wurde. Er war auch nicht begeistert, Raven wieder in die Nähe von Ruben zu bringen, obwohl er ihre Spanischkenntnisse brauchte.

»Du weißt, dass ich dich unter normalen Umständen nicht darum bitten würde, aber er hat den Namen deines Sohnes genannt«, sagte Black eindringlich. »Er hat gegrinst, als wüsste er etwas, was wir nicht wissen.«

»Warte mal«, sagte Dave und erklärte seiner Frau schnell ein wenig über Blacks Techniken.

»Ich gehe jetzt«, sagte Raven und stand auf. Sie sah ängstlich, aber entschlossen aus. »Und im Ernst, es macht mir nichts aus zuzusehen, wie Ruben die Seele aus dem Leib geprügelt wird. Er verdient es schon lange.«

»Wenn es zu viel wird, brauchst du nur ein Wort zu sagen, und ich bringe dich wieder hierher zurück.«

Sie nickte.

»Ich meine es ernst. Black ist gut in dem, was er tut«, erklärte Dave ihr. »Vielleicht ein bisschen zu gut.«

»Ich verstehe schon, Dave. Aber wenn du glaubst, dass es mir irgendwas ausmacht, wenn Ruben verletzt wird, liegst du falsch. Wenn er weiß, wo David ist, und es uns nicht sagen will, ist es mir egal, was mit ihm passiert.«

Dave schätzte den Mut seiner Frau, aber er wollte trotzdem nicht, dass sie der Gewalt ausgesetzt war, die Black notfalls bei Ruben anwenden würde. »Gut, aber wenn es zu heftig wird, behalte ich mir das Recht vor, dich von da wegzuschaffen.«

Raven lächelte und Dave hielt den Atem an, als sie ihre Hand nach ihm ausstreckte. Während der drei Wochen, seit er sie gefunden hatte, war es nicht oft vorgekommen, dass sie von sich aus versucht hatte, ihn zu berühren. Aber er war so froh, wie es unter den gegenwärtigen Umständen möglich war, dass sie nach ihrer Dusche einen Wendepunkt erreicht hatten. Als sie mit ihrer warmen Hand sanft über sein Gesicht strich, schloss Dave zufrieden und genüsslich die Augen.

Ihre Stimme war leise, als sie sprach. »Ich hatte nie vor, dich zu kontaktieren. Es hat mich innerlich zerrissen, aber ich dachte, du wärst ohne mich besser dran. Ich dachte nicht, dass du jemals darüber hinwegsehen könntest, was ich tun musste, um zu überleben. Ich dachte nicht, dass du mich zurücknehmen würdest. Aber darüber hinaus wusste ich, dass ich David nie würde verlassen können. Ja, er wurde auf die schlimmstmögliche Weise gezeugt, aber ich liebe ihn. Ich würde mein Leben opfern, um ihn zu beschützen. Und obwohl ich wusste, dass du ein großartiger Vater gewesen wärst, hielt ich es nicht für fair, dich zu bitten, ein

Kind anzunehmen, dessen Vater ich nicht einmal benennen konnte. Aber ... ich weiß jetzt ... dass ich mich geirrt habe, und es tut mir leid. Es tut mir so verdammt leid. Hätte ich nur versucht, dich zu erreichen, gleich nachdem del Rio mich rausgeschmissen hatte, hättest du vielleicht Davids erste Schritte, seine ersten Worte nicht verpasst. Oder sein erstes Lächeln.«

Dave hob den Arm und nahm Ravens Hand. Er drehte den Kopf und küsste die Handfläche, bevor er sie wieder an seine Wange legte, wobei er sie nicht losließ. »Ich würde sterben, um dich und unser Kind zu beschützen«, schwor Dave. Tränen traten ihr in die Augen, aber er fuhr fort: »Ich akzeptiere David, weil du seine Mutter bist. Weil du ihn liebst. Vor all den Jahren, als wir über unsere Hoffnungen und Träume für unsere Kinder gesprochen haben, wurde mir klar, dass ich alles tun würde, um dich zur Mutter zu machen. Künstliche Befruchtung, Leihmutterschaft, Adoption ... das wäre mir alles recht gewesen. Damals wusste ich schon, dass du eine fantastische Mutter abgeben würdest, und der Beweis liegt direkt vor mir. Ich liebe dich, Raven. Ich liebe dich für deine Stärke, deinen Beschützerinstinkt und deine Fähigkeit, nicht aufzugeben, egal was passiert. Ich bewundere dich und alles, was du durchgestanden hast. Ich werde den Rest meines Lebens damit verbringen, alles in meiner Macht Stehende zu tun, um dich vor den Widrigkeiten des Lebens zu schützen. Und dazu gehört auch, dich vor der Gewalt zu schützen, die die Mountain Mercenaries manchmal anwenden müssen, um Ergebnisse zu erzielen, okay?«

Dave wusste, dass seine Worte übereilt waren und dass er wie verrückt von einem Thema zum anderen sprang, aber in seinem Kopf schwirrten die Gefühle. Liebe für seine

Frau. Erleichterung, dass er am Leben war. Hass auf del Rio. Und die Sorge um ihren Sohn. Er mochte Raven gefunden haben, aber wenn dem kleinen Jungen, dem sie während der letzten viereinhalb Jahre ihre ganze Liebe geschenkt hatte, etwas zustieß, würde er sie wieder verlieren. Und er war nicht bereit, sie sich durch die Finger gleiten zu lassen. Auf keinen Fall.

»Okay«, entgegnete Raven.

»Bist du bereit zu gehen, Meat?«, fragte Dave lauter, ohne den Blick von Raven abzuwenden.

»Bereit«, bestätigte Meat.

Langsam, um sie nicht zu erschrecken, beugte Dave sich vor und küsste Raven sanft auf die Stirn. Sie seufzte und sah zu ihm auf, als er sich zurückzog. Es sah so aus, als wollte sie etwas sagen, aber Meat machte die Zimmertür auf und der Moment war vorbei.

Dave ergriff Ravens Hand und führte sie zur Tür hinaus. Ro und Ball standen im Flur und warteten auf sie. Entweder hatte Black sie vorhin angerufen oder Meat hatte sie über seinen Computer benachrichtigt. Die Gruppe verließ das Gebäude in Richtung Barrio.

Dave hasste diesen Ort. Er hasste den Gedanken, dass Raven dort hatte leben müssen. Das Barrio war deprimierend und schmutzig. Es war nicht einmal für Einheimische sicher, aber er war stolz auf seine Frau, weil sie aus der unmöglichen Situation, in der sie sich befunden hatte, das Beste gemacht hatte.

Sie gingen durch das Loch in der Betonmauer auf die Hütte zu, in der Raven und die fünf anderen Frauen gelebt hatten, sechs an der Zahl, als Zara dort gewesen war, und als sie eintraten, war Dave nicht allzu überrascht über das, was er sah.

Ruben saß in einem klapprigen Holzstuhl, seine

Knöchel und Handgelenke waren mit einer Art Schnur oder Seil gefesselt. Sein Kopf hing nach unten und aus seiner Nase troff Blut, und es sah aus, als würde er zwei blaue Augen bekommen. Black hatte offensichtlich bereits damit begonnen, Ruben klarzumachen, wer hier das Sagen hatte.

Als Ruben Raven sah, verengten sich seine Augen zu Schlitzen und er begann, schnell zu sprechen.

Raven machte große Augen und sie trat einen Schritt zurück und stieß mit Dave zusammen. Er legte ihr eine Hand auf die Schulter, um sie zu beruhigen, und sah förmlich, wie sie ihre Schultern straffte.

»Was hat er gesagt?«, fragte Dave.

»Nichts Wichtiges.«

Black ging auf sie zu und stellte sich so nahe vor sie, dass Dave spürte, wie sie sich an ihn drückte, als sie in das Gesicht seines Freundes blickte.

»So wird das nicht funktionieren«, erklärte Black leise. »Du musst uns genau sagen, was er sagt. Jedes einzelne Wort. Du darfst nichts auslassen.«

»Ich verstehe, aber er hat nur irgendeinen Mist gesagt, um mich nervös zu machen. Er hat gesagt, dass es an der Zeit ist, dass ich hier auftauche, dass es keine Orgie ist, wenn er seinen Schwanz nicht in eine Frau stecken kann.«

Dave versteifte sich bei den derben Worten. Er war froh zu sehen, dass die anderen im Raum genauso sauer wurden, als sie hörten, was Ruben gesagt hatte.

Black drehte sich zu dem Mann auf dem Stuhl um und sagte: »Ja. Jetzt kann der Spaß beginnen.«

Raven übersetzte, und Dave sah einen Hauch von Angst in den Augen des Tyrannen.

»Was hast du zu mir gesagt, als wir dich vorhin gefunden haben?«, fragte Black Ruben.

Es war etwas umständlich, auf die Übersetzung von

Raven zu warten, aber sie tat es, ohne zu zögern, und alle gewöhnten sich schnell an das gestelzte Hin und Her.

»Du kannst mich mal«, entgegnete Ruben.

»Nein, das hast du nicht gesagt. Wie wäre es mit einem Anreiz, sich zu erinnern?«, fragte Black und ließ Raven nicht viel Zeit zum Übersetzen, bevor er ihm die Faust ins Gesicht schlug.

Ruben schrie auf und versuchte, sich zu ducken, um sich zu schützen, aber da er gefesselt war, konnte er sich nicht viel bewegen.

»Also, versuchen wir es noch einmal. Was hast du über David gesagt?«

»Ich habe gesagt, dass ihr das verdammte Balg nie finden werdet«, fuhr Ruben ihn an, und der Hass war in seinem Tonfall deutlich zu hören, noch bevor Raven übersetzt hatte.

Dave beobachtete Blacks Verhör von Ruben mit einem etwas distanzierten Blick. Er machte sich mehr Sorgen um Raven und darum, wie sie mit der Gewalt, die direkt vor ihren Augen passierte, fertigwurde. Er hielt seine Hand auf ihrer Taille und im Laufe der Minuten spürte er, wie sie sich jedes Mal verkrampfte, wenn Ruben sich weigerte zu antworten und Black oder einer der anderen einen kleinen Anreiz verteilte. Sie schwitzte und sie zuckte jedes Mal zusammen, wenn einer seiner Männer auf ihren überraschend sturen Gefangenen zuging.

Ruben war entweder verdammt dumm oder er hatte noch mehr Angst vor del Rio als vor ihnen. Er nahm an, dass es eigentlich egal war, denn irgendwann würde Black ihn brechen. Er würde ihn dazu bringen, ihnen alles zu sagen, was sie über David und del Rio wissen wollten.

Als Black zu den spärlichen Küchenvorräten in der

Hütte hinüberwanderte und ein Messer in die Hand nahm, sagte Dave: »Warte mal kurz.«

Raven hatte sich noch mehr verspannt, wenn das überhaupt möglich war, und begann, in seinen Armen zu zittern. Dave drehte sie, bis sie mit dem Rücken zu Ruben stand. Er hob ihr Kinn an und hielt ihren Kopf in seinen Händen. Sie atmete ein wenig zu schnell und er konnte den Stress in ihren Augen sehen. Als sie nach oben griff und seine Handgelenke packte und ihre Fingernägel in seine Haut grub, hätte er sie am liebsten aus der Hütte und zurück zum Hotel geschleift und sie festgehalten, wie er es in der Dusche getan hatte. Aber sie mussten das hier durchstehen. Keiner von ihnen hatte eine Wahl. Verdammter del Rio.

»Sieh mich an, Raven«, bat er sie.

»Das tue ich«, flüsterte sie.

»Konzentriere dich auf *mich*«, befahl er sanft. »Du kannst übersetzen, ohne darauf zu achten, was hinter dir passiert.«

Sie schluckte schwer und nickte, wobei die Erleichterung in ihren Augen deutlich zu sehen war.

Dave wandte den Blick nicht von seiner Frau ab, als er sagte: »Okay, mach weiter, Black.«

»Du scheinst bei den Frauen hier ziemlich beliebt zu sein«, murmelte Black. »Obwohl ich vermute, dass das eher daran liegt, dass du dir nimmst, was du willst, anstatt jemanden zu umwerben. Ich schlage vor, du sagst uns, was wir wissen wollen, wenn du deinen Schwanz behalten willst.«

Raven übersetzte so laut, dass Ruben es hören konnte, aber sie wandte den Blick nicht von Dave ab.

»So ist es gut«, murmelte er leise. »Du machst das toll.«

Ruben jammerte und ein Wortschwall kam aus seinem

Mund. »Nimm das Ding weg von mir! Ich erzähle dir einen Scheiß!«

»Die Sache mit meinem Freund hier«, sagte Arrow zu Ruben, »ist, dass er kein Pokerspieler ist. Vor allem, weil er überhaupt nicht bluffen kann.«

»Das Messer sieht nicht sehr scharf aus«, sagte Ball und stimmte in den Spott ein. »Das Drecksding schneidet nicht besonders gut. Vielleicht solltest du sehen, ob du es schärfen kannst, bevor du etwas abschneidest.«

Aus dem Augenwinkel sah Dave, wie Black das Messer hochhielt, als wollte er sich davon überzeugen, ob es funktionieren würde oder nicht.

»Ich denke, es wird funktionieren. Es dauert vielleicht etwas länger, um durch Fleisch zu schneiden, aber da ein Schwanz keine Knochen hat, wird es funktionieren.«

Das schien gewirkt zu haben. Ruben begann, hektisch zu sprechen. »Ich weiß nichts Genaues! Nur das, was mein Freund mir erzählt hat. Er lügt viel, also könnte er nur versucht haben, Eindruck zu schinden oder so.«

»Was hat dein Freund gesagt?«, fragte Black leise.

Ravens Stimme zitterte nicht, als sie weiter übersetzte.

»In dem Barrio, in dem er wohnt, gab es eine Menge Aufregung, weil del Rio zu Besuch kam. Er ging in das Haus einer alten Dame, die dort lebt. Er hatte ein Kind dabei und zog es hinter sich her. Der Junge versuchte, del Rio zu treten und wegzulaufen, aber er gab ihm einen Klaps auf den Hintern und sagte ihm, er solle sich benehmen, sonst würde er seine Mutter nie wiedersehen. Er blieb eine Weile bei der alten Frau, dann ging er wieder ... ohne das Kind. Gerüchten zufolge bezahlt er die Frau dafür, dass sie auf das Balg aufpasst, und alle sind stinksauer darüber.«

»Warum sind sie sauer?«, fragte Ro.

»Weil del Rio normalerweise mit vielen Leuten redet,

wenn er zu Besuch kommt, und Geld für Informationen verteilt, aber dieses Mal hat er das nicht getan. Jeder weiß, dass er der alten Schlampe wahrscheinlich eine Menge Geld gezahlt hat. Geld, das sie haben wollen.«

»Was sonst noch?«, wollte Black wissen.

»Nichts, das war alles!«

Es gab ein Geräusch von reißendem Stoff und Ruben stieß einen hohen Schrei aus. Dave wusste, dass Black nur die Hose des Mannes durchgeschnitten hatte, aber so wie Ruben reagierte, hätte jeder, der zuhörte, denken können, er sei tödlich verwundet worden.

Ravens Pupillen weiteten sich und sie packte seine Handgelenke fester.

»Ganz ruhig, mein Schatz. Er hat sich nur in die Hose gemacht. Das ist alles.«

Sie nickte und Dave war wie gebannt von ihren graublauen Augen. »Halte durch, nur noch ein kleines bisschen. Du machst das toll.«

»Bereit für mehr?«, fragte Gray Raven leise von nebenan.

Sie nickte, wandte aber den Blick nicht von Dave ab.

»Wir könnten das nicht ohne dich durchziehen«, lobte Gray. »Es ist nicht leicht, aber du machst das großartig.«

Die Worte seines Freundes schienen Raven ein wenig Mut zu machen. Ihm gefiel die Situation nicht, aber er hätte nicht stolzer auf Raven sein können, wenn sie den Friedensnobelpreis gewonnen hätte.

»Also«, sagte Black in einem bedrohlichen Ton zu Ruben, »du hast also einen Kumpel, der behauptet, del Rio hätte einen Jungen in sein Viertel gebracht. Woher wusstest du, dass er David heißt? Was verschweigst du uns?«

»Ich erzähle euch alles«, wimmerte Ruben.

Hinter Ravens Rücken ertönte ein weiteres Rascheln und Dave konnte aus dem Augenwinkel sehen, dass Black diesmal Rubens Hemd durchgeschnitten hatte. Er hielt die Spitze des Messers an eine seiner Brustwarzen und drückte zu. Ein Blutstropfen bildete sich und wurde schnell größer, bis er Rubens Brust hinuntertropfte.

»Hört auf! Um Himmels willen, hört auf! Ich werde es euch sagen!«, schrie Ruben. »Mein Freund ist zu der alten Frau in die Hütte gegangen, um zu sehen, was los ist, und um vielleicht etwas Geld von ihr zu bekommen. Der Junge hatte eine Kette um den Knöchel und saß an der Wand und weinte. Er nahm etwas Geld und schlug die alte Frau so lange, bis sie ihm sagte, der Junge heiße David, aber mehr wisse sie nicht. Wie lange er dort sein würde oder was del Rio von ihm wollte.«

Dave streichelte mit seinen Daumen sanft über Ravens Wange, er wollte sie auf irgendeine Weise beruhigen. Er fand es schrecklich, dass sie dabei war, als Ruben diesen Mist von sich gab. Er fand es schrecklich, dass sie hören musste, was ihr Sohn durchmachte. Am liebsten wäre er zu Ruben hinübergegangen und hätte ihn umgebracht. Aber Raven brauchte ihn jetzt bei sich. Und wenn er die Wahl hatte, für seine Frau da zu sein oder sich zu rächen, würde er sich jedes Mal für Raven entscheiden.

»Der Junge hat gefragt, ob mein Freund Mags, seine Mutter, kennt. Er sagte, sie würde sich Sorgen um ihn machen, wenn sie ihn zu Hause besuchen würde und er nicht da wäre. Er sagte, er sei verschwunden und sie würde ihn sicher suchen«, fuhr Ruben fort.

»Er macht sich Sorgen um mich«, flüsterte Raven, nachdem sie die Worte des anderen Mannes übersetzt hatte, und Tränen traten in ihre Augen.

»Natürlich macht er sich Sorgen«, sagte Dave zu ihr. »Er liebt dich.«

»Wo ist das Barrio, in dem dein Freund wohnt?«, fragte Black.

Als Ruben nicht antwortete, verkrampfte Raven sich in Daves Griff.

»Halt noch ein bisschen durch«, beruhigte er sie. »Wir sind hier gleich fertig.«

»Ich habe gefragt, wo das Barrio ist, in dem dein Freund wohnt«, wiederholte Black in einem tödlichen Ton.

Diesmal gab es kein Geräusch, als Black hinter Ruben ging und sich hinkniete. Ohne ein Wort der Warnung ergriff er eine von Rubens Händen und schnitt dem Mann mit dem stumpfen Messer die Spitze des kleinen Fingers ab.

Ruben schrie gellend auf.

»Aufhören! Aufhören! Ich sage es euch! Es ist ein paar Kilometer westlich von hier. Ich kann euch dorthin führen«, schrie Ruben.

»Sag uns nur genau, wo es ist«, forderte Ball ihn auf. »*Ganz* genau.«

Während der nächsten Minuten gab Ruben unter Schluchzen genaue Anweisungen, wie man zu dem Barrio kam, in dem David sich angeblich aufhielt, und welche Hütte der alten Frau gehörte. Das Barrio war größer als das, in dem sie sich jetzt befanden, und hatte doppelt so viele Häuser, behauptete Ruben. Es grenzte an eine Wohnsiedlung und war von einer vier Meter hohen Betonmauer umgeben, die die Reichen von den Armen trennte.

Dave wusste, dass sie von Ruben bekamen, was sie brauchten. Er ließ seine Arme sinken und griff nach Ravens Händen. Er wollte schon mit ihr zur Tür gehen, als Black ihn aufhielt. »Einen Moment noch, Dave. Raven muss noch eine Sache für mich übersetzen.«

Nur ungern blieb Dave stehen und nickte trotzdem. Er wusste, dass Raven protestieren würde, wenn er versuchte, sie aus der Hütte zu zerren. Sie war selbstlos und wollte auf jede erdenkliche Weise helfen. Das konnte er ihr nicht nehmen, egal wie sehr er sie in Watte packen und vor der ganzen Hässlichkeit der Welt beschützen wollte. Sie war stärker, als es aussah. Sie bewies es jeden verdammten Tag, und er wäre ein Idiot, wenn er sie nicht wie die Kriegerin behandelte, die sie war.

Dave legte seinen Arm um die Taille seiner Frau und hielt sie mit dem Rücken zum Zimmer.

»Du hast es versaut, als du mich und meinen Freund Meat angegriffen hast«, sagte Black zu Ruben, während Raven übersetzte. »Weißt du, meine Freunde und ich hassen Tyrannen, die es auf die Schwächeren abgesehen haben. Und genau das bist du auch. Du hast kein Problem damit, gegenüber denen, die du für schwächer hältst als dich, wie Frauen, Kinder und ältere Menschen, hart zu sein, aber wenn es darum geht, dich wie ein Mann zu benehmen, knickst du ein wie ein Baby. Deine Zeit des Tyrannisierens ist vorbei, Ruben. Für dich und alle deine Kumpane. Wir werden erst einmal dafür sorgen, dass du dich nie wieder einer Frau gegen ihren Willen nähern kannst.«

»Schneidet mir nicht den Schwanz ab!«, kreischte Ruben.

»Das werde ich nicht«, entgegnete Black ruhig, »*aber* ich werde dafür sorgen, dass es sehr lange dauern wird, bis du etwas anderes tun kannst, als durch ihn hindurch zu pissen. Und mach dir nicht die Mühe, zu den Kliniken in der Gegend zu gehen, denn ich garantiere dir, dass dir niemand helfen wird. Als Zweites werden meine Freunde und ich dafür sorgen, dass del Rio erfährt, was heute hier passiert ist. Wie dein Freund damit geprahlt hat, was er gesehen hat – und wie du uns alle Informationen gegeben hast, die wir brauchten, um den kleinen Jungen zu finden.«

»Nein. Nein, nein!«, schrie Ruben. »Bitte, nein. Er wird mich umbringen!«

Black zuckte mit den Schultern. »Nicht mein Problem, oder? Es ist ätzend, wenn jemand anderes über dein Leben entscheidet, nicht wahr?«

Ball nickte Dave zu, um ihm zu signalisieren, dass Black mit dem Reden fertig war, und Dave erwiderte die Geste. Er führte Raven schnell aus der Hütte.

Und blieb bei dem Anblick, der sich ihnen bot, stehen.

Es sah aus, als hätte sich das halbe Viertel in der Gasse vor der Hütte versammelt. Einen Moment lang verkrampfte er sich ... aber dann traten einige der Frauen vor und sprachen mit Raven. Er konnte ihr Lächeln im schwachen Licht einiger Lagerfeuer in der Nähe sehen. Als er keine negativen oder feindseligen Schwingungen wahrnahm und seine Frau nicht verängstigt wirkte, löste er seinen Arm um ihre Taille.

Sie ging langsam durch die Gruppe und unterhielt sich leise. Dave blieb direkt hinter ihr, bereit, sie notfalls zu beschützen, aber er hätte sich keine Sorgen machen müssen. Die Menge, die hinter der Metalltür zugehört hatte, war offensichtlich froh über das, was geschehen war.

Meat und Ro folgten dicht hinter Dave und die meisten Leute bedankten sich, nachdem sie mit Raven gesprochen hatten, auch bei den dreien.

Die Rufe »*Gracias*« und »*Dios los bendiga*« erschallten um sie herum, als sie die Gasse entlang zum Ausgang des Barrios gingen.

»Sie sagen *Danke* und *Gott segne euch*«, erklärte Raven leise, nachdem sie die Gruppe hinter sich gelassen hatten.

»Das dachte ich mir«, erwiderte Dave mit einem kleinen Lächeln. Er wollte am liebsten stehen bleiben und sie umarmen. Ihr versichern, dass sie David bald wieder bei sich haben würden, aber dafür war keine Zeit. Jetzt, da sie eine

Spur hatten, wo ihr kleiner Junge war, musste er die Mountain Mercenaries mobilisieren und einen Plan entwerfen.

Die Männer und Frauen, die dem Verhör zugehört hatten, schienen zufrieden zu sein, aber es reichte schon, wenn sich einer von ihnen davonschlich, um del Rio zu informieren, was geschehen war.

Dave hatte schon einmal einen Fehler gemacht, als er David nicht gleich an dem Tag gerettet hatte, an dem er von ihm erfahren hatte. Er wollte es nicht ein zweites Mal vermasseln.

»Also können wir David heute Abend holen?«, fragte sie. »Jetzt, da wir wissen, wo er steckt?«

Dave eilte in Richtung des Barrio-Ausgangs und zum Hotel. Er warf Meat und Ro einen Blick zu und erklärte dann: »Zunächst einmal gehen *wir* nirgendwo hin. Ich werde dich auf keinen Fall in dieses Barrio mitnehmen.«

»Aber ...«

Dave unterbrach sie. »Nein. Kein Aber. Ich weiß, dass du mitkommen möchtest, aber ich schwöre bei meinem Leben, dass ich nie wieder etwas tun werde, das dich in Gefahr bringt. Ich habe eine Menge Schuldgefühle, weil ich in Vegas nicht besser auf dich aufgepasst habe, und du wirst es ertragen müssen, dass ich jetzt übermäßig auf dich aufpasse. Und zweitens bist du meine Frau, kein Mitglied meines Teams. Es kommt für mich nicht infrage, dich mitzunehmen. Was ich als Anführer der Mountain Mercenaries mache, geht dich nichts an. Niemals. Ich weiß, das klingt gemein, aber ich muss wissen, dass du in Sicherheit bist. Ich kann nicht funktionieren, wenn ich mir Sorgen mache, wo du bist und ob es dir gut geht. Du musst im Hotel bleiben, während ich das durchziehe, Raven. Wenn David dort ist, werde ich ihn zu dir zurückbringen. Das verspreche ich dir.«

Er beobachtete, wie Raven zwischen dem Bedürfnis, ihm zu widersprechen, um für ihren Sohn da zu sein, und ihrem Wunsch, ihm das zu geben, was er brauchte, hin- und hergerissen war. Er war ganz gerührt, als sie tief einatmete und nickte.

»Ich liebe dich«, flüsterte er.

»Ich liebe dich auch«, erwiderte sie.

»Und um deine Frage von vorhin zu beantworten: Wir werden unseren Sohn heute Abend auf jeden Fall da rausholen. Ich lasse ihn nicht einen Augenblick länger als nötig in den Fängen dieses Mistkerls. Meat wird mit dir im Hotel bleiben und die letzten Vorbereitungen treffen, um die anderen Frauen zum Flughafen zu bringen. Ich bin mehr als bereit, die Sache hinter mich zu bringen und mich auf den Heimweg zu machen.«

»Was ist mit den anderen Kindern?«

»Meat wird weiterhin alles tun, um auch sie zu finden. Er war kurz davor, sie aufzuspüren, bevor wir das Hotel verlassen haben. Wir werden sie nicht schutzlos zurücklassen. Ich weiß, dass es nicht so aussieht, aber es gibt hier in Lima Leute, die sich um diese Kinder sorgen. Meat wird die nötigen Informationen besorgen, um sie hier herauszuholen und sie hoffentlich bei Leuten unterzubringen, die sie gut behandeln«, erklärte Dave ihr.

»Gut«, entgegnete Raven leise.

Dave fand es wunderbar, wie warmherzig Raven war. Sie hatte Angst um ihr eigenes Kind, aber sie hatte auch Mitgefühl für die anderen Kinder, die noch da draußen waren, verloren und allein. Er legte seinen Arm um Raven und drückte sie fest an sich, während sie sich schnell auf den Rückweg zum Hotel machten.

Es ging auf Mitternacht zu, aber Dave fühlte sich kein bisschen müde. Meat erklärte sich einverstanden, zu bleiben und auf Raven aufzupassen, während sich das Team auf den Weg machte, um David zu finden.

Dave wusste, dass es eine Weile dauern würde, bis Gray und die anderen aus dem Barrio zurückkamen, aber sobald sie ankamen, würden sie sich wieder auf den Weg machen, um David zu holen. Er würde seinen Sohn heute Abend zu seiner Mutter zurückbringen.

KAPITEL VIERZEHN

Dave stand hinter fünf der sechs Männer, denen er mit seinem Leben vertraute, und wartete auf das Signal von Gray loszulegen.

Es war nicht leicht gewesen, Raven zu überreden, mit Zara, den anderen Frauen und Meat im Hotel zu bleiben. Er wollte sie dort nicht allein lassen, für den Fall, dass del Rio wusste, wo sie sich aufhielten, und beschloss, ihr nachzustellen, nur um zu beweisen, dass seine Verderbtheit keine Grenzen kannte, ein noch größerer Mistkerl zu sein.

Daniela war ebenfalls im Hotel aufgetaucht, um sie zu unterstützen. Dave mochte die temperamentvolle Ärztin. Zuerst war er sich nicht sicher gewesen, was er von ihr halten sollte. Sie hatte eine ein wenig schroffe Art, und er war sich nicht sicher, ob sie irgendeinen von ihnen mochte oder für gut befand. Aber nachdem er sie kennengelernt und erfahren hatte, dass ihr eigener Mann und ihr Sohn bei einem Aufstand in einem Barrio ums Leben gekommen waren, verstand er, woher ihre Distanziertheit kam.

Meat hatte zwei Häuser ausfindig gemacht, in denen wahrscheinlich die Kinder untergebracht waren, die del Rio angeblich für »Adoptionen« von Kunden gefangen hielt. Die vertrauenswürdigen peruanischen Teams, die Dave aufgetrieben hatte, wollten in dieser Nacht beide Häuser zur gleichen Zeit angreifen. Er war immer noch auf der Suche nach den Namen und Adressen derjenigen, die ein Kind gekauft haben könnten, damit die Behörden sie später aufspüren konnten.

Jetzt war es an der Zeit, David zu holen. Meat hatte sich über das Barrio informiert, in dem David angeblich festgehalten wurde, und festgestellt, dass es das größte und am dichtesten besiedelte aller örtlichen Barrios war.

Sie waren nur zu zehnt – sechs Mountain Mercenaries und vier weitere Mitglieder einer Eliteeinheit der peruanischen Polizei –, während buchstäblich Tausende von Menschen in dem Barrio lebten. Sie hatten keine Ahnung, wie viele von ihnen für del Rio arbeiteten oder ob der Mistkerl David bereits wieder verlegt hatte, bevor sie dort überhaupt eintrafen. Aber da sie innerhalb von anderthalb Stunden, nachdem sie herausgefunden hatten, wo David festgehalten wurde, aufgebrochen waren, war er hoffentlich noch genau dort, wo del Rio ihn zurückgelassen hatte.

Dave überließ seinen Männern die Führung, aber er weigerte sich, im Hotel oder im Wagen zu bleiben. Er trug ein Funkgerät, wie alle anderen auch, und würde sich im Hintergrund halten, aber er würde auf jeden Fall dabei sein. Er *musste* dabei sein. Um seinen Sohn in den Arm zu nehmen und ihm zu versichern, dass alles in Ordnung kommen würde.

Als alle den Funkkontakt suchten, bevor sie das Barrio betraten, schob Gray sich neben ihn.

»Alles in Ordnung?«

Dave nickte einmal.

»Okay, wir brechen in zwei Minuten auf. Du kennst den Plan?«

Dave versuchte, sich nicht über seinen Freund aufzuregen. »Ja, ich kenne den verdammten Plan. Ich habe das verdammte Ding mitentwickelt. Und ich kenne auch die Pläne B, C, D und E. Ich verstehe, dass ich hier ein Außenseiter bin, aber vergiss nicht, wer die meisten der anderen Operationen, bei denen du dabei warst, geplant hat. Ich bin hier nicht irgendein gewöhnlicher Kerl von der Straße.« Er sah zu Gray auf und fixierte ihn mit einem intensiven Blick. »Wenn irgendetwas schiefgeht, nehme ich David mit und verschwinde aus der Stadt.«

Gray nickte. »Gut. Wir können uns um jeden Ärger im Barrio kümmern. Und wenn del Rio mit größerer Feuerkraft auftaucht, werden wir ihn in Schach halten, während du David da rausholst. Die Bewohner haben eine behelfsmäßige Leiter gebaut, um über die hintere Mauer zu kommen. Du nimmst David und verschwindest in das Viertel hinter dem Barrio. Ich hoffe, dass del Rio sich nicht blicken lässt, aber falls doch … wer weiß, wie lange er nach euch suchen wird? Wir müssen davon ausgehen, dass es eine Weile dauern wird, denn er verliert nicht gern. Ihr zwei bleibt zusammen und verkriecht euch. Wir gehen zurück zum Hotel, holen die Frauen und kommen zurück, um euch zu suchen. Bleibt versteckt und geht kein Risiko ein. Wir werden den Peilsender in deinem Funkgerät benutzen, um dich zu finden. Egal was passiert, kehrt *auf keinen Fall* ins Barrio zurück«, erklärte er Dave.

»Ich bin doch kein Idiot«, erwiderte Dave. »Du weißt, dass ich mir die Satellitenbilder dieser Gegend genau angesehen habe. Ich weiß genau, wo ich mit David hingehen werde, um mich zu verstecken, bis die Luft rein ist.«

Gray grinste und schüttelte den Kopf. »Tut mir leid. An

manchen Tagen fällt es mir immer noch schwer zu begreifen, dass du tatsächlich Rex bist.«

Dave entspannte sich. »Ich weiß, dass ich nicht so viel Erfahrung habe wie du, aber das ist eine persönliche Sache für mich. Ich werde es nicht vermasseln.«

»Das weiß ich doch«, erwiderte Gray. »Ich vertraue dir.«

Seine Worte bedeuteten Dave sehr viel. Ihm war nicht klar gewesen, wie sehr er die Anerkennung seiner Männer brauchte und genoss. Es war eine Sache, Rex zu vertrauen, aber eine ganz andere, Dave zu vertrauen.

Sie unterbrachen beide ihre Unterhaltung, um den Gesprächen in ihren Ohrhörern zuzuhören, und erfuhren so, dass das Team in einer Minute bereit zum Aufbruch wäre.

»Ich weiß nicht, woher du die peruanischen Männer hast, die uns heute helfen, aber sie sind verdammt knallhart«, stellte Gray fest.

»Das sind sie«, stimmte Dave ihm zu. Er hatte praktisch in jedem Land der Welt Kontakte geknüpft und war dankbar, dass er einige Männer gefunden hatte, die nicht von del Rio korrumpiert worden waren. Sie würden bald unzählige Kinder vor einem schlimmeren Schicksal als dem Tod bewahren, und in wenigen Minuten würden sie ihm helfen, seinen eigenen Sohn zu retten. In wenigen Minuten würde Dave Ravens Kind, ihr gemeinsames Kind, zum ersten Mal persönlich treffen. Er war nervös, aber gleichzeitig auch ruhig.

Es waren nur vier peruanische Männer dabei, aber sie waren sich einig, dass die zehn Männer für die Mission ausreichen würden, da es sich um einen einfachen Einsatz handelte und hoffentlich nicht um eine große Schlacht.

Nachdem sie grünes Licht bekommen hatten, um von vier verschiedenen Eingängen rund um die Betonwand in das Barrio zu gehen, und die anderen sich zerstreut hatten, sagte Gray schnell: »Wir werden ihn finden, Dave. Warte, bis ich dir grünes Licht gebe, wenn wir bei der Hütte der alten Frau ankommen, okay?«

Es gefiel ihm nicht, aber Dave nickte trotzdem. Er verstand, dass seine Männer ihn beschützen wollten. Wenn David tot war oder die Mission schiefging, wollten sie nicht, dass er seinen Sohn in diesem Zustand sehen musste oder dass er im Falle eines militärischen Schusswechsels direkt in die Schusslinie geriet.

Er und Gray schlüpften ins Barrio und machten sich schnell auf den Weg zur nordwestlichen Seite des Lagers, wo David laut Ruben hingebracht worden war. In mancher Hinsicht war dieses Viertel dasselbe wie das, in dem Raven jahrelang gelebt hatte. Überall lag Müll herum und der Geruch von Lagerfeuern lag in der Luft. Aber es war der misstrauische Blick in den Augen der meisten Bewohner, an denen sie vorbeikamen, der Dave Anlass zur Sorge gab.

Das waren keine Menschen, die sich mit dem begnügten, was sie hatten. Es waren härtere, abgestumpfte Männer, Frauen und Kinder. Niemand machte Anstalten, sie aufzuhalten, aber es war offensichtlich, dass niemand bereit wäre, ihnen zu helfen, wenn ihnen etwas zustoßen sollte, so wie Raven und ihre Freundinnen vor ein paar Monaten Black und Meat geholfen hatten.

»Ziel in Sicht«, sagte eine Stimme in Daves Ohr. Er sah auf und erkannte, dass Gray gesprochen hatte und sie sich dem Ende einer Reihe heruntergekommener Hütten näherten, die aus allem bestanden, was die Bewohner in die Finger bekommen hatten.

»Wir nähern uns von Osten«, sagte eine andere Stimme in seinem Ohr.

Dave machte sich nicht einmal die Mühe, sich nach den

anderen sich nähernden Männern umzusehen. Ro und Arrow standen an der vorderen Mauer des Viertels und hielten Ausschau nach Ärger, egal in welcher Form, und bewachten ihre Flanke. Black und Ball waren jeweils mit einem ihrer peruanischen Kollegen gepaart und näherten sich zusammen mit den anderen der Hütte.

Dave hatte einen Tunnelblick, als er auf das Metallstück starrte, das über die Öffnung zur Hütte gezogen wurde. Er betete so sehr wie noch nie in seinem Leben, dass David drinnen war ... und es ihm gut ging. Er wusste von Rubens Verhör, dass er von del Rio verprügelt worden war, und als er sich daran erinnerte, ballte Dave die Hände zu Fäusten. Er wollte jeden umbringen, der es wagte, einem kleinen Kind etwas anzutun. Und besonders *seinem* kleinen Jungen.

»Ganz ruhig, Dave«, sagte Gray und legte ihm eine Hand auf die Schulter. »Halte noch drei Minuten durch.«

Dave nickte und sah zu, wie Black und sein peruanischer Kollege schweigend auf die Hütte zugingen. Bei drei zog Black das Stück Wellblech zurück und der andere Mann stürmte in den Raum.

Ball und drei weitere Peruaner folgten dicht hinter ihnen.

Es wurden einige laute Worte auf Spanisch gewechselt, aber keine Schreie der Verzweiflung oder des Schreckens ertönten. Dave war sich nicht sicher, ob das gut oder schlecht war. Innerhalb von Sekunden hörte er Black über das Funkgerät »Entwarnung« sagen, und Dave setzte sich sofort und ohne nachzudenken in Bewegung.

Er folgte Gray dicht auf den Fersen und sie quetschten sich in die bereits sehr überfüllte Hütte, die nur aus einem Zimmer bestand.

Als Dave sich umsah, stellte er fest, dass es sich um eine typische Barrio-Behausung handelte. Schmutziger Boden, als Waschbecken benutzte man Wannen, schmutziges Geschirr, ein Eimer, der als Toilette benutzt wurde.

Als er den Raum in Windeseile in Augenschein nahm, blieb sein Blick an dem Eisenpfahl im Boden hängen, an dem eine Kette befestigt war. Er folgte der Kette mit dem Blick ...

Und atmete scharf ein, als er ein Paar kleiner blauer Augen sah, das ihn hinter einer großen Kiste anstarrte.

Er wusste von der Kette aus Rubens Verhör, aber sie tatsächlich selbst zu sehen und zu wissen, dass es *sein* Kind war, das an dieser Kette hing, brachte ihn fast um den Verstand.

Mit Mühe und Not konnte Dave seine Wut zügeln. Er ging zu dem Pfahl und zog ihn mit roher Kraft aus dem harten Boden heraus. Seine Muskeln spannten sich an, aber innerhalb kürzester Zeit rutschte die Kette von der Unterseite des Pfahls und fiel mit einem lauten Klirren auf den Boden.

Er ließ den Pfahl fallen und drehte sich zu dem Kind um. Zu seiner Überraschung musste er den Jungen nicht erst hinter der Kiste hervorlocken, sondern das Kind stand bereits neben der Kiste. Der Junge hatte zerzaustes, dunkles Haar und einen blauen Fleck auf einer Wange. Er trug eine kurze Hose und ein T-Shirt und war völlig verdreckt. Und Dave hatte in seinem Leben noch nie etwas Schöneres gesehen.

Dann erschreckte der Junge Dave und alle anderen im Raum zu Tode, indem er die Arme hochhielt und »*Papá!*« rief.

Instinktiv machte Dave einen Schritt nach vorn und griff nach unten, um den kleinen Jungen aufzuheben. »David?«, fragte er.

Das Kind lächelte, auch wenn es ein wenig unsicher war. »Wo ist *Mamá*? Hast du sie auch gefunden?«

»Er spricht Englisch«, bemerkte Black erstaunt.

»Raven hat gesagt, dass sie es ihm beigebracht hat«, hörte Dave Gray erklären.

»Ja, aber ich dachte, er kann vielleicht nur hier und da ein paar Worte«, erwiderte Black.

Dave blendete sie aus und konzentrierte sich ganz auf den Jungen in seinen Armen.

»Deine Mutter ist in Sicherheit. Wir werden dich jetzt zu ihr bringen. Ist alles in Ordnung mit dir? Hast du irgendwo Schmerzen?«, fragte Dave.

David schüttelte den Kopf. »Nein, *Papá*. Jetzt, da du hier bist, geht es mir gut.«

»Woher weißt du, wer ich bin?«, fragte Dave, als Black sich mit einem Bolzenschneider näherte, um die Fessel vom Bein des kleinen Jungen zu schneiden.

»*Mamá* hat mir erzählt, wie du aussiehst. Als ich dich sah, wusste ich es sofort. Sie sagte, wir hätten uns verlaufen und dass du uns suchen würdest und dass du uns eines Tages finden würdest. Ich hatte Angst, als del Rio kam und mich von zu Hause wegholte, weil ich nicht wusste, wie du mich finden würdest. Aber du hast es getan!«

Dave war den Tränen nahe. Am liebsten hätte er sich auf der Stelle auf den Boden gesetzt und wie ein Baby geheult. Raven hatte mit ihrem Sohn über ihn gesprochen. Hatte ihm erzählt, wie er aussah, und ihm versichert, dass er nach ihnen suchte.

Sie hatte keinen Grund gehabt zu glauben, dass sie ihn jemals wiedersehen würde, und sie hatte ganz sicher keine Ahnung, ob er David wegen seiner Geburt akzeptieren würde, und trotzdem hatte sie ihrem Sohn gesagt, dass er sein *Papá* sei. Die Intensität an Emotionen war fast überwältigend.

Er betrachtete den kleinen Jungen und konnte nicht fassen, wie sehr er seiner Mutter ähnelte. Angefangen bei seinen blauen Augen bis hin zu seinen schwarzen Haaren war er ein Mini-Raven. Er sah gesund aus, wenn auch ein bisschen zu dünn für Daves Geschmack. Er wollte ihn hinlegen und mit den Händen über seinen kleinen Körper streichen, um sich zu vergewissern, dass er nirgendwo verletzt war, aber er konnte es nicht ertragen, ihn auch nur für die paar Minuten loszulassen, die es dauern würde, ihn zu untersuchen.

Black gelang es schließlich, die Fessel von Davids Knöchel zu lösen, und Dave spürte, wie der Junge seine kleinen Beine um ihn schlang und drückte. Er legte die Arme um seinen Hals und hielt sich fest. Fast verzweifelt. Dave schlang seine beiden Arme um das kostbare Kind und drückte es noch fester an seine Brust. Er war vielleicht nicht die ersten viereinhalb Jahre für den Jungen da gewesen, aber er würde verdammt noch mal die nächsten fünfzig Jahre für ihn da sein.

David machte große Augen, als er seine kleinen Hände auf einen Bizeps seines *Papás* legte und drückte.

»Sie sind tatsächlich so groß wie die Bäume in meinem Garten«, rief er aus.

Dave hörte, wie einer seiner Freunde lachte, aber er konnte den Blick nicht von dem kostbaren Bündel auf seinen Armen abwenden. Es war kaum zu glauben, dass er Ravens Kind auf dem Arm hielt. Er hatte alles andere vergessen und betrachtete den Jungen voller Ehrfurcht. Raven hatte ein Baby zur Welt gebracht, das jetzt in seinen Armen lag. Nichts hätte ihn auf die Gefühle vorbereiten können, die er in diesem Moment empfand.

Dann hörten sie Ro über ihre Funkgeräte sagen: »Verdammter Mist. Drei Geländewagen nähern sich dem Eingang des Barrios, und zwar schnell.«

»Verdammt«, murmelte Gray.

Dave drehte den Kopf und sah, wie sich das örtliche Team von Männern mit der älteren Frau unterhielt, die in der Hütte gewesen war, als sie hereingekommen waren. Sie gestikulierte mit den Händen, ihre Augen waren vor Schreck geweitet.

»Verdammt«, sagte Arrow durch das Funkgerät. »Es ist del Rio«, informierte er alle. »Jemand muss ihm einen Tipp gegeben haben, dass wir hier sind. Er trägt einen verdammten Anzug, obwohl es eine Million Grad heiß ist, und läuft herum, als wäre er ein gottverdammter König oder so.«

Jeder in der Hütte wusste, dass ihre Zeit abgelaufen war.

»Wie viele Männer sind bei ihm?«, fragte Gray Ro und Arrow.

»Mindestens ein Dutzend. Und sie verteilen sich. Ihr werdet nicht auf demselben Weg wieder herauskommen, auf dem ihr reingegangen seid. Geht zu Plan B über«, befahl Ro.

Ohne ein weiteres Wort an die Frau, die wahrscheinlich keine andere Wahl gehabt hatte, als seinen Sohn zu beherbergen, drehte Dave sich um und verließ die Hütte mit David auf dem Arm. Er wusste, dass das peruanische Team dafür sorgen würde, dass die Frau in Sicherheit war, falls del Rio sich dafür rächen wollte, dass er David entführt hatte.

Durch die Informationen, die er über das Funkgerät in seinem Ohr erhielt, war er über die Fortschritte von del Rio und seinen Männern auf dem Weg zur Hütte bestens informiert. Die Männer hatten es nicht besonders eilig. Es war klar, dass sie glaubten, Dave habe keine Chance, mit David aus dem Barrio zu entkommen. Eingebildete Mistkerle. Die meisten Bewohner waren in ihren Hütten verschwunden, weil sie die Aufmerksamkeit von del Rio und seinen Männern nicht auf sich ziehen wollten.

»Pass auf, wir machen Folgendes«, erklärte Dave dem kleinen David. »Du musst dich so gut wie möglich an mir festhalten. Egal was passiert, lass mich nicht los. Hast du verstanden?«

»Ja, *Papá*. Gehen wir zu *Mamá*?«

»Ja«, entgegnete Dave. »Aber del Rio ist hier und wir müssen uns von ihm fernhalten.«

Bei der Erwähnung von del Rio erblasste Davids Gesicht und er hielt sich fast schmerzhaft an Daves Hals fest. »Wird er mich mitnehmen?«, fragte er fast verzweifelt.

»Nein«, beruhigte Dave ihn sofort, während er sich einen Weg durch die nahe gelegenen Hütten bahnte. Er steuerte auf die Mauer auf der Rückseite zu, wo er und David hoffentlich in der Dunkelheit verschwinden konnten.

»Aber er hat gesagt, wenn ich weglaufe, wird er *Mamá* töten.«

»Er wird deiner Mutter kein einziges Haar krümmen, das verspreche ich«, erklärte Dave. Das war eine blödsinnige Drohung, denn David war an den Boden gekettet worden. Del Rio wollte nur seine Kontrolle über den kleinen Jungen ausüben und ihm weiterhin Angst einjagen.

»Aber er hat gesagt, ich gehöre ihm. Dass ich alles tun muss, was er mir sagt, sonst sehe ich sie nie wieder.« Seine kleine Stimme zitterte. »Vielleicht sollte ich einfach bleiben.«

Daves Herz brach fast, aber gleichzeitig war er so unglaublich stolz. David war selbstlos und bereit, alles zu tun, was nötig war, um seine Mutter zu beschützen. »Wir bleiben nicht hier, und deine Mutter ist in Sicherheit«, versicherte er dem Jungen und beschleunigte sein Tempo. »Ich gebe dir mein Wort. Denk dran, du musst dich nur an mir festhalten, okay? Verschränke deine Finger in meinem Nacken. Gut, genau so. Kannst du dich auch festhalten, wenn ich dich nicht mit den Armen festhalte?«, fragte Dave.

Als David nickte, testete Dave ihn, indem er seine Arme zu den Seiten ausstreckte, als wollte er Flugzeug spielen. David spannte seine Beine um seine Taille und seine Arme hielten ihn genau dort auf seiner Hüfte.

»Gut gemacht«, lobte Dave und legte noch einmal den Arm um den kleinen Jungen. »Du bist wirklich stark.«

David schenkte ihm ein kleines Lächeln und auf seinen kleinen Wangen erschien ein Hauch von Röte. Oh Gott, hatte ihm außer Raven noch nie jemand ein Kompliment gemacht?

Aber Dave kannte die Antwort darauf und er schwor sich, dass er David auf der Stelle zeigen würde, wie toll er war.

»Wenn ihr noch nicht weg seid, müsst ihr sofort verschwinden«, warnte Arrow über Funk.

»Wir sind unterwegs und nähern uns der hinteren Mauer«, sagte Dave in das Funkgerät. Dann wandte er sich noch einmal an seinen Sohn. »David, die Männer, die mit mir in der Hütte waren, sind meine Freunde. *Deine* Freunde. Wenn etwas passiert und wir getrennt werden, vertraust du ihnen und niemandem sonst. Hast du verstanden?«

David nickte.

»Ihre Namen sind Ball, Gray und Black. Ich weiß, das sind komische Namen, aber sie werden dir helfen, wenn es nötig ist.«

»Kennen sie meine *Mamá*?«

»Ja. Und unser anderer Freund, Meat, ist jetzt bei ihr und sorgt dafür, dass sie in Sicherheit ist. Arrow und Ro, zwei weitere Freunde, warten ebenfalls in der Nähe. Du bist nicht mehr allein, Champ. Kapiert?«

»Champ?«

Dave konnte sich ein Grinsen nicht verkneifen. »Ja, das ist ein Spitzname. Ist das okay?«

David nickte enthusiastisch. »*Mamá* hat gesagt, du nennst sie Raven, obwohl sie Margaret heißt. Und *Grandpapá* und *Grandmamá* nennen sie Magpie. Ich hatte noch nie einen Spitznamen.«

»Jetzt hast du einen, Champ«, sagte Dave, während er den Blick über das unnatürlich dunkle und stille Viertel um sie herum schweifen ließ. »Aber jetzt musst du ganz still sein und dich festhalten. Egal was passiert.«

»Okay, *Papá*«, flüsterte David.

Jedes Mal wenn David diesen Namen aus dem Mund seines Sohnes hörte, verliebte er sich mehr und mehr in ihn, und es machte ihn noch entschlossener, ihn und Raven aus Peru herauszuholen.

Unter größter Wachsamkeit und immer noch auf der Hut, weil er wusste, dass del Rio und seine Männer sich der Hütte näherten, machte Dave sich auf den Weg zu der behelfsmäßigen Treppe, die die Bewohner in die hintere Ecke des Barrios gebaut hatten, sodass sie leicht über die Betonmauer steigen konnten, die sie von dem besseren Viertel auf der anderen Seite trennte.

Er sah, wie Ball und Gray sich näherten, nachdem er oben auf der Mauer war, und sofort begannen, die Treppe abzubauen. Er hoffte, dass es nicht lange dauern würde, denn die Treppe bestand aus Kisten, Paletten und allem anderen Müll, den die Bewohner erbeuten konnten, aber der Haufen war riesig.

Die Oberkante der Mauer war nicht mal einen Meter breit, aber Dave hatte keine Probleme, das Gleichgewicht zu halten. Er mochte ein großer Mann sein, aber er war wendig – und er trug das Wertvollste, was er je in seinem Leben gehabt hatte. Wegen des Hügels, auf dem das Barrio gebaut war, gab es auf der anderen Seite einen Abhang von etwa sechs Metern Höhe, aber sechzig Meter weiter gab es einen großen Hügel, der an die Mauer stieß, sodass aus den sechs Metern nur noch zweieinhalb wurden. Oben entlang der Mauer zu balancieren war der gefährlichste Teil des Plans. Sie waren ungeschützt und konnten sich nirgendwo verstecken. Die anderen Männer hatten vor, sich zu seinem Standort durchzuschlagen und sich um sie herum zu verteilen, aber wenn del Rio eine Waffe zog und auf sie schoss, waren sie leichte Beute.

Aber Dave war sich ziemlich sicher, dass der Mann das nicht tun würde. Er war eingebildet, und ihn schnell zu töten wäre nicht befriedigend genug. Dave hatte das Gefühl, dass del Rio sich in dem Moment, in dem er merkte, wer er war und dass er nur überlebt hatte, um ihn auszumanövrieren, nach einer persönlichen Vergeltung sehnen würde.

Er wettete auch darauf, dass dieser Mistkerl seine Investition nicht gefährden wollte ... David. Er hatte eine Menge Pläne mit dem Jungen und es war unwahrscheinlich, dass er seinen Männern befehlen würde, sie zu erschießen.

Zumindest hoffte Dave darauf.

Er begann zu laufen und hatte bereits die Hälfte seines Weges zurückgelegt, als del Rios Männer ihn entdeckten und mit gezogenen Waffen auf ihn zustürmten. Dave hatte Zeit, seinen Männern mitzuteilen, dass er entdeckt worden war und dass sie sich auf den Weg zu ihm machen sollten, um die Bedrohung zu entschärfen, als del Rio ihnen etwas zurief.

»Bleib sofort stehen oder ich befehle meinen Männern zu schießen!«

Dave sah nach, wie weit er noch laufen musste, und wusste, dass er mit fünf oder sechs schnellen Schritten an der niedrigen Stelle sein konnte. Aber er wollte auf keinen Fall riskieren, dass David erschossen wurde. Er brauchte die Deckung seines Teams, um die letzten vier Meter hinter sich zu bringen, damit sie vorläufig erst mal in Sicherheit waren.

Er drehte sich zu dem Mann um, der dafür verantwortlich war, dass sein Leben während der letzten zehn Jahre die Hölle gewesen war.

Del Rio blickte wütend zu ihm auf. »Du!«, rief er aus.

»Ich«, bestätigte Dave und blinzelte in das Licht, das ihm in die Augen schien und mit dem ihn jemand auf der Mauer angestrahlt hatte.

»Ich habe meinem Mann gesagt, er solle sich vergewissern, dass du tot bist. Als er nicht zurückkam, hätte ich wissen müssen, dass er versagt hat«, sagte del Rio angewidert.

»Ich bin nicht tot«, sagte Dave barsch.

Sofort verschwand die Wut aus seinem Tonfall und die Arroganz kehrte zurück. »Das macht nichts. Du wirst mit meinem Jungen nicht davonkommen«, sagte del Rio, während er an seinem Jackett zupfte und abwesend den Schmutz von der Vorderseite abklopfte.

»Doch, werde ich«, rief Dave. Über Funk hörte er, wie seine Männer ihm mitteilten, dass sie in zwanzig Sekunden da sein würden. Gerade genügend Zeit, um del Rio zu sagen, was er von ihm hielt, bevor er mit seinem Sohn abhauen konnte. David hielt ihn fest umschlungen und hatte seinen Kopf an seinem Hals vergraben.

Dave schlang einen Arm um die Taille des Jungen und ließ del Rio keine Zeit, etwas anderes zu sagen.

»Ich hatte geplant, dich schnell und einfach zu töten. Ich

werde dich auf keinen Fall am Leben lassen, damit du weiterhin das Leben von Frauen und Kindern ruinierst, als wären sie nichts weiter als Dreck unter deinem Schuh. Aber jetzt werde ich dafür sorgen, dass du endlose Schmerzen erleidest, bevor du stirbst. Für jede Frau, die du in ein Leben gezwungen hast, das sie nicht wollte. Für jedes Kind, das seine Mutter verloren hat, und für jedes Kind, das du von seiner Familie gestohlen und zu Dingen gezwungen hast, die kein vernünftiger Mensch erlauben würde, wirst du bezahlen.«

Del Rio lachte. »Und wie willst du das anstellen?«, fragte er. »Du bist derjenige, der umzingelt ist und keinen Ausweg hat. Du hast keine Ahnung, wie viel Macht ich in diesem Land habe. Ich besitze die Regierung, das Militär, die Polizei. Selbst die Menschen in diesem Drecksloch arbeiten für mich! Du kannst nirgendwo hingehen und dich nirgendwo verstecken. Gib mir einfach den Jungen und ich sorge dafür, dass *du* schnell stirbst.«

»Das ist das Problem mit Leuten wie dir. Ihr denkt, ihr seid unbesiegbar. Kurzmeldung, Roberto, das bist du nicht.«

Dave sah, dass die Verwendung seines Vornamens ihn verärgerte. Del Rio liebte es, unter seinem Nachnamen bekannt zu sein. Er liebte die Angst, die es in den Herzen seiner Landsleute auslöste.

Zehn Sekunden.

»Ich werde dich töten«, knurrte del Rio. »Dann werde ich deine Frau finden, sie zu mir nach Hause bringen und sie jedem anbieten, der sie haben will. Vielleicht bringe ich sie auch in die Barrios und lasse jeden ran, ohne dass sie mich dafür bezahlen müssen. Du hast nicht nur sie in Schwierigkeiten gebracht, sondern auch jeden, mit dem sie Umgang hat. Sie werden alle dafür bezahlen, dass du dich eingemischt hast.«

Dave ging nicht auf den Köder ein, aber er spürte, wie David an ihm zitterte, und war erleichtert, dass dieses Gespräch fast beendet war. Seine Männer würden sich auf del Rio und seine Schläger stürzen, und in wenigen Sekunden würde die Hölle losbrechen. »Das Problem, wenn man ganz oben ist, ist, dass man einen verdammt langen Weg nach unten hat.« Er salutierte spöttisch vor dem Mann, der unter ihm am Boden stand. »Mach's gut, Roberto. Ich werde dich nie wiedersehen, aber du wirst ständig über deine Schulter schauen müssen. Karma hat nämlich die dumme Angewohnheit, auf dich zurückzukommen – und du wirst ihm nicht entkommen.«

Kaum hatte er die letzten Worte ausgesprochen, hörte er die Schreie seiner Mountain Mercenaries, die aus allen Richtungen zu kommen schienen. Sie forderten die Männer auf, ihre Waffen niederzulegen. Das Licht, das auf Dave gerichtet war, verschwand, da del Rios Männer plötzlich damit beschäftigt waren, sich selbst zu schützen, sodass er wieder im Mantel der Dunkelheit verborgen war.

Dave wandte die Aufmerksamkeit wieder der Mauer zu und schritt selbstbewusst und schnell auf sein Ziel zu. Er hörte, wie del Rio seinen Männern Befehle zurief, aber Dave konzentrierte sich nur auf die Mauer und darauf, wie sie nach unten kommen sollten. »Bist du bereit, Champ?«, fragte er seinen Sohn, als er in Position war. Er setzte sich auf die Kante der Mauer, die dem Barrio abgewandt war, und ließ seine Füße auf der anderen Seite baumeln.

»Ich halte dich ganz fest, mein Sohn. Vertraust du mir?«, fragte Dave, als der Junge nicht reagierte. Er legte seinen Arm um David und drückte ihn fest an seinen Körper.

»*Sí.*«

»Gut. Mach die Augen zu und halt dich fest.«

Er wartete, bis David seine kleinen Augen zugemacht

hatte und er seine Beine und Arme noch fester um ihn schlang. Dann stieß Dave sich von der Wand ab und sprang.

Die Landung tat etwas weh, aber Dave winkelte die Knie an und federte den Aufprall größtenteils mit den Beinen ab. Er stolperte und musste seine andere Hand benutzen, um sich abzufangen, als er ins Straucheln geriet, fing sich aber wieder. Auf keinen Fall wollte er mit seinem Sohn auf dem Arm stürzen. Das würde den Jungen zu Tode erschrecken und ihn womöglich auch noch verletzen. Dave würde lieber sterben, als seinem Sohn Schaden zuzufügen, nach allem, was er durchgemacht hatte.

Sobald er das Gleichgewicht wiedergefunden hatte, richtete er sich auf und eilte den Hügel hinunter, ohne sich umzudrehen. Er hörte noch mehr Rufe aus der Richtung des Barrios und in seinem Ohrhörer, aber er hielt weder an noch wurde er langsamer, sondern er blendete die Stimmen aus. Es war offensichtlich, dass sie nicht damit gerechnet hatten, dass er auf der anderen Seite der Mauer abspringen würde. Del Rio war eingebildet genug, um zu glauben, dass Dave sich einfach ergeben würde.

Niemals.

Da Dave die Satellitenbilder der Gegend auswendig kannte, wusste er genau, wohin er gehen und wo er sich verstecken würde. Del Rio war arrogant. Er würde nicht so leicht aufgeben, aber die Mountain Mercenaries würden ihn und seine Männer aufhalten, bis Dave mit David untertauchen und sich bis zum Morgen verstecken konnte.

Er wusste, dass sein Team gut war, aber das Barrio war unbekanntes Terrain, auch wenn sie die Überwachungsfotos studiert hatten. Del Rio und seine Männer waren dort wesentlich versierter. Es war wahrscheinlich, dass del Rio entkommen konnte, aber Dave machte sich keine Sorgen.

Wie er dem Mann gesagt hatte, würde er sich eines Tages rächen. Dafür würde Dave sorgen.

Es gefiel ihm nicht, dass Raven vor Sorge verzweifeln würde, wenn er nicht sofort mit ihrem Sohn zurückkehrte. Die nächsten Stunden würden ungemütlich werden, aber sein Team würde sie so schnell wie möglich abholen, und dann wären sie auf dem Weg zurück in die Vereinigten Staaten, also würde sich alles lohnen.

Die Stimmen seiner Männer knisterten jetzt in seinem Ohrhörer und je weiter er sich von der Mauer entfernte, desto mehr Rauschen war zu hören. Die Funkgeräte waren für kurze Reichweiten ausgelegt. Sie hatten alle gewusst, dass die Möglichkeit bestand, den Funkkontakt zu verlieren, also war Dave nicht beunruhigt. Der Plan stand fest, und seine Männer konnten auf sich selbst aufpassen.

»Er war wirklich wütend«, flüsterte der kleine Junge, nachdem sie sich von der Barrio-Mauer entfernt hatten und in das angrenzende Viertel gegangen waren.

Dave wurde nicht langsamer, als er sich schnell auf die erste Straße zubewegte. Die Häuser standen dicht beieinander und die höchsten waren nur zweistöckig. Es gab Hunderte von Häusern in dem Viertel, und obwohl es schöner war als das Barrio, war es immer noch ein armes Viertel. In einem gehobenen Viertel wäre es schwieriger, sich zu verstecken. Del Rio würde nach ihm suchen, vor allem, nachdem Dave ihn beleidigt und bedroht hatte. Das konnte er nicht auf sich sitzen lassen, nicht, wenn mehrere seiner Männer es mitgehört hatten. Es ließ ihn schwach aussehen.

Aber das war Dave verdammt egal. Sollte del Rio doch nach ihm suchen. Er würde ihn nicht finden.

Sein Team und die Peruaner würden del Rio töten, wenn sie die Chance dazu bekämen, und wenn sie versagten, so vermutete Dave, würden seine Männer stinksauer sein. Sie wussten allerdings nicht, dass del Rio trotzdem bezahlen würde ... irgendwann. Er hoffte, dass der Mann einige Zeit damit verbringen würde, sich zu fragen, wann und wo die Rache stattfinden würde. Er wollte, dass er paranoid wurde und sich mehr um seine eigene Sicherheit sorgte, als dass er Komplotte schmiedete, um Kinder zu verkaufen und weitere Frauen zu entführen.

Aber auch wenn das nicht geschah und del Rio seine Drohungen abtat, würde das Karma ihn eines Tages einholen. Dafür würde Dave sorgen.

»Er war wütend«, erklärte Dave seinem Sohn, »aber er wird uns nicht finden. Wir werden uns verstecken, dann holen wir deine Mutter und machen uns auf den Heimweg.«

David hob den Kopf von seiner Schulter und starrte ihn an. »Versprochen?«

»Versprochen«, erklärte Dave sofort.

»Del Rio hat gesagt, wenn ich fliehe, bringt er *Mamá* um«, erinnerte David ihn ängstlich.

Dave war wütend über die seelische Grausamkeit, die del Rio diesem wunderbaren kleinen Jungen zugefügt hatte. Da er wusste, dass dies wichtig war und er sich jetzt sofort darum kümmern musste, eilte er zwischen zwei Häusern hindurch und ging in die Hocke. David stellte seine Füße ab und stand auf, wobei er sich unsicher auf die Unterlippe biss.

Dave legte seine Hände auf Davids Schultern und schaute ihm in die Augen, während er sprach. »Del Rio ist ein böser Mann, Champ. Er ist gemein und ein Tyrann. Ihm ist es egal, ob er anderen Menschen wehtut. Ich zweifle nicht daran, dass er dir die Wahrheit gesagt hat, dass er es ernst meint, was er sagt. Aber er kann deiner Mutter nicht wehtun, wenn er sie nicht findet. Und glaub mir, wenn ich sage, dass er sie nie finden wird. Oder dich. Heute war das letzte Mal, dass du diesen Mann gesehen hast, und das letzte Mal, dass er dich jemals gesehen hat. Er wird keinen von euch verletzen können, weil wir weg sein werden.«

»Aber er hat gesagt, dass ich mich nirgendwo verstecken kann«, wandte David ein.

Stirnrunzelnd fragte Dave: »Was hat er dir noch gesagt? Welche anderen gemeinen Dinge hat er gesagt, die deine Gefühle verletzt haben? Ich will das alles hören, damit ich dir versichern kann, dass er sich geirrt hat.«

Es dauerte einen Moment, aber dann begann David zu sprechen. »Als ich ihn fragte, ob ich zur Schule gehen könnte, sagte er, das wäre Geldverschwendung, weil ich dumm sei. Er sagte mir, ich sei hässlich und meine Augen hätten eine komische Farbe. Ich musste alles tun, was er mir sagte, weil ich dumm war und nicht in der Lage sein würde, zu arbeiten und selbst Geld zu verdienen. Einmal weinte ich vor ihm, weil er mich schlug und es wehtat, und er nannte mich eine Heulsuse.«

David ließ den Kopf hängen und er blickte auf den Boden, als er leise das Nächste zugab. »*Mamá* hat gesagt, du würdest uns suchen, aber ich hätte nicht gedacht, dass du uns rechtzeitig findest. Als ich ohne Kleider auf dem Schoß von del Rios Freund sitzen musste, sagte er mir, dass der Mann bald mein neuer Freund sein und mich mit zu sich nach Hause nehmen würde, und dass er meine *Mamá* umbringen würde, wenn ich nicht täte, was er mir sagte, wenn ich ihn nicht an mich heranließe.« Dann sah er zu Dave auf. »Werden deine Freunde mich dazu zwingen?«

Dave wollte die Uhr zwanzig Minuten zurückdrehen und Gray befehlen, del Rio sofort eine Kugel ins Hirn zu jagen, sobald er ihn sah, ohne Rücksicht auf die Konsequenzen. Egal, ob er vorgehabt hätte, David selbst zu behalten oder ihn an einen anderen kranken Pädophilen zu verkaufen, das Ergebnis wäre das Gleiche gewesen.

Er holte tief Luft und schüttelte den Kopf. »Nein, Champ. Niemals. Niemand darf dich ohne deine Erlaubnis anfassen. *Niemand.* Hast du verstanden?«

Der kleine Junge sah nicht überzeugt aus.

»Deiner *Mamá* geht es gut. Sie ist in Sicherheit. Ich gebe dir mein Wort als dein *Papá.*«

David sah aus, als würde er ihm so gern glauben wollen.

Dave wusste, dass sie ihren Weg fortsetzen mussten. Er nahm seinen Sohn in den Arm und ging wieder los. »Ich weiß, das ist schwer zu verstehen, aber du musst wissen, dass del Rio ein schlechter Mensch ist. Er benutzt seine Worte, um andere Menschen dazu zu bringen, das zu tun, was er will. Er benutzt auch seine Fäuste, um Menschen zu verletzen, aber wenn man dir etwas oft genug sagt, immer und immer wieder, fängst du an, es zu glauben.« Er sah seinen Sohn an. »Du bist nicht dumm, Champ. Du bist sogar einer der klügsten kleinen Jungs, die ich je getroffen habe.«

David sagte nichts.

»Du sprichst zwei Sprachen. Ich kann weder Spanisch sprechen noch verstehen, aber du schon. Keiner meiner Freunde, die du heute getroffen hast, versteht Spanisch, also bist du in dieser Hinsicht schon schlauer als wir.«

»Wirklich?«, fragte David.

»Wirklich«, beruhigte Dave ihn. »Und du sprichst sicher nicht wie andere Vierjährige, die ich kennengelernt habe. Du bist auch nicht weggelaufen, als du mich und meine Freunde gesehen hast. Du wusstest, wer ich bin, obwohl wir uns noch nie begegnet sind.«

»*Mamá* hat mir erzählt, wie du aussiehst.«

»Stimmt, und du hast es dir gemerkt. Das ist klug.« Dave

fuhr mit seinem Lob fort, während er schnell durch die Straßen des Viertels ging und nach dem Gebäude suchte, das er auf den Satellitenbildern ausfindig gemacht hatte.

Er spürte, wie David nickte und dann eine Hand auf die Wunde an Daves Hals legte. »Du hast ein Autschi.«

Dave brauchte eine Weile, um sich daran zu gewöhnen, wie schnell sein Sohn das Thema wechselte, und ihm wurde klar, dass er es kaum erwarten konnte, alles über den Jungen in seinen Armen zu erfahren. Er hatte eine Menge aufzuholen. Viereinhalb lange Jahre. »Das habe ich«, erklärte er ihm.

»Das sieht so aus, als würde es wehtun.«

Dave zuckte mit den Schultern. »Es gibt Schmerzen, und dann gibt es Schmerzen.«

David sah verständlicherweise verwirrt aus.

»Manchmal tut ein Splitter oder eine Blase oder eine Schürfwunde am Knie nicht annähernd so weh wie ein Schmerz, der vom Herzen kommt«, erklärte Dave. »Als ich deine Mutter ... verloren habe ... tat mir das Herz weh. Ich war so traurig, dass es mir egal war, ob ich aß oder schlief oder ob ich mich beim Gemüseputzen für das Abendessen schnitt. Der Schmerz in meinem Herzen, weil ich deine Mutter verloren hatte, war viel schlimmer als jeder körperliche Schmerz.«

David nickte weise. »Zum Beispiel, immer dann, wenn *Mamá* gehen musste, als unser Besuchstag zu Ende war. Das hat mir nicht gefallen. Alle waren gemein und schrien mich an. Ich musste in meinem Zimmer bleiben und bekam nur ein bisschen Reis zu essen. Dann kam *Mamá* wieder und ich war eine Zeit lang glücklich.« Mit dem Finger fuhr er noch einmal sanft über die Wunde an Daves Hals. »Aber ... dir geht es doch gut, oder? Du wirst *Mamá* und mich doch nicht wieder verlieren, oder?«

»Nein. Du und deine Mutter werdet nie wieder verloren gehen. Und ich komme wieder ganz in Ordnung. Danke, dass du dir Sorgen um mich machst.«

David nickte und lehnte sich nach vorn, um seinen Kopf noch einmal an die Brust seines *Papás* zu legen.

Daves Herz fühlte sich an, als würde es gleich zerspringen. Er verstand jetzt besser denn je, warum Raven nicht versucht hatte, ihn zu kontaktieren. Er hatte ihr gesagt, dass er es verstand, aber das hatte er nicht wirklich. Jetzt, da er David in seinen Armen hielt und spürte, wie sehr er ihm vertraute und wie sehr er allein für das Wohlergehen des Kleinen verantwortlich war, wusste Dave, dass er alles tun würde, um ihn zu beschützen. Und wenn er dieses Gefühl schon hatte, nachdem er ihn erst so kurz kannte, dann wusste er auch, dass Raven es noch hundertmal tiefer empfand.

Seine Liebe zu seiner Frau und dem kleinen Jungen, der in seinen Armen lag, war fast überwältigend. Er würde alles tun, um die beiden zu beschützen. Alles.

Nachdem sie weitere zehn Minuten gelaufen waren, begann Dave, sich Sorgen zu machen. In der Ferne hörte er Rufe und Fahrzeuge, und er wusste, dass er sein Versteck finden musste, und zwar schnell.

Gerade als er dachte, er hätte sich verlaufen oder die Satellitenbilder wären falsch, bog Dave um eine Ecke und entdeckte, wonach er gesucht hatte.

Er hatte den äußeren Rand des Viertels erreicht und die Häuser waren ein wenig heruntergekommener. Sie waren nicht so ärmlich wie die in dem Barrio, das sie gerade verlassen hatten, aber es war offensichtlich, dass die Besitzer weder die Mittel noch den Wunsch hatten, sich so um sie zu kümmern, wie es bei den anderen Häusern der Fall gewesen war. Dave sah sich um, um sich davon zu überzeugen, dass niemand in der Nähe war, dann lief er über den Rasen zu einem der Häuser in der Mitte einer langen Reihe. Zwischen den Höfen gab es keine Zäune, und er schlüpfte um das Haus herum.

Als er sah, wonach er suchte, lächelte Dave und sagte: »Okay, Champ, du musst dich ganz fest an mir festhalten. Ich brauche beide Hände und werde nicht in der Lage sein, dich zu halten.«

David machte große Augen. »Du willst da hoch?«

»Ja«, entgegnete Dave und betrachtete den Baum, der in der Nähe des Hauses wuchs. »Bist du schon mal auf einen Baum geklettert?«

David schüttelte den Kopf. »Nein. Das durfte ich nicht. Und ich war immer nur draußen, wenn *Mamá* da war.«

»Dann bin ich froh, dass ich den Moment, in dem du zum ersten Mal auf einen Baum kletterst, mit dir teilen darf«, bemerkte Dave. »Meinst du, du kannst dich an mir festhalten?«

»*Sí.*«

»Na gut. Wenn du merkst, dass du abrutschst, sag mir Bescheid, und wir halten an und du kannst dich wieder festhalten.«

Dave zögerte nicht. Er griff nach oben, packte den untersten Ast des Baumes und begann zu klettern. Er war ein großer Mann und der Baum war etwas dürrer, als er auf den Satellitenbildern ausgesehen hatte, aber innerhalb weniger Minuten kletterte er auf einem der größeren Äste in Richtung des Dachs des nahe gelegenen Hauses.

David war wie ein kleines Äffchen, das sich an ihm festhielt, als wäre er dazu geboren worden.

Als er weit genug oben war, holte Dave tief Luft und sprang. Er landete genau dort, wo er hinwollte, obwohl er durch das zusätzliche Gewicht seines Sohnes auf seiner

Brust das Gleichgewicht verlor. Er wäre fast hingefallen, aber er beugte die Knie und drehte sich, sodass er auf dem Rücken und nicht auf David landete.

Als er erleichtert die Augen schloss, hörte er ein leises Kichern.

Als Dave aufblickte, sah er seinen Sohn, der lachend auf seiner Brust saß. »Das hat Spaß gemacht«, sagte er aufgeregt.

Erleichtert darüber, dass der kleine Junge nicht zu Tode erschrocken war, erwiderte Dave sein Lächeln. »Hat es das, ja?«

»Ja ... können wir das noch einmal machen?«

»Ich bin schon ziemlich alt, Champ. Ich muss mich ein bisschen ausruhen. Ist das okay?«

David nickte.

Er legte den Arm um den Jungen, setzte sich auf und rutschte bis zur Mitte des Daches.

Der Baum war einer der Gründe, warum er sich dieses Haus ausgesucht hatte, denn er gewährte leichten Zugang auf das Flachdach. Ein zweiter Grund war die Menge an Zeug, die die Besitzer dort oben verstaut hatten. Kisten, Metallbehälter, eine große Klimaanlage und eine Plane, die etwas abdeckte. Dave wusste, dass sie vielleicht ein paar Stunden auf dem Dach ausharren mussten, aber er hoffte, dass sein Team viel früher dort eintreffen würde. Die Plane würde ihnen zusammen mit dem anderen Gerümpel einen Platz bieten, an dem sie sich vor del Rio und seinen Schlägern verstecken konnten, falls das nötig werden sollte.

Dave hielt sich an seinem Sohn fest und war erleichtert, dass sie sich zwischen den Kisten unter der Plane verstecken konnten, ohne etwas bewegen zu müssen. Er rutschte nach hinten, bis er an einer Kiste lehnte, und lächelte den kleinen Jungen an.

»*Papá*?«

»Ja, mein Sohn?«

»Ich habe Hunger.«

Dave lächelte wieder, froh, dass er etwas dagegen tun konnte. Er griff in eine seiner Hosentaschen und zog einen Proteinriegel heraus. »Es ist nichts Besonderes, aber ich habe ein paar davon, sodass wir über die Runden kommen, bis wir von hier verschwinden und etwas Besseres bekommen können.«

David starrte den Riegel misstrauisch an. »Was ist das?«

»Ein Proteinriegel. Schmeckt gut, versprochen.«

Der kleine Junge rümpfte die Nase, aber als er den Riegel auspackte und den Geruch von Schokolade wahrnahm, machte er große Augen und schaute ruckartig zu Dave hoch. »Schokolade?«

»Ja, und Erdnussbutter. Du bist doch nicht allergisch gegen Erdnüsse, oder?«

Aber David hörte nicht zu. Sein Blick war nach unten gerichtet und er starrte auf den Riegel, als hätte er Angst davor.

»Was ist los?«, fragte Dave.

»Für mich?«, fragte David.

»Ja, Champ. Für dich.«

Er schaute Dave noch einmal in die Augen. »Ich darf keine Süßigkeiten haben.«

Daves Herz krampfte sich zusammen, aber er zwang sich, ruhig zu bleiben. »Das ist keine Süßigkeit, Champ. Ich meine, es ist Schokolade drin, aber die ist für Energie und Kalorien. Außerdem gelten die Regeln, an die du dich halten musstest, als du noch in del Rios Haus gewohnt hast, nicht mehr. Wir werden neue Regeln aufstellen. Na los, nimm den Riegel«, drängte er.

Aber der kleine Junge griff nicht nach dem Essen.

Dave brach ein kleines Stück von dem Proteinriegel ab und hielt es ihm hin. »Bitte sehr, mein Sohn. Ich verspreche dir, es ist in Ordnung.«

Ganz langsam griff David nach dem kleinen Bissen des Proteinriegels. Er hielt ihn an seine Nase und roch daran. Dann streckte er seine kleine Zunge heraus und leckte das Müsli und die Schokolade zärtlich ab. Seine Augen leuchteten und er steckte sich den Bissen in den Mund. Er kaute sehr lange, als wollte er jeden einzelnen Geschmack aus dem Schokoriegel herausholen, bevor er schließlich schluckte.

»Schmeckt es dir?«, fragte Dave.

David nickte. Er griff nicht nach dem Rest des Proteinriegels, sondern beäugte ihn hungrig.

Während der nächsten Minuten brach Dave ein Stück nach dem anderen ab und reichte es seinem Sohn. Es war rührend und herzzerreißend zugleich, zu sehen, wie eifrig er aß und wie viel Freude er an der einfachen Leckerei hatte.

Als der Proteinriegel aufgegessen war, lächelte David und sah ihn an. »Das war das Leckerste, was ich je gegessen habe.«

»Hast du schon einmal Schokolade und Erdnussbutter gegessen?«, fragte Dave.

Der kleine Junge nickte. »Einmal. *Mamá* hat mir einmal zu Weihnachten eine Süßigkeit reingeschmuggelt. Ich durfte zu Weihnachten weder Süßigkeiten noch Geschenke bekommen, aber *Mamá* sagte, der Weihnachtsmann hätte sie aufgesucht und meine Süßigkeiten zu ihr gebracht. Die Schokolade war zerdrückt, aber als wir draußen waren, konnten wir sie essen, ohne dass es jemand sah. Es war wirklich unglaublich lecker.«

Dieser Junge ging ihm sehr ans Herz. Und mit jedem

Wort, das er sagte, wurde Dave daran erinnert, wie sehr seine Frau und sein Sohn gelitten und was sie verloren hatten. Aber irgendwie hatten sie es geschafft, fast fünf Jahre zu überstehen und daraus trotzdem mitfühlend und liebevoll hervorzugehen. Sie waren ein Wunder. Sein Wunder.

»Ich habe noch ein paar von diesen Proteinriegeln, die wir später essen können, wenn wir Hunger bekommen«, versicherte er dem kleinen Jungen mit vor Rührung erstickter Stimme. Er räusperte sich und fragte: »Wenn wir in Colorado in den Vereinigten Staaten ankommen, was möchtest du dann als erste Mahlzeit in deinem neuen Zuhause essen?«

Der Junge machte große Augen. »Ich kann es mir aussuchen?«

»Ja, David, du kannst essen, was du willst.«

Er sah einen Moment lang ganz aufgeregt aus, dann blickte er zögernd zu Boden.

Dave legte einen Finger unter sein Kinn und forderte ihn auf, den Kopf zu heben. Als er dies tat, fragte Dave: »Was ist los? Es ist in Ordnung, du kannst ehrlich zu mir sein. Ich werde nicht verärgert sein, wenn du mir etwas erzählst.«

»Darf *Mamá* auch mit uns essen? Ich will nicht vor ihr essen, wenn sie nicht mitessen darf. Sie tut so, als wäre es ihr egal, aber ich höre, wie ihr Magen hungrige Geräusche macht, und das macht mich traurig.«

Die Opfer, die Raven für ihren Sohn gebracht hatte, ließen Daves Herz fast zerspringen. »Deine Mutter wird nie wieder hungern müssen. Sie kann essen, wann sie will und was sie will. Und das gilt auch für dich, Champ.«

»Wir können zusammen essen?«, fragte David.

»Ja. Wir werden sogar so oft wie möglich als Familie zusammen essen. Es wird vielleicht ein paar Abende geben, an denen ich nicht zu Hause sein kann, um mit euch beiden zu essen, aber ich verspreche hier und jetzt, mein Bestes zu tun, um so oft wie möglich da zu sein.«

Davids Augen leuchteten auf. »Ich liebe dich, *Papá*.«

Seine Brust schmerzte, als er die Worte seines Sohnes hörte. »Und ich liebe dich, Champ. Also, was willst du essen, wenn wir wieder bei deiner Mutter sind?«

David schaute Dave mit großen, blauen Augen an. »*Arroz con pollo*. Und *Mamás* Lieblingsessen ist *Pollo Empanada*.«

Er lachte leise. »Kannst du das für mich übersetzen, Champ? Denk dran, ich spreche kein Spanisch.«

»Reis mit Huhn für mich, und Huhn ...« Er runzelte die Stirn. »Ich weiß nicht, was *Empanada* auf Englisch heißt.«

»Ich werde es herausfinden«, versicherte Dave ihm.

In diesem Moment hörten sie ein Fahrzeug, das die Straße entlangfuhr. Es fuhr sehr langsam, und sie beide hörten Männer, die sich laut auf Spanisch unterhielten.

David machte große Augen und er legte seinen kleinen Finger über Daves Lippen.

Dave nickte, nahm die Hand seines Sohnes in die seine und küsste die Handfläche beruhigend. Er war nicht überrascht, dass del Rios Männer nach ihnen suchten. Er hatte es erwartet. Aber genau deshalb hatte er dieses Haus gewählt. Von der Straße aus sah es so aus, als gäbe es keine Möglichkeit, auf das Dach zu gelangen. Der Baum, auf den sie geklettert waren, war nicht viel höher als das Haus, und niemand würde glauben, dass ein so großer Mann wie Dave ihn benutzen könnte, um auf das Dach zu gelangen.

Der Geländewagen setzte seinen Weg fort, aber Dave wusste, dass die Gefahr nicht gebannt war. Sie mussten geduldig sein und an Ort und Stelle bleiben. Irgendwann würden del Rios Männer zurückgerufen werden, nachdem sie angenommen hatten, dass er entkommen war.

Flüsternd lobte er seinen Sohn. »Gut gemacht, dass du so ruhig geblieben bist, Champ.«

Als David errötete und den Blick von ihm abwandte, schwor Dave sich erneut, den Jungen so oft wie möglich zu loben. Er hatte in seinem kurzen Leben schon viel zu viel Hass abbekommen. Er musste wissen, dass er gut und klug war, denn das war er.

Sie unterhielten sich eine Weile, dann fragte David: »Wenn wir zu Hause sind ... meinst du, ich kann dann zur Schule gehen?«

Dave nickte. »Natürlich, Champ. Warum solltest du nicht?«

Er zuckte mit seinen kleinen Schultern. »Weil ich dumm bin. Und niemand will mein Freund sein.«

Dave hasste del Rio mit jedem Wort, das aus dem Mund seines Sohnes kam, mehr und sagte: »Das haben wir doch schon besprochen, Champ. Du bist nicht dumm. Ganz und gar nicht. Und warum sollte niemand dein Freund sein wollen?«

»Weil ich ein Bastard bin.«

Dave zuckte zusammen, als er das grobe Wort aus dem Mund des unschuldigen Kindes hörte.

»Was bedeutet *Bastard*, *Papá*?«

Um seine Wut über die seelische Grausamkeit, die del Rio ihm zugefügt hatte, unter Kontrolle zu halten, wünschte Dave, Raven wäre da. Sie wüsste genau, was sie sagen müsste, um ihren Sohn zu beruhigen. Er improvisierte und fühlte sich in diesem Moment völlig überfordert. »Ich schätze, du wirst zu viele Freunde haben, um sie zählen zu können, Champ«, beruhigte Dave ihn. »Du bist ein guter Junge. Freundlich. Rücksichtsvoll und klug. Warum sollte jemand nicht dein Freund sein wollen?«

Dave wusste, dass er mit seinen Erklärungen vorsichtig

sein musste. David war noch nicht einmal fünf Jahre alt, aber er hatte das Wort schon gehört und wusste, dass es eine Art Beleidigung war, weil er *klug* war. Er wollte auf keinen Fall, dass sein Sohn dachte, er sei weniger wert als alle anderen. »Und *Bastard* ist ein gemeines Wort, das Tyrannen benutzen, um jemanden zu schikanieren.«

»Aber was bedeutet es?«, fragte David beharrlich.

Dave überlegte kurz und beschloss, die Wahrheit zu sagen ... so ungefähr. »Ein Bastard ist jemand, dessen Mutter und Vater bei der Geburt nicht verheiratet sind. Und da deine Mutter und ich verheiratet *waren*, als du geboren wurdest, bist du keiner.«

Davids erleichterter Gesichtsausdruck hätte Dave in die Knie gezwungen, wenn er gestanden hätte.

»Ich bin also kein Bastard?«

»Nein, mein Sohn, das bist du nicht. Du bist David Justice, der Sohn von Margaret und Dave Justice.«

Seine Augen wurden groß. »Dein Name ist Dave?«

»Eigentlich heiße ich David. Aber alle meine Freunde nennen mich Dave.«

»Wir haben denselben Namen!«, rief David aus.

Dave nickte und lächelte, als sich die Augen seines Sohnes mit Stolz füllten. Er drückte den Kleinen an sich und fragte: »Konntest du schlafen, bevor wir aufgetaucht sind, um dich zu retten?«

David schüttelte den Kopf. »Ich hatte große Angst. Die alte Frau wollte nicht mit mir reden. Und Hunger hatte ich auch.«

Dave legte sich hin und bettete seinen Sohn auf seine Brust, bis sie es beide bequem hatten. »Du brauchst jetzt keine Angst mehr zu haben, mein Sohn. Ich bin hier und sorge dafür, dass du in Sicherheit bist. Mach die Augen zu und schlaf ein bisschen. Wenn du aufwachst, kannst du noch einen Proteinriegel essen.«

»Ich bin nicht müde, *Papá*«, erklärte David und gähnte dann heftig.

Lächelnd entgegnete Dave: »In Ordnung, Champ. Du legst dich einfach mit geschlossenen Augen hin und ich erzähle dir Geschichten, okay?«

»Okay.«

Und als sie so mitten in Lima auf dem Dach irgendeines Hauses lagen, während der schlimmste Verbrecher der Welt Jagd auf sie machte, hielt Dave seinen Sohn im Arm, während er ihm Geschichten darüber erzählte, wie sein neues Leben in Colorado aussehen würde. Selbst als aus dem Mund des kleinen Davids leise Schnarchgeräusche ertönten, redete er weiter und versicherte seinem Sohn, dass er klug sei und geliebt würde und dass ihm nie wieder etwas passieren würde, solange er bei ihm war.

Dave war nicht im Geringsten müde. Er war aufgewühlt. Er machte sich Sorgen um Raven und was sie wohl durchmachte, weil er nicht zurückgekehrt war. Er wusste, seine Freunde würden sich um sie kümmern und ihr versichern, dass es ihm und David gut ging. Aber er wusste auch, dass sie nicht eher ruhen würde, bis sie ihr Baby mit eigenen Augen gesehen hatte. Sich davon überzeugt hatte, dass er ein für alle Mal aus den Fängen von del Rio befreit war.

Flüsternd sagte er: »Halte durch, mein Junge. Nur noch ein kleines bisschen länger. Halte durch.«

KAPITEL FÜNFZEHN

»Was meinst du damit, sie sind nicht hier?«, fragte Mags fast hysterisch, als alle zum Hotel zurückkehrten. Alle außer ihrem Mann und ihrem Sohn.

»Keine Panik«, erklärte Gray. »Es geht ihnen gut.«

»Aber sie sind nicht hier!«, schrie sie fast. »Und du hast gesagt, dass del Rio da war? Oh mein Gott, hat er David erwischt, bevor ihr angekommen seid? Ist Dave losgezogen, um ihn zu suchen?«

»Nein. Atme tief durch, Raven«, befahl Arrow, während er ihre Hände in die seinen nahm und sie sanft an den Rand des Bettes führte, das sie mit Dave geteilt hatte.

»Alles ist nach Plan verlaufen«, erklärte Arrow ihr.

»Welcher Plan? A, B, C oder D?«, fragte Mags schnippisch. Kaum waren die Worte aus ihrem Mund, bereute sie sie. Sie verhielt sich gegenüber den Männern, die in das Land gekommen waren, um sie zu retten, wirklich unfair.

Aber erstaunlicherweise lachten Arrow und die anderen nur.

»Sie ist definitiv Daves Frau«, bemerkte Ball lachend.

»Plan B«, erklärte Arrow ihr. »Wir haben David genau dort gefunden, wo Ruben gesagt hat ...«

»Und es ging ihm gut?«, fiel Mags ihm ins Wort.

»Es ging ihm gut. Er war an den Boden gekettet, aber abgesehen von ein paar blauen Flecken war er unverletzt.«

Mags seufzte erleichtert auf. »Was ist dann passiert?«

»Dann wurde Plan B in die Tat umgesetzt, weil del Rio im Barrio aufgetaucht ist«, erklärte Ro.

Mags verkrampfte sich, zwang sich aber, ruhig zu bleiben. Keiner der Männer um sie herum flippte aus, also musste das bedeuten, dass David in Sicherheit war. Zumindest redete sie sich das ein.

Ball sprach weiter. »Wir wussten von den Satellitenfotos, dass die Bewohner eine Abkürzung aus dem Barrio entlang der hinteren Mauer gebaut hatten. Dave ging mit David auf die Mauer und wir rissen die Leiter ab, bevor del Rio und seine Männer eintrafen. Als sie merkten, was Dave vorhatte, war es schon zu spät, um zu ihnen zu gelangen. Er und del Rio unterhielten sich ein wenig, während wir alle in Stellung gingen, um ihnen Deckung zu geben, und Dave verschwand über die Mauer. Sie verstecken sich beide, bis wir sie abholen und zum Flughafen bringen können.«

»Wir verschwinden von hier?«, fragte Mags.

»Verdammt, ja, wir verschwinden von hier«, fügte Meat hinzu. »Wir sind schon lange genug hier, findest du nicht?«

Mags nickte. Sie hatte eine Todesangst, dass ihr Mann und ihr Sohn irgendwo in der Stadt von del Rio und seinen Männern gejagt wurden. »Und wie geht es weiter?«

»Jetzt sorgen wir dafür, dass ihr alle zur Abfahrt bereit seid«, erwiderte Arrow. »Du, Zara und Gabriella solltet euch von Daniela, Bonita, Carmen, Maria und Teresa verabschieden.«

»Wir lassen sie zurück?«, fragte Zara, die neben Meat saß.

»Nein«, beruhigte Meat sie. »Wir bringen die Frauen heute Abend zum Flughafen. So schnell wie möglich. Wir haben heute ihre Pässe bekommen und die Tickets für die schnellstmöglichen Flüge in ihre jeweiligen Länder besorgt. Auf der anderen Seite werden sie von Freunden oder Familienangehörigen in Empfang genommen. Du, Gabriella und Mags, ihr fahrt mit mir und Black zum Flughafen und steigt in das Flugzeug, das auf uns wartet. Die anderen werden Dave und David abholen und uns dort treffen.«

Mags wollte protestieren. Sie wollte darauf bestehen, dass sie mit den anderen ihren Sohn abholte, aber sie hielt den Mund. Sie hatten schon so viel für sie getan und sie wollte auf keinen Fall etwas tun, was die Rettung ihres Sohnes gefährden könnte. Oder ihre Chance, ein für alle Mal aus Peru herauszukommen, versauen. Sie war so nahe dran wie nie zuvor, nach Hause zurückzukehren, und sie hatte panische Angst, dass etwas schiefgehen und sie wieder auf del Rios Anwesen landen würde.

»Was ist mit del Rio?«, fragte Zara. »Habt ihr ihn heute erledigt?«

Gray schüttelte den Kopf. »Nein. Es ist ihm gelungen, mit ein paar seiner Wachen aus dem Barrio zu entkommen. Wir vermuten, dass er in diesem Moment nach Dave sucht.«

»Warum habt ihr ihn nicht umgebracht?«, fragte Zara.

Bevor einer der anderen etwas sagen konnte, ergriff Mags das Wort. »Weil sie nicht so sind wie er.«

Zara runzelte die Stirn. »Aber er muss sterben«, beharrte sie. »Er hat so viele Leben ruiniert. Ich verstehe das nicht.«

Meat küsste Zara auf den Kopf. »Ehrlich? Wir wollten es alle, aber Dave hat uns gesagt, wenn es nicht klappt, sollen wir keine Zeit damit verbringen, ihn aufzuspüren. Er hat versprochen, dass er kriegt, was er verdient. Dave hat etwas geplant. Ich weiß nicht was. Aber was auch immer es ist, del Rio wird nicht mehr lange ein Thema sein.«

»Rex hat viele Kontakte«, erklärte Gray leise. »Jetzt, da ich weiß, dass Rex tatsächlich ein Barkeeper ist, ist es schwer zu glauben.« Er grinste. »Aber wir arbeiten schon lange mit ihm zusammen und waren immer wieder erstaunt, welche Verbindungen er hat. Wenn jemand dafür sorgen kann, dass del Rio bekommt, was er verdient hat, dann ist es Rex.«

Auch für Mags war es schwer zu glauben, dass ihr sanftmütiger Ehemann die Art von Mann war, den die Mountain Mercenaries als diesen Rex kennengelernt hatten. Aber andererseits war er schon immer sturköpfig und charismatisch gewesen. Wenn jemand ein geheimes Netzwerk von sehr mächtigen und gefährlichen Verbündeten aufbauen konnte, die alle nach ihr suchten, dann war er es.

»Kannst du jetzt mit ihm reden?«, fragte sie.

Meat schüttelte den Kopf. »Unsere Funkgeräte sind nur für die Kommunikation über kurze Entfernungen geeignet. Aber wir orten ihn.« Er ging zu seinem Laptop und klappte ihn auf, sodass Mags ihn sehen konnte. »Siehst du? Der blinkende blaue Punkt ist Dave. Er ist in Sicherheit und hat sich genau dort versteckt, wo wir es geplant haben.«

Mags starrte auf den Bildschirm, auf den blauen Punkt, den Meat ihr gezeigt hatte. Er bewegte sich nicht. Dave befand sich am äußeren Rand eines großen Viertels, das an das Barrio grenzte, in dem laut Ruben ihr Sohn festgehalten wurde. Sie holte tief Luft und nickte. Dave hatte immer wieder bewiesen, dass er auf sich selbst aufpassen konnte, und sie vertraute darauf, dass er auch auf ihren Sohn aufpassen würde.

Ihr Leben hatte sich in so kurzer Zeit so sehr verändert,

dass sie immer noch etwas verwirrt war. Aber eines hatte sich nicht geändert – ihre Liebe zu ihm und ihr Vertrauen in ihren Mann. Sie hatte fast vergessen, wie dickköpfig er sein konnte. Aber innerhalb von zwei Wochen hatte er sie gefunden, die Tatsache verarbeitet, dass sie von einem Fremden vergewaltigt und geschwängert worden war, und das Baby, das sie daraufhin bekommen hatte, mit offenen Armen als sein eigenes angenommen. Er hatte irgendwie die Schilde überwunden, die sie als Bewältigungsmechanismus errichtet hatte, und selbst wenn er sie berührte, fühlte sie sich sicher. Sie konnte sogar neben ihm schlafen. Sogar fast nackt mit ihm in der Dusche stehen, nachdem er verletzt worden war.

Kurz gesagt, er hatte ein Wunder vollbracht. Hatte sie davon überzeugt, dass sie vielleicht, nur vielleicht, mit ihm an ihrer Seite in der Lage dazu wäre, in die Staaten zurückzukehren und nicht völlig durchzudrehen.

Von allen Menschen auf der Welt traute sie ihm und nur ihm zu, ihren Sohn zu beschützen und ihn zu ihr zurückzubringen.

»Also gut. Wir haben für die kurze Zeit eine Menge zu tun, wenn wir alle so schnell wie möglich von hier verschwinden wollen.«

Sie sah die Bewunderung in den Augen der Männer, und das half ihr, sich noch mehr zusammenzureißen. Es würde ihr schwerfallen, sich von den anderen Frauen zu verabschieden, aber zu wissen, dass sie in Kontakt bleiben konnten und dass sie endlich vor del Rio in Sicherheit waren, machte die Trauer nicht ganz so schmerzhaft.

Und dass Gabriella mit ihr kommen konnte, machte sie sehr glücklich. Sie freute sich nicht nur für ihre Freundin, sondern auch für sich selbst. Es würde nicht leicht sein, sich wieder an ein normales Leben zu gewöhnen, aber mit Zara,

Gabriella und Dave und natürlich David wäre es sicher leichter als ganz allein.

Nachdem die meisten Männer den Raum verlassen hatten, kam Zara auf sie zu und fragte: »Alles in Ordnung?«

Überraschenderweise fühlte Mags sich ziemlich gut. Sie machte sich Sorgen um David und Dave, aber sie wusste, dass es ihnen im Grunde gut ging. Dave würde nicht zulassen, dass ihrem Sohn etwas zustößt. »Ja, alles in Ordnung.«

»Freust du dich darauf, nach Hause zurückzukehren?«

Mags nickte. »Ja. Und ich habe enormen Respekt davor.«

»Das hatte ich auch«, entgegnete Zara. »Aber ich werde da sein und dir helfen. Dave wird auch bei dir sein. Dein Sohn wird dich auf Trab halten, weil du für ihn einkaufen und ihn in der Schule anmelden musst. Aber ich bin mir sicher, dass du und Dave eure Freunde anflehen müsst, keine Sachen mehr für euren Sohn zu kaufen, sobald die anderen von ihm erfahren.«

»Du hast nicht viel über sie erzählt«, bemerkte Mags. »Ich bin sicher, dass ich ein ganzes Stück älter bin als sie alle. Glaubst du ... sie werden mich mögen?«

»Oh mein Gott«, rief Zara aus, »sie lieben dich jetzt schon! Weißt du, die Sache ist die, dass sie alle durch ihre eigene Hölle gegangen sind, und sie halten große Stücke auf Dave. Du musst dir also überhaupt keine Sorgen machen, dass sie dich vielleicht nicht akzeptieren. Es sind gute Menschen, Mags. Das schwöre ich.«

Mags seufzte. »Ich bin wirklich nervös, meine Eltern wiederzusehen«, gab sie zu.

Zara streckte die Hand aus, ergriff Mags' Hand und drückte sie. »Nach dem zu urteilen, was Meat mir erzählt hat, hat er sie darüber informiert, was hier vor sich geht. Dass Dave dich gefunden hat und dass du am Leben bist und es dir gut geht. Er hat ihnen auch von ihrem Enkel erzählt. Sie freuen sich wahnsinnig, aber sie sind auch nervös. Geh das Ganze einfach einen Tag nach dem anderen an, okay?«

»Sie wissen von David?«, fragte Mags schockiert.

Zara nickte. »Ich habe Meat deswegen die Hölle heißgemacht. Er hatte nicht das Recht, es ihnen zu sagen. Es tut mir leid.«

»Nein, ist schon okay. Ich meine, ich bin überrascht, aber auch irgendwie erleichtert. Ich war mir nicht sicher, wie sie reagieren würden ... du weißt schon, wegen der Umstände seiner Geburt.«

»Er ist ein Wunder«, entgegnete Zara leise. »Sie wissen das, genau wie Dave. Ich bin nicht die richtige Wahl, wenn es darum geht, darüber zu reden, da ich noch Jungfrau war, als ich Meat kennenlernte, aber ich kann dir garantieren, dass niemand nur aufgrund der Umstände seiner Zeugung weniger von dir oder deinem Sohn hält. Ich bewundere dich, Mags. Du warst für mich da, als ich niemanden sonst hatte. Du warst für mich wie eine Mutter und bist meine beste Freundin, und wenn ich dich sehe, denke ich nur daran. Was du durchgemacht hast, macht dich zu einer Kämpferin, nicht zu jemandem, den man bemitleiden oder verachten sollte. Jeder, der anders denkt, der kann uns mal.«

Mags hatte Tränen in den Augen, als ihre Freundin sprach, aber bei ihrer letzten Bemerkung musste sie lachen. »Danke, Zed«, sagte sie leise und nannte sie bei dem Spitznamen, den Zara benutzt hatte, als sie sich zu ihrer eigenen Sicherheit im Barrio als Junge ausgegeben hatte.

»Komm schon. Du bist zwar erst seit einer Woche im Hotel, aber ich glaube, du hast mehr Sachen, als ich mitgebracht habe. Wir müssen auch dafür sorgen, dass es Daniela gut geht. Der Kauf ihrer neuen Klinik schreitet schnell voran. Lass uns den Koffer holen, den die Jungs dir besorgt haben, und wir werden sehen, wie viel wir hineinbekommen.« Sie drückte ihre Hand und ging auf den Schrank zu.

Mags nickte. Zara hatte recht. Sie hatten eine Menge zu tun und es würde sehr emotional werden, wenn die anderen Frauen abreisten. Am liebsten hätte sie Dave hier bei sich gehabt, um ihr zu versichern, dass alles gut werden würde, aber er war damit beschäftigt, ihren Sohn zu beschützen. Also musste sie sich zusammenreißen und die Dinge hier in die Hand nehmen.

Mags schloss die Augen und sprach ein kurzes Stoßgebet für die Sicherheit ihrer Familie, dann drehte sie sich um und folgte Zara zum Kleiderschrank.

»Erzählst du mir noch eine Geschichte, *Papá*?«, fragte David.

Dave hatte keine Ahnung, wie viel Zeit vergangen war, aber es war immer noch dunkel draußen. David hatte eine Weile geschlafen, dann war er aufgewacht und hatte mit der gleichen Begeisterung wie zuvor einen weiteren Proteinriegel gegessen. Es war sehr warm unter der Plane, auch wenn die Sonne noch nicht aufgegangen war, aber Dave wollte nicht riskieren, das Dach zu verlassen. Nicht, bevor sein Team gekommen war, um ihn abzuholen. Er hatte während der letzten Stunden nichts von del Rio oder seinen Soldaten gehört, aber das bedeutete nicht, dass sie nicht da draußen waren und warteten.

»Was für eine Geschichte?«, fragte Dave.

»Die Geschichte, wie du *Mamá* kennengelernt hast«, bat David, ohne zu zögern.

Überrascht von diesem Wunsch, wusste Dave nicht, wo er anfangen sollte.

Zum Glück half sein Sohn ihm auf die Sprünge. »Du

hast ein Haus gekauft und *Mamá* kam, um es sich anzusehen«, begann David.

Lachend stellte Dave fest, dass der kleine Junge die Geschichte ihrer ersten Begegnung bereits von Raven erzählt bekommen hatte. Wahrscheinlich schon mehrmals, wenn er sich nicht irrte. »Genau, deine Mutter kam raus, um sich zu vergewissern, dass mein neues Haus sicher ist, damit Leute sich darin aufhalten können.«

»Sie war nervös, weil du groß genug warst, um Fahrzeuge anzuheben und böse Jungs zu verprügeln«, fügte David enthusiastisch hinzu.

Dave nickte. »Ja. Aber als ich deine Mutter sah, wusste ich sofort, dass sie sich in meiner Nähe sicher fühlen sollte. Ich wollte nicht, dass sie Angst vor mir hat. Sie trug eine hellbraune Hose und ein hübsches dunkelblaues Oberteil, das ihre Augen noch blauer wirken ließ. Ihr Haar wehte im Wind und sie sah wie eine Märchenprinzessin aus.«

David sah ihn mit großen Augen an und lauschte mit angehaltenem Atem jedem Wort, das Dave sagte. Der kleine Junge hatte jahrelang nur Ravens Sicht der Dinge gehört, und Dave wollte dafür sorgen, dass er genau verstand, wie sehr Raven ihn an diesem Tag umgehauen hatte.

»Sie biss sich nervös auf die Lippe, als sie mich ansah, und ich konnte sehen, wie ihre Hände zitterten. Und das gefiel mir ganz und gar nicht. Es macht mir nichts aus, wenn manche Leute Angst vor meiner Größe haben, aber deiner Mutter wollte ich auf keinen Fall Angst einjagen. Ich achtete darauf, Abstand zu ihr zu halten, um sie nicht noch mehr zu verängstigen. Sie musste um das Gebäude herumgehen und ich zwang mich, direkt an der Tür zu bleiben, damit sie nicht nervös wurde, weil ich ihr folgte. Aber eigentlich wollte ich das nicht. Ich wollte bei ihr bleiben und dafür sorgen, dass ihr niemand zu nahekommen und sie verletzen konnte. Nicht dass jemand da gewesen wäre, der das hätte tun können, aber ich wollte sichergehen.«

»Sie war froh«, erklärte David. »Sie hatte Angst vor dir.«

»Ich weiß, und das fand ich ganz schlimm«, entgegnete Dave und legte eine Hand auf sein Herz. »Ich wollte nicht, dass sie Angst vor mir hat. Ich wollte, dass sie mich so sehr mochte wie ich sie. Als sie damit fertig war, sich das Gebäude von außen anzuschauen, musste sie mit reinkommen und sich auch das Innere ansehen. Und dann hat sie über irgendetwas gelacht, das ich gesagt habe, und ich schwöre dir, Champ, ich habe mich auf der Stelle in sie verliebt.«

»Wirklich?«

»Ja, wirklich. Ihre blauen Augen funkelten, als sie lachte, und ich wollte sie jeden Tag für den Rest meines Lebens lächeln sehen.«

»*Mamá* sagte, du seist lustig gewesen«, informierte David ihn.

»Das weiß ich nicht mehr so genau. Ich weiß nur, dass wir uns mindestens eine Stunde lang unterhalten haben, und dann musste sie gehen. Ich habe sie gefragt, ob sie vielleicht später mit mir essen gehen möchte.«

»Und sie hat Ja gesagt!«, erklärte David und klatschte in die Hände. »Und du hast Fisch und sie ein Steak gegessen!«

»Ja, genau. Das haben wir. Die Sache ist die, Champ, eines Tages wirst du den Menschen treffen, von dem du weißt, dass du den Rest deines Lebens mit ihm verbringen willst. Denjenigen, mit dem du eine Familie gründen willst und für den du alles aufgeben würdest, nur um ihn glücklich zu machen. Da sollte ein Funke sein, etwas an diesem Menschen, das dir das Gefühl gibt, dass dein Leben nicht vollständig ist, wenn du ihn nicht jeden Tag siehst oder mit ihm redest. So ging es mir mit deiner Mutter, als ich sie zum ersten Mal gesehen habe. Und bei dieser ersten Verabredung in diesem Restaurant wusste ich, dass ich nicht vollständig wäre, wenn sie mich nicht heiraten würde. Deine Mutter vervollständigt mich. Ich würde ihr nie wehtun. Niemals. Wir streiten uns vielleicht und schreien uns an, aber ich habe sie nie im Zorn geschlagen und werde es auch nie tun. Wie könnte ich das der Frau antun, die meine Seelenverwandte ist?«

Dave hoffte, damit beginnen zu können, den Schaden, den del Rio in seinem Sohn angerichtet hatte, zu reparieren, indem er ihn gegenüber Gewalt und der Abwertung von Frauen sensibilisierte. Er wusste nicht, ob es funktionierte, aber David beobachtete ihn mit einem entrückten Blick, der in seiner Intensität durchdringend schien. »Wie hast du *Mamá* verloren?«

Die Frage war schmerzhaft, aber Dave gab sich und seinem Sohn in diesem Moment das unausgesprochene Versprechen, ihn niemals anzulügen. »Weißt du was? Ich bin mir immer noch nicht sicher, wie ich sie verloren habe. Aber ich weiß, dass es schmerzhaft war. Jeder Tag, an dem sie weg war, war schmerzhafter als der vorherige. Ich wusste nicht, wo sie war oder ob sie verletzt war. Ich wusste nicht, ob jemand ihr etwas zu essen oder das Gefühl gab, in Sicherheit zu sein. Ich habe sie vermisst, Champ. Jeden Tag habe ich sie immer mehr vermisst. Mein Herz fühlte sich ohne sie leer an. Ich habe überall nach ihr gesucht. Ich rief alle meine Freunde zusammen, um mir zu helfen. Es hat lange gedauert, viel zu lange, aber ich habe sie endlich gefunden. Und weißt du was?«

»Was?«

»Dabei habe ich auch dich gefunden. Du warst eine Überraschung, eine der besten Überraschungen meines Lebens.«

»War ich das?«

»Ja, Champ. Denn deine Mutter und ich haben oft darüber gesprochen, dass wir ein Baby haben wollen. Wir wollten einen Sohn oder eine Tochter, die wir lieben können und die unsere Familie vervollständigt. Aber sie ist verschwunden, bevor wir eine Familie gründen konnten.«

David musterte ihn und Dave konnte sehen, wie die Gedanken in seinem kleinen Kopf herumwirbelten. »Ich weiß, dass du nicht mein richtiger *Papá* bist«, erklärte er nach einem Moment. »Del Rio hat gesagt, dass *Mamá* nicht weiß, wer mein richtiger Vater ist, und dass er nichts mit mir zu tun haben will.«

Dave legte seinen Finger unter das Kinn des Jungen und zwang ihn sanft, ihm in die Augen zu sehen. »Ich bin dein richtiger *Papá*«, sagte er nachdrücklich. »Ich liebe dich, und ich liebe deine *Mamá*. Das ist es, was eine Familie ausmacht. Die Liebe. Del Rio weiß nicht, wovon er spricht. Er ist gemein und ein Tyrann, das weißt du doch, oder? Sein Lebensziel ist es, andere Menschen traurig zu machen. Wäre ich hier, wenn du nicht mein Sohn wärst? Wenn ich nicht dein richtiger *Papá* wäre?«

Er konnte sehen, dass der Junge verwirrt war, aber schließlich schüttelte er den Kopf.

Dave senkte den Kopf, bis seine Stirn Davids berührte. »Die Tatsache, dass ich dich und deine Mutter gefunden habe, ist ein Wunder, mein Sohn. Seit dem Tag, an dem ich deine Mutter verloren habe, war ich nicht mehr glücklich, und jetzt, da ich sie und dich gefunden habe, bin ich doppelt so glücklich. Wir kehren nach Colorado zurück und leben dort glücklich bis ans Ende unserer Tage. Du wirst zur Schule gehen und noch schlauer werden, als du es jetzt schon bist. Du wirst einen Haufen Freunde haben und etwas Großartiges erreichen. Ich weiß es einfach.«

»Und du wirst immer mein *Papá* sein? Auch wenn ich böse bin? Du wirst mich nicht zurückschicken?«

»Nein, David. Du kommst nie wieder hierher zurück, es sei denn, du willst es. Du bist mein Sohn. Meiner. Ich verlasse weder dich noch deine Mutter. Niemals. Und du kannst nicht böse sein. Das ist nicht möglich. Du triffst vielleicht ein paar falsche Entscheidungen und machst Fehler, aber deswegen bist du nicht schlecht. Verstehst du?«

David nickte.

Dave hatte das Gefühl, die Stimmung auflockern zu müssen, und richtete sich auf und sagte: »Also ... deine Mutter sagte, dass sie dir Zahlen beigebracht hat. Willst du mir zeigen, was du gelernt hast?«

David strahlte so sehr, dass Dave hätte schwören können, die Luft um sie herum wurde heller. »Ja!«

»Also gut, Champ. Was ist eins plus eins?«

David hielt seine Hände hoch und zeigte jeweils einen Finger. »Zwei!«

Dave machte große Augen und rief: »Wow, du bist schlau, genau wie deine Mutter gesagt hat.« Das Lächeln auf dem Gesicht seines Sohnes wurde noch breiter, wenn das überhaupt möglich war. Und Dave schwor sich, dass er den Rest seines Lebens alles tun würde, um dieses Lächeln auf dem Gesicht seines Kindes immer zu sehen.

Etwa eine Stunde später hatte Dave beschlossen, ihn und David unter der Plane hervorzuholen. Sein Team würde bald kommen und er wollte vorbereitet sein. Sie legten sich auf den Rücken, Seite an Seite, und schauten zu den Sternen hinauf.

»Ich weiß nicht viel über die Sternbilder«, entschuldigte

sich Dave bei seinem Sohn, »also kann ich sie dir nicht zeigen, aber eines weiß ich ganz sicher.«

»Und was?«, fragte David.

»Die Sterne haben mir das Leben gerettet.«

»Wirklich? Wie?«, wollte der kleine Junge erstaunt wissen.

»Ich war sehr traurig, weil deine Mutter verschwunden war und ich sie nirgendwo finden konnte. Ich wusste einfach, dass sie irgendwo war und Angst hatte und ich nicht da sein konnte, um ihr zu helfen. Es war das Schmerzhafteste, was ich je in meinem Leben durchgemacht habe. Ich ging zu meiner Kneipe, in der ich deine Mutter getroffen hatte, und kletterte auf das Dach. Es ist flach, so ähnlich wie das, auf dem wir uns gerade befinden. Ich legte mich hin und starrte zu den Sternen hinauf, so wie wir es jetzt tun. Ich vermisste deine Mutter sehr und ich bat sie, mir ein Zeichen zu geben, dass sie noch lebte. Dass es ihr gut geht. Und weißt du, was passiert ist?«

»Nein. Was?«, fragte David leise.

»Ich habe eine Sternschnuppe gesehen. Das ist passiert. Und zwar die hellste, die ich je gesehen habe. Sie schoss über den Himmel, direkt über mir. Da wurde mir klar, dass deine Mutter in diesem Moment genau dieselben Sterne gesehen haben könnte wie ich. Dass sie vielleicht an mich gedacht hat und ich deshalb diese Sternschnuppe gesehen habe.«

»Wow«, flüsterte David voller Ehrfurcht.

»Ja. Von da an ging ich nach draußen und schaute so oft wie möglich zu den Sternen hinauf. Es tröstete mich zu wissen, dass deine Mutter, wo auch immer sie war, dieselben Sterne ansah. Dadurch fühlte ich mich ihr näher.«

»*Mamá* durfte nicht bei mir bleiben, wenn es dunkel

wurde, aber sie hat mir einmal gesagt, dass ich, wenn ich Angst habe, aus dem Fenster zu den Sternen schauen soll, und dass das bedeutet, dass sie an mich denkt. Dass das Funkeln der Sterne bedeutet, dass sie mir zuzwinkert und über mich wacht«, erzählte David seinem Vater.

Dave holte tief Luft und schloss die Augen, um seine Gefühle unter Kontrolle zu bringen. Schließlich öffnete er die Augen und drehte den Kopf, um seinen Sohn anzuschauen. »Wenn wir zu Hause sind, legen wir uns zu dritt in unseren Garten, schauen zu den Sternen und freuen uns, dass wir uns gefunden haben, okay?«

»Okay. *Papá*?«

»Ja, Champ?«

»Ich wäre jetzt bereit zu gehen.«

Dave lachte leise. »Ich weiß. Ich auch. Wir müssen nur noch ein kleines bisschen warten. Meine Freunde, unsere Freunde, werden bald hier sein und uns abholen.«

»Kommt *Mamá* auch mit?«

»Nein. Aber sie wird am Flughafen sein, wenn wir dort eintreffen. Freust du dich darauf, in einem Flugzeug zu fliegen?«, fragte Dave, um den Jungen davon abzulenken, dass er seine Mutter vermisste. Er war die ganze Nacht über außergewöhnlich brav gewesen. Er hatte keine Angst vor der Dunkelheit und beschwerte sich auch nicht, wenn ihm langweilig war. Er war leicht zu unterhalten und für sein Alter sehr klug. Raven hatte ihn bisher erstaunlich gut erzogen.

»Ja!«, erklärte David ein wenig zu laut.

»*Pst*, nicht so laut, Champ«, warnte Dave ihn.

»Entschuldige, *Papá*. Ja, ich bin sehr aufgeregt!«

Dave schaute auf die Uhr und sah, dass sie nur noch etwa eine Stunde Zeit hatten, bis sie abgeholt werden sollten. Um vom Dach zu kommen, würden sie die Hilfe seiner

Männer brauchen. Sie würden das Dach zügig verlassen, ohne dass jemand wusste, dass sie überhaupt dort gewesen waren. Er freute sich darauf, sich bei seinem Team zu melden. Er nahm an, dass im Barrio alles nach Plan verlaufen war und dass niemand verletzt worden war, aber er wusste es einfach nicht.

Als er sich seinem Sohn zuwandte, tat Dave sein Bestes, um sein Adrenalin im Zaum zu halten. Nach zehn langen Jahren war es fast an der Zeit, seine Frau nach Hause zu bringen. Er konnte es kaum erwarten.

KAPITEL SECHZEHN

Das Rauschen der Funkverbindung in seinem Ohr war eines der schönsten Geräusche, die Dave je gehört hatte. Er war mehr als bereit, von diesem Dach und aus Peru zu verschwinden. David schlief tief und fest an seiner Brust. Es war kurz vor der Morgendämmerung und in der Gegend um sie herum war kaum ein Geräusch zu hören, und es brannten auch nur wenige Lichter.

Dave setzte sich langsam auf, um den Jungen nicht zu wecken, und drückte auf das Funkgerät in seinem Ohr, um die Freisprecheinrichtung zu aktivieren.

»Rex, wenn du da draußen bist, deine Königin bittet um die Ehre deiner Anwesenheit.«

Dave hätte am liebsten laut gelacht. Aber wenn seine Männer Raven mitgebracht hatten, um ihn abzuholen, dann war er stinksauer.

»Wenn meine Königin hier ist, bist du gefeuert«, antwortete er leise.

Gelächter ertönte von der anderen Seite. »Wir haben sie natürlich nicht mitgebracht, obwohl sie gebettelt hat. Sind du und der Prinz bereit zu gehen?«

»Ja.«

»Wir sind in fünf Minuten da. Ende.«

Dave erkannte Balls Stimme und entspannte sich ein wenig. Von seinem ganzen Team war Ball der beste Fahrer. Wenn es hart auf hart kam, wusste er ohne den geringsten Zweifel, dass Ball sie schnell und sicher zum Flughafen bringen würde.

Ganz langsam stand Dave auf und war erstaunt, dass David sich nicht einmal rührte. Entweder war er der beste Schläfer der Welt oder er war erschöpft von der Aufregung und dem Stress, den die Ereignisse bei ihm ausgelöst hatten. Dave nahm an, dass es wahrscheinlich ein bisschen von beidem war. Er konnte es kaum erwarten, mehr über seinen Sohn zu erfahren. Seine Eigenheiten kennenzulernen. War er ein Morgenmensch? Würde er ihnen beim Frühstück die Ohren vollquatschen oder wäre er eher verschlossen und still, bis er richtig aufwachte? Welches würde sein Lieblingsfach in der Schule sein? Würde er sportlich oder eher akademisch veranlagt sein?

Aber das Wichtigste zuerst. Sie mussten sicher aus Peru herauskommen.

Dave drückte seinen Sohn an seinen Körper und ging schweigend zur Seite des Hauses hinüber. Der Abstieg vom Dach würde einfacher sein als der Aufstieg, denn der Plan sah vor, dass Ball den Minivan durch den Hof direkt an die Hauswand fuhr. Dave würde seinen Sohn an Gray übergeben, da er der Größte der Mountain Mercenaries war, und er würde sich auf das Dach des Wagens stellen.

Er hörte, wie sein Team die Minuten bis zu ihrer Ankunft herunterzählte, und verkrampfte sich, als er Ball fluchen hörte.

»Was ist los?«

»Wir haben Gesellschaft«, sagte Ball knapp. »Offenbar

sind del Rios Männer hartnäckiger, als wir dachten. Sie sind immer noch in der Gegend unterwegs. Wir müssen uns mit der Übergabe beeilen.«

»Oder sie sind besonders motiviert, weil der Mistkerl ihnen gedroht hat«, bemerkte Ro. »Ich nehme an, del Rio hat gesagt, wenn sie ohne Dave oder den Jungen zum Grundstück zurückkehren, werden sie keinen weiteren Tag mehr erleben.«

Dave rüttelte den schlafenden Jungen sanft wach. »David? Du musst aufwachen.«

Im einen Moment schlief David tief und fest, im nächsten war er hellwach und aufmerksam. »Was ist los, *Papá*?«, fragte er und der Schreck war ihm deutlich an der Stimme anzuhören.

»Sollen wir jetzt zum Flughafen fahren, zu deiner *Mamá*?«, fragte Dave.

David nickte enthusiastisch.

Dave erklärte dem kleinen Jungen schnell die Situation, so gut er konnte. »Du musst noch ein bisschen länger tapfer sein. Meine Freunde, die du bereits kennst, werden in etwa anderthalb Minuten vorfahren. Sie werden gleich dort unten parken.« Dave deutete auf den Boden unter dem Rand des Daches, auf dem sie gerade standen. »Gray, mein Freund, der wirklich sehr groß ist, wird auf den Wagen steigen und dir herunterhelfen. Kannst du dafür den Mut aufbringen?«

David biss sich auf die Lippe und sah besorgt aus. »Kommst du auch mit?«

»Natürlich, Champ. Ich bin direkt hinter dir. Aber es ist zu tief, sodass ich nicht mit dir auf dem Arm runterspringen kann. Ich muss dich über den Rand des Daches heben. Aber Gray wird gleich da sein. Dir wird nichts passieren, das verspreche ich dir.«

»Okay, *Papá*. Ich schaffe das schon.«

»Du bist wirklich ein mutiger Junge«, lobte Dave. »Aber wir müssen uns sehr beeilen, denn del Rios Männer wollen nicht, dass du zu deiner Mutter zurückkehrst. Wir haben uns hier auf dem Dach versteckt in der Hoffnung, dass sie die Suche nach uns aufgeben. Hast du das verstanden?«

David nickte ernst und Dave hasste es, dass der kleine Junge nur zu gut verstand, welche Konsequenzen es haben würde, wenn sie erwischt würden. »Uns wird nichts passieren«, erklärte er ihm nachdrücklich. »Glaubst du mir?«

Es dauerte einen Moment, aber schließlich nickte David einmal kurz.

Dave beugte sich vor, setzte seinen Sohn auf dem Boden ab und ging in die Hocke, um ihm in die Augen zu sehen. »Ich habe dich und deine Mutter nicht nach all dieser Zeit gefunden, um dich wieder zu verlieren. Ich schwöre dir, mein Sohn, dass du bald wieder mit deiner Mutter vereint sein wirst, und wir machen uns alle gemeinsam auf den Weg zurück in die Vereinigten Staaten.«

Vater und Sohn starrten sich einen langen Moment an, bis Dave schließlich flüsterte: »Okay, *Papá*.«

»Noch zwanzig Sekunden«, sagte Ball in Daves Ohr.

»Bist du bereit, Champ? Unsere Freunde sind unterwegs und treffen jeden Moment hier ein.«

»Bereit«, erklärte David, obwohl seine kleine Stimme ein wenig zitterte.

Dave war wütend auf del Rio. Wie konnte er es wagen, seinem Sohn so viel Angst einzujagen! Wie konnte er es wagen, sich das Recht herauszunehmen, jeden für seine abscheulichen Pläne zu entführen, den er wollte. Hass stieg in Dave auf, aber er verdrängte ihn. In seinem Kopf gab es keinen Platz für etwas anderes als die bevorstehende

Mission. Er musste sich zusammenreißen. David und Raven zählten auf ihn.

Die Zeit schien langsamer zu vergehen, als Dave auf die Ankunft seines Teams wartete. Als er den Minivan sah, hörte er Ball durch das Funkgerät in seinem Ohr sagen, dass sie fast da waren. Er ging in die Knie und schob sich näher an den Rand des Daches heran. »Gib mir deine Hände, Champ. Wenn du willst, kannst du die Augen zumachen. Das wird sehr schnell gehen. Du wirst keine Zeit haben, um Angst zu haben.«

»Ich vertraue dir, *Papá*«, erklärte David.

Wieder einmal fühlte sich Daves Herz an, als würde es vor Stolz und Liebe für diesen kleinen Menschen zerspringen. Er kannte ihn noch keine vierundzwanzig Stunden und wusste erst seit etwa zwei Wochen von seiner Existenz, aber er bedeutete ihm bereits wahnsinnig viel.

Dave beobachtete, wie Ball kaum langsamer wurde, als er auf das Haus zuraste. Er trat auf die Bremse und kam nur wenige Zentimeter vor dem Gebäude zum Stehen. Noch während Dave Davids Hände in die seinen nahm und begann, ihn über die Dachkante zu heben, war Gray aus dem Wagen gesprungen und kletterte auf das Dach.

»Bereit, Champ?«, fragte Dave, als Gray in Position war, um den kleinen Jungen aufzufangen.

David schaute ihm in die Augen und nickte. »Ich habe keine Angst, *Papá*. Du würdest mir nie etwas antun.«

Verdammt ... dieser Junge.

Dave lehnte den Kopf ein wenig zur Seite und sah Gray in die Augen. »Bereit?«

»Ich fange ihn auf, Chef.«

Dave zögerte nicht und zählte auch keinen Countdown. Er ließ Davids Hände einfach los, und kurz darauf lag er in Grays Armen. Es waren die längsten Sekunden in Daves

Leben. Er hasste es, den Kontakt zu seinem Sohn auch nur für den einen Moment zu verlieren, den er brauchte, um seine Beine über die Dachkante zu schwingen und sich an seinen Armen herunterzulassen. In dem Moment, in dem er Gray sagen hörte: »Fertig«, ließ er los und landete selbst auf dem Dach des Minivans.

Gray war bereits mit David vom Dach des Wagens gestiegen und dabei, in das Fahrzeug einzusteigen. Als er das Quietschen der Reifen hörte, wusste Dave, dass sie keine Zeit zu verlieren hatten. Sie waren von einer von del Rios umherstreifenden Banden entdeckt worden.

Er sprang vom Dach und stürzte sich in den Minivan. Ro schlug die Tür hinter sich zu und Ball fuhr los, bevor Dave das Gleichgewicht wiedergefunden hatte. Er drehte sich um und griff nach David, und Gray übergab ihn sofort.

Dave legte einen Arm um seinen Sohn, stützte sich mit dem anderen auf dem Beifahrersitz ab und sprach ein stilles Gebet des Dankes, dass die Extraktion so gut verlaufen war. Natürlich waren sie noch nicht aus dem Schneider.

»Kannst du ihn abhängen?«, fragte Arrow Ball, der neben ihm auf dem Fahrersitz saß.

»Ein Kinderspiel«, murmelte Ball, während er die Scheinwerfer ausschaltete und aufs Gaspedal drückte.

Wie zum Teufel der Mann in der schlecht beleuchteten Gegend etwas sehen konnte, wusste Dave nicht, aber er machte sich keine Sorgen. Ball hatte immer wieder bewiesen, dass er den Kriminellen entkommen konnte. Der Minivan, in dem sie saßen, war nicht gerade das schnellste oder wendigste Fahrzeug, aber Ball würde einen Weg finden, die Schläger abzuschütteln und sie sicher zum Flughafen zu bringen.

David machte große Augen und starrte die anderen Männer an.

»Hey, kleiner Mann«, sagte Ro. »Es ist schön, dich wiederzusehen.«

»Geht es dir gut?«, fragte Gray den scheinbar völlig verstörten kleinen Jungen.

David sah zu Dave auf, der ihm aufmunternd zunickte, und nickte. »Mir geht es gut, Mr. Gray.«

»Du erinnerst dich an meinen Namen?«, fragte Gray erstaunt.

David nickte. »Aber ich sehe Mr. Meat nicht.«

»Wir treffen uns am Flughafen mit ihm. Er sorgt dafür, dass deine Mutter in Sicherheit ist, bis wir bei ihr sind. Ich habe dir von den anderen Männern hier erzählt, sie sind auch unsere Freunde. Sie sind *nicht* wie del Rio oder seine Freunde. Sie werden dir nicht wehtun. Niemals. Wenn du jemals Angst hast oder unsicher bist, kannst du zu einem von ihnen gehen und sie werden dir helfen und sich mit mir oder deiner Mutter in Verbindung setzen, okay?«

David nickte.

»Gut. Das ist Ro. Du wirst dich sicher an ihn erinnern, weil er derjenige mit dem lustigen Akzent ist. Und das ist Arrow, und Ball ist derjenige, der fährt.«

»Halt dich fest«, sagte Ball in einem festen, aber ruhigen Ton, als er auf gefühlt zwei Rädern in die Kurve fuhr. Dave drückte seinen Sohn fester an sich, als der Minivan nach der Kurve nach vorn schoss.

»Sind alle gut zum Flughafen gekommen?«, fragte Dave Gray.

Der andere Mann nickte. »Ja. Die Frauen sind alle ohne irgendwelche Probleme abgereist. Gabriella und Zara haben eimerweise Tränen vergossen und versprochen, in Kontakt zu bleiben.«

»Und Raven?«, fragte Dave.

»Sie war wie ein Fels in der Brandung«, erklärte Gray,

und man konnte ihm anhören, wie stolz er war. »Sie war traurig, aber weil sie das Gleiche durchgemacht hat wie sie, war sie eher froh als traurig, dass sie abreisen. Raven sagte ihnen, dass sie endlich frei seien und niemals zurückblicken sollten. Sie sollten einen Tag nach dem anderen nehmen.«

David nickte. Das klang nach seiner Raven.

»Und Daniela?«

»Sie ist in der Klinik in Sicherheit und hat bereits versprochen, alles in ihrer Macht Stehende zu tun, um den Kindern zu helfen, die gefunden werden. Sie arbeitet mit den Männern der peruanischen Teams zusammen. Nach del Rios Flucht aus dem Barrio haben sie sofort zwei der Häuser durchsucht, in denen er einige Kinder versteckt hatte. Das Team und Daniela werden zusammenarbeiten, um die Familien der Kinder oder ein neues Zuhause zu finden. Sie werden weiterhin nach Käufern anderer Kinder suchen, mit allen Informationen, die Meat liefern kann.«

»Gut. Klingt, als verläuft alles nach Plan.«

Ro räusperte sich und Dave drehte sich zu ihm um. »Ist das nicht der Fall?«

Alle rutschten auf ihren Sitzen hin und her, als Ball eine weitere scharfe Kurve nahm. Er fuhr viel schneller, als es sicher war, aber niemand beschwerte sich, da er alles gab, um den Kriminellen zu entkommen.

»Meat hat sich gemeldet. Er sagte, es sei gut, dass das Flugzeug im kommerziellen Teil des Flughafens gelandet ist. Einer der Kontakte, mit denen er am Flughafen gesprochen hat, sagte, dass überall im internationalen Terminal Polizisten herumlungern und nach einer Gruppe von Amerikanern suchen, die nicht die richtigen Papiere haben, um das Land zu verlassen. Es wird gemunkelt, dass ein Pärchen versucht, ein peruanisches Kind zu entführen.«

»Scheiße«, fluchte Dave – und seufzte. »David, du hast

mich nicht gehört. Es ist ein böses Wort, und deine Mutter wäre *nicht* gerade entzückt, wenn du anfängst, solche Wörter zu benutzen. Sie wäre sehr enttäuscht.«

Erstaunlicherweise kicherte David. »Okay, *Papá*, ich werde es nicht verraten.«

»Danke, Champ, ich weiß das zu schätzen.« Dann wandte sich Dave wieder Ro zu und fragte: »Wie lautet also der Plan?«

»Ball wird uns absetzen und wir treffen uns mit einem der unzähligen Kontakte, die du zu haben scheinst, und werden zum Flugzeug begleitet, wo alle anderen schon warten. Dann verschwinden wir von hier«, erklärte Ro kurz und bündig.

»Woher *kennst* du eigentlich so viele Leute?«, fragte Arrow.

»Linkskurve!«, rief Ball.

Alle hielten sich fest, als Dave sagte: »Ich habe die letzten zehn Jahre damit verbracht, mir Freunde in hohen Positionen zu machen. Jedes Mal wenn die Mountain Mercenaries eine Mission abschlossen, knüpfte ich mehr und mehr Verbindungen zu mächtigen Leuten. Im Laufe der letzten zwei Wochen habe ich eine ganze Reihe von Gefallen eingefordert, das steht fest.«

»Richtig. Ich bin dir für jeden einzelnen deiner Kontakte dankbar. Ohne sie hätten wir niemals all diese Pässe bekommen können«, erklärte Arrow.

»Oder all diese Kinder gerettet«, fügte Gray hinzu.

»Oder dieses Privatflugzeug bekommen und rechtzeitig startklar gemacht«, schloss Arrow.

»Wenn am Flughafen etwas schiefgeht, nehmt ihr David und verschwindet«, erklärte Dave und ignorierte das Lob seines Teams. Er hatte getan, was getan werden musste, und auch wenn er den Männern, die ihm bei der Rettung seiner

Familie geholfen hatten, für den Rest seines Lebens etwas schuldig wäre, hätte es sich gelohnt.

»Wir lassen dich nicht zurück«, erklärte Ball, während er das Lenkrad scharf nach rechts riss. »Wir müssen nur den Wagen abhängen, der uns verfolgt, dann haben wir das Schlimmste hinter uns.«

Dave wusste, dass das nicht ganz stimmte. Er konnte zwischen Ros Worten lesen. Del Rio hatte seine Armee mobilisiert und würde alles tun, um ihn daran zu hindern, mit David und Raven das Land zu verlassen. Er würde sich selbst opfern, wenn es nötig wäre, um dafür zu sorgen, dass sie der Hölle, in der sie gelebt hatten, entkommen konnten.

Als könnte er seine Gedanken lesen, sagte Gray: »Denk nicht einmal daran, Dave. Wir werden alle gemeinsam in das Flugzeug steigen. Mach keine Dummheiten. Deine Frau braucht dich. Ganz zu schweigen von dem kleinen Mann.«

Der Minivan schoss nach vorn, als Ball auf eine der Schnellstraßen rund um Lima auffuhr. »Gleich wird es hier richtig eng«, stellte er fest, während er aufs Gaspedal trat. »Der Kerl erweist sich als etwas hartnäckig. Aber keine Sorge, in ein oder zwei Minuten bin ich ihn los.«

Dave lehnte sich im Sitz zurück und drückte David ein wenig fester an sich. Er vertraute Ball sein Leben und das seines Sohnes an, aber er traute den anderen Fahrern um sie herum nicht. Zum Glück war es auf der Schnellstraße noch relativ leer, da es noch so früh war. Aber das bedeutete auch, dass ihr Verfolger ihnen leichter folgen konnte.

Keiner sagte ein Wort, während Ball sich durch den lichten Verkehr schlängelte.

Sie waren kurz davor, eine Ausfahrt zu passieren, als Ball in letzter Sekunde einem Lastwagen auswich, um die Ausfahrt zu nehmen. Nach ein paar Momenten lachte er und sagte: »Mach's gut, Trottel!«

»Hast du ihn abgehängt?«, fragte Arrow.

»Fürs Erste«, bestätigte Ball.

»Woher zum Teufel weißt du, wo wir sind?«, wollte Ro wissen.

»Ich habe mir die Karten der Gegend eingeprägt«, entgegnete Ball, ohne nachdenken zu müssen. »Meinst du, ich riskiere es, die ganze Mission zu versauen, indem ich mich verfahre?«

Ro lachte. »Nein, aber es gibt für alles ein erstes Mal.«

»Bei mir nicht. Ich bin ein Kenner der Straße«, prahlte Ball. »Ich verfahre mich nie.«

David wandte den Kopf von einem Mann zum anderen, während sie sprachen.

Fünfzehn Minuten später fuhr Ball auf die kommerzielle Seite des internationalen Flughafens von Lima am anderen Ende der Stadt. Er hielt sich an die Geschwindigkeitsbegrenzung und fuhr nicht wie ein Verrückter, wie er es noch wenige Minuten zuvor getan hatte.

»Du hast etwa fünf Minuten Zeit, nachdem du uns abgesetzt hast, um das Ding irgendwo zu parken und deinen Hintern in den Flughafen zu bewegen«, sagte Gray zu Ball.

Das Team hatte darüber nachgedacht, den Wagen direkt am Bordstein abzustellen, sobald sie am Flughafen ankamen, dann aber beschlossen, dass das viel zu auffällig wäre.

»Ich weiß. Ich schaffe das schon. Ich werde da sein.«

Dave sah seinen Sohn an. »Okay, Champ. Wir sind fast da. Kannst du noch ein kleines bisschen länger tapfer sein?«

Der kleine Junge nickte. »Ich habe keine Angst, *Papá*.«

»Gut. Deine Mutter wird sich wahnsinnig freuen, dich zu sehen«, versicherte Dave ihm.

In dem Moment, in dem Ball den Minivan anhielt, öffnete Gray die Tür, und sie gingen alle schnell, aber nicht zu schnell, auf den Eingang zu.

Ein Mann trat vor, als sie das Gebäude betraten.

»Mr. Justice?«

»Wer will das wissen?«, fragte Arrow und stellte sich zwischen Dave und den Mann.

»Ein Freund von Rex«, erwiderte der Mann.

Alle entspannten sich ein wenig und Dave trat einen Schritt vor. »Vielen Dank für Ihre Hilfe.«

Der Mann nickte und sagte: »Wir müssen uns beeilen. Das Flugzeug ist startklar, aber es zieht ein Sturm auf und es wäre besser, wenn Sie weg wären, bevor er kommt.«

Dave verstand die nicht sonderlich kryptische Bemerkung des Mannes und nickte. Er beugte sich vor und hob David noch einmal auf seinen Arm, da er wusste, dass sie schneller vorankamen, wenn er ihn trug.

Die Gruppe ging durch das Terminal und der Mann, der sie an der Tür empfangen hatte, fragte: »Haben Sie Ihre Pässe?«

Gray antwortete: »Ja, alles ist in Ordnung. Es kommt noch ein Mitglied unserer Gruppe. Er parkt gerade den Wagen.«

Der Mann hielt ein Handy an sein Ohr, nickte und drückte eine Taste, um jemanden anzurufen. Er sagte ein paar Worte, dann legte er auf. »Er wird an der Tür abgeholt und zum Flugzeug begleitet.«

Dave war nicht überrascht, dass sie nicht einmal durch irgendeine Art von Sicherheitskontrolle gehen mussten. Seine Kontakte wussten, wie wichtig es war, sich unauffällig zu verhalten, und sie hatten offensichtlich schon alle Hebel in Bewegung gesetzt, um ihren Abflug so reibungslos wie möglich zu gestalten.

Ihr Begleiter blieb an einer Tür stehen und öffnete sie. Dave konnte ein mittelgroßes Privatflugzeug sehen, das etwa hundert Meter entfernt auf der Rollbahn wartete. Der Motor lief und die Gangway war heruntergelassen.

Er seufzte erleichtert, aber noch nicht ganz zufrieden – das würde er erst sein, wenn sie tatsächlich in der Luft waren –, drehte sich zu dem Mann um und reichte ihm die Hand.

Sie schüttelten sich die Hand und Dave sagte: »Sagen Sie Ihrem Boss, dass ich ihm etwas schulde.«

Der Mann schüttelte den Kopf. »Er hat mir gesagt, dass Sie das sagen würden, und er bat mich, Ihnen auszurichten, dass Sie jetzt quitt sind.«

Dave lächelte. »Wie geht es seiner Tochter?«

»Gut. Es war eine Zeit lang schwierig, aber weil Sie sie so schnell gefunden und nach Hause gebracht haben, wird sie sich wieder erholen.«

Dave wusste, dass seine Freunde mit großem Interesse zuhörten, aber er neigte nur den Kopf und sagte: »Gut. Das ist großartig.«

»Ich wünsche Ihnen einen guten Flug«, sagte der Mann und drehte sich um, um ins Terminal zurückzukehren.

Dave drehte sich nicht um, als er zum Flugzeug ging. Es war, als könne er Ravens Blick auf sich spüren. Er wusste, dass sie wahrscheinlich verrückt wurde und sich höllische Sorgen machte.

Er hatte das Gefühl, einen Tunnelblick zu haben, als er zum Flugzeug ging. Er erreichte die Treppe und nahm zwei Stufen auf einmal. Er blinzelte, als er seine Sicht von dem Rollfeld auf das helle Innere des Flugzeugs umstellte.

Er hörte Ravens Schrei der Freude und Erleichterung, dann war sie bei ihnen.

Sie warf sich auf ihn und schlang ihre Arme gleichzeitig um ihn und ihren Sohn.

»*Mamá!*«, rief David glücklich.

Raven hob den Kopf nicht, sondern drückte ihn an Daves Schulter, während sie sich fest an die beiden klammerte.

Da er wusste, dass sein Team hinter ihm in das Flugzeug steigen musste, ging Dave mit ihr rückwärts, bis sie weiter hinten im Gang waren. Er küsste ihre Schläfe und sagte leise: »Wir sind da. Es geht uns gut.«

Er spürte, wie Raven an ihn gepresst nickte und tief einatmete. Als sie den Kopf hob, standen ihr Tränen in den Augen, aber sie lächelte ihn an. »Hi.«

»Hallo, meine Schöne. Uns geht es gut.«

Dann drehte sie sich zu ihrem Sohn um. »Hey, mein Junge.«

»*Mamá*! Schau! Es ist *Papá*! Er hat uns gefunden!«

»Das sehe ich«, bestätigte Raven.

»Del Rio hat mich in ein sehr kleines Haus mit einer alten Frau gebracht. Sie war nicht böse, aber auch nicht sehr nett. Dann ist *Papá* mit Mr. Gray und Mr. Black und ein paar anderen Freunden aufgetaucht und hat mich gerettet! Wir sind auf eine sehr hohe Mauer geklettert und *Papá* hat del Rio wütend gemacht. Dann sind wir von der Mauer gesprungen und gelaufen und gelaufen und gelaufen. Dann sind wir auf das Dach eines Hauses geklettert! Unter eine Plane! Das hat Spaß gemacht. *Papá* und ich haben uns die Sterne angesehen und er hat mir Geschichten erzählt. Dann hat er mich vom Dach heruntergelassen und wir saßen in einem Wagen, der wie wild durch die Gegend raste. Mr. Ball ist gefahren und *Papá* hat ein böses Wort gesagt. Jetzt sind wir hier und fliegen in die Vereinigten Staaten!« David überschlug sich fast, als er versuchte, alles, was ihm während der vergangenen Stunden widerfahren war, zusammenzufassen.

»Wow, das klingt alles sehr aufregend. Hattest du Angst?«, fragte Raven.

David schüttelte den Kopf. »Am Anfang schon. Aber als *Papá* ankam, hat er mir gesagt, dass er mir nicht wehtun würde und dass ich dich bald sehen würde und wir zusammen essen und alle im selben Haus wohnen könnten!«

Raven nickte und atmete tief durch, bevor sie ihre Stirn noch einmal an Daves Brust legte.

Er wusste, dass sie sich wahnsinnig beherrschen musste, um die Fassung nicht zu verlieren, und obwohl es ihm nicht gefiel, dass sie weinte, gefiel es ihm doch, dass es Freudentränen waren.

»Ich bin da«, sagte Ball, als er in das Flugzeug kam. »Wir müssen von hier verschwinden. Sofort.«

Die beiden Flugbegleiter schlossen die Tür, während Dave Raven dazu drängte, sich in eine Reihe mit David zu setzen. Er beugte sich hinunter und küsste sie beide auf den Kopf. »Ich bin gleich wieder da. Schnallt euch an.«

»Ist alles in Ordnung?«, fragte Raven mit bebender Stimme.

Dave nickte. »Natürlich.«

Er drehte sich um, um zu gehen, und Raven griff nach seiner Hand. Er blickte auf sie hinunter und sein Herz schlug ihm bis zum Hals. Er konnte kaum glauben, dass dies nicht nur ein Traum war. Dass er sie endlich gefunden hatte und sie sich auf den Heimweg machen würden. Er drückte ihre Hand, dann wandte er sich dem vorderen Teil des Flugzeugs und dem Cockpit zu.

Er nickte Zara und Gabriella zu, als er an ihnen vorbeiging, und drängte sich an seinen Teamkameraden vorbei – die alle die armen Flugbegleiter ignorierten, die ihnen sagten, dass sie sich auf ihre Plätze begeben sollten – zur Tür des Cockpits.

Er steckte seinen Kopf hinein und sagte: »Ich bin Dave

Justice. Und obwohl ich mich sehr freue, Sie kennenzulernen, hoffe ich doch sehr, dass Sie sich nicht so leicht einschüchtern lassen, denn ich habe das Gefühl, dass wir Probleme bekommen könnten.«

Der Mann zur Linken nickte. Er war wahrscheinlich Mitte fünfzig oder so. »Ich bin Captain Mark Brown. Das ist mein Co-Pilot, Porter Hilliard. Wir sind beide über hundert Einsätze im Golfkrieg geflogen. Wir kennen Ihre Geschichte, Sir, und Sie können auf uns zählen. Ihre Frau und Ihr Kind haben schon genügend durchgemacht. Es wird Zeit, dass Sie alle nach Hause kommen.«

Dave nickte beiden Männern zu und war unglaublich froh, dass er zwei Kampfveteranen als Piloten hatte.

Mark hob eine Hand und drückte den Funkkopfhörer an sein Ohr – und jeder Muskel in seinem Körper spannte sich an. Er nahm das Headset ab und begann, Schalter zu betätigen und Knöpfe zu drücken. »Sie sollten sich hinsetzen und anschnallen. Das wird höchstwahrscheinlich ein holpriger Abflug.«

Als Dave aus dem Augenwinkel Lichter sah, blickte er zu einem der Fenster hinüber – und entdeckte ein Polizeifahrzeug, das mit flackernden Lichtern auf sie zukam.

»Verdammt«, murmelte er. Dann wandte er sich wieder an den Piloten und fragte: »Können wir ohne Starterlaubnis losfliegen?«

»Ja, das können wir allerdings«, erklärte Porter zu Daves Rechten. Er drehte sich um und sagte zu Meat, der direkt hinter ihm stand: »Jetzt wird es brenzlig. Sag den Frauen, sie sollen sich festhalten, und alle anderen müssen sich ebenfalls anschnallen.«

»Mach ich.« Meat wandte sich zum Gehen. »Was ist mit dir?«, fragte er Dave.

»Ich komme gleich nach«, erklärte Dave ihm.

Er nickte, dann beeilte er sich, die Information an die anderen weiterzugeben. Bevor er gehen konnte, hielt Dave ihn auf, indem er ihm die Hand auf die Schulter legte. »Meat?«

»Ja?«

»Danke, dass du für mich auf Raven aufgepasst und sie und die anderen zum Flugzeug gebracht hast.«

Meat nickte. »Das war doch selbstverständlich.« Dann drehte er sich um und ging auf die Sitzreihen zu.

Dave sah Ravens besorgtes Gesicht, als sie sich in den Gang des Flugzeugs lehnte und ihn beobachtete. Er nickte ihr kurz mit dem Kinn zu und wandte sich dann wieder dem Cockpit zu.

Sie rasten jetzt eine der Zubringerbahnen zur Startbahn hinunter. Er konnte nicht hinter sich sehen und fragte: »Verfolgen sie uns?«

Mark lachte. »Ich hätte nie gedacht, dass ich den Tag erlebe, an dem ein Polizeiwagen ein verdammtes Flugzeug verfolgt und versucht, es anzuhalten. Aber keine Sorge, wir halten nicht an. Nach allem, was ich gehört habe, was Sie und Ihre Frau durchgemacht haben, müssen die schon mehr tun, als ein paar Lichter zu betätigen, um mich zum Anhalten zu bewegen.«

»Was ist mit der Freigabe? Was sagen sie über Funk?«, fragte Dave und blickte zu Porter, der immer noch ein Headset trug.

»Sie sind nicht glücklich, Sir, aber es ist wirklich schade, dass ich sie mit ihrem heftigen Akzent in Englisch nicht sehr gut verstehen kann.« Er zwinkerte. »Sie haben uns vorhin die Startgenehmigung erteilt, und soweit es mich betrifft, stellen sie nur sicher, dass wir einsatzbereit sind.«

Dave zuckte zusammen. Diese Männer setzten ihre Karrieren für ihn und sein Team aufs Spiel. Das würde er nicht vergessen. Ja, sie waren dort, weil er einige große Gefallen eingelöst hatte, die ihm zustanden, aber wenn sie es schafften, dieses Flugzeug vom Boden und aus dem peruanischen Luftraum zu bringen, würde er für immer in ihrer Schuld stehen.

Er stand hinter den Männern und atmete kaum noch, als der Pilot den Steuerknüppel nach vorn schob. Die Kurve am Ende der Straße, die zur Startbahn führte, war scharf, und er hörte Gabriella hinter sich auf Spanisch fluchen. Seit seiner Zeit in Peru hatte er genügend spanische Flüche gehört, um ihren Ausdruck als das zu erkennen, was er war. Er bewegte sich trotzdem nicht, um sich anzuschnallen. Er konnte es nicht. Er war zu angespannt. Er wartete darauf, dass etwas Schreckliches passierte, das sie am Abflug hinderte. Wenn del Rios Lakaien schlau gewesen wären, wären sie *vor* das Flugzeug gefahren und würden es nicht von hinten jagen.

Mit diesem Gedanken im Hinterkopf sah er die Polizeilichter von rechts auf die Startbahn zurasen.

Die Zeit war fast abgelaufen. Wenn die Fahrzeuge die Landebahn erreichten, bevor sie gestartet waren, würden sie es nicht mehr schaffen.

»Hasta la vista, Schweinebacke«, murmelte Mark, während er sich nach vorn lehnte und die Triebwerke des Flugzeugs auf Vollgas drehte.

»Flug drei-zwei-sieben hebt ab«, sagte Porter in das Funkgerät.

Dave krallte sich an der Rückenlehne der Pilotensitze so fest, dass seine Knöchel weiß wurden. Er behielt die sich schnell nähernden Polizeifahrzeuge im Auge. Sie wurden nicht langsamer, und wenn sie nicht anhielten, würden sie alle in einem riesigen Feuerball umkommen.

»Komm schon, komm schon«, murmelte Mark, als das

Flugzeug bebte und zitterte und immer schneller auf die Startbahn zusteuerte.

Mindestens drei Polizeifahrzeuge kamen von rechts auf sie zu und wer weiß, wie viele noch hinter dem Flugzeug waren. Dave sah auch zwei Militärfahrzeuge hinter den Polizeifahrzeugen. Del Rio hatte mit Sicherheit die Kavallerie angefordert.

Er wusste, wenn sie angehalten und in Gewahrsam genommen würden, würde er seine Frau und sein Kind nie wiedersehen, und sein Team, die Männer, die er wie Brüder zu lieben und zu respektieren gelernt hatte, würden Jahre in einem peruanischen Gefängnis verbringen, da del Rios Kontaktleute dafür sorgen würden, dass ihre Fälle nie vor Gericht kamen. Zara und Gabriella würden wahrscheinlich ebenfalls Gefangene von del Rio werden.

Und Dave selbst würde zu Tode gefoltert und wahrscheinlich gezwungen werden, mit anzusehen, wie seine Frau Tag für Tag misshandelt wird, bis sie beide vor Schmerz und Hilflosigkeit verrückt werden.

»Holt uns hier raus und ich zahle jedem von euch persönlich eine Million Dollar Bonus«, erklärte Dave den Piloten.

»Vergiss es«, presste Mark zwischen zusammengebissenen Zähnen hervor. »Hast du nicht gehört, wie ich sagte, dass ich eure Geschichte kenne und euch sicher nach Hause bringen werde?«

Das Flugzeug rüttelte noch stärker, als der Pilot es an seine Grenzen brachte.

Dave hielt den Atem an und konnte den Blick nicht von den sich drehenden Lichtern abwenden, die immer schneller auf sie zukamen. Das Flugzeug und die Wagen spielten »Wer bremst verliert!«, ein Spiel, das mit dem Tod aller enden würde, wenn nicht jemand auswich.

Zu ihrem Glück wich das Polizeifahrzeug an der Spitze schließlich aus.

Der Fahrer leitete eine Vollbremsung ein, kurz bevor der Wagen auf die Landebahn raste, direkt vor das Flugzeug.

Die Räder hoben vom Boden ab und Dave sah, wie die Männer aus den Fahrzeugen heraussprangen und ihre Gewehre hoben, um auf das Flugzeug zu zielen.

Doch es war zu spät. Sie waren in der Luft.

Aber waren sie in Sicherheit?

»Dave?«, fragte jemand hinter ihm.

Dave zuckte zusammen, als er eine Hand auf seinem Rücken spürte, und als er sich umdrehte, stand Raven vor ihm. Ihr Gesicht war blass und sie zitterte. Ohne ein Wort zu sagen, schlang Dave seine Arme um sie, zog sie an sich und drehte sich wieder nach vorn. Ein Blick über die Schulter zeigte ihm, dass David bei Gray saß, der aus dem Fenster zeigte, um den Jungen von dem unruhigen Abflug abzulenken.

Dave stolperte wegen des steilen Winkels des Flugzeugs ein wenig, spannte seine Beine an und hielt sich mit einer Hand an der Tür zum Cockpit fest.

»Werden sie uns abschießen?«, fragte Raven mit bebender Stimme.

Dave öffnete den Mund, um zu antworten, aber Porter kam ihm zuvor.

»Nein, Ma'am. Das würden sie nicht wagen.«

Dave war sich nicht sicher, ob er mit dem Co-Piloten völlig einer Meinung war, aber er widersprach ihm nicht. Er konnte sich jedoch nicht entspannen. Nicht, bis sie weit über Raketenreichweite waren und Peru ein für alle Mal verlassen hatten.

Raven wich nicht zurück. Sie versuchte nicht, ihn dazu

zu bringen, sich zu ihr zu setzen. Sie lehnte einfach ihren Kopf an seine Brust und hielt sich fest.

Er hatte keine Ahnung, wie viel Zeit vergangen war, aber die Flugbegleiter begannen, den Gang entlangzugehen und zu fragen, was jeder trinken wollte, und so wusste er, dass er schon eine ganze Weile dort stand und aus dem vorderen Fenster starrte.

Erst als Mark, der sein Headset wieder aufgesetzt hatte, sagte: »Zehn-vier. Flug drei-zwei-sieben tritt in den ecuadorianischen Luftraum ein«, spürte Dave, wie seine Knie nachgaben.

Er schloss die Augen und spürte, wie er langsam auf den Boden sank. Raven hielt ihn die ganze Zeit über fest, und als er am Boden lag, setzte sie sich auf seine Hüfte und schmiegte sich an ihn.

David musste das beobachtet haben, denn er kam nach vorn gelaufen und kuschelte sich an sie beide.

In diesem Moment, und erst in diesem Moment, mit seiner Frau und seinem Sohn in den Armen, verlor Dave die Fassung.

Er weinte um die zehn Jahre, die sie verloren hatten. Er weinte um den Schmerz und das Leid, das Raven ertragen hatte. Er weinte, weil er nicht da gewesen war, um David zu beschützen, und weil er nicht bei seiner Geburt dabei gewesen war.

Aber vor allem weinte er, weil er es geschafft hatte. Er hatte Raven gefunden. Alle hatten gesagt, sie sei tot und er solle mit seinem Leben weitermachen. Aber das hatte er nicht gekonnt. Sein Leben hatte an dem Tag aufgehört zu existieren, an dem Raven von ihm genommen worden war, und jetzt konnte er endlich damit weitermachen.

Sie konnten beide wieder anfangen zu leben.

KAPITEL SIEBZEHN

Stunden später, nachdem das Flugzeug auf dem Flughafen von Colorado Springs gelandet war, war Mags nervös. Dave und die anderen hatten ihr versichert, dass bei ihrer Landung keine Presse anwesend sein würde. Keiner wusste von ihr und ihrem Schicksal. Für den Flughafen waren sie nur ein normales Privatflugzeug, das landete. Sie hatten vor, auf dem Rollfeld auszusteigen und wie alle anderen Reisenden in das Terminal zu gehen.

Sie war so erleichtert gewesen, als David und ihr Mann ins Flugzeug gekommen waren. Sie war krank vor Sorge gewesen, und obwohl Meat und Black ihr immer wieder versichert hatten, dass alles nach Plan verlief und es ihnen gut ging, hatte sie sich erst entspannt, als sie sie mit eigenen Augen gesehen hatte.

Nach dem zermürbenden Start, von dem Dave ihr erzählt hatte, als sie schon über zwei Stunden in der Luft waren, war der Flug ereignislos verlaufen. David war so aufgeregt wegen seines ersten Fluges gewesen und hatte sich die meiste Zeit über die Nase am Fenster platt gedrückt.

Es gab so viel, was er über die Welt lernen musste, und jetzt konnte sie ihn in die Schule bringen und ihm alles andere geben, was ihm in den ersten viereinhalb Jahren seines Lebens vorenthalten worden war.

Mags hatte keine Ahnung, was sie beruflich machen sollte, aber Dave hatte ihr versichert, dass sie nichts tun müsse. Sie könne so viel Zeit damit verbringen, sich wieder an das Leben in den USA zu gewöhnen, wie sie brauche. Sie und Zara hatten ein wenig darüber gesprochen, wie schwer es ihr gefallen war, selbst die einfachsten Aufgaben wie den Lebensmitteleinkauf zu bewältigen, und es beruhigte Mags, dass sie sowohl Zara als auch Gabriella zum Anlehnen haben würde.

Zu sehen, wie ihr Mann zusammengebrochen war, hätte ihr fast das Herz gebrochen. Dave war immer der starke Mann gewesen. Ein »richtiger Kerl«. Ihn weinen zu sehen, als würde er nie wieder aufhören, war herzzerreißend und rührend zugleich. Irgendwie wusste sie, dass er all die Gefühle herausließ, die er sich seit zehn Jahren nicht hatte anmerken lassen. Sie fühlte sich selbst noch ein wenig benommen, aber sie wusste, dass sie in naher Zukunft auch ihre Momente haben würde.

Aber auf seinem Schoß, mit ihrem Sohn unter einem Arm und Dave im anderen, war Mags genau da, wo sie sein wollte. Dave würde ihr nicht wehtun. Niemals. Er würde sie und David mit seinem Leben beschützen. Sie hatte keine Ahnung, ob sie ihm jemals wieder eine »richtige« Ehefrau sein konnte, aber sie beschloss in diesem Moment, alles in ihrer Macht Stehende zu tun, um es zu versuchen. Sie würde zur Beratung gehen, mit anderen Opfern des Sexhandels sprechen und ihr Bestes tun, um del Rio nicht einen Moment mehr Macht über sie zu geben.

Dave hielt sich zurück, als die anderen aus dem Flugzeug stiegen und zum Terminal gingen. Er schüttelte den beiden Piloten die Hand und sagte: »Ihr werdet beide sehr bald von meinem Buchhalter hören.«

Der Pilot schaute finster drein und sagte: »Ich freue mich über eine Einladung zum Geburtstag eures Kindes oder zu seiner Abschlussfeier, aber wenn du mir etwas anderes schickst, werde ich sauer sein.«

»Und für mich gilt das Gleiche«, erklärte der Co-Pilot. »Das haben wir schon besprochen. Wir haben unseren Job gemacht, und ich muss sagen, es hat verdammt viel Spaß gemacht, sich mit diesen Mistkerlen anzulegen. Der einzige Dank, den ich brauche, sind diese beiden, die hier stehen und so lächeln.« Er nickte Mags und David zu.

»Gut. Aber wenn ihr mal etwas braucht, egal *was* es ist, ruft mich an«, sagte Dave.

»Wird gemacht.«

»Natürlich.«

Und damit machten sich die beiden Männer daran, das Flugzeug zu überprüfen.

Dave drehte Mags zu sich und legte seine Hände auf ihre Schultern. Noch vor ein paar Tagen wäre sie dabei vielleicht zusammengezuckt, aber nach dem, was nach dem Start passiert war, sah sie ihren Mann in einem neuen Licht.

»Ich muss dir noch etwas sagen, bevor du da reingehst ... deine Eltern sind hier.«

Mags starrte ungläubig zu ihm auf. Sie schüttelte den Kopf. »Nein ... ich ... ich bin mir nicht sicher, ob ich das kann.«

»Schatz, vertrau mir. Sie waren genauso traurig wie ich. Das kriegst du schon hin.«

Sie machte sich allerdings Gedanken über die Begegnung. Sie wusste, dass ihre Eltern bereits von ihrem Sohn erfahren hatten, aber das machte das bevorstehende Treffen nicht einfacher. Es war lange her, dass sie ihre Eltern gesehen hatte, und obwohl sie die Tochter sein wollte, die sie kannten und liebten, hatte sie sich sehr verändert.

»Es wird alles gut«, wiederholte Dave, der anscheinend ihre Gedanken lesen konnte, bevor er sich nach vorn beugte und seine Stirn an ihre legte. »Sie freuen sich wahnsinnig über David. Sie können es kaum erwarten, ihn kennenzulernen, aber mehr noch, sie müssen dich einfach mit eigenen Augen sehen. Ich habe sie gewarnt, dass gleich nach unserer Landung wahrscheinlich nicht der beste Zeitpunkt ist, aber du kennst deinen Vater, er wollte keinen Moment länger warten, um dich zu sehen.«

Mags hatte große Angst. Sie wusste, dass sie das durchstehen musste. Verdammt, sie wollte ihre Eltern sehen. Sie hatte sich jahrelang Sorgen um sie gemacht und sich gefragt, ob es ihnen gut ging, ob sie überhaupt noch am Leben waren. Zu hören, dass sie noch lebten und es ihnen gut ging, war eine große Erleichterung gewesen. Aber sie jetzt zu sehen? Genau in diesem Moment?

»Komm schon«, sagte Dave und griff nach David. »Sie drehen wahrscheinlich durch, weil die anderen schon drinnen sind.«

Mags ließ ihn ihren Sohn nehmen und entspannte sich ein wenig, als er ihre Hand in die seine nahm. Sie sah zu ihm auf. »Du wirst die ganze Zeit dabei sein?«

»Immer direkt an deiner Seite. Und wenn irgendjemand etwas Negatives sagt, was ich nicht glaube, verschwinden wir.«

»Okay.«

»Okay.«

Sie drückte seine Hand, dann ging sie die schmale Treppe hinunter und wartete unten auf ihn. Als er an ihrer Seite ankam, ergriff er noch einmal ihre Hand und sagte: »Raven?«

»Ja?«

»Alle anderen werden auch da sein.«

Sie stieß ein Lachen aus und schüttelte den Kopf. »Könntest du genauer erklären, wer ›alle‹ sind?«

»Allye und ihr und Grays Sohn Darby. Chloe, Harlow, Everly und Morgan, und ihre und Arrows Tochter Calinda.«

»Ist das alles?«

Dave zuckte mit den Schultern. »Barbara Ellis, die Besitzerin des Tanzstudios, in dem Allye arbeitet, Nina Scofield und ihre Mutter, Noah, einer der Barkeeper im *The Pit*. Vielleicht Carrie, Julia Sue, Melinda, Ann, Lauren, und Bethany. Es würde mich nicht wundern, wenn auch Loretta Royster und Edward auftauchen würden. Oh, und natürlich Elise, Everlys Schwester.«

Mags konnte nicht anders, als wieder verärgert den Kopf zu schütteln. »Ernsthaft? Muss ich etwa wissen, wer all diese Leute sind?«

»Nein«, erwiderte Dave, während er ihre Hand zu seinem Mund führte und sie auf den Handrücken küsste. »Ich wollte dich nur warnen, dass eine Menge Leute da sein werden. Ich habe die Stadt ziemlich schnell verlassen, als ich erfahren habe, dass Zara dich tatsächlich kennt.«

»Also sind sie deinetwegen hier«, bemerkte Mags leise. »Weil sie dich bewundern und sich um dich sorgen.«

»Das nehme ich an«, gab Dave zu. »Wenn es dich stört, sag mir Bescheid, und ich hole dich und deine Eltern da raus, damit ihr euch in Ruhe unterhalten könnt.«

Mags schüttelte den Kopf. Sie war gerührt, dass so viele

Menschen gekommen waren, um ihren Mann zu unterstützen. Ja, sie waren wahrscheinlich froh, dass es ihr gut ging, aber sie kannten sie nicht. Sie kannten Dave. Er war ihnen wichtig, und sie wollten dafür sorgen, dass er wusste, wie sehr sie sich für ihn freuten. Für sie *beide*. Warum sollte sie sich darüber aufregen?

Dave hielt ihr die Tür auf, als sie das Gebäude erreichten, und sie atmete tief durch. Sie hatte zehn Jahre lang von diesem Moment geträumt und konnte kaum glauben, dass er nun tatsächlich eintreten würde.

Sie gingen eine Treppe hinauf und Dave hielt ihr eine weitere Tür auf. Sie betraten den kleinen Flughafen und Raven musste darüber lächeln, was für große Augen David machte. Er nahm alles schweigend und mit dem wunderbaren Staunen eines Kindes in sich auf. Sie konnte es kaum erwarten, mit ihm in den Zoo von Colorado Springs zu gehen. Und in das Kindermuseum von Denver. Und in ein Aquarium. Es gab so viele Dinge, die ihm in seinen ersten fünf Lebensjahren vorenthalten worden waren, und sie konnte es kaum erwarten, das alles wiedergutzumachen.

Dave hatte ihr im Flugzeug gesagt, er halte David für begabt. Er hielt ihn für extrem klug für ein Kind in seinem Alter. Er klang nicht einmal wie ein Viereinhalbjähriger. Mags wusste das eigentlich schon ... und hatte sich in der Vergangenheit darüber Gedanken gemacht. David hatte keine Probleme gehabt, Englisch und Spanisch zu lernen, und konnte schon mit zehn Monaten Wörter aussprechen. Er hatte alles aufgesaugt, was sie ihm über Zahlen, Farben und alles andere beigebracht hatte, was ihr einfiel, um ihn an ihren gemeinsamen Tagen zu unterhalten. Sie war stolz, aber auch besorgt darüber, was das für ihn in Peru bedeuten würde.

Alle Gedanken an ihren Sohn verschwanden aus ihrem

Kopf, als sie die große Gruppe von Menschen sah, die auf der anderen Seite der Sicherheitskontrolle auf sie wartete. Sie wurde langsamer und war plötzlich nervös, und beinahe hätte sie Dave gebeten, sie durch einen Hintereingang hinauszuschmuggeln, damit sie sich nicht mit dem Begrüßungskomitee herumschlagen musste.

Doch dann erhaschte sie einen Blick auf eine grauhaarige Frau in der Menge. Sie stand neben einem großen, älteren Mann. Er hatte seinen Arm um ihre Schultern gelegt und sie starrten Mags an, als wäre sie ein Geist. Der Frau liefen Tränen über die Wangen, und sie sah gleichzeitig erschüttert und erfreut aus.

Und mit einem Mal war ihre Zurückhaltung verschwunden.

»Mom?«, flüsterte sie.

Sie riss sich von Dave los und ging schneller, den Blick auf ihre Mutter gerichtet. Ohne dass sie es merkte, bildeten sich Tränen in ihren Augen, und sie begann zu joggen, als sie näher und näher kam. Ihre Mutter löste sich von ihrem Vater und streckte die Arme aus.

Mags lief direkt in sie hinein. »Mom!«, schluchzte sie, als der vertraute Lavendelduft ihrer Mutter sie umgab und sie sie in ihre Arme schloss.

Sie weinten beide und Mags konnte nicht aufhören. Sie war wirklich hier. In den Armen ihrer Mutter. Sie war nicht gestorben, während Mags weg war. Sie schien sogar irgendwie stärker zu sein. Mags fühlte sich wie die Schwache.

Ihre Mutter lehnte sich zurück und legte ihre Hände auf Mags' Wangen. Die beiden Frauen waren ungefähr gleich groß, und als Mags ihrer Mutter in die Augen schaute, wurde ihr klar, wie ähnlich sie einander waren. »Ich liebe dich, Mom«, flüsterte sie.

»Lass dich mal ansehen«, rief Justine Crawford, während sie den Kopf ihrer Tochter in den Händen hielt.

»Hör auf, sie nur für dich in Beschlag zu nehmen«, beschwerte sich John Crawford und stupste seine Frau sanft mit der Hüfte an.

Mags lachte und schaute zu ihrem Vater auf und sah, dass auch er Tränen in den Augen hatte. Sie umarmte ihn fest und atmete seinen vertrauten Geruch nach Rauch ein. Er rauchte nur, wenn er gestresst war, und sie nahm an, dass er in letzter Zeit wahrscheinlich sehr gestresst gewesen war. Ihre Mutter hasste diese Angewohnheit und machte ihm jedes Mal die Hölle heiß, wenn sie ihn erwischte.

»Hey, Magpie«, sagte er leise und umarmte sie.

»Hi, Dad«, erwiderte sie und schloss zufrieden die Augen, als sie den Spitznamen hörte, den ihr Vater immer für sie benutzt hatte.

Die Tatsache, dass ihre Eltern immer noch zusammen waren, brachte Mags zum Lächeln. Sie hatte immer gewusst, dass sie ein gutes Verhältnis zueinander hatten, und nach allem, was sie durchgemacht hatte, wollte sie auch so eine Ehe. Weil sie nicht anders konnte, sah sie sich nach Dave um.

Sobald sich ihre Blicke trafen, trat er vor. Er hatte in der Nähe gestanden, bereit einzugreifen, wenn es nötig war, genau wie er es versprochen hatte.

»Mom, Dad, ich möchte euch meinen Sohn David vorstellen.«

»Ach du meine Güte«, sagte Justine leise. »Er sieht genauso aus wie du.«

Dave ging auf sie zu, schüttelte die Hand ihres Vaters und drehte David auf seinem Arm so, dass er in ihre Richtung blickte. »Champ, das sind deine Großmutter und dein Großvater.«

Er machte große Augen. Er schaute sie an, dann seine Mutter und dann wieder Dave. »Wirklich?«

»Wirklich«, erklärte Dave ihm beruhigend.

David befand sich in seinen Armen, und Dave beugte sich vor und stellte ihn auf den Boden. David lief direkt auf Justine zu und legte seine Arme um ihre Taille. Er legte seinen Kopf auf ihren Bauch und sagte: »Ich wollte schon immer eine Oma haben!«

Mags sah, wie ihrer Mutter bei der Umarmung ihres Sohnes erneut Tränen in die Augen stiegen. Dann ließ David sie los und stellte sich vor ihren Vater. Er schaute zu ihm auf und lächelte. »Hi! Ich bin David.«

»Hallo, David. Hattest du einen guten Flug?«

Es war genau die richtige Frage.

David nickte fröhlich. »Ja! Ich bin noch nie in einem Flugzeug geflogen. Ich konnte fast die Wolken berühren! Und die Berge sahen so winzig aus, und wir sind über das Meer geflogen! Und ich durfte Brezeln essen, und Mr. Meat hat mir sogar *Arroz con Pollo* mitgebracht, und *Mamá* ihre Lieblingsspeise, *Pollo Empanada*. *Papá* und unsere Freunde aßen alle Hamburger. Und als wir landeten, flog das Flugzeug so schnell. Bruuuumm!« Er machte eine schnelle Bewegung mit der Hand, um zu zeigen, wie schnell sie seiner Meinung nach geflogen waren.

Mags sah zu, wie ihr Vater vor ihm in die Hocke ging. »Ja? So schnell?«

David nickte. Dann legte er den Kopf schief und sah seinen neuen Großvater genau an. »*Mamá* hat sich verlaufen. Dann hat sie mich bekommen und *Papá* hat uns gefunden.«

»Ja, das hat er. Und dafür kann ich ihm gar nicht genug danken«, erklärte ihr Vater und seine Stimme brach.

Dann, als hätte David die Worte nur laut zu seinen

neuen Großeltern sagen müssen, um sie bestätigt zu bekommen, nickte er und drehte sich wieder zu Dave um.

Ihr Mann beugte sich hinunter und nahm ihn wieder auf den Arm.

»Eines Tages werde ich Arme wie Baumstämme haben, genau wie mein *Papá*«, erklärte David so laut, dass alle Anwesenden es hören konnten.

Alle lachten, und Mags lehnte sich an Dave und legte ihren Arm um seine Taille. Sie sah sich all die Leute an, die sie anlächelten, und entspannte sich. Sie hatte sich schon so oft vorgestellt, wie sich das anfühlen würde, aber sie hatte keine Ahnung, wie ergreifend und erstaunlich es tatsächlich sein würde.

Sie war endlich zu Hause. Und nichts hatte sich je besser angefühlt.

An diesem Abend, nachdem sie zu Gray und Allye gegangen waren, um eine spontane Willkommensparty zu veranstalten, und nachdem David auf dem Weg zur Wohnung in dem neuen Autositz, den Meat gekauft hatte, eingeschlafen war, und nachdem Raven und David seine Wohnung von oben bis unten inspiziert hatten, und nachdem sie sich alle in das große Doppelbett im Elternschlafzimmer gelegt hatten, sah Dave seiner Frau und seinem Sohn beim Schlafen zu.

Zum ersten Mal seit zehn Jahren hatte er das Gefühl, dass er endlich aufatmen konnte. Er wusste, wo seine Frau war. Sie war genau hier. Direkt neben ihm. Sie war kein Opfer. Auf keinen Fall. Sie war eine Kämpferin. Sie hatte Erfahrungen gemacht, die andere gebrochen hatten. Sie war immer wieder misshandelt und geschlagen und in den

Dreck gestampft worden. Aber sie war jedes Mal wieder aufgestanden, stärker und entschlossener, alles zu überleben, was del Rio und seine Gefolgsleute ihr angetan hatten.

Er wollte sie keinen Moment aus den Augen lassen, aber er wusste, dass er noch etwas tun musste, bevor er die Wut und den Hass in seinem Herzen auf den Mann loslassen konnte, der sich genommen hatte, was ihm nicht gehörte und wozu er kein Recht hatte, und so schlüpfte Dave leise aus dem Bett, wobei er darauf achtete, weder seine Frau noch seinen Sohn aufzuwecken.

Er nahm ein nicht zurückverfolgbares Satellitentelefon, das er von einem seiner Kontakte beim FBI erhalten hatte, und schlich aus dem Schlafzimmer. Er ging auf den Balkon und öffnete die Glasschiebetür. Von seiner Wohnung aus konnte er den Pikes Peak sehen, und normalerweise beruhigte ihn dieser Anblick. Am Nachthimmel konnte er ihn nicht sehen, aber selbst wenn das der Fall gewesen wäre, hätte er ihm heute Abend keine Beachtung geschenkt.

Er wählte eine Nummer, die er vor rund einem Jahr auswendig gelernt hatte, und hielt sich das Telefon ans Ohr.

»Silverstone Towing. Was kann ich für Sie tun?«

»Hier ist Rex. Ich habe einen Job für euch.«

»Rex! Wir haben schon eine Weile nichts mehr von dir gehört. Ist alles in Ordnung?«

»Ich habe meine Frau gefunden«, erklärte Dave dem Mann am anderen Ende der Leitung.

»Ernsthaft? Das ist der helle Wahnsinn!« Der Mann hielt inne und fragte dann: »Ich vermute, dieser Job hat damit zu tun?«

»Da vermutest du richtig. Der Job ist in Peru. In Lima, um genau zu sein. Ist das ein Problem?«, fragte Dave.

»Du weißt, dass es kein Problem ist. Schick uns die relevanten Informationen. Wir werden es uns ansehen und überlegen, was wir tun können.«

»Das ist sehr nett. Und ... macht es so schmerzhaft wie möglich.«

Die Stimme des anderen Mannes wurde leiser. »Raven kommt wieder in Ordnung?«

»Wahrscheinlich irgendwann schon. Aber er muss dafür bezahlen.«

»Betrachte es als erledigt.«

»Ich schulde dir was«, sagte Dave zu dem Mann am anderen Ende der Leitung.

»Nein, tust du nicht. Das geht aufs Haus. Als Dank für all die Male, die du denen geholfen hast, die sich nicht selbst helfen konnten.«

»Danke.«

»Wenn ihr jemals in der Gegend von Indianapolis seid und einen Abschleppdienst braucht, hätten wir nichts dagegen, wenn ihr bei uns vorbeikommt.«

Dave lachte leise. »Alles klar. Danke.«

»Freut mich für dich, Rex. Ganz im Ernst. Wir werden uns um die Sache kümmern. Du gehst einfach und machst mit deinem Leben da weiter, wo du vor zehn Jahren aufgehört hast, in Ordnung?«

»Mach ich. Mach's gut.«

»Tschüss.«

Dave legte auf und seufzte. Er fühlte nicht einmal einen Hauch von Schuldgefühlen. Tatsächlich fühlte er sich, als wäre ihm eine Last von den Schultern genommen worden, nachdem er den Anruf getätigt hatte. Er ging zurück in seine Wohnung und schloss die Glasschiebetür hinter sich. Dann schlüpfte er in sein Schlafzimmer und lächelte, als er sah, dass seine Familie noch tief und fest schlief. Er kroch unter die Decke und kuschelte sich an den Rücken seiner

Frau. Sie rührte sich nicht, was genau zeigte, wie anstrengend die letzten Tage gewesen waren.

Er schloss die Augen und fiel in einen tiefen Schlaf. Einen Schlaf, wie er ihn seit mindestens dreitausendsechshundertfünfzig Tagen nicht mehr gehabt hatte.

EPILOG

Zwei Monate nach ihrer Heimkehr

Dave saß auf dem Sofa und schaute mit Raven die Spätnachrichten. David schlief in seinem Zimmer. Beide waren beim Arzt gewesen, um sich komplett durchchecken zu lassen. Sie hatten beide Vitaminmangel und Raven würde zumindest für eine Weile regelmäßig zum Arzt gehen müssen, aber das war nicht unerwartet. Sie waren auch beim Zahnarzt und beim Augenarzt gewesen, und Dave hatte beide ins Einkaufszentrum mitgenommen, als Raven dazu bereit war, ein paar dringend benötigte Einkäufe zu tätigen. David hatte große Augen gemacht, als er die vielen Geschäfte sah, und er hatte fast geweint, als Dave ihm eine Tüte voll mit nagelneuen Kleidern gekauft hatte, etwas, das er in seinem ganzen Leben noch nie gehabt hatte.

Sie hatten David auch im Kindergarten angemeldet, und er genoss es sehr. Dave war so stolz auf den Jungen. An seinem ersten Tag war David nervös und ängstlich gewesen, weil er nicht wusste, ob ihn jemand mögen würde, aber seitdem war er aufgeschlossen und bei den anderen Kindern beliebt. An den Wochenenden war er sogar traurig, wenn er seine Freunde nicht sehen konnte.

Sie hatten ein langes Gespräch mit der Lehrerin geführt, die zustimmte, dass David seinen Altersgenossen intellektuell weit voraus war. Sie schlug vor, seinen Intelligenzquotienten zu testen, damit sie genau wussten, womit sie es zu tun hatten. Außerdem bot sie an, eng mit David zusammenzuarbeiten, um ihn zu fördern. Alle waren sich einig, dass es für ihn besser wäre, dort zu bleiben, wo er war, und nicht gleich in eine höhere Klasse versetzt zu werden. Er musste mit Kindern in seinem Alter in Kontakt kommen und lernen, mit anderen umzugehen.

Gabriella blühte in ihrem neuen Land auf. Sie hatte eine Zeit lang bei ihnen in der Wohnung gelebt und war erst vor ein paar Wochen in ihre eigene Wohnung in der Nähe gezogen. Sie hatte sich für einen Kurs in Englisch als Zweitsprache angemeldet und lernte erstaunlich schnell. Tagsüber war sie entweder im Unterricht oder arbeitete mit Harlow. Die beiden Frauen verstanden sich auf Anhieb, und Gabriella mauserte sich zu einer hervorragenden Köchin. Abends kam sie meist zu Raven und David.

Und Raven hatte begonnen, Dave ins *The Pit* zu begleiten. Am Anfang war sie extrem nervös gewesen, selbst bei dem überschaubaren Publikum, das tagsüber kam. Männer machten sie immer noch nervös und jedes Mal, wenn Dave daran dachte, warum das so war, musste er seine Wut unter Kontrolle halten.

Seltsamerweise schien es ihr jedoch gut zu gehen, wenn sie mit ihm hinter dem Tresen arbeitete. Sie nahmen an, dass die Tatsache, dass er mit ihr zusammen war und dass der Tresen zwischen ihr und allen anderen lag, ihr einen Schutzraum bot, den sie für ihre Psyche brauchte.

Dave hatte sie ausgesprochen gern um sich. Es gefiel ihm, Seite an Seite mit ihr zu arbeiten. Es war buchstäblich ein wahr gewordener Traum für sie beide. Tagsüber kümmerten sie sich also um die Kneipe und nachmittags holten sie David ab und verbrachten die Abende damit, zu lachen und wieder zu lernen, wie man Ehemann und Ehefrau und eine Familie ist.

Jeden Abend lasen sie David vor, brachten ihn dann ins Bett und setzten sich gemeinsam auf das Sofa. Das war zu ihrer neuen Tradition geworden. Manchmal sahen sie fern. Manchmal unterhielten sie sich. Ein anderes Mal lasen sie Bücher. Aber egal, was sie taten, sie taten es gemeinsam und berührten sich dabei. Sie hielten sich an den Händen oder Raven lehnte sich an ihn oder legte ihre Beine in seinen Schoß, während sie die Armlehne des Sofas als Kissen benutzte.

Dave genoss diese Momente. Früher hatte er auf dem Sofa gesessen und ins Leere gestarrt und sich mit der Frage gequält, was seine Frau in diesem Augenblick wohl gerade tat. Er hatte sich gefragt, ob er jemals die Gelegenheit haben würde, ihr zu sagen, wie viel sie ihm bedeutete.

Sie wohnten immer noch in Daves Wohnung, aber sie hatten mit einem Immobilienmakler gesprochen und die Angebote durchforstet, um entweder ein Haus auf ein paar Hektar Land oder ein Grundstück zu finden, auf dem sie ein bescheidenes Haus bauen konnten, in dem sie den Rest ihres Lebens in Frieden verbringen konnten.

Dave war in Gedanken bei einem der Häuser, die sie zuvor im Internet gesehen hatten, als Raven aufschreckte. Er verkrampfte sich und war sofort in Alarmbereitschaft.

Raven hielt seinen Unterarm fest umklammert, aber ihr Blick war auf den Fernsehbildschirm gerichtet. Dave schaute schnell hoch, um zu sehen, was seine Frau so beunruhigt hatte. Die Nachrichtensprecherin saß hinter einem Schreibtisch am Set – und über ihrer linken Schulter war ein Bild von niemand anderem als Roberto del Rio eingeblendet.

»*Der Mann, der als del Rio bekannt ist, wurde heute in seinem weitläufigen Anwesen in Lima, Peru tot aufgefunden. Die Einzelheiten sind noch unklar, aber aufgrund der Fotos vom Tatort geht ein Insider von einem Mord aus, da der Tatort sehr grausam ist. Del Rio wird seit Langem verdächtigt, der Kopf eines großen Sexhandelsunternehmens zu sein, und bei der Razzia auf dem Grundstück wurden neben Dutzenden junger Frauen aus ganz Mittel- und Südamerika sowie aus Ländern rund um die Welt auch Beweise für Kinderpornografie gefunden. Quellen spekulieren, dass del Rio von rivalisierenden kriminellen Gruppierungen ins Visier genommen worden sein könnte.*

Lima hat seit Langem mit Korruption in der Polizei, dem Militär und den Regierungsbehörden zu kämpfen, und neben den Frauen und der Pornografie wurden in dem Haus auch Waffen, Drogen und Namenslisten gefunden. Es wird vermutet, dass es sich bei den Listen um diejenigen handelt, die del Rio erpresst hat, und vielleicht auch um andere, die er dafür bezahlte, dass sie bei seiner Operation ein Auge zudrückten. Unsere Quelle sagt, dass es Monate, wenn nicht sogar Jahre dauern wird, das Chaos zu ordnen, und dass Hunderte von Menschen als Folge der Korruptionsfälle höchstwahrscheinlich ihren Arbeitsplatz verlieren werden. Tausende von Fällen vor den peruanischen Gerichten werden ebenfalls neu geprüft werden müssen. Hunderte von unschuldigen Opfern könnten aus peruanischen Gefängnissen entlassen werden, sobald das Ausmaß der Korruption aufgedeckt ist.

Experten warnen, dass es in den kommenden Monaten in Lima zu einem Machtkampf zwischen del Rios Nachfolgern kommen könnte. Wir werden Sie mit weiteren Informationen über die sich ständig ändernde Situation in Peru auf dem Laufenden halten. Tom, wie wird das Wetter morgen?«

Raven zog sich zurück und starrte Dave an. »Oh mein Gott ... ist es wahr? Ist er wirklich tot? Sind wir wirklich frei?«

Dave zog seine Frau an sich und war dankbar, dass sie nicht mehr zusammenzuckte, wenn er sich zu schnell bewegte oder wenn er sie umarmte. »Wenn es in den Nachrichten kommt, muss es wahr sein«, erklärte er ihr.

»Ich kann es nicht glauben. Ich ... intellektuell wusste ich, dass ich hier sicher bin. Ich meine, er ist weit weg in Peru und ich bin hier, aber ein Teil von mir konnte sich nicht entspannen. Als ich in Vegas war, hat er mich erwischt. Ich war mir nicht sicher, ob er so sauer war, dass wir entkommen sind, dass er nicht wieder jemanden schickt, um David und mich zu holen. Aber ... wenn es wirklich wahr ist ... können wir uns wirklich entspannen! Du glaubst doch nicht, dass noch jemand hierherkommt, um sich zu rächen, oder?«, fragte sie und ihre Stimme zitterte ein wenig.

»Auf keinen Fall, mein Schatz. Wie die Dame in den Nachrichten gesagt hat, werden alle viel zu sehr damit beschäftigt sein, ihren eigenen Hintern zu retten oder die Karriereleiter hinaufzuklettern, um sich um dich Gedanken zu machen. Oder um mich. Oder David.« Er küsste sie auf die Schläfe. »Und du hast recht. Wir sind frei. Frei, unser Leben so zu leben, wie wir es während der letzten zehn Jahre hätten tun sollen. Um glücklich zu sein. Unseren Sohn wachsen und gedeihen zu sehen. Um mit unseren Freunden zusammen zu sein und über dumme Kleinigkeiten zu lachen.«

Er war bereit, Raven zu trösten, falls sie weinte, aber er hätte nicht überrascht sein sollen, als sie sich mit einem strahlenden Lächeln neben ihm aufrichtete. Keine einzige Träne in Sicht. »Ich weiß, es ist falsch, den Tod eines anderen Menschen zu feiern, aber das ist mir egal. Haben wir noch Eiscreme übrig oder hat David heute Abend alles aufgegessen?«

Dave erwiderte ihr Lächeln. »Es könnte vielleicht unter Umständen sein, dass ich eine Packung hinten im Gefrierschrank versteckt habe, damit er sie nicht findet und um ›nur noch eine Kugel‹ bettelt.«

Raven lachte und es klang völlig unbeschwert. »Du kennst unseren Sohn gut.«

Daves Herz fühlte sich an, als würde es gleich zerspringen. »Ja, das tue ich«, stimmte er zu. Dann stand er auf und zog Raven neben sich auf die Beine. Er legte seinen Arm um ihre Taille und sie gingen gemeinsam in die Küche. Er holte die große Packung Double Chocolate Chunk mit Karamellwirbel heraus, die derzeitige Lieblingssorte seiner Frau, während sie zwei Löffel holte. Sie gingen hinaus auf den Balkon und Dave zog sie auf seinen Schoß.

Sie waren beide in ihren eigenen Gedanken versunken, während sie abwechselnd ihre Löffel in den Eisbehälter tauchten und zu den Sternen hinaufschauten.

»Danke, dass du nicht aufgegeben hast, bis du mich gefunden hast«, erklärte Raven schließlich.

»Danke, dass du nicht aufgegeben hast«, erwiderte Dave.

Später, nachdem sie ihr Eis gegessen hatten, gingen sie ins Schlafzimmer und machten sich wie jeden Abend seit zwei Monaten bettfertig, bevor sie sich gemeinsam unter die Decke kuschelten.

»Dave?«

»Ja, mein Schatz?«

»Ich bin jetzt noch nicht so weit, aber ... irgendwann möchte ich, dass du mit mir schläfst.«

Wieder einmal hatte Dave das Gefühl, als würde ihm das Herz aus der Brust springen. Er war so stolz auf seine Frau. Sie war der mutigste und stärkste Mensch, den er je in seinem Leben getroffen hatte.

Er wollte ihre Tapferkeit nicht schmälern, indem er ihr sagte, dass er keinen Sex brauchte. Also sagte er einfach: »In Ordnung, mein Schatz.«

Drei Monate nach ihrer Heimkehr

Dave saß an einem Tisch im Hinterzimmer vom *The Pit* und sah die Männer der Mountain Mercenaries an. Sie hatten ihn gefragt, ob sie sich mit ihm treffen könnten, und natürlich hatte er zugestimmt. Er genoss es, hier unter ihnen zu sitzen, anstatt anonym mit ihnen zu telefonieren, wie er es getan hatte, bevor sie herausgefunden hatten, dass er ihr Kontaktmann Rex war.

Gray räusperte sich und kam direkt auf den Punkt, wie es so seine Art war. »Wir haben schon eine Weile darüber diskutiert und würden gern wissen, ob du es in Betracht ziehen würdest, dass die Mountain Mercenaries von nun an nur noch Fälle im Inland übernehmen.«

Die Bitte war unverblümt und kam nicht ganz unerwartet.

Dave kannte sein Team sehr gut. Er hatte sie seit Jahren beobachtet und war ihr Chef gewesen. Seit Gray Allye kennengelernt hatte, hatte er eine Veränderung ihrer Prioritäten bemerkt. Er war über diese Veränderung nicht gerade erfreut gewesen, da er befürchtete, dass sie eine Rettungsmission für seine Frau behindern würde, falls er sie jemals finden sollte. Aber nachdem er mit eigenen Augen gesehen hatte, wie gefährlich es bei Auslandseinsätzen sein konnte, hatte er seine Meinung geändert.

Es war nicht so, als wüsste er nicht, dass seine Männer bei jeder Mission in Gefahr waren, aber es ging um mehr als um Kugeln und darum, ihr Leben aufs Spiel zu setzen. Sie mussten sich mit Sprachbarrieren, Korruption und sogar der Gefahr auseinandersetzen, in ein düsteres ausländisches Gefängnis geworfen zu werden, aus dem sie unter Umständen nie wieder herauskommen würden.

Und sie alle hatten jetzt Familien, um die sie sich sorgen mussten. Frauen und Kinder, die auf sie zählten und die sie liebten. Das gesamte Team hatte sich während der drei Monate seit ihrer Rückkehr aus Peru freigenommen, und Dave hatte gesehen, wie sehr sich seine Männer dadurch verändert hatten. Sie waren entspannter geworden. Sie lachten mehr. Sie waren weniger gestresst.

Black hatte allen mitgeteilt, dass Harlow schwanger war, und sowohl Meat als auch Arrow hatten geheiratet. Calinda und Darby wuchsen wie Unkraut, und mindestens einmal am Tag kam einer oder mehrere aus der Gruppe ins *The Pit*, um Raven zu begrüßen und zu quatschen.

Dave blickte von einem Mann zum anderen und sagte: »Vielleicht ist es an der Zeit, die Mountain Mercenaries in den Ruhestand zu schicken.«

Wie er es angenommen hatte, widersprachen alle sechs Männer nachdrücklich.

»Nein!«

»Das habe ich nicht gemeint!«

»Auf keinen Fall!«

»Wir können uns nicht auflösen!«

»Das ist doch Blödsinn!«

»Das wollen wir nicht!«

Sie lachten darüber, dass sie alle gleichzeitig widersprochen hatten. Ro beugte sich vor und sprach für die Gruppe. »Wir wollen nicht aufhören zu tun, was wir tun. Es gibt immer noch Tausende von Frauen und Kindern da draußen, die unsere Hilfe brauchen. Es ist nur so, dass die Auslandseinsätze uns für lange Zeit von unseren eigenen Familien fernhalten. Und sie sind unberechenbarer. Wir wollen nicht aufgeben, nur unseren Schwerpunkt verlagern. Aber wenn das für dich nicht infrage kommt, hören wir trotzdem nicht auf. Dann würden wir dich nur um mehr Zeit zwischen den Einsätzen bitten.«

»Abgemacht«, erklärte Dave, ohne zu zögern. »Ich werde mich darauf konzentrieren, die vermissten Personen in den USA zu finden.«

»Einfach so?«, wollte Ball wissen.

»Ja, einfach so«, bestätigte Dave.

»Aber was ist, wenn wir Informationen über Leute wie Morgan bekommen, die ins Ausland verschleppt wurden und gerettet werden müssen?«, fragte Meat.

»Dann werde ich die Informationen an einen meiner Kontakte weitergeben«, erwiderte Dave, lehnte sich auf seinem Stuhl zurück und verschränkte die Arme.

»Einer deiner Kontakte«, wiederholte Arrow.

»Ja«, erwiderte Dave.

»Wie viele Teams leitest du eigentlich?«, fragte Black.

»Nur dieses eine«, beruhigte Dave seine Freunde. »Aber ich weiß von anderen Gruppen da draußen, die unserer ähnlich sind. Ganz zu schweigen von meinen Verbindungen zum FBI, zur CIA, zu Polizeichefs und zu den Leitern verschiedener Mafia- und anderer krimineller Organisationen, die nicht im Menschenhandel tätig sind.«

Gray schüttelte nur den Kopf. »Ich wusste, dass du gute

Verbindungen hast, aber wir haben bis jetzt nur an der Oberfläche gekratzt, was?«

Dave zuckte nicht einmal mit der Wimper. »Das stimmt.«

»Na gut«, erklärte Gray. »Dann ist es also abgemacht.«

»Jup.«

»Das war viel einfacher, als ich dachte«, gab Ball zu. »Du bist normalerweise ein echter Sturkopf, Rex.«

Daraufhin lächelte Dave tatsächlich. »Danke.«

»Das war nicht als Kompliment gemeint«, murmelte Ball. Dann zog er einen Umschlag aus seiner Tasche und warf ihn zu Dave auf den Tisch.

»Was ist das?«, fragte Dave.

»Du bist stur«, erklärte Ball. »Aber wir sind noch sturer. Du nimmst das – und wir akzeptieren kein Nein als Antwort.«

Dave beugte sich vor, nahm den Umschlag in die Hand und zog die Papiere heraus, die darin waren. Es dauerte einen Moment, bis er begriff, was er da sah, aber dann hob sich sein Kopf und er starrte sein Team schockiert an.

»Es geht um vierzig Hektar Land in der Nähe von Monument. Du bist direkt dafür verantwortlich, dass wir unsere Frauen kennengelernt haben und dass wir Hunderten von anderen geholfen haben. Diese Welt wäre ohne dich ein schlechterer Ort. Wir wissen, dass du nach einem Ort gesucht hast, an dem du dich mit deiner Familie niederlassen kannst, und dieses Grundstück ist perfekt. Es ist abgelegen, aber nicht so weit draußen, dass es keinen Telefon- und Internetzugang oder eine Infrastruktur für Wasser, Strom und Abwasser gibt. Die Aussicht vom nördlichen Ende des Grundstücks ist einmalig, denn dort befindet sich ein Steilhang mit Blick auf das darunterliegende Bergtal. Dein Haus kann so groß oder klein werden, wie du willst.

Du kannst tun und lassen, was du willst, aber wir werden auf keinen Fall zulassen, dass du unser Geschenk ablehnst.«

Dave wusste nicht, was er sagen sollte. Er hatte nicht das Gefühl, dass er etwas Besonderes getan hatte. Schließlich hatte er die Mountain Mercenaries aus äußerst egoistischen Gründen gegründet. Er war auf der Suche nach seiner Frau gewesen und hatte auf dem Weg dorthin andere Frauen und Kinder gefunden und gerettet. Aber als er sich die Männer ansah, denen er mit seinem Leben vertraute – und was noch wichtiger war, denen er mit dem Leben seines Kindes und seiner Frau vertraute –, nickte er und sagte einfach: »Danke.«

Sieben Monate nach ihrer Heimkehr

Mags stand am Rand der Klippe ihres Grundstücks und sah zu ihrem Mann hinauf. Der Wind wehte sanft und im Moment war nichts zu hören außer dem Gesang der Vögel um sie herum. Sie waren allein – nun ja ... fast allein –, etwas, das nicht mehr oft vorkam.

Dave stand vor ihr, hatte ihre Hände ergriffen und sie sahen einander an.

Als Dave sie in Peru gefragt hatte, ob sie ihn wieder heiraten wollte, hatte Mags Ja gesagt. Sie hätten eine große Zeremonie vor ihrer Familie und ihren Freunden abhalten können, aber als Dave dies vorgeschlagen hatte, nämlich dass sie beide einfach, aber bedeutungsvoll ihr Gelübde erneuerten, da hatte sie die Chance ergriffen.

Sie waren beide durch die Hölle gegangen. Jeder durch seine Art von Hölle, aber dennoch eine Hölle. Und irgendwie erschien es ihr richtig, ihr Gelübde nur unter sich zu erneuern.

Ihre ganze Familie und ihre Freunde warteten im *The Pit* auf sie. Gabriella und Harlow hatten das Festmahl für alle zubereitet, und es würden mehr als fünfzig Leute kommen, um mit ihnen zu feiern. Aber im Moment hatten sie nur Augen füreinander.

»Margaret Crawford Justice, du bist die Liebe meines Lebens. Du bist der Grund, warum mein Herz schlägt, und du gibst mir den Mut, jeden Tag aufzustehen und mich der Welt zu stellen. Ich habe Ehrfurcht vor dir und bin stolzer auf dich, als ich es je in Worte fassen könnte, auf deine Tapferkeit und Stärke. Du bist eine Kämpferin durch und durch«, erklärte Dave, während er ihr in die Augen sah. Der Wind wehte ihr das Haar ins Gesicht, aber bevor sie eine Hand heben konnte, um es wegzustreichen, erledigte Dave das für sie. Mags erschauderte, als er mit den Fingerspitzen über die empfindliche Haut ihres Ohrs strich.

»Der Gedanke, eines Tages wieder in deine schönen blauen Augen blicken zu können, war der Grund dafür, dass ich nie aufgegeben habe. Ich gebe dir hier und jetzt mein feierliches Gelübde, dass ich immer für dich da sein werde. Ich werde dir immer treu sein. Niemals meine Hand gegen dich oder unseren Sohn erheben. Ich werde alles tun, um dir zu geben, was du willst und brauchst. Ich werde dich mein ganzes Leben lang lieben und sogar darüber hinaus. Du hältst mein Herz und meine Seele in deinen Händen, Raven, und genau das ist es, was ich will.«

Mags verlor sich in der Tiefe von Daves braunen Augen, während er sprach. Sie schwor, dass sie die Liebe in ihnen leuchten sehen konnte. Es war albern und töricht, aber sie hatte nie vergessen, wie ausdrucksstark seine Augen waren.

Wie zum Teufel sie so viel Glück gehabt hatte, wusste sie nicht.

»Meine Gedanken an dich waren das Einzige, was *mich* dazu angetrieben hat, nicht aufzugeben«, entgegnete Mags und begann damit ihr Gelübde. Sie hatte nichts geplant, sie wollte, dass ihre Worte von Herzen kamen und zu dem Moment passten. »Ich wollte aufgeben. Ich wollte einen Weg finden, mir das Leben zu nehmen, aber ich konnte es nicht. Ich wusste, dass du nach mir suchst. Ich wusste, dass du alles tun würdest, um mich zu finden ... und das hast du. Ich habe nicht versucht, dich zu kontaktieren, als ich die Chance dazu hatte, nicht weil ich dachte, du würdest mich nicht lieben, sondern weil ich dachte, ich wäre deiner Liebe nicht mehr würdig. Aber es dauerte weniger als zwei Wochen, nachdem du mich gefunden hattest, um mich auf andere Gedanken zu bringen und zu bedauern, dass ich keinen Weg gefunden hatte, dich wissen zu lassen, dass ich noch lebe, und dich zu bitten, David und mich zu holen.

Liebe heilt alle Wunden, und obwohl ich nie vergessen werde, was mir passiert ist, hat deine Liebe mir geholfen, einen Tag nach dem anderen zu überstehen und seitdem jeden Tag zu genießen und im Augenblick zu leben. Ich liebe dich, David Justice. Ich werde dir immer treu sein, und ich werde dir jeden Tag für den Rest unseres Lebens zur Seite stehen und dich unterstützen. Danke, dass du mich gefunden hast. Danke, dass du nicht aufgegeben hast. Aber vor allem danke, dass du mich liebst.«

Dave hob seine andere Hand und legte seine Hände an ihre Wangen, beugte sich langsam vor und strich mit seinen Lippen über die ihren. Dann tat er es wieder und wieder ... bis Mags so erregt und frustriert darüber war, wie sanft er war, dass sie eine Hand in dem Haar an seinem Hinterkopf vergrub und gegen ihn knurrte.

Ihr plötzliches Verlangen überraschte sie. Mags liebte ihren Mann, aber sie hatte sich Sorgen gemacht, dass ihre Libido für immer verschwunden war. Die Erkenntnis, dass sie Dave mit einem Mal wahnsinnig begehrte, war überraschend ... und eine große Erleichterung.

Sie spürte, wie sich seine Lippen zu einem Lächeln verzogen, aber er vertiefte den Kuss nicht.

Er war so vorsichtig gewesen, sich ihr nicht aufzudrängen. Nichts zu tun, was ihre Dämonen an die Oberfläche bringen könnte. Also übernahm Raven die Kontrolle und zeigte ihm, was sie wollte. Was sie brauchte.

Sie schob ihre Zunge in seinen Mund und gab ihm die Art von Kuss, die sie seit Jahren nicht mehr erlebt hatte.

Er stöhnte auf und sie spürte, wie seine Erektion gegen ihren Bauch drückte. Aber zum ersten Mal seit Langem war Mags nicht davon verstört. Sie hatte keine Angst vor der Erregung ihres Mannes.

Ihr war ganz schwindelig vor Glück, dass ihr Körper so reagierte, wie er es bei Dave immer getan hatte, bevor sie entführt worden war, und sie gab sich ihm hin. Ihrem Mann.

Wie lange sie sich auf der Spitze der Klippe küssten, wusste Mags nicht. Aber in der nahen Ferne ertönte der laute Knall einer Fehlzündung, und sie zog sich lachend zurück.

»So viel zu unserer romantischen Zeremonie zur Erneuerung unseres Ehegelübdes«, erklärte Dave genervt.

Mags schlang ihre Arme um ihn und legte ihren Kopf auf seine Brust. »Je schneller sie unser Haus bauen, desto schneller können wir einziehen«, erinnerte sie ihn.

Die Bauarbeiter waren gerade dabei, ihr Traumhaus zu bauen. Dave hatte ihnen den Tag freigeben wollen, damit sie das Grundstück für sich allein hatten, wenn sie ihr

Ehegelübde ablegten, aber Raven war dagegen gewesen und hatte gesagt, dass jeder Tag, an dem sie nicht arbeiteten, ein weiterer Tag war, an dem sie nicht einziehen konnten. Er hatte nur widerwillig zugestimmt.

»Ich liebe dich, Dave. Du bedeutest mir die Welt.«

»Worte scheinen so ... unzureichend ... verglichen mit dem, was ich für dich empfinde«, erwiderte Dave.

Raven lächelte zu ihm auf – und errötete vor Scham, als ihr Magen genau in diesem Moment zu knurren begann. Und zwar ziemlich laut.

Jetzt war es an Dave zu lachen. »Sieht aus, als müsste ich meiner Frau etwas zu essen besorgen«, erklärte er. »Komm schon. Ich bin sicher, David macht alle verrückt mit seiner Ungeduld, unseren Kuchen anzuschneiden.«

Als sie von der Klippe weg zu Daves Wagen gingen, fragte Mags: »Und wer ist schuld daran, dass er eine riesige Naschkatze ist?«

»Ich«, gab Dave ohne Umschweife und völlig schamlos zu.

Mags konnte nur den Kopf schütteln. Tief im Inneren war es ihr egal, ob Dave ihren Sohn verwöhnte. Er versuchte, die ersten viereinhalb Jahre seines Lebens wiedergutzumachen, in denen ihm so ziemlich alles verwehrt worden war – Nahrung, Liebe, Freunde.

Dave hielt ihr die Tür auf und wartete, bis sie auf dem Beifahrersitz Platz genommen hatte, bevor er auf die Fahrerseite ging. Bevor er den Motor anließ, beugte er sich vor und legte seine Finger unter Ravens Kinn. Er drehte ihren Kopf zu sich und küsste sie sanft. »Ich liebe dich, Raven.«

»Ich liebe dich auch.«

Als sie in Richtung des *The Pit* und der riesigen Party fuhren, die sie erwartete, staunte Mags wieder einmal darüber, wie glücklich sie sich schätzen konnte, diesen

Mann an ihrer Seite zu haben. Er war geduldig und liebevoll und widmete sich ihr vollkommen. Er war nicht ohne Fehler, aber es war schwer, sich darüber aufzuregen, wenn er in so vielen Dingen so toll war.

Bald würde sie den Mut aufbringen, ihm körperlich zu beweisen, wie sehr sie ihn liebte. Eine Zeit lang hatte sie wirklich nicht geglaubt, dass sie jemals wieder dazu in der Lage sein würde, mit einem Mann zu schlafen. Doch Dave entfachte dieses Verlangen nach und nach wieder und sie konnte den Tag kaum erwarten, an dem sie mit ihrem Mann Liebe machen und die Vergangenheit ein für alle Mal hinter sich lassen konnte.

Ein Jahr nach ihrer Heimkehr

Dave konnte nicht glauben, dass das Haus endlich fertig war. Sie waren endlich eingezogen.

Es hatte ihm nichts ausgemacht, so viele Jahre lang in einer Wohnung zu leben, ihm war alles egal, außer seine Frau wiederzufinden. Aber jetzt, da er Raven seit einem Jahr wieder bei sich hatte und miterleben durfte, wie sich ihr Sohn zu einem ausgeglichenen und glücklichen Kind entwickelte, konnte er sich nicht mehr vorstellen, jemals wieder in einem so kleinen, beengten Raum zu leben.

Ihr Haus war das Ergebnis von Ravens und seinen Vorstellungen. Fenster säumten eine Seite des Hauses, sodass sie zu jeder Tages- und Nachtzeit die Schönheit der Landschaft genießen konnten. Sie hatten eine extragroße Terrasse gebaut und sogar einen kleinen Pavillon auf der Klippe errichtet.

Das gesamte Team der Mountain Mercenaries und ihre Frauen hatten mitgeholfen, die Möbel zu schleppen, und danach hatten sie ein improvisiertes Barbecue veranstaltet, und Dave konnte sich nicht erinnern, wann er jemals so glücklich und zufrieden gewesen war.

David war fast sofort eingeschlafen, als sein Kopf das Kissen berührt hatte. Er hatte sich sehr darauf gefreut, in seinem Zimmer zu schlafen, und obwohl Dave wusste, dass Raven ein wenig traurig darüber war, dass er so selbstständig wurde, freute sie sich, dass er nicht im Geringsten Angst vor einem neuen Zimmer in einem neuen Haus zu haben schien.

Raven war etwa zehn Minuten zuvor nach oben gegangen, während Dave das letzte schmutzige Geschirr in den Geschirrspüler räumte. Jetzt ging er die Treppe hinauf zu ihrem Zimmer und konnte es kaum erwarten, seine Frau in die Arme zu schließen und ihre erste gemeinsame Nacht in ihrem neuen Haus zu verbringen.

Er öffnete die Tür zu dem wunderschönen, riesigen Schlafzimmer, das er für seine Frau entworfen hatte, und erstarrte bei dem Anblick, der sich ihm bot.

Raven stand neben ihrem Bett und trug ein knappes weißes Negligé.

Als sie ihn sah, lächelte sie. »Es wurde auch Zeit, dass du langsam mal hochkommst«, neckte sie ihn. »Ich dachte schon, du würdest da unten nie fertig werden.«

Dave wusste nicht, was er sagen sollte. Er hatte seine Frau schon immer attraktiv gefunden, aber was er am meisten an ihr liebte, war ihr Wesen. Obwohl er nicht leugnen konnte, dass es ihn anmachte, sie nur in Spitzenunterwäsche bekleidet da stehen zu sehen.

»Raven?«, fragte er zögerlich, da er Angst hatte, ihre Absichten falsch zu deuten.

»Es ist so weit. Ich bin bereit«, erklärte sie ihm.

Dave ging langsam auf sie zu und blieb einen halben Meter von ihr entfernt stehen, um ihr Platz zu lassen. »Bereit wofür?«, fragte er, weil er wollte, dass sie ihm genau sagte, was sie erwartete.

»Ich bin bereit, mit meinem Mann zu schlafen. Bereit, meine Vergangenheit ein für alle Mal hinter mir zu lassen.«

»Bist du dir sicher?«, flüsterte Dave.

»Hundertprozentig. Ich sage nicht, dass es einfach sein wird oder dass ich keine schlechten Momente haben werde, aber ich habe keinerlei Zweifel daran, dass du vorsichtig mit mir sein wirst und nicht mehr verlangen wirst, als ich geben kann.«

»Verdammt nein, das werde ich natürlich nicht«, murmelte Dave. Dann griff er langsam nach dem Saum seines Hemdes und zog es sich über den Kopf. Er genoss den lüsternen Ausdruck in Ravens Augen. Er hatte von diesem Moment geträumt, und doch war es so viel schöner, als er es sich vorgestellt hatte. Er zog seine Hose und seine Socken aus und ließ seine Boxershorts vorerst an. So erregt wie er war, überließ sie sowieso nichts der Fantasie, aber Raven zögerte nicht einmal. Sie ging zu ihm und schmiegte sich an ihn.

Mags war nervös, aber nicht, weil sie Angst vor ihrem Mann oder dem, was er ihr tun könnte, hatte, sondern weil sie unsicher war, was ihre eigenen Reaktionen betraf. Sie wollte es. Sie musste mit ihrem Mann Liebe machen. Aber auch wenn sie es unbedingt wollte, war sie sich nicht sicher, wie ihr Körper unbewusst reagieren würde.

Als sie ihre Arme um Dave schlang und seine Erektion

an ihrem Bauch spürte, fühlte sie sich nicht im Geringsten abgestoßen. Sie atmete tief ein und der Duft ihres Mannes erfüllte ihre Nasenlöcher. Er roch nicht wie die anderen. Er fühlte sich auch nicht so an wie sie. Er war groß. Er beschützte sie und gab ihr ein Gefühl der Sicherheit.

»Bist du sicher?«, flüsterte Dave ihr ins Ohr.

Als Antwort darauf zog Mags sich zurück, schob ihre Hände unter seine Boxershorts und betastete seinen Hintern. Er spannte seine Muskeln an und sie lächelte, als sie ihre Fingernägel spielerisch in die empfindliche Haut seines Hinterns grub. »Ich bin sicher«, sagte sie zu ihm, dann legte sie ihre Hände auf seine Hüften und schob seine Unterwäsche langsam nach unten, bis er so nackt, wie Gott ihn geschaffen hatte, vor ihr stand.

Sie trat zurück und hielt eine Hand auf seinem Bizeps, während sie ihn betrachtete. Großer Gott, er war umwerfend. Er mochte Ende vierzig sein, aber er sah besser aus, als sie ihn in Erinnerung hatte. Seine Oberschenkel wölbten sich vor Muskeln und er hatte zwar keinen Waschbrettbauch, aber er war auch nicht fett. Er hatte ein paar Brusthaare, durch die sie gern mit ihren Fingern fuhr, wenn sie zusammen im Bett lagen.

Aber es war sein Schwanz, den sie jetzt nicht mehr aus den Augen lassen konnte.

Er war ein großer Mann, und das Gleiche galt auch für seinen Schwanz. Daran hatte sich während der letzten zehn Jahre nichts geändert. Es war lange her, dass sie Sex genossen hatte, aber ihn in seiner ganzen nackten Pracht vor sich stehen zu sehen erinnerte sie daran, wie er immer dafür gesorgt hatte, dass sie zuerst zum Orgasmus kam. Wie sanft er immer gewesen war. Wie sehr sie es geliebt hatte, wenn sie ihn dazu bringen konnte, die Kontrolle zu verlieren. Sie hatten es genossen, im Bett zu experimentieren und sich in allen erdenklichen Stellungen zu lieben. Sie wollte das wiederhaben. Brauchte es.

»Sieh mich an, Schatz«, bat Dave.

Als sie merkte, dass sie auf seinen Schwanz gestarrt hatte, hob sie ihr Kinn und sah ihm in die Augen.

Er lächelte amüsiert auf sie herab. »So sehr ich mich auch freue, dass du nicht ausflippst, wenn du mich nackt siehst, aber wenn wir das tun, musst du mit mir reden. Ich muss bei jedem Schritt wissen, was du denkst. Wenn ich dich auf eine Weise berühre, mit der du nicht umgehen kannst, musst du es mir sagen. Ich will nicht, dass du etwas mir zuliebe tust. Ich will nicht mit dir schlafen, wenn ich nur einen Moment lang denke, dass du dich unwohl fühlst, es mir aber nicht sagen willst.«

»Das werde ich.«

»Ich meine es ernst, Raven. Ich weiß bereits, dass du eine verdammte Kriegerin bist. Das musst du nicht sein, wenn du mit mir im Bett bist. Wenn dir etwas nicht gefällt, dann sag es mir, in Ordnung?«

Und genau das war der viertausendundsiebenundsechzigste gute Grund, warum sie bis über beide Ohren in ihren Mann verliebt war. »In Ordnung.«

»Gut.« Dann trat Dave um sie herum und legte sich auf das Bett. Er verschränkte die Hände hinter dem Kopf und Mags konnte die Lust in seinen Augen sehen. Sein Schwanz war nicht ganz hart, aber selbst auf Halbmast war er beeindruckend.

Sie ging zum Ende des Bettes, stieg auf die Matratze und kroch auf allen vieren zu ihm. Sie beobachtete, wie sein Schwanz zuckte, und grinste. Sie hörte erst auf, als sie bei ihm war, und setzte sich dann auf seinen Bauch.

Das weiße Negligé, das sie angezogen hatte, hatte ihr Selbstvertrauen gestärkt. Sie war längst nicht mehr die magere, unterernährte Frau, die sie noch vor einem Jahr gewesen war. Sie hatte an den richtigen Stellen zugenommen und sie hatte wieder Kurven. Sie fühlte sich sexy.

Sie griff nach einem der Träger und zog ihn sich von der Schulter und über den Arm. Sie tat dasselbe mit dem anderen und ließ das Nachthemd bis zu ihrer Taille fallen.

Daves Pupillen weiteten sich und er leckte sich über die Lippen.

Mags hatte, während sie auf ihren Mann gewartet hatte, beschlossen, die Kontrolle über ihr Liebesspiel zu übernehmen. Sie wusste, wenn sie Dave seinen Willen ließ, würde er sich Zeit nehmen und alles in seiner Macht Stehende tun, damit es nur um sie ging. Er würde sanft sein, und obwohl sie nichts dagegen hätte, war es nicht das, was sie für dieses erste Mal wollte. Sie musste sich alles zurückholen, was ihr gestohlen worden war, und ganz oben auf der Liste stand, zu verlangen, was sie wollte.

Nein, es zu *fordern*.

Sie griff zwischen ihre Beine, öffnete die Knöpfe des Negligés und schob den Stoff zu ihrem Bauch hoch. Sie kroch auf ihren Knien nach vorn, bis ihre Muschi über seinem Mund war. »Ich will, dass du mich zum Orgasmus bringst«, befahl sie.

Ohne auch nur einen Moment zu zögern, hob Dave den Kopf und leckte sie von oben bis unten.

Sie stöhnten beide auf.

Er ließ sich Zeit, sie neu kennenzulernen. Er leckte sanft und liebkoste ihre Falten. Ab und zu strich er mit der Zunge über ihre Lustknospe.

Sie genoss seine Liebkosungen, fand aber, dass er zu lange brauchte, und griff nach seinen Händen, die immer noch unter seinem Kopf lagen, und führte sie an ihre Seiten. »Halt mich fest.« Er vergrub seine Finger in der empfindlichen Haut an ihren Hüften und sie wölbte den Rücken, damit er etwas von ihrem Gewicht halten konnte. Aber er gab ihr immer noch nicht, was sie wollte. Sie schaute an ihrem Körper hinunter und sah, dass seine Augen offen waren und er in ihr Gesicht starrte, als versuchte er, ihren Geisteszustand zu lesen.

Sie lächelte.

»Leck meine Klitoris, Dave. Sorge dafür, dass ich zum Orgasmus komme. Bitte. Ich brauche es. Es ist schon viel zu lange her.«

Mehr brauchte er nicht zu hören. Er grub seine Finger in ihre Haut und schloss die Augen, während er seine ganze Aufmerksamkeit auf ihre Klitoris richtete. Mit dem Mund saugte er, während er die Zunge wie einen Mini-Vibrator kreisen ließ.

»Oh ja, das ist es. Genau so! Mehr ... oh Gott, ich bin fast davor zu kommen!«

Ihr Orgasmus kam schnell und heftig, und Mags war nicht darauf vorbereitet gewesen. Sie bewegte sich auf dem Gesicht ihres Mannes, aber er hielt sie fest und verlor nie den Kontakt zu ihrer Klitoris. Ihr ganzer Körper bebte, als der Orgasmus sie überwältigte.

Es fühlte sich so gut an.

So verdammt gut.

Es war befreiend. So hatte sie sich schon sehr lange nicht mehr gefühlt.

Mags fühlte sich, als wären ihre Knochen wie Gelee. Sie rollte sich von Dave zur Seite, achtete aber darauf, ihn mit sich zu ziehen, als sie sich auf den Rücken fallen ließ. Er stützte sich vorsichtig auf einen Ellbogen neben ihr ab und strich ihr mit der freien Hand die Haare aus dem Gesicht und aus den Augen.

»Mach Liebe mit mir«, flehte Mags und blickte zu ihm auf.

»Bist du sicher? Ich kann dich auch einfach in meinen Armen halten, wenn wir einschlafen«, entgegnete Dave.

»Ich bin mir sicher«, erklärte Mags ihm. »Ich brauche dich jetzt mehr denn je.«

»Willst du oben sein?«

Es gefiel ihr, wie rücksichtsvoll er war, aber sie schüttelte den Kopf. »Nein. Ich will, dass du oben bist.«

»Weckt das keine schlechten Erinnerungen?«, wollte Dave wissen.

Mags schüttelte wieder den Kopf. »Nein. Ich will zu dir aufschauen, wenn du mich nimmst. Ich möchte mich an deinen Armen festhalten und meine Beine um deine Taille schlingen. Ich weiß, wer in meinem Bett liegt, Dave. Du bist es. Und du würdest mir nie wehtun. Du würdest nie etwas tun, was ich nicht will.«

»Verdammt richtig«, erwiderte er, während er sich auf sie legte und einen Moment lang so verharrte, als wollte er ihr eine Chance geben, ihre Meinung zu ändern.

Aber Mags verspürte nicht einen Moment lang Panik. Dies war Dave. Ihr Ehemann.

Er benutzte eine Hand, um seinen inzwischen stahlharten Schwanz an ihre Muschi zu führen, und hielt dann wieder inne. Sie wusste, wie schwer das für ihn sein musste, aber er ließ sich nicht anmerken, dass er es in irgendeiner Form eilig hatte.

Mags hob die Hüften und spürte, wie die Spitze seines Schwanzes in sie glitt. Dave blähte die Nasenlöcher, aber er beherrschte sich und drang langsam in sie ein.

Es war ein wenig schmerzhaft, denn es war lange her, dass sie Liebe gemacht hatte. Sie stießen beide die Atemzüge aus, die sie angehalten hatten, als seine Hüften auf ihre trafen und er ganz in ihr versank.

»Verdammt, ich liebe dich«, flüsterte Dave.

»Ich liebe dich auch«, erklärte Mags ihm.

»Alles in Ordnung?«, fragte er.

Sie nickte. »Ich hatte vergessen, wie sich das anfühlt. Wie gut *du* dich anfühlst.«

»Ich habe es nie vergessen, nicht einen Moment lang«, entgegnete Dave, während er seine Hüften zurückzog und dann sanft in sie hineinstieß. Das tat er ein paarmal, um sich zu vergewissern, dass es für sie wirklich in Ordnung war.

»Schneller«, drängte Mags.

Sie rechnete Dave hoch an, dass er nicht fragte, ob sie sich sicher war; er fing einfach an, sich schneller zu bewegen.

Mags merkte jedoch, dass er sich immer noch zurückhielt.

Sie fasste mit einer Hand zwischen ihren Körpern nach unten und bearbeitete ihre Klitoris, wodurch ihre Hüften gegen ihn zu zucken begannen.

Sein gleichmäßiger Rhythmus geriet für einen Moment ins Stocken und sie lächelte. Sie ließ ihre Hand tiefer gleiten und streichelte seinen Schwanz, wenn er sich aus ihrem Körper zurückzog, wobei sie mit ihrem Zeigefinger jedes Mal, wenn er zustieß, seine Hoden liebkoste.

»Verdammt, mein Schatz. Wenn du so weitermachst, halte ich nicht lange durch.«

»Wer sagt, dass du das musst?«, fragte sie.

»Ich will dafür sorgen, dass es schön für dich ist«, presste er zwischen zusammengebissenen Zähnen hervor.

»Das tust du. Das ist es. Und ich will, dass es für dich *auch* schön ist«, erwiderte sie.

»Es ist so schön wie noch nie«, erklärte Dave ihr, dann stützte er sich auf seinen Händen ab und hielt sich nicht mehr zurück.

Mags bearbeitete ihre Klitoris, während er sie vögelte, und gerade als sie kurz vor einem zweiten Höhepunkt stand, versteifte Dave sich über ihr und stieß so weit er konnte in sie hinein. Sein ganzer Körper erzitterte, sogar seine Arme, als er sich in sie ergoss.

Mags war ein wenig enttäuscht, dass sie nicht ganz zum Orgasmus gekommen war, aber sie hätte es besser wissen müssen, denn sie waren natürlich noch längst nicht fertig.

Dave blieb in ihr, richtete sich aber auf und starrte auf sie herab. »Mach weiter«, befahl er. »Bring dich selbst zum Höhepunkt.«

Das brauchte er ihr nicht zweimal zu sagen. Sie starrte zu ihm auf, während sie masturbierte. Es fühlte sich noch intimer an, da er ihr dabei in die Augen sah. Ihre Hüften zuckten und er glitt mit der Bewegung aus ihr heraus. Sie stöhnte enttäuscht auf, hörte aber nicht auf, es sich selbst zu besorgen. Dave verlagerte sein Gewicht und stützte sich nur noch auf einer Hand ab, während er mit der anderen ihre Hüfte streichelte, dann schob er sanft einen Finger in ihre völlig durchnässte Muschi.

Er wandte den Blick noch immer nicht von ihr ab. »Genau so, Raven. Ich besorge es dir mit meinem Finger.«

Und das tat er. Sein Finger war nicht so dick oder so lang wie sein Schwanz, aber es fühlte sich fantastisch an, etwas in sich zu haben, als sie sich an ihn presste und ihrem Höhepunkt immer näher kam. Er versuchte nicht, die Kontrolle zu übernehmen, schob ihre Hand nicht aus dem Weg, in der Annahme, dass er ihren Körper besser kannte als sie selbst.

Innerhalb von nur einem kurzen Moment hob sie ihre

Hüften und kam zum Orgasmus. Mags schloss die Augen und warf den Kopf in den Nacken, während sie den Rücken durchdrückte und zu zucken begann. Sie klammerte sich noch einmal an seinen Bizeps, um an irgendwas Halt zu finden, während sich die Welt um sie herum auf den Kopf stellte.

Der Stoff ihres Negligés grub sich in ihre Taille, aber sie spürte es nicht einmal. Dave ließ seine Finger langsam aus ihrem Körper gleiten, und er legte sich auf die Seite und nahm sie mit, bis sie neben ihm lag, den Kopf auf seiner Schulter. Sie legte ein Bein über seines und er streichelte ihren Hintern, während er sie an sich drückte.

Als sie wieder zu Atem gekommen waren, neigte sie den Kopf zurück und sah zu ihm auf.

Er starrte sie mit einem Blick voller Liebe an, der so intensiv war, dass es sie erschreckt hätte, wenn sie sich nicht sicher gewesen wäre, dass sie den gleichen Blick auf ihrem eigenen Gesicht hatte.

»Ich fühle mich, als wäre es mein Geburtstag, mein Jahrestag und Weihnachten auf einmal«, flüsterte er.

»Ich auch.«

Es vergingen einige Minuten, in denen sie beide in ihre Gedanken versunken waren. Dann sagte Dave: »Danke.«

»Ich glaube, das ist mein Text«, scherzte sie.

»Nein, ich meine es ernst. Danke, dass du so tapfer bist. Ich war bereit, den Rest meines Lebens mit dir zu verbringen, ohne noch einmal mit dir zu schlafen. Ich weiß nicht, wie oder woher du die Kraft dazu hast, nach allem, was du durchgemacht hast, aber ich bin so unglaublich dankbar, mehr, als ich es in Worte fassen könnte, dass du die innere Stärke hast, das durchzustehen. Und ich sage nicht, dass ich dankbar bin, dass du mit mir Sex hattest, sondern ich sage, dass ich mich für *dich* freue, dass du in der Lage bist, jedem einzelnen dieser Mistkerle, die dich missbraucht haben, die Stirn zu bieten und dich nicht unterkriegen zu lassen. Ergibt das einen Sinn?«

Ja, das tat es. Jedes einzelne Wort. Und Mags war auch verdammt stolz auf sich. »Ja«, flüsterte sie, »das tut es.«

Dann küsste Dave ihre Schläfe und stieg aus dem Bett. Er stellte sich neben sie und hielt ihr die Hand hin. »Duschst du mit mir? Vielleicht diesmal ohne unsere Kleidung?«

Sie grinste über seine Anspielung auf die Zeit in Lima, als er verletzt worden war und schrecklich gestunken hatte, nachdem er einige Zeit auf einer der vielen Müllhalden der Stadt verbracht hatte. Sie streckte den Arm aus, ergriff seine Hand und ließ sich von ihm aus dem Bett helfen. Sie stand still, als er ihr das Negligé über die Hüften schob, und zitterte, als sein warmer Atem über ihre Brust strich und ihre Brustwarzen erneut hart wurden.

Dave tat so, als hätte er ihre Reaktion nicht bemerkt, aber natürlich hatte er sie bemerkt. Sie gingen in das riesige Badezimmer, für das er viel mehr Geld ausgegeben hatte, als sie für vernünftig gehalten hatte, obwohl sie sich insgeheim wie eine Jugendliche vor ihrer ersten Verabredung über das freute, was daraus geworden war.

Als er sich vorbeugte, um das Wasser aufzudrehen, konnte Mags nicht anders, als auf seinen Hintern zu starren. Sie war eine glückliche Frau.

Sieben Jahre nach ihrer Rückkehr

.   .   .

»Das ist absoluter Wahnsinn«, sagte Allye Martin zu den anderen Frauen, die auf Daves und Ravens Veranda saßen.

»Aber es ist genau so, wie wir es haben wollen«, erklärte Morgan lachend.

Die sieben Frauen stimmten zu und lächelten, als sie all die Kinder und ihre Männer beobachteten, die im Garten herumliefen. Sie hatten gerade die Schnitzeljagd beendet, die David für alle vorbereitet hatte. Er hatte die letzten zwei Tage damit verbracht, die Zettel zu schreiben und sie auf dem ganzen Grundstück zu verstecken.

Mags hätte nicht stolzer auf ihren Sohn sein können. Er war fast zwölf und liebte es, mit Darby, Calinda und all den jüngeren Kindern ihrer Freunde Zeit zu verbringen. Sie betrachteten sich alle als Cousins und Cousinen und sahen sich ständig.

Harlow hatte zwei Kinder, Chloe ein Kind, Everly hatte Zwillinge und noch ein weiteres, und Zara und Meat hatten beschlossen, keine Kinder zu haben, und hatten stattdessen eine ganze Schar von Haustieren zu Hause.

Aus dem Garten ertönte schallendes Gelächter, als die Männer mit den Kindern Fangen spielten. David stand mit Everlys jüngstem Sohn auf dem Arm etwas abseits.

In mancher Hinsicht schien Peru für Mags eine Ewigkeit her zu sein, und in anderen kam es ihr vor, als wäre es erst gestern gewesen. Aber die Frauen, die jetzt um sie herumsaßen, hatten sich als ihre Rettung erwiesen. Sie hatten zusammen gelacht und geweint. Jede von ihnen hatte ihre eigenen traumatischen Erfahrungen gemacht, und es war ein großartiges Gefühl, den Leuten, die versucht hatten, sie zu Fall zu bringen, die Stirn bieten zu können. Sie alle führten ein erstaunliches Leben, trotz allem, was ihnen angetan worden war.

»David sieht gut aus«, stellte Zara fest. »Er wird aber nicht sehr groß werden, oder?«, fragte sie lachend.

Mags schüttelte den Kopf. »Leider nicht. Er wird auch nie ›Arme so groß wie Baumstämme‹ haben, wie er sie immer haben wollte.« Sie lachten alle.

»Aber er ist trotzdem ein verdammt guter Basketball-spieler«, bemerkte Morgan.

»Na ja, er kann gut werfen, aber wenn die anderen Kinder größer sind als er, wird er es schwer haben, an ihnen vorbeizukommen«, bemerkte Mags achselzuckend.

»Er ist ein guter Junge«, erklärte Harlow leise.

Mags sah zu der anderen Frau hinüber und versuchte, sie zu ergründen. »Das ist er.«

»Nein, ich meine, er ist ein *wirklich* herzensguter Junge«, sagte Harlow erneut. »Neulich kam er rüber, um mir und Gabby mit den Mahlzeiten zu helfen, die wir für das Heim vorbereiteten, und er hat sich überhaupt nicht beschwert, dass er den ganzen Nachmittag mit uns verbringen musste. Und als wir im Kinderheim ankamen, ging er sofort los und begann, mit den Kindern zu spielen. Ich will damit nur sagen, dass er vielleicht einen schweren Start hatte, aber du und Dave macht alles richtig mit ihm. Ihr solltet sehr stolz auf ihn sein.«

Mags' Herz schwoll vor stolz an. Sie war wirklich unheimlich stolz auf ihren Sohn. »Danke. Ich bin sicher, dass wir ein paar Probleme haben werden, wenn er ins Teenageralter kommt, aber er ist nicht nur intelligent und sportlich, sondern auch einfühlsam. Ich weiß nicht, ob das daher kommt, dass ein Teil von ihm sich daran erinnert, wie die Dinge früher einmal waren, aber ich bin dankbar dafür.«

»Hast du ihm von Lima erzählt?«, fragte Chloe.

Mags schüttelte den Kopf. »Noch nicht. Das werde ich,

wenn er bereit ist. Er wollte Fotos von ihm als Baby sehen und ich musste ihm sagen, dass ich keine habe. Dass wir keine gemacht haben, weil wir so arm waren, als er ein Baby war, dass ich es mir nicht leisten konnte. Das schien ihn erst einmal zu beschwichtigen, aber ich weiß, dass er weiterhin Fragen haben wird.«

»Ich bin mir ganz sicher, dass du und Dave herausfinden werdet, wie ihr ihm von seiner Vergangenheit erzählen könnt, und zwar so, dass er es versteht«, erklärte Everly zuversichtlich.

»Das hoffe ich«, entgegnete Mags.

»Unsere Männer haben das gebraucht«, bemerkte Harlow, nachdem eine gewisse Zeit verstrichen war.

Mags nickte. Das hatten sie. Sie waren alle ein paar Tage zuvor von einem Einsatz zurückgekommen, der wirklich hart gewesen war. Sie hatten ein Haus in New York gestürmt, in dem Gerüchten zufolge mehrere Frauen und Jugendliche gegen ihren Willen festgehalten wurden. Die Gerüchte hatten gestimmt. Sie hatten acht Frauen gerettet, alle zwischen vierzehn und neunzehn Jahren. Vier von ihnen waren vermisste Jugendliche aus den USA, die anderen vier kamen aus Kanada, Italien und Mexiko. Sie waren alle süchtig nach Meth und wurden gezwungen, sich als Prostituierte zu verkaufen, um die Drogen zu bekommen, nach denen ihr Körper verlangte.

Es war entsetzlich, zumal die Hälfte der Frauen nicht gerettet werden wollte. Sie alle waren in verschiedenen Reha-Einrichtungen untergebracht worden und standen im Begriff, wieder mit ihren besorgten und sehr dankbaren Familien zusammengeführt zu werden.

Die Mountain Mercenaries hatten während der letzten sieben Jahre, seit sie sich auf Einsätze auf dem amerikanischen Festland konzentriert hatten, mehr als zweihundert

Frauen und Kindern das Leben gerettet. Sie waren sogar vom Präsidenten ausgezeichnet worden.

Aber wenn jemand einen der Männer auf der Straße sah, sah er sie nicht als die überlebensgroßen Retter, die sie waren. Sie sahen nichts weiter als Männer, die sich ihren Frauen und Familien widmeten.

Calinda kam keuchend auf die Veranda gelaufen und sagte: »Ich habe Durst, Mom. Kann ich bitte etwas zu trinken haben?«

»Wie höflich«, murmelte Morgan. Dann sagte sie noch lauter zu ihrer Tochter: »Natürlich. Vielleicht ist es jetzt sowieso an der Zeit für einen kleinen Snack.«

Calinda drehte sich zum Garten und schrie aus vollem Halse: »Es gibt Plätzchen!«

Alle hielten inne und rannten scharenweise zur Veranda.

Mags stand auf und lachte, genau wie die anderen Frauen.

Dave stellte sich neben sie, legte einen Arm um ihre Taille und beugte sich zu ihr hinunter, um ihr einen Kuss auf den Hals zu geben.

»Igitt, du bist ja ganz verschwitzt«, beschwerte sie sich und versuchte, ihn lachend wegzuschieben.

»Das bedeutet nur, dass ich später duschen muss«, flüsterte Dave ihr ins Ohr. »Und wenn ich dafür sorge, dass du auch ein bisschen stinkst, musst du mir Gesellschaft leisten.«

Mags verdrehte die Augen. Aber insgeheim gefiel es ihr, dass ihr Mann immer noch so in sie verliebt war wie vor ihrer Entführung.

Er streckte einen Arm nach ihrem gemeinsamen Sohn aus und Mags' Herz machte einen Sprung, als David sich an die Seite seines Vaters schmiegte. Sie wusste, dass die Zeit kommen würde, in der er keine Umarmungen mehr von ihnen wollte, also versuchte sie, jede einzelne zu genießen, die sie bekamen.

»Hey, Champ?«, sagte Dave.

»Ja, *Papá*?«, erwiderte David und drehte sich um, um zu seinem Vater aufzusehen.

»Du stinkst.«

David lachte nur. »Ja. Das liegt daran, dass es harte Arbeit ist, all die Kinder einzusammeln und im Dreck herumzukriechen, um ihnen bei der Schnitzeljagd zu helfen, Hinweise zu finden. Wäre es dir lieber, ich wäre drinnen und würde lesen oder Matheaufgaben lösen? Du sagst mir doch immer, ich solle rausgehen und mir etwas zu tun suchen.«

Dave lachte leise. »Stimmt. Ich habe nur darauf hinge-wiesen, weil deine Mutter mir gesagt hat, dass ich stinke, und ich wollte mit meinem Gestank nicht allein sein.«

»Ein bisschen seltsam bist du schon«, erwiderte David mit einem Kopfschütteln.

Mags wusste, dass sie breit lächelte. Es stimmte, ihr Sohn liebte das Lernen. Er las alles, was er in die Finger bekam, er liebte Logikrätsel und schaute sich auf YouTube an, wie Leute Matheaufgaben lösten. Er war kein großer Fernsehgucker, wofür sie sehr dankbar war.

Als sie das Haus betraten, war der Lärmpegel unerträg-lich. Aber als sie sich ihre fantastischen Freunde ansah und die Freude und den Zusammenhalt spürte, war sie einfach rundum glücklich und zufrieden.

Zehn Jahre nach ihrer Rückkehr

. . .

Dave lag auf der Decke auf der Klippe zwischen seiner Frau und seinem Sohn, während sie alle in den Sternenhimmel starrten. Sie machten das ungefähr jeden Monat einmal. Sie kamen nach Einbruch der Dunkelheit nach draußen und genossen einfach das Zusammensein in der Natur.

David wurde älter und hatte viel zu tun. Er war Mitglied der Basketballmannschaft. Obwohl er kein Stammspieler war und nicht viel Spielzeit bekam, schwor er, dass es ihm immer noch Spaß machte. Er war nicht sehr groß, nur etwas über eins fünfundsiebzig, aber der Trainer hatte ihn gern in der Mannschaft, denn er war unschlagbar bei den Freiwürfen. Am Korb war er hervorragend und der wichtigste Mann, wenn es um Strafwürfe ging.

Er war auch im Robotik-Team und im Debattierklub. Er gehörte zu den seltenen Kindern, die sowohl mit den beliebten Leuten als auch mit den Sonderlingen und Strebern befreundet waren. David war es egal, wie viel Geld jemand hatte oder welchen Status er in der Schule innehatte. Er war zu allen nett, diskriminierte niemanden und redete auch nicht hinter dem Rücken der anderen über sie. Er setzte sich immer für Mädchen ein, die von den anderen gehänselt oder schlecht behandelt wurden.

Dave war wahnsinnig stolz darauf. Er kümmerte sich nicht um die sportlichen Fähigkeiten seines Sohnes, und auch seine Noten waren ihm ziemlich egal, außer dass er wollte, dass er seine Kurse wenigstens bestand. Ihm war allerdings wichtig, dass David mitfühlend war und durch die Beobachtung seines Vaters und seiner »Onkel« gelernt hatte, wie man mit Frauen umgeht.

David fing auch an, sich mit Mädchen zu verabreden, sehr zum Missfallen von Raven. Ihm war klar, dass es ihr am liebsten gewesen wäre, wenn er immer ihr kleiner Junge blieb, aber es war unvermeidlich, dass ihr Sohn langsam ein hervorragender Fang wurde. Die Mädchen in seiner Schule wussten, dass er ein guter Kerl war und dass sie, wenn sie mit ihm ausgingen, gut behandelt werden würden. Mehr konnte Dave sich nicht wünschen.

Da David so viel zu tun hatte und ihm nur noch ein paar Jahre in der Highschool blieben, wusste Dave, dass ihre Zeit des Zusammenseins, Zeltens und Wanderns bald zu Ende sein würde. Auf ihrem Grundstück herumzuliegen und in die Sterne zu starren, wäre nur eine weitere schöne Erinnerung. Es machte ihn traurig, aber Dave wusste, dass dies alles zum Erwachsenwerden seines Sohnes dazugehörte.

»Ich weiß noch, wie wir das damals in Peru gemacht haben«, sagte David plötzlich und riss Dave aus seinen Gedanken.

»Wirklich?«, fragte er erstaunt. »Du warst erst viereinhalb.«

»Ich weiß. Aber ich erinnere mich trotzdem daran«, erklärte David mit Nachdruck. »Wir haben uns auf einem Dach vor den Bösen versteckt, die hinter uns her waren. Wir lagen nebeneinander, genau wie jetzt, und schauten zu den Sternen hinauf. Sie waren in der Stadt nicht annähernd so hell wie hier draußen, aber ich war trotzdem beeindruckt von ihrem Anblick. Du hast mir gesagt, dass du keine Ahnung hast, wie die Sternbilder heißen, aber du hast mir erzählt, dass die Sterne dein Leben gerettet haben.«

Dave blinzelte überrascht. Er hatte vergessen, worüber er vor all den Jahren auf dem Dach mit David gesprochen hatte. Aber sobald sein Sohn es erwähnte, kam es ihm wieder in den Sinn, als wäre es erst gestern gewesen. »Ja. Ich habe dir gesagt, dass ich, als deine Mutter verschwunden war, zu den Sternen hochgeschaut und mir vorgestellt habe, dass sie dasselbe tut, wo immer sie auch sein mochte. Und der Gedanke, dass wir dieselben Sterne anschauten, hat mich getröstet.«

»Und du hast eine Sternschnuppe gesehen«, fuhr David fort. »Du sagtest, du hättest es für ein Zeichen gehalten, dass *Mamá* da draußen war und sich in diesem Moment dieselben Sterne ansah.«

Dave hörte, wie Raven scharf einatmete, und er griff nach ihrer Hand, ließ aber den Blick nicht von der Vielzahl der strahlenden Lichter über ihm. »Das stimmt.«

»Ich erinnere mich, dass du gesagt hast, dass wir drei das auch tun würden, sobald wir zu Hause wären. Genau das, was wir jetzt tun. Auf dem Boden liegen und zu den Sternen hochschauen. Zusammen. Ich wollte nur ... ich wollte dir nur sagen, dass ich mich an dieses Gespräch erinnere und froh bin, im Moment hier zu sein. Hier mit euch zu liegen und gemeinsam die Sterne zu betrachten.«

Dave konnte hören, wie Raven schniefte, und er drückte ihre Hand. »Ich auch, Champ. Ich auch. Und vergiss nicht: Egal, wo du in deinem Leben hingehst, egal, wo du wohnst oder was du machst, wenn du zu den Sternen hochschaust, denken deine Mom und ich an dich und sind sehr stolz auf dich.«

Er spürte, wie sein vierzehnjähriger Sohn seine Hand an seine eigene drückte, und Dave ergriff sie und hielt sie fest.

Sie lagen so da, alle drei Hand in Hand, und schauten noch lange zu den Sternen hinauf. Sie waren dankbar für das, was sie hatten, und füreinander.

Das Leben war nicht immer einfach. Tatsächlich wussten sie alle drei, dass das Leben verdammt hart sein konnte. Aber es waren die Menschen, mit denen man sich umgab, die es besser machten. Und Dave wusste, dass sie die tollsten Menschen in ihrem Leben hatten, und darin bestand der große Unterschied.

Fünfzehn Jahre nach ihrer Heimkehr

»Von wem ist der Brief?«, fragte Dave, als Raven zurück ins Haus kam, nachdem sie die Post geholt hatte. Sie hatte den Umschlag auf dem Weg zurück ins Haus aufgerissen und las mit gebeugtem Kopf, während sie ging.

Er wusste, dass der Brief von vielen verschiedenen Leuten stammen konnte. Daniela, Teresa, Bonita, Carmen, Maria oder sogar von ihrem Sohn, der auf dem College war. Aus irgendeinem Grund liebten sie es alle, sich Briefe zu schreiben, anstatt über schnellere und effizientere E-Mails zu kommunizieren. Es war eine seltsame Marotte, aber er konnte nicht leugnen, dass er es liebte, das Strahlen im Gesicht seiner Frau zu sehen, wenn ein Brief für sie mit der Post kam.

»Maria«, erklärte Raven, ohne den Blick zu heben. »Sie hat ihr Baby bekommen. Es geht ihnen beiden gut. Sie sagt, sie will uns in ein paar Monaten besuchen.«

»Das ist toll, mein Schatz. Es wird schön, sie wiederzusehen. Wie viele Kinder hat sie denn jetzt?«, fragte Dave.

»Das ist ihr fünftes.«

Dave pfiff leise.

Das erregte Ravens Aufmerksamkeit. Sie sah ihn einen Moment lang an, dann ging sie zu ihm zum Sofa. »Tut es dir leid, dass wir keine weiteren Kinder bekommen haben?«

Dave schüttelte energisch den Kopf. »Nein. Ich liebe David von ganzem Herzen. Aber ich bin auch egoistisch, und ich bin froh, dass ich dich nicht mit jemand anderem teilen muss.«

Sie verdrehte die Augen und schüttelte den Kopf über ihn.

Dave zog sie auf seinen Schoß und legte sein Kinn auf ihre Schulter, während sie den Brief wieder hochhob, um weiterzulesen. Er konnte kein Wort verstehen, da der Brief auf Spanisch geschrieben war, aber er wusste, dass es sich um eine erfreuliche Nachricht handelte, da seine Frau beim Lesen leise vor sich hin lachte. Als sie fertig war, faltete sie den Brief zusammen und steckte ihn zurück in den Umschlag. Er wusste, dass sie an diesem Abend sofort zurückschreiben würde, um Maria nicht zu lange auf ihre Antwort warten zu lassen.

»Der Typ, dem ich das *The Pit* verkaufen möchte, kommt später vorbei, um es sich anzusehen. Willst du mit mir kommen und ihm alles zeigen?«

»Aber natürlich. Bist du sicher, dass du es verkaufen willst?«, fragte Raven und drehte sich in seinen Armen um.

»Ja. Ich bin bereit, mich zurückzuziehen und mich nicht mehr um die Bestellung von Waren und irgendwelche Idioten kümmern zu müssen. Ich werde auch nicht jünger, weißt du.«

Raven spottete. »Selbst mit fast sechzig bist du immer noch fast jedem überlegen. Vor allem betrunkenen Vollidioten, die ein bisschen zu handgreiflich und respektlos werden.«

Das stimmte, aber jetzt, da die Mountain Mercenaries sich als aktives Team zurückgezogen hatten, wollte er seinen Lebensabend mit Raven genießen. Er hoffte, dass sie noch Jahrzehnte zusammen vor sich hatten, aber er wollte auf keinen Fall, dass er es eines Tages bereute, so viel Zeit mit der Arbeit verbracht zu haben, sollte einem von ihnen beiden etwas zustoßen. Sie wussten beide, wie kurz das

Leben sein konnte, und er wollte keinen einzigen Moment davon verschwenden.

Geld war kein Thema. Mit seinen Investitionen und dem Verkauf vom *The Pit* würden er und Raven sich keine Sorgen mehr um Geld machen müssen. Sie konnten einfach das Leben genießen.

»Ich weiß, aber ich bin bereit, nur noch auf unserer Veranda zu sitzen, Kaffee zu trinken und deine Gesellschaft zu genießen.«

Raven lachte. »Als würdest du dich damit zufriedengeben, wenn du die Kneipe verkauft hast. Ich kenne dich, Dave. Du wirst das eine oder andere Projekt finden, in das du dich einbringen kannst. Du musst immer in Bewegung bleiben. Du musst anderen helfen.«

»Dann werden wir gemeinsam andere Menschen finden, denen wir helfen können«, sagte er schlicht.

Raven nickte. Sie schlang ihren Arm um seine Schultern und legte ihre Stirn an die Seite seines Kopfes. »Gemeinsam. Das gefällt mir.«

»Auf immer und ewig«, versicherte Dave ihr. Er schaute auf die Uhr. »Ich glaube, wir haben noch Zeit, um ... zu duschen, bevor wir uns mit dem Käufer treffen.«

Raven schüttelte den Kopf und verdrehte die Augen. »Aber ich bin nicht schmutzig.«

»Ich kann dich schmutzig machen«, bemerkte Dave mit ernstem Gesicht.

»Denkst du, du kannst mit mir mithalten, alter Mann?«, fragte Raven, als sie von seinem Schoß sprang und auf die Treppe zuging.

Dave grinste und gab ihr einen Vorsprung, bevor er loslief, um sie einzuholen. Er hörte ihr Kichern von der Treppe über ihm und sprach zum achtmillionsten Mal, seit er sie in Peru gefunden hatte, ein stilles Gebet der Dankbarkeit, dass sie hier bei ihm war, gesund und heil, bevor er ihr die Treppe hinauf folgte.

Zwanzig Jahre nach ihrer Heimkehr

Dave spürte, wie sich Ravens Fingernägel in seinen Unterarm gruben, als sie auf der Tribüne der Universität von Denver saßen und zusahen, wie ihr Sohn aufstand, um die Eröffnungsrede zu halten.

Alle waren zu diesem Anlass gekommen: Gray und Allye, Ro und Chloe, Arrow und Morgan, Black und Harlow, Ball und Everly, und Meat und Zara. Auch Gabriella war mit ihrem Mann und ihren zwei kleinen Kindern da.

Dave hatte versucht, ihnen allen eine Ausrede zu verschaffen, indem er sagte, dass Abschlussfeiern nicht gerade zu den aufregendsten Veranstaltungen gehörten und dass sie sie alle im *The Pit* treffen würden – das jetzt zwar unter neuer Leitung war, aber immer noch Dave gehörte –, aber sie hatten erwidert, dass sie auf keinen Fall verpassen wollten, wie David seine Rede hielt.

David war einer der klügsten Menschen, die Dave je kennengelernt hatte, und das fand er nicht nur, weil er sein Sohn war. Heute feierte er seinen Abschluss als Magister der angewandten quantitativen Finanzwissenschaft. Er war bereits von einer in Denver ansässigen Investmentfondsgesellschaft als Portfoliomanager eingestellt worden. Er hatte mehr als ein Dutzend Jobangebote erhalten, aber er hatte sich für eine Stelle in der Nähe von Colorado Springs und seiner Familie entschieden. David und Raven standen sich noch immer sehr nahe, und Dave genoss es, dabei zuzusehen, wie ihre Bindung mit jedem Tag enger wurde.

»Er sieht so gut aus«, flüsterte Raven. »Ich freue mich so wahnsinnig für ihn.«

Dave drückte seine Frau, um die er einen Arm gelegt hatte, und wandte die Aufmerksamkeit seinem Sohn auf dem Podium vor der Menge zu.

»Guten Tag. Herr Direktor, Herr Dekan, Familie und Freunde und natürlich auch die anderen Absolventen. Vielen Dank, dass Sie mir die Ehre geben, heute bei unserer Abschlussfeier zu Ihnen sprechen zu dürfen. Wir haben viele lange Nächte, tonnenweise Kaffee und stressige Treffen mit unseren Diplomarbeitsberatern hinter uns gebracht. Aber wir haben es geschafft. Wir sind hier!

Und ich kann Ihnen sagen ... es ist buchstäblich ein Wunder, dass ich heute vor Ihnen stehe. Ich habe Ihnen eine Geschichte zu erzählen, über die ich noch nie öffentlich gesprochen habe. Sie handelt allerdings mehr von meiner Mutter als von mir selbst.

Ich wurde in Lima, Peru in einem abgeriegelten Anwesen geboren, in dem meine Mutter gefangen gehalten wurde. Sie war aus Las Vegas entführt und in den Sexhandel gezwungen worden. Tag für Tag wurde sie misshandelt, doch als sie erfuhr, dass sie mit mir schwanger war, flehte sie ihren Entführer an, das Baby behalten zu dürfen.

Er erlaubte es ihr, aber als es so weit war, wurde sie allein in einen Raum gesperrt und musste mich mutterseelenallein zur Welt bringen. Dann wurde sie vom Anwesen geworfen und von ihrem Baby getrennt. Da sie mittellos war, musste sie einen Platz zum Schlafen und etwas zu essen finden. Aber jeden Montag, Mittwoch und Freitag ging sie acht Kilometer weit zu Fuß, um mich zu besuchen. Der Mann, der sie entführt hatte, hatte beschlossen, mich aus seinen eigenen schrecklichen Gründen für sich zu behalten.«

David hielt inne, als die Zuhörer aufstöhnten.

»Meine Zukunft stand an dem Tag, an dem ich geboren wurde, bereits fest. Es gab keinen Grund, mich zur Schule zu schicken, denn ich war einzig und allein gut dazu, Geld für einen kranken, perversen, bösen Mann zu verdienen. Aber ... offensichtlich ist das nicht passiert, denn ich stehe heute hier vor Ihnen.

Meine Mutter hat mir Englisch beigebracht. Sie lehrte mich Mathe und Farben. Sie lehrte mich, was Anstand bedeutet.

Als ich viereinhalb Jahre alt war und Stunden davon entfernt, für immer von meiner *Mamá* getrennt zu werden, erschien mein Vater wie der überlebensgroße Held, für den ich ihn immer gehalten hatte, auf der Bildfläche, nachdem ich mein Leben lang Geschichten über ihn gehört hatte. Ich war noch nicht einmal fünf Jahre alt, aber ich erinnere mich, wie ich auf dem Dach eines Gebäudes in Lima lag, während die bösen Männer alles gaben, um uns zu finden, und wie ich mit meinem *Papá* zu den Sternen hinaufschaute ... und glücklich war. Ich war zu jung, um zu verstehen, was mir beinahe passiert wäre, aber nicht zu jung, um zu wissen, dass der Mann, der mich von den bösen Männern weggebracht hatte, mich beschützen würde.

Meine Mutter und mein Vater sind meine Helden. Sie haben mich nie ausgelacht, wenn ich lange aufbleiben wollte, um mir YouTube-Videos von Menschen anzuschauen, die Matheaufgaben lösen. Sie ermutigten mich, ein guter Mensch zu werden und gemeine und verurteilende Kommentare für mich zu behalten.

Worauf ich hinauswill? Erstens ... menschlicher Anstand. Jeder sollte ihn haben. Jedes Mal wenn ich den

Fernseher einschalte, sehe ich Berichte über Menschen, die ausgeraubt, erschossen und von anderen verletzt werden. Dann logge ich mich auf meinem Social-Media-Konto ein und sehe, wie Menschen über andere herziehen, sich über ihr Leben beschweren und generell gemein oder unglücklich sind, einfach weil sie meinen, dass sie das Recht dazu haben. Es ist nichts falsch daran, eine Meinung zu haben, aber man muss sie nicht immer in alle Welt hinausposaunen. Wenn Sie das nächste Mal jemandem begegnen, der auf der Straße bettelt, bleiben Sie vielleicht stehen und sprechen ihn an. Wenn Sie im Supermarkt jemanden sehen, der mit Essensmarken bezahlt, bieten Sie ihm vielleicht an, für seine Lebensmittel zu bezahlen, wenn Sie das Geld haben, um ihm eine Chance zu geben. Urteilen Sie nicht über andere, bevor Sie nicht selbst einmal in ihrer Situation gewesen sind.

Und zweitens: Ich glaube nicht, dass irgendjemand, der mich damals als Kind in Peru gesehen hat, jemals gedacht hätte, dass ich heute hier vor Ihnen stehen würde. Aber jeder hat das Potenzial zum Erfolg, wenn man ihm nur die Chance dazu gibt. Verurteilen Sie niemanden aufgrund seiner Kleidung, seiner Hautfarbe oder weil er arm ist.

Und *Mamá*? Ich danke dir. Danke, dass du nicht aufgegeben hast. Dass du mich genug liebst, um einfach nur einen weiteren Tag zu überstehen. Und dann den nächsten. Und dann den nächsten. Danke, dass du siehst, was in mir steckt, und mich trotz der Umstände, unter denen ich gezeugt wurde, liebst. Danke, dass du *Papá* in mein Leben gebracht hast. Dass du mir einen Mann gegeben hast, zu dem ich aufschauen kann. Ich hoffe, dass ich eines Tages nur halb so gut sein werde wie er. Und danke, dass du mir gezeigt hast, wie eine gesunde, liebevolle Beziehung aussieht. Es wird gelacht, geweint, gestritten, aber am Ende geht es darum, jeden einzelnen Moment des Lebens mit jemandem an seiner Seite zu genießen.

Heute haben wir unseren Abschluss gemacht, aber nur weil wir ein Stück Papier in der Hand halten, sind wir nicht klüger oder besser als jemand, der nicht die Mittel und Möglichkeiten hatte, das Gleiche zu tun. Wenn Sie heute in Ihr Leben zurückkehren, denken Sie daran, anständige Menschen zu sein. Leben Sie jeden Tag so, als wäre es Ihr letzter, und schätzen Sie die Menschen um sich herum. Ich danke Ihnen.«

Die Menge brach sofort in tosenden Beifall aus und Dave stand neben seiner Frau auf. Er war unheimlich stolz auf seinen Sohn und hatte Tränen in den Augen, als er seine Worte hörte. Als er sich zu Raven umdrehte, sah er, wie ihr die Tränen über die Wangen liefen.

Er beugte sich zu ihr hinunter und sagte ihr ins Ohr: »Alles in Ordnung?«

Immer noch weinend sah sie zu ihm auf und entgegnete: »Es geht mir fantastisch.«

Dave wischte ihr mit seinem Daumen die Tränen von einer ihrer Wangen. »Bist du sicher?«

Sie strahlte. »Das sind Tränen des Glücks und des Stolzes. Ich liebe dich.«

»Ich liebe dich auch.«

Sie drehten sich um und sahen zu, wie ihr Sohn jedem auf dem Podium die Hand schüttelte. Als er sich dann auf den Weg zurück zu seinem Platz machte, wurde er von fast jedem, an dem er vorbeikam, mit einem Händedruck oder einem Rückenklopfer aufgehalten.

Dave strahlte vor Stolz, als sein Sohn sich wieder auf seinen Platz setzte. Er war ein außergewöhnlicher junger Mann, und Dave war stolz darauf, ihn seinen Sohn nennen zu dürfen. Er wusste einfach, dass David in der Welt etwas Positives bewirken würde.

Nachdem sie an diesem Abend, an dem sie zur Feier des Tages auswärts zu Abend gegessen hatten, nach Hause gekommen waren und auf ihrer Terrasse gesessen und über die schöne Zeremonie gesprochen hatten, an der sie an diesem Tag teilgenommen hatten, und wie stolz sie auf ihren Sohn und alles, was er erreicht hatte, waren, zogen Dave und Raven sich schließlich nach drinnen auf die Couch zurück.

Früher wäre es Mags vielleicht peinlich gewesen, dass David ihre Geschichte vor einem Auditorium voller Menschen erzählt hatte, aber sie war inzwischen längst zu der Überzeugung gekommen, dass sie sich für nichts schämen musste. Wenn ihre Geschichte auch nur einem anderen Menschen helfen könnte, der sich vielleicht in einer ähnlichen Situation befand, war es das wert.

Sie und Dave hatten sich mit ihm zusammengesetzt, als er in der Highschool war, und ihm seine ganze Lebensgeschichte erzählt, all das, was passiert war, bevor er fünf Jahre alt geworden war. Wie er gezeugt worden war, dass sie nicht wussten, wer sein leiblicher Vater war, und was er in dem kleinen Haus, das del Rio gehörte, erlebt hatte. Sie hatten ihm sogar erzählt, was er vorgehabt hatte, dass Dave gerade noch rechtzeitig gekommen war, um ihn vor diesem Los zu bewahren, und wie er sie beide aus Peru heraus und zurück nach Colorado Springs gebracht hatte, wo sie ein neues Leben begonnen hatten.

David hatte nicht viel gesagt. Er hatte nur aufmerksam zugehört. Aber als die ganze Geschichte zu Ende war, hatte er seine Mutter in den Arm genommen und ihr gesagt, dass er sie liebte und stolz auf sie war, weil sie so viel durchgemacht hatte. Er hatte ihr dafür gedankt, dass sie sich so gut um ihn gekümmert hatte, und gesagt, dass Dave von nun an und für immer sein Vater sei, dass er nie wieder einen Fuß in dieses Land setzen wolle und dass er ganz sicher nicht vorhabe, jemals den Vergewaltiger zu finden, der seine Mutter geschwängert hatte. Es war ein heftiges Gespräch gewesen, aber David hatte es wie der reife junge Mann aufgenommen, der er inzwischen geworden war.

Mags hatte nicht erwartet, dass er in seiner heutigen Rede offen über seine Vergangenheit sprechen würde, aber sie hätte nicht stolzer auf den erstaunlich klugen und mitfühlenden Mann sein können, der er mittlerweile war.

Sie war zufrieden und entspannt und kuschelte sich an Dave, als er sich neben sie setzte. Wenn sie mit ihrem Mann zusammen war und in seinen Armen lag, war das der Moment, in dem sie sich am sichersten fühlte.

Als sie so dasaßen, jeder in seine eigenen Gedanken vertieft über all das, was an diesem Tag geschehen war, konnte Mags sich nicht zurückhalten, etwas zu fragen, was sie während der letzten zwanzig Jahre immer wieder beschäftigt hatte.

»Dave?«

»Ja, mein Schatz?«

»Du bist für den Tod von del Rio verantwortlich ... nicht wahr?«

Er sah sie daraufhin überrascht an, aber als sich ein Ausdruck des Schocks in seine Augen schlich, riss er sich schnell zusammen und sein Miene wurde wieder neutral. »Warum fragst du das? Du weißt, dass ich dir nicht von der Seite gewichen bin, nachdem wir wieder hier angekommen waren. Ich glaube, es hat ungefähr drei Jahre gedauert, bis ich auch nur eine Nacht ohne dich und David verbringen konnte.«

»Ich weiß, du hast es nicht selbst getan, aber du hast jemanden damit beauftragt ... oder? Es ist okay«, schob sie schnell nach. »Ich bin nicht verärgert darüber. Ich will nur ... ich muss es wissen.«

Dave zog sie näher an sich und Mags ließ sich bereitwillig darauf ein. Sie schlang ihre Hand um seinen Bauch und legte ihren Kopf an seine Schulter. Sie mochten in den Sechzigern sein, aber sie und ihr Mann genossen es immer noch, sich gegenseitig im Bett zu verwöhnen, und sie würde es nie müde werden, mit ihm zu kuscheln.

»Ich habe ihn nicht umgebracht ... aber ich kenne das Team von Männern, die es getan haben. Ich habe einen Gefallen eingefordert. Sie haben ihn gern ausgeführt.«

»Hat er ... hat er gelitten?« Mags hielt den Atem an, während sie auf seine Antwort wartete.

»Ja, Raven, das hat er. Ich werde dir keine Einzelheiten erzählen, denn du hast wegen dieses Mannes schon genügend schlechte Erinnerungen, aber sei dir sicher, dass er genau wusste, wer die Männer geschickt hat, die ihn töteten, und warum er so sterben musste, wie er gestorben ist.«

Mags ließ den Atemzug raus, den sie angehalten hatte. »Gut. Da bin ich aber froh. Ich liebe dich, Dave«, flüsterte sie. »Ich weiß nicht, womit ich dich verdient habe, aber eines weiß ich.«

»Und das wäre?«, fragte er.

»Ich würde alles, was mir passiert ist, noch einmal durchmachen, wenn ich dafür jetzt hier bei dir landen würde.«

»Raven«, flüsterte Dave, sagte aber nichts weiter.

»Ich danke dir, *Rex*. Danke, dass du dafür gesorgt hast,

dass niemand mehr so leiden muss wie ich. Du bist mein Held.«

»Nein«, protestierte Dave, »du bist *meine* Heldin. Ich habe in meinem ganzen Leben noch nie eine stärkere oder tollere Frau getroffen als dich.«

Mags beugte sich vor und küsste Daves markantes Kinn, dann legte sie ihren Kopf wieder auf seine Schulter. Sie wollte die Stimmung auflockern und fühlte sich aus irgendeinem Grund innerlich beruhigt, jetzt, da sie wusste, dass Dave ihren Peiniger aus der Welt geschafft hatte, und sagte: »David hat sich heute prächtig geschlagen, nicht wahr?«

»Ja, verdammt, das hat er«, entgegnete Dave lächelnd. »Siehst du dir das an?«, fragte er und nickte in Richtung Fernseher.

»Nicht wirklich, warum?«

»Ich dachte, wir könnten nach oben gehen.«

Mags lächelte. »Ach ja? Willst du mir etwas zeigen?«

»Oh ja. Und ich weiß, dass es dir gefallen wird«, entgegnete Dave und führte ihre Hand von seinem Bauch hinunter zwischen seine Beine.

»Du bist wirklich ein schmutziger alter Mann«, neckte Mags, als sie spürte, wie sein Schwanz unter ihrer Handfläche hart wurde.

»Und du bist eine schmutzige alte Frau«, erwiderte er. »*Meine* schmutzige alte Frau.«

Mit einem breiten Grinsen stand Mags auf und reichte ihm die Hand. »Nun, dann lass uns nach oben gehen und sehen, was wir alles anrichten können.«

Während sie Hand in Hand die Treppe zu ihrem Schlafzimmer hinaufgingen, behielt Mags den Hintern ihres Mannes im Auge und lächelte. Sie war durch die Hölle gegangen, das war nicht zu leugnen, und sie hatte sich entschieden, kein Opfer zu sein, sondern eine Überlebende.

Und man mochte es ihr vielleicht nicht glauben, aber sie war während der letzten zwanzig Jahre glücklicher gewesen als in ihrem ganzen vorherigen Leben. Und das alles nur wegen des Alphamannes mit dem unglaublichen Beschützerinstinkt, der sie an der Hand hielt und sie praktisch ins Bett zerrte.

»Ich liebe dich, Dave.«

Er blieb kurz vor ihrem Schlafzimmer stehen und drehte sich zu ihr um. Er schlang seine Arme um ihre Taille und zog sie ganz nahe an sich heran, sodass sie einander berührten. »Ich liebe dich auch, Raven. Du wirst nie wissen, wie sehr.«

Sie lächelte, denn sie *wusste* es.

Ohne ein weiteres Wort zog Dave sie zum Bett, und als ihr Mann sie auf die Matratze sinken ließ, wusste Mags, dass sie die glücklichste Frau der Welt war.

* * *

Ich hoffe, Ihnen hat die Die Mountain Mercenaries Reihe gefallen. Sie können nun mit »*Ein Retter für Lilly*«, dem ersten Buch der Das Bergungsteam vom Eagle Point, fortfahren.

ANMERKUNG DER AUTORIN

Vielen Dank, dass Sie meine Serie »Die Mountain Mercenaries« gelesen haben! Als ich mit dem Schreiben von *Die Befreiung von Allye* angefangen habe, war ich mir nicht sicher, wie die Geschichte von Rex ausgehen würde. Aber je mehr ich schrieb, desto mehr freute ich mich darauf, das letzte Buch zu verfassen. Sowohl Rex als auch Raven sind durch die Hölle gegangen, aber ich finde es wahnsinnig schön, dass ich ihnen das Happy End geben konnte, das sie verdient haben.

Vielleicht sind Sie neugierig auf das andere »Team«, das Rex kennt ... das, das er gerufen hat, um del Rio aus dem Weg zu räumen. Sie werden alles über diese Jungs in meiner neuen Serie erfahren, die auch bald auf Deutsch erhältlich sein wird. Die Männer von Silverstone Towing haben sich dem Ziel verschrieben, die Welt vom Bösen zu befreien – um jeden Preis.

Ich schätze jede einzelne meiner Leserinnen. Danke, dass Sie meine Geschichten lesen. Und denken Sie daran, immer gütig zu sein.

BÜCHER VON SUSAN STOKER

Mountain Mercenaries:
Die Befreiung von Allye
Die Befreiung von Chloe
Die Befreiung von Morgan
Die Befreiung von Harlow
Die Befreiung von Everly
Die Befreiung von Zara
Die Befreiung von Raven

Das Bergungsteam vom Eagle Point
Ein Retter für Lilly
Ein Retter für Elsie (29, Juni)
Ein Retter für Bristol (15 Nov)
Ein Retter für Caryn
Ein Retter für Finley
Ein Retter für Heather
Ein Retter für Khloe

Ace Security Reihe:
Anspruch auf Grace

Anspruch auf Alexis
Anspruch auf Bailey
Anspruch auf Felicity
Anspruch auf Sarah

Die Delta Force Heroes:
Die Rettung von Rayne
Die Rettung von Emily
Die Rettung von Harley
Die Hochzeit von Emily
Die Rettung von Kassie
Die Rettung von Bryn
Die Rettung von Casey
Die Rettung von Wendy
Die Rettung von Sadie
Die Rettung von Mary
Die Rettung von Macie
Die Rettung von Annie

Delta Team Zwei
Ein Held für Gillian
Ein Held für Kinley
Ein Held für Aspen
Ein Held für Jayme (1 Mai 2022)
Ein Held für Riley (1 Juni)
Ein Held für Devyn
Ein Held für Ember
Ein Held für Sierra

SEALs of Protection:
Schutz für Caroline
Schutz für Alabama
Schutz für Fiona

Die Hochzeit von Caroline
Schutz für Summer
Schutz für Cheyenne
Schutz für Jessyka
Schutz für Julie
Schutz für Melody
Schutz für die Zukunft
Schutz für Kiera
Schutz für Alabamas Kinder
Schutz für Dakota

Die SEALs von Hawaii:
Die Suche nach Elodie
Die Suche nach Lexie
Die Suche nach Kenna
Die Suche nach Monica (10 Mai 2022)
Die Suche nach Carly (11 Oct)
Die Suche nach Ashlyn
Die Suche nach Jodelle

BIOGRAFIE

Susan Stoker ist die New York Times, USA Today und Wall Street Journal Bestsellerautorin der Buchreihen »Badge of Honor: Texas Heroes«, »SEAL of Protection«, »Die Delta Force Heroes« und einigen mehr. Stoker ist mit einem pensionierten Unteroffizier der US-Armee verheiratet und hat in ihrem Leben schon überall in den Vereinigten Staaten gelebt – von Missouri über Kalifornien bis hin zu Colorado. Zurzeit nennt sie die Region unter dem großen Himmel von Tennessee ihr Zuhause. Sie glaubt ganz und gar an Happy Ends und hat großen Spaß daran, Geschichten zu schreiben, in denen Romantik zu Liebe wird.

Besuchen Sie Susan im Netz!
www.stokeraces.com
facebook.com/authorsusanstoker
twitter.com/Susan_Stoker
bookbub.com/authors/susan-stoker

instagram.com/authorsusanstoker
Email: Susan@StokerAces.com